U0450614

狐妖小红娘

月红篇

下册

庹小新 原著
韩佩贞 编剧
麦苗 改编

江苏凤凰文艺出版社

图书在版编目（CIP）数据

狐妖小红娘.月红篇：全二册 / 庹小新原著；韩佩贞编剧；麦苗改编. —— 南京：江苏凤凰文艺出版社，2024.5

ISBN 978-7-5594-8552-6

Ⅰ.①狐… Ⅱ.①庹… ②韩… ③麦… Ⅲ.①长篇小说 – 中国 – 当代 Ⅳ.①I247.5

中国国家版本馆CIP数据核字(2024)第063870号

狐妖小红娘．月红篇：全二册

庹小新 原著; 韩佩贞 编剧; 麦苗 改编

责任编辑	周颖若
项目策划	王传先　无话
出版监制	刘皇甫　陆乐
策划编辑	zexin　苏智芯
特约策划	韩建蕊　张婷婷　高一丹
装帧 / 版式 / 周边设计	@Recns
出版发行	江苏凤凰文艺出版社
	南京市中央路 165 号，邮编：210009
网　　址	http://www.jswenyi.com
印　　刷	北京盛通印刷股份有限公司
开　　本	700mm×980mm 1/16
印　　张	32.25
字　　数	597 千字
版　　次	2024年5月第1版
印　　次	2024年5月第1次印刷
书　　号	ISBN 978-7-5594-8552-6
定　　价	82.00 元

江苏凤凰文艺版图书凡印刷、装订错误，可向出版社调换，联系电话 025-83280257

第九章 —— 离开涂山 001

第十章 —— 初识东方洛 029

第十一章 —— 误会重重 059

第十二章 —— 再次动情 097

第十三章 —— 情种重生 133

第十四章 —— 两盟冲突 161

第十五章 —— 黑狐之患 185

第十六章 —— 为爱而战 215

尾声 243

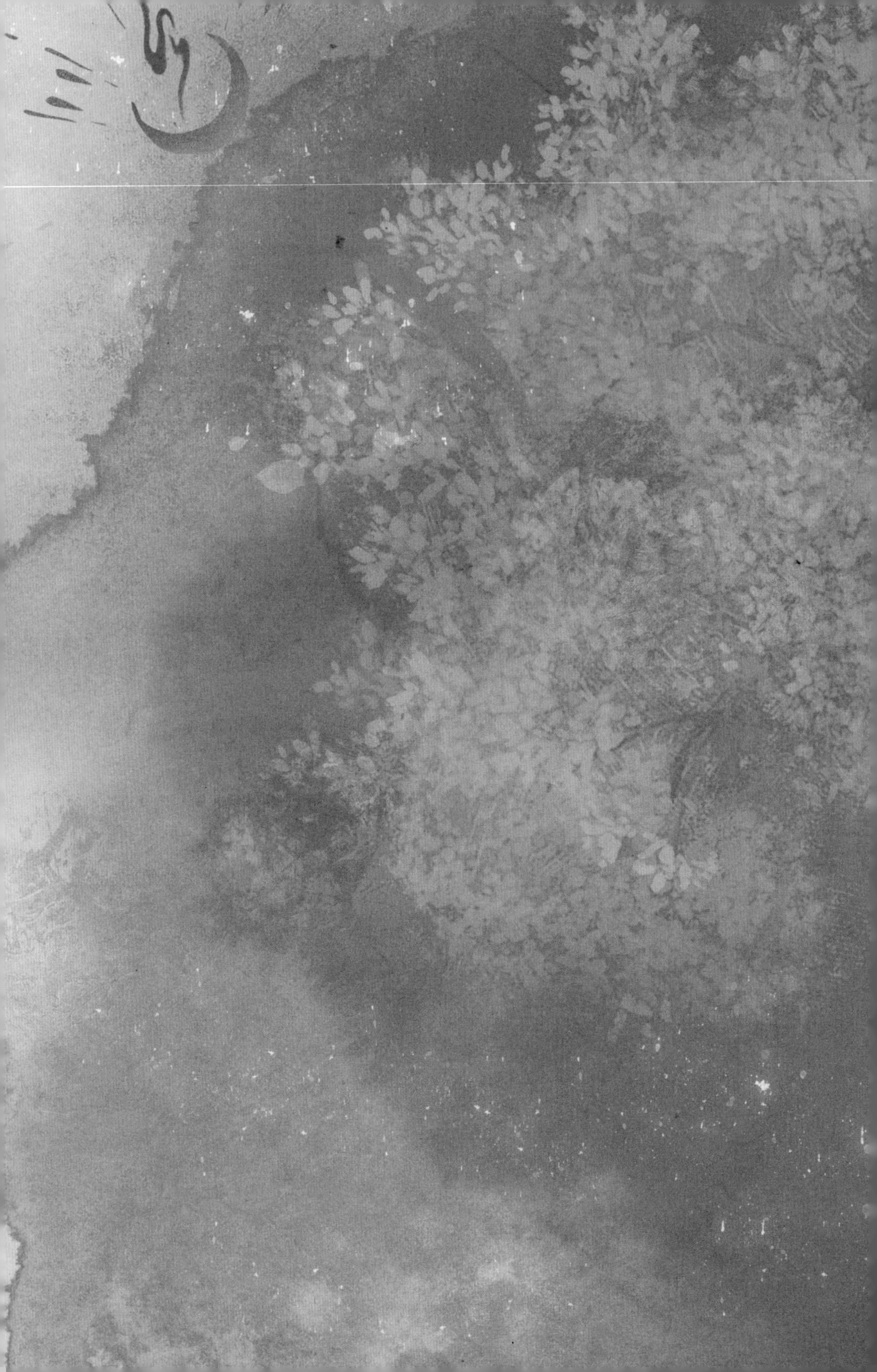

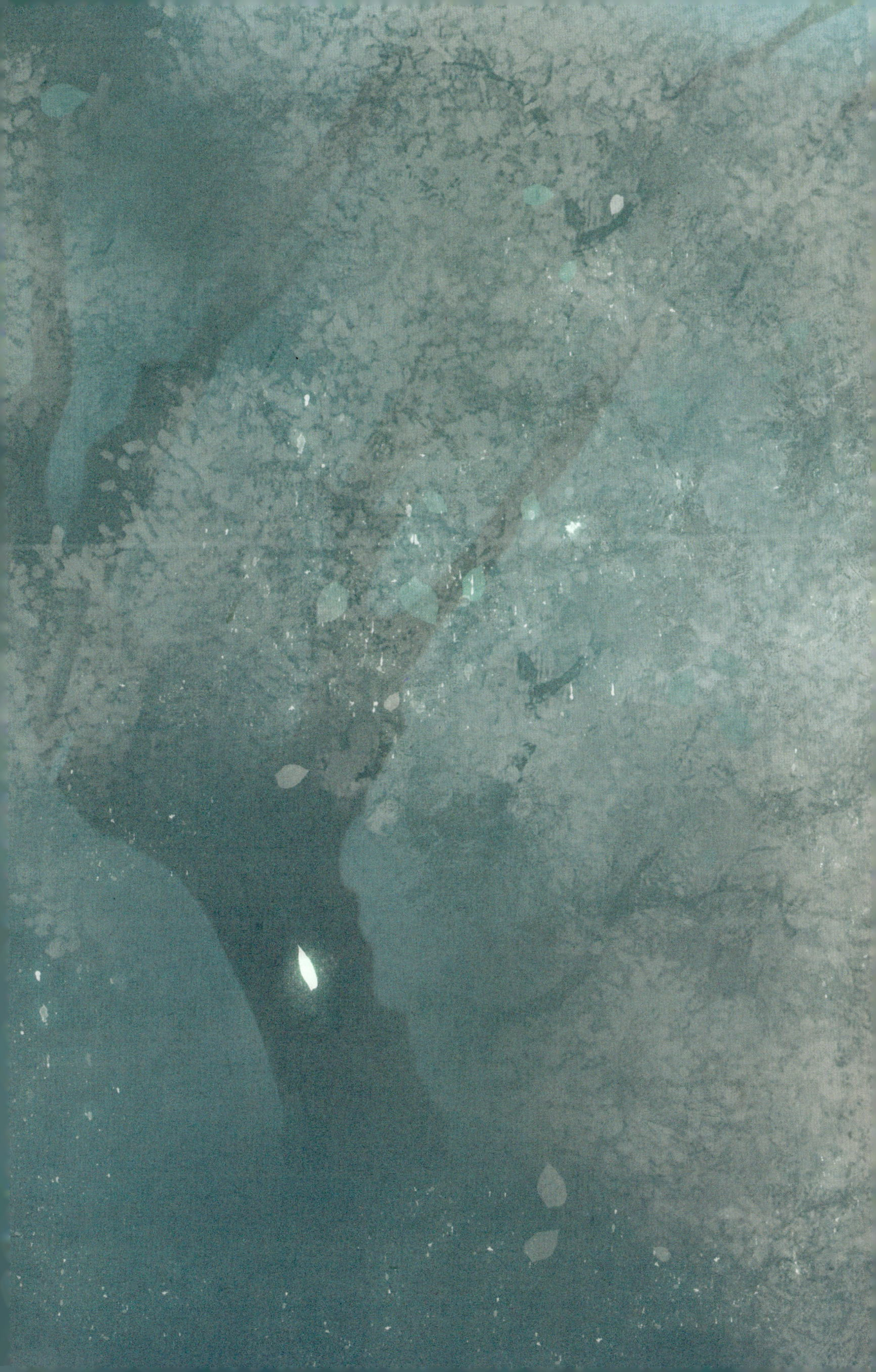

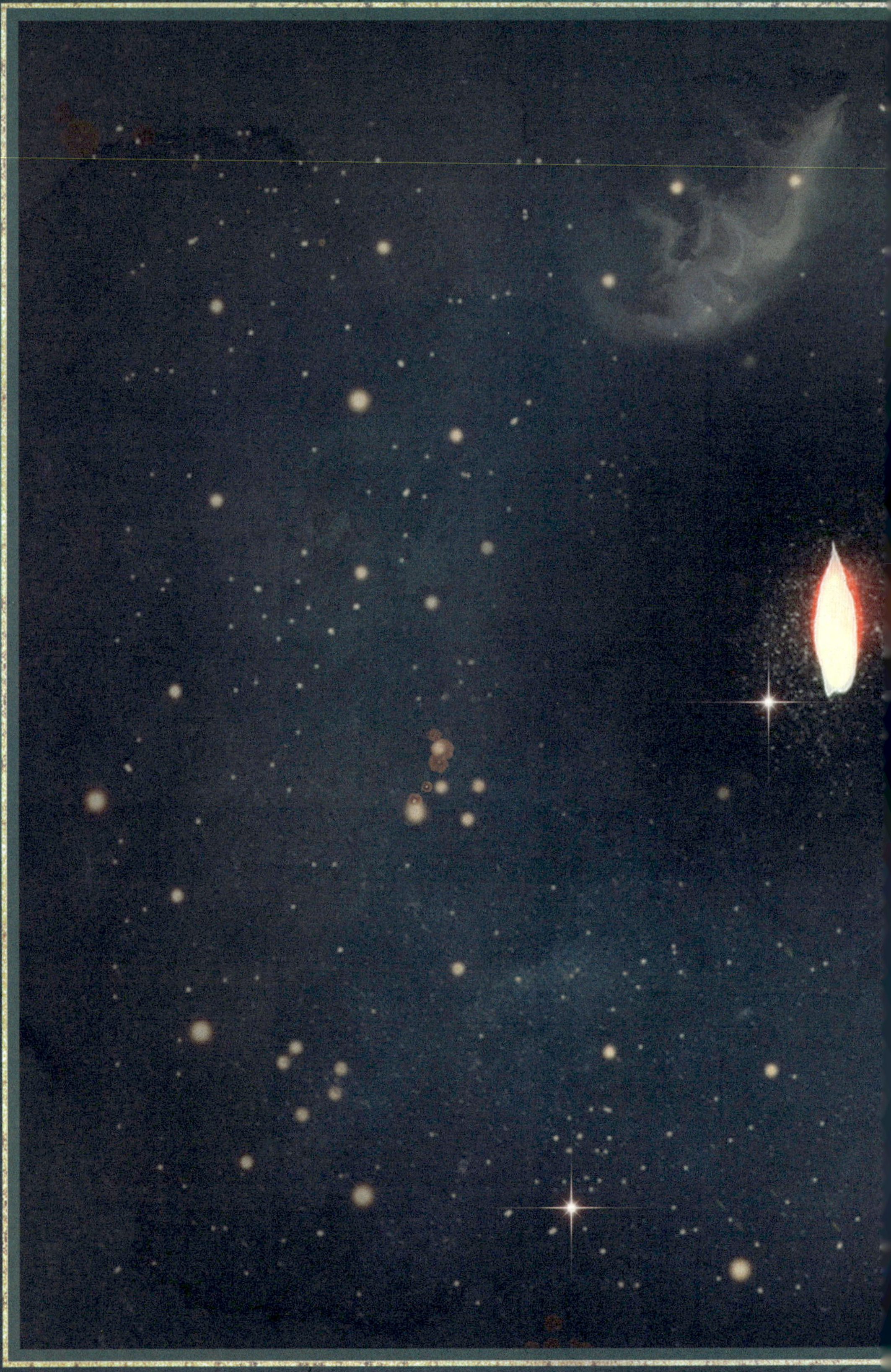

东方月初,这是只属于你的结缘盛会。

狐妖小红娘

月红篇

下册

第九章　离开涂山

（六十四）重挫强敌

红红赤红色的妖力与石姬的黑雾相撞后，火光散去，暗雾蛇阵瞬间溃散，遮住石姬的兜帽跟着化成碎片，露出她脸颊与手臂上的皮肤。只见那皮肤好似烧焦一般有筋脉缠绕，十分恐怖。

石姬冷笑着看着三人："几百年过去了，妖族就出了你们几个高手吗？三打一也还是杀不了我！"

红红怒道："你滥杀无辜，借助黑暗力量以邪术修炼，又算什么本事？"

石姬拼尽全力凝出一道巨大的黑雾朝三人袭去："强者生，败者死，这就是本事！"

月初和阿来连忙撑起屏障抵抗，而红红则飞身跃过黑雾，化出妖力朝石姬袭去。石姬在挥出黑雾后便已力竭，她被妖力击中跌落在地，只见一颗金珠自她心口溢出，化作齑粉消散于空中。

石姬看着这些金色粉末，惊恐地喊道："我的妖丹！"

红红落到地上，冷冷道："你亲手炼化的涂山藏钉能毁妖丹，化妖骨。莫不是过了太久，记不得了？"

石姬惊怒交加地盯着红红，下一刻便捂着胸口呛咳起来："你竟化去我的妖丹！"

红红扬手，红色妖力在她手中凝出："你残害无辜，我这么做不过是替他们讨回公道！"说罢，她便想给石姬最后一击，那红色妖力脱手后，石姬却被一道身影推开，竟是过过替她挡下了这一击。

雅雅紧跟其后追来，见到这一幕，怒视着过过骂道："你这白眼狼，对待这毒妇倒是忠心！"

石姬一手拨开被击中后吐血的过过，扬手便朝雅雅挥出一道黑雾。阿来眼疾手快，抱着雅雅避过黑雾，而月初一记驱魔一式打向石姬。趁着石姬被打倒在地时，红红凝神翻手施法，巨大的妖力裹挟着劲风扑向石姬与过过，巨大的爆炸声响起，只见这两人在火光中被撕碎后消散。

阿来适时挥出一片粉色毒雾，冷笑道："再配上我的灵元散，便是神仙也凝不了你俩的灵元！"

确定这两人消散后，月初与红红对视着，红红弯起嘴角，面露欣然之色，而雅雅则看着眼前的泥尘，心中五味杂陈，不知是伤心还是开怀。

"或许这对于他来说，也是解脱。"阿来走到雅雅旁边，安慰道。

雅雅点点头，终于露出笑脸："无论如何，总算除了石姬！"

阿来朝雅雅拱手戏谑道："娘子功劳甚大！"

雅雅听了，又羞又恼，挥拳就朝阿来打去："谁是你娘子！"

"娘子我错啦！"阿来边求饶，边狼狈地抱头乱窜，红红与月初无奈地看着这俩活宝，也不由得笑出了声。

阿来与雅雅大闹一番，便拽着同穿喜服的雅雅来到了三里坡的山顶。两人坐在一块大石头上，欣赏着日出，待太阳突破云层，照耀大地时，阿来心中竟觉出一丝落寞，他眼睛看着远方道："以前的我，习惯了独来独往，如今才发现，身边有个人也挺好的。"

雅雅看着阿来落寞的侧颜，突然有点心疼，她握紧了对方的手。阿来转头朝雅雅一笑，隔空化出一个酒壶递给雅雅："你爱喝的桃花酒。"

雅雅也学着阿来的样子，凭空化出了两个酒杯，将酒满上。阿来看着这一幕突然戏谑道："我们两个穿着喜服，再加上这酒，不免让人浮想联翩。"

雅雅看着手中酒，似是下定了决心，抬起头看着阿来道："你整日与我开玩笑，都做不得真，现在我问你，你心中可有喜欢的人？"

阿来盯着雅雅，脱口而出："我喜欢你！你呢？"

雅雅被告了白，只觉心口鼓胀，似乎有一粒种子自心间钻了出来，甜蜜莽撞地肆意生长着。

雅雅也看向阿来回答道："我喜欢……"

"我知道，你喜欢三少，其实我……"阿来没等雅雅说完，便打断了她的话。

雅雅突然捧住阿来的脸庞，盯着他认真道："我的意中人是阿来，在我心里，三少再好也比不过阿来。"

阿来于晨光中细细凝视着雅雅的脸庞，只觉心中鼓噪得厉害，耳中都能听到血液涌动的声响，他咧嘴笑着道："娘子，该饮酒了。"

两人碰杯饮尽杯中酒，相视一笑。时光宁静，和风悠悠，雅雅靠在阿来的腿上，一起继续欣赏着三里坡的美景。

红红回到斛光阁，立刻让涂山不醉请来了黄耆说明事情经过。黄耆眼中含泪，心痛地朝红红行礼道："多谢大当家出手相助，我那高徒虽不幸惨死，但此事能够解决，总算对岭内其他弟子有个交代。黄肴此去，定会号召周边妖族加入妖盟，一同铲除恶妖，相护弱小！"

红红连忙回礼道："多谢。若往后六域之中，大家都能彼此相助，实是妖族大幸。"

不醉笑着道："别谢来谢去的了，如今大家同属妖盟，无须如此客套。天色正好，我先送黄老先生出山。"

三人一番客套，黄肴便随不醉朝山下走去。

而月初则拽着容容来到小阁，亲眼看着容容将他门上带着"债"字的封条揭掉，他这才兴奋地感慨道："我的小阁啊，我真是太想念你了！"

容容看着月初鄙视道："原以为涂山之内我最会算账，没想到你居然一口气跟阿来讨要了这么多银子。"

月初嘿嘿一笑："我这不也是替涂山赚银子嘛，是他人傻钱多，主动提议与我换新郎当，其实一开始，妖仙姐姐便安排他和雅雅姐假成亲。总的来说啊，我这些小小招数，还远不及容容姐呢！"

容容听到这，脸色一变，抬手就要去打月初。而月初见容容动怒，余光看到流觞走来，连忙揽过流觞往小阁里跑："我朋友来啦。容容姐，不送啦——"

容容深吸一口气，无奈摇摇头，转身离去。而小阁内，流觞有些扭捏地看着月初，一副想说什么又说不出的模样。

月初大度道："行啦，知道你想道歉又不好意思，原谅你了！"

流觞惊喜，从怀里掏出一本册子道："月初，真不愧是好兄弟！给，特意为你寻来赔罪的，追求心仪女子之法！"

月初嗤笑一声，并没接过来，颇为得意道："哎呀，这种东西，我已经不需要了。算了，我跟你说这个干什么，弄得你羡慕，犯不着。"

流觞惊讶道："不会吧，你居然不感兴趣？那可是大当家。哎，你到底怎么做到的？"

月初伸手招呼流觞，颇有些神秘道："过来过来，我传授你几招。"

流觞似信非信，凑到月初身边，就听月初压低了声音道："为女狐营造一场如梦似幻的情景，然后将真心展现，最重要的是气氛，气氛是催化感情的推手。"

流觞恍然大悟道："有道理！过几日便是乞巧节了，我正愁该如何请九霜跟我一起过节呢！"

月初愣了一下："乞巧节，我怎么忘了？"接着，他双眼热切地盯着流觞道，"好兄弟，我不在的这几天，你一定又攒了不少银子吧？咨询费给我结一结！"

一提到银子，流觞警惕地捂紧了衣襟道："你又要做什么？以前你问了我那么多次，我都没收过你银子！"

月初一边扒流觞，一边念叨："你是你，我是我，你不收不代表我不收，快拿来吧！"

流觞欲哭无泪，捂着衣服往外逃去，独留月初坐在小阁里琢磨乞巧节的事情。

（六十五）告白准备

第二日一早，月初带着香甜的花蜜到双生峰邀请小梨、小枫痛饮，两个单纯的小花精喝得直打饱嗝。小枫吃得肚子溜圆，这才想起了什么，抬头问道："你一向抠门，今日为何要这么大方请我们饮蜜？"

"是、是啊，说吧！"小梨舔了舔嘴唇，也抬起头来。

月初笑着讨好道："两位姐姐果然冰雪聪明，什么都瞒不过你们，是这样的……"说到这，月初在两个花精耳边低语着。小枫惊讶地睁大了眼睛，待月初说完了，不可思议地问道："你要向大当家告白？"

小梨结巴道："没、没戏。"

小枫又道："你忘了，山洞里还躺着一位呢。"

月初神色微变，但还是笑着拍了拍小枫的头道："多谢提醒。不过，比起眼睛看到的，我更相信我的心，妖仙姐姐一定会选我的。"

小枫与小梨对视一眼："这么有信心？"

"必须的。"月初开心地笑道，"那就拜托两位姐姐了。记住，这次一定要对大当家保密啊。"

小枫道："好，我们这就回去，发动大家一起替你准备。"

小梨也笑道："包、包在我俩身上。"

月初看两个小花精匆匆离去准备，他也站起身来，精神十足地往妖族市集走去。

市集上，为了迎接几天后的乞巧节，街上不仅挂了许多红绳，而且还拴上了许多五颜六色的许愿条。

红红、容容、雅雅三姐妹正在街上逛着，颇有些轻松自在。容容目光随意地打量着周边摊铺，突然发现酒馆外的布置格外新奇，不由得拉着红红和雅雅来到酒馆前，欣喜地打量着门外转个不停的灯饰。

雅雅对这种精美的小玩意从来不感兴趣，有些无聊地四处打量着，突然看到小酒馆内有一个熟悉的身影："臭小子？怎么在哪儿都能碰上他？"

红红闻言也朝酒馆内看去，只见阿来正背对着大门亲手打磨着酒壶，桌案上则摆放着几盏漂亮的琉璃灯，而月初和牧童说着些什么。

"二十两，你也太黑了！"月初打价道。

"你也不瞧瞧，我这可是从人族进来的新式琉璃灯，全妖族市集只此一家。你不买呗，我还舍不得卖呢。"牧童得意道。

月初眼珠一转，开口道："牧童，别逼我薅你小辫子啊。"

牧童冷嗤一声："有本事你薅，我能有什么小辫子？"

月初压低声音道："别忘了上次你在市集上兜售彩券的事。"

牧童一怔，仔细打量起月初，半晌终于反应过来："好啊，你是那个老妖！"

月初得意道："怎么样？这琉璃灯……"

牧童一脸心疼，正要说什么，就听旁边的阿来道："买这么多琉璃灯，我当是谁呢，如此阔绰。"

月初转头一看，惊讶道："阿来，你怎么窝在这里？"随后他双眼望向阿来手中正在制作的酒壶，会意地点头，"我知道了，你是没银子了，才打算亲手做个酒壶送给雅雅姐吧？"

阿来一想起这个，不由得酸涩道："我这亲手做的行为叫浪漫，不像你这个土老帽，只懂得用银子堆砌，充其量也就打动那些虚荣贪财的母妖罢了！"

月初嘿嘿一笑："酸吧，你就酸吧，反正现在有银子的是我。"

阿来还想说什么，抬头一看，正好瞥见涂山三姐妹走进门来，故意道："说真的，若大当家是个势利贪财的母妖，你还心悦于她吗？"

月初不屑一笑道："近来世道也不知为何，男子惯常宣扬，女子若真心爱对方，便不该在钱势上有所要求，稍有计较，便冠之以'贪财'之称。我倒想反问一句，比起责怪女子，为何男子不发愤图强，努力赚银子求上进呢？所以，你问的在我这根本不是问题，我心悦于妖仙姐姐，自然要努力达成她所愿，不管这愿是银子、权势还是其他，总之，她所愿，便是我所愿。"

在月初背后，容容和雅雅均促狭地看着红红，而月初则毫不知情地凑到阿来面前，意味深长道："我啊，对妖仙姐姐，只有一点不满。"

阿来看了看涂山三姐妹，又看向月初，感兴趣道："哪里不满？"

月初叹了口气："就是她两个妹妹太过难缠。"

阿来一脸同情地看向月初道："这可是你自己说的，和我没关系！"

月初疑惑地顺着阿来的目光转过头来，一眼就看到雅雅和容容正对他怒目而视，当即吓得冷汗淋漓："雅雅姐，容容姐！"

"臭小子，我早就想教训你了，你敢说我和容容的坏话！"雅雅不等月初把话说完，一记重拳便朝他身上捶去，月初当即抱头乱窜，一边往红红背后躲，一边大喊着"妖仙姐姐救命"。

红红被雅雅和月初拽得左右乱晃，笑得合不上嘴。

（六十六）拒绝告白

月上柳梢头，涂山三姐妹才打打闹闹地从市集离开，三人一路走到涂山花园，正看到小梨和小枫在花丛中忙碌着。随着她们手中的白色仙泽散开，一枝枝花茎鼓出花苞。雅雅眼尖，忍不住问道："小梨和小枫，她们在这里做什么？"

小梨和小枫听到雅雅的声音，立刻慌张地想要躲避，却被雅雅一把拎起来："好端端的，见到我为何要藏？"

小枫眼珠乱转，小梨则不停摇头："不、不能说。"

雅雅回头看了眼红红和容容，红红脸上露出疑惑又感兴趣的笑容走上前来："为何不能说？"

两个小花精欲言又止，容容则在旁边威胁道："你们若是不说，这个月的花蜜银子只怕……"

不等她说完，小枫立马叛变："我说！"

小梨连忙拦着："不、不。"

小枫看向小梨，小声道："反正，月初说要对大当家保密，可没说连二当家和三当家也瞒着，我只告诉她俩！"

红红一听，更来了兴趣："只瞒着我？"

两个小花精点点头，一起飞到容容和雅雅耳边，轻声低语起来。雅雅听后，大声道："花瓣雨？"

容容也大声道："给姐姐准备的惊喜？"

两个小花精连连点头，飞走前小枫还叮嘱道："我们可没告诉大当家哦。"小梨也连连道："对、对，我们，保、保密了。"

待两个小花精振翅离去，雅雅和容容则一起望向红红，揶揄道："花瓣雨哎——"

红红脸颊发烫，好似天边的黄昏夕阳："你们两个，又淘气！"

在两个妹妹的笑闹中，红红羞恼地转身离去。

雅雅和容容笑着坐在凉亭中饮酒闲聊，容容感慨着："想不到姐姐竟然也有意中人了。"

雅雅也点头附和着："是啊，想当初我一度以为她要为东方洛孤独终老呢。"

容容皱了皱眉打断她道："你又糊涂了，我早跟你说过，东方洛是我和姐姐的救命恩人，姐姐对他只是歉疚之情。"

雅雅懊悔地拍拍脑袋道："若是当年我随你们一起去了人族，或许就不会发生那样的悲剧了。总之，如今姐姐能放下过去便是最好的！"

容容也笑道姐姐动了情，她体内情种种的力量会更加强大，这对涂山也是好事。

雅雅想了想，又有些惋惜道："就是臭小子是人族，若是妖族就更好了。"

容容端起酒杯，促狭地望着雅雅："月初是人族，那你的阿来呢？"

雅雅自信地饮了一口酒道："笑话，月初一个人怎么能跟阿来比，阿来可是货真价实的妖族！"

容容捂着嘴笑起来："对对对，你的阿来是南国毒童子，妖族闻名丧胆的大恶妖。"

雅雅嗔怪地看着容容："你今晚怎么了？净和我针锋相对，哦，我明白了，一定是我与姐姐都有了自己的情缘，你觉得孤单了！"

容容连忙道："才不是呢，对于我来说，什么情缘都比不得银子缘。"说到此，正瞥到阿来往凉亭走来，容容促狭地拍了下雅雅，笑着离开道，"我走啦，这凉亭就留给你和二姐夫吧！"

雅雅这会儿也看到了阿来，嗔怪地骂容容："你敢打趣姐姐我，看我回头怎么收拾你！"

阿来走上前来，还不等说话，就见雅雅有些不好意思地伸手道："拿来吧。"

阿来一愣："拿什么？"

雅雅道："礼物啊。你与月初那臭小子，不是各自准备了礼物吗？"

阿来这才反应过来，从怀里取出一个又小又丑的酒壶递给雅雅："原想等明日过节再送，既然你如此迫不及待，就先拿给你。"

雅雅接过酒壶，皱眉道："这么小，这么丑？还有呢，磨磨蹭蹭做什么，快一起拿出来啊！"

阿来有点惊讶地看着雅雅，似乎不明白她还要什么。雅雅嗔怪地朝他伸手拍了一巴掌："你总不能只准备了这一样吧？那有什么特别呢……月初那小子都知道给姐姐买灯，准备花瓣雨，你可是妖族，怎能就送这一个小酒壶……难道这并非普通的酒壶？是不是有什么机关可以涌出美酒？"

阿来的神情已经从尴尬到泄气，看着雅雅研究酒壶有无机关，艰难开口："不是，雅雅……等明年，明年我一定……"

雅雅抬头看着阿来，失望无比："不是吧，就是普通小酒壶，不是神器？亏得我还在容容面前说你比月初聪明，你倒好，就给我弄这么个小酒壶。"

阿来连忙哄道："雅雅，我错了，等下次我一定……"

雅雅一把将酒壶塞到阿来手中，叉着腰指着山下道："什么下次，现在便去给我做！天亮前做不好，你也别回来了！"

阿来冷汗淋漓地抱着小酒壶，忙不迭地往外跑去："好，雅雅你等着，我现在便去！"

雅雅看着阿来的背影咬牙切齿，双手叉腰道："连个礼物都不会送，气死我了！"

明月斜挂，花影重重。斛光阁外，月初正试着将一盏略显丑萌的琉璃灯挂到合适的位置。不远处，红红的倩影悄然停下，她凝望着月初认真喜悦的脸庞，开口道："不如挂到窗畔。"

月初惊讶地抬起头，见红红已经不知何时走到了他面前，他欣喜叫道："妖仙姐姐！"

红红低头看着琉璃灯，见制作略显粗糙，便知道这是月初亲手制作的，立即来了兴致。她接过灯盏细细望着，只见那五色琉璃熠熠生辉，中间还雕了一对璧人，正是当初两人在人族市集看傀儡戏时的女将军和少年。

月初紧张地望着红红道："我思虑过后，觉得阿来说的不无道理，万一你喜欢这种用心的浪漫呢，所以我就亲手做了一盏……"

红红道："这个少年，着实有些丑。"说到这，红红故意顿了顿，见月初面露失望，她掩饰着笑意接着道，"不过，我喜欢！"

月初面色立刻转失望为喜乐，一双眼睛热烈地盯着红红。红红轻咳一声，将灯递给月初："夜深了，我要睡了，你也早些回去休息吧。"

月初看着红红转身进了门，反手将门掩上，知道她害羞了，便在门口柔声道："好，你早些休息，我挂完灯便走。"

斛光阁内，鲛珠在夜色下泛出温软的光，红红坐在床畔，望着窗外灯光下映出的少年身影，终是微微一笑。

月初："妖仙姐姐，要睡了吗？"

红红："要睡了怎样，不睡又怎样？"

月初："不睡的话，我给你讲个故事吧。"

挂好了琉璃灯的月初倚在窗棂旁，遥望着暗黑的天际，轻声道："从前，有个人族小子，他有一对非常疼爱他的双亲。在他八岁生辰这日，他的爹娘被仇家所害……可是没想到，他遇到了一个极美的大妖……从爱上大妖的那一刻起，人族小子便不再孤单，更不再害怕，他会一直守护他的大妖，生生世世。"

斛光阁中，红红面含微笑，沉沉睡去。在红红的心境中，盘虬的梅树下，她撑着红色的油纸伞，仰望着面前的梅树，只见满树花苞依次绽放，繁花如烟海烂漫。

而同一时刻，一处隐蔽的竹林中，金人凤一脸潦倒，正狼吞虎咽着手中的残羹剩饭。突然，一袭黑袍出现在他的面前，金人凤带着污浊的双眼难以置信地看向过过,他哆哆嗦嗦地四处张望着:"妖尊在哪里,妖尊在哪里!"

石姬慢慢踏出竹林,脸庞妖艳鬼魅,金人凤如见到救星般扑上去,一把抓住石姬的黑色衣摆,含恨哀求道:"妖尊!妖尊替我报仇!我要涂山和东方月初永远活在地狱中!"

石姬声音沙哑:"可以,拿你的命来换!"

金人凤一愣,眼中闪过一丝迟疑和恐惧。石姬上前一步蛊惑他道:"到这一步了,还是惜命,看来你对如今的自己还很满意。"

金人凤看了一眼自己碗里的剩饭,脸上闪过一丝羞耻和愤怒。他惨笑道:"不错,事到如今,这贱命还有何可留恋的?不知事到如今,金某还能为妖尊做些什么?"

石姬俯身,指尖落在金人凤胸口,那指尖皮肤斑驳,隐隐可见白骨。她冷笑道:"你的元丹修炼了这么多年,自然是上品。"

金人凤咬着牙,决绝道:"别忘记,杀东方月初,毁了涂山!"

话音方落,石姬尖利的指尖便猛地探入金人凤胸口,金人凤只觉寒意传遍全身,他又哭又笑,看着石姬吸取他的元丹,已是癫狂之际。

"小昙……不只是你,我连师父都杀了……"临终前,一生的罪恶都涌上金人凤的心头,石姬疯涨的黑色邪气将他裹挟,他的身子渐渐僵硬着倒下。

将金人凤的灵元彻底吸收后,石姬手臂上的疤痕肉眼可见地褪去:"这颗元丹,倒是不错。"

过过在一边恭贺道:"恭喜妖尊,得了这颗经过赤炼妖丹强化的元丹,修为更胜从前!"

石姬冷笑道:"涂山红红只怕做梦都想不到,上一回你我不仅成功脱逃,还修复了妖丹。"

第二日清晨,红红望着昨晚月初挂上的琉璃灯,脸上不由自主地带着笑意。突然阿来从外面快步走了进来:"金人凤死了!附近的小妖发现气息不对,于竹林中发现了金人凤的尸身。据说,有人取走了他的元丹。"

红红神色一凛,似是想到了什么,两人对视一眼,急急往当日除掉石姬的林中赶去。

虽是白日,可这竹林中依然弥漫着浓重的雾气,显得空寂而又幽诡。红红与阿来在雾气中探查着地上散落着的兜帽碎片,视线陡然被草丛中两个小而焦黑的诡异人形木雕吸引。两人一同上前,阿来捡起木雕,只见上面除了咒文,还分别刻着"石姬"和"白狐"的字。阿来凝出灵力,将法力附着在木雕上,木雕上黑雾缭绕,随后渐渐散去。

阿来震惊道："化物移行之术！"

红红疑惑问道："化物移行？"

阿来点头道："这种强大的法术来自圈外，以强大的法术力量，通过纸片将目标人物化物瞬移至另一处。当日我们以为石姬和过过灵元散尽，却不想他们早有准备，用这个法术逃脱了。"

红红望着木雕，心中疑窦丛生："石姬何时学会了圈外法术，难道她与圈外有联系？"

阿来摇头道："圈外力量神秘强大，若是石姬与之勾结，那他们的目标恐怕不只是涂山，而是整个六域。"

红红神色肃凝，视线落在不远处的地面。她缓缓上前，拾起地上的藏钉："那当日这藏钉所化的妖丹之力，难道也已修复？"

阿来道："藏钉所化的那些妖丹之力，再加上金人凤这颗经过赤炼妖丹强化过的元丹，眼下石姬只怕更为强大。"

红红眼中隐现不安，立即想到了苦情树："去苦情树看看！"

两人连忙返回苦情树，红红伸手将妖力注入苦情树树心，只见树心内银色旋涡缓缓转动，一缕若隐若现的黑雾隐于其中。

阿来蹙眉道："石姬果然又开始汲取灵力了。"

红红颔首，望着那入侵的黑雾，忧心忡忡道："当年傲来三少发现圈外势力后，以大半妖力划下那一棒，隔出了圈内、圈外。此后，圈外生物若进入圈内，必化为乌有。若石姬背后的势力来自圈外，他们是如何联系的呢？"

阿来蹙眉道："难道他们已经破了那圈？"

红红思索片刻道："既然对方还要石姬为先锋，说明此刻他们还无法大举进入圈内。"

阿来点头道："有道理。眼下最重要的是设法阻止石姬，只要拦住了她，她背后的圈外势力便无法作为。"

红红面露忧思地看着树心银色旋涡内若隐若现的黑雾，突然决绝道："唯有一种法子能阻止她，那就是祭出情种，利用苦情树追踪石姬气息，将她封印于树心。唯有如此，才能既保证苦情树庇护姻缘的灵力不败，又断绝石姬在外为恶的可能。"

阿来愕然看着红红，试图阻止道："可妖生漫长，没了情种，便永无可能感知情爱，更无可能爱人，难道你打算要永远活在无情无爱的孤冷中吗？"

红红坚定道："好过让整个六域为那疯妇陪葬！"

"那你想过月初吗？一旦祭出情种，心中再无情爱，就连此前深爱之人也会被彻底遗忘。"阿来仍不赞同地劝道。

想到月初,红红心中钝痛不已,阿来再接再厉道:"我知道你忧心圈外攻击六域,但放弃情爱祭出情种,对你和月初都不公平,你再好好斟酌吧。"

红红想到自己与月初在一起的点点滴滴,眉眼间染上哀伤。阿来叹息一声,转身离去。

夕阳西下,红红缓缓走回斛光阁,面色已经苍白至极。她坐在铜镜前,神色黯然,发出一声叹息。

而涂山后山,月初正沿途将两侧的灯逐一点亮。花丛旁,小梨与小枫围在月初身边,月初手提灯盏,翘首以待,小枫急切道:"大当家怎么还不来?"

月初道:"急什么?一会儿就来了。"

小梨瞅着他:"这么自、自信?"

月初得意道:"那是自然。待会儿妖仙姐姐来了,你们千万施展浑身解数,让整个后山无一处空地。"

小枫严肃道:"明白,我们早就准备好了,一定会给你们营造一场毕生难忘的浪漫仪式!"

夕阳彻底沉入山中,夜色中,月初仍在翘首以盼,一旁的小梨和小枫早窝在花苞上打起了瞌睡。

月初略微心焦地看向远处,蓦地,只见小路尽头,红红的身影正沿着一路昏黄的灯光缓缓而来。

月初惊喜地晃动着小枫和小梨:"来了,妖仙姐姐来了!我就说她一定会来!"

小枫连忙擦擦嘴角溢出的口水,拽上小梨飞向远方。夜色中,两个小花精飞过之处,花苞纷纷绽放,铺满了整个后山,漫天纷飞的花瓣如雨般飘浮于半空之中。

月初略带紧张又满脸喜色地快步迎了上去,他看着黄昏灯光下难辨神色的红红道:"妖仙姐姐。"

红红神色复杂,低声道:"对不起。"

月初望着红红,心中高兴又甜蜜:"不不,你不必向我道歉,不管多晚,只要你来,我都着实欢喜。妖仙姐姐,虽然我的心意,你一早便知晓,但我还是想郑重地告诉你,东方月初心悦于涂山红红。以后,余生、来世,我都愿意陪着你,守护你!"

无数落花在两人之间纷纷落下,红红一颗心沉甸甸的,满是酸楚与疼痛。良久,红红抬起头来,神情已经变得冰冷:"我不需要你的守护。我并非良人,你还是另择他人吧。"

月初神情陡转,一瞬间从喜色转为不可置信。他眸中痛楚却依然倔强道:

"为什么？我不需要其他人，只要你！"

红红打断他的话，强忍着难过，做出冷漠的模样道："可我不需要你！妖生漫长，你于我而言，不过是个过客。"

月初脸色变得极为难看，他的眼中带着悲凉，轻轻抬起手来，却没有勇气去握住红红的手。而红红则再不忍看月初的表情，决然地转身离去。

看着红红离去的背影，月初似乎想到了什么，突然追了上去一把拉住她："妖仙姐姐，你骗我。你有苦衷对不对？你明明对我有情，你的眼神骗不了我！"

红红强掩着心痛，眼神冰冷地看着月初道："自欺欺人只会徒增痛苦。"

"我承认人、妖有别，若、若我甘愿做你的过客呢？"月初继续拉着红红的胳膊哀求道。

红红心中难过至极，却只能强迫自己冷漠回应道："既是过客，你又何必停留？"

月初心中一凉，有些绝望地挤出个笑容道："是不是在你心中，只有东方洛？原来从头到尾，都不过是我的一厢情愿。"说到这，月初似是绝望般破釜沉舟道，"可你别忘了，你还有欠我的。"

红红一怔，想起了当初月初以心头血助她克制神火时的画面。月初缓缓低下头，轻轻覆上了红红的唇，红红迟疑着，终是伸手轻轻抱住了月初。她萦绕心头的无数言语和神情，都藏在这最后一吻之中。花瓣纷纷扬扬，落满了拥吻的两人，两人好似被一场大雪白了头。

晨曦的微光中，月初躺在漫天花瓣里，耳畔好似还回荡着红红那些决绝的话语。而在山腰间，红红的脑海中则不停重复着月初的告白，她难掩心痛地捂着心口，几轮呼吸间，终是忍不住喷出一口猩红。

（六十七）离开涂山·上

阿来站在小阁门口不住地打着冷战，时不时吸着凉气，擤擤鼻涕，他正想再叫叫门，突然就看到雅雅走了过来："你怎么来了？难道连你也听说了？"

雅雅翻了个白眼，走到阿来身边道："废话，整个涂山的花精都在传，我能不知道吗？这儿怎么这么冷？"

阿来指了指门缝、窗棂缝钻出来的白色寒气道："心凉至此啊，男儿有泪不轻弹，只能化作寒气排出体外了。你们这些女妖，不懂我们这些男人的深情。"

雅雅嗔怪地看了阿来一眼："你这话似乎怨愤颇深？"

小阁内，月初面色苍白，躺在床上听着门外两个人的对话，他突然恼火地从床上爬起来，冲到外面朝两人骂道："你们两个还有没有妖性！想打情骂俏去没人的地方！"

雅雅和阿来正要说什么，门再次"砰"的一声在他俩面前关上。

"臭小子，我们好心好意来关心你，你竟然骂人，你这素质是涂山教出来的吗？"雅雅气得拍门想要理论一番。阿来连忙拉住雅雅低声道："算了算了，他如今正伤心，别和他计较。"

雅雅转而怒视阿来："好，不跟他计较，我跟你计较。让你把酒壶改成暗器，你倒好，改了三四次，连个毒都放不出来。"

"你小声点，我那不是光明正大用毒习惯了，一时之间要改暗地的……"阿来拉着雅雅，在对方的怒骂下灰溜溜地离开了。

苦情树下，红红低声问着容容月初的近况。容容叹气道："不吃不喝，也不出门。姐姐下令不准再劝，容容却还是要说，虽说姐姐和苦情树一体，将情种献给苦情树，不影响体内情力，但失了情种，形如槁木，如何熬过漫漫妖生？"

红红心中一痛，淡淡道："未遇到他之前，我不是好端端活了那么久？不必再劝了，若不尽早封印石姬，六域必遭浩劫，于人、妖两族的安危而言，我这一点情爱又算得了什么？"

容容见红红心意已决，虽不再劝，心中却仍是担忧："姐姐执意如此，可有想过月初的感受？"

红红强忍心中痛苦，身体微微颤抖着，半晌终是说道："他还年轻，过不了多久自然便会忘了我，重新开始。"

容容心疼地看着红红，片刻后转身离去，找到阿来将他一路往小阁拽去。阿来再次来到小阁，一脸无辜道："容容，你拉我来也没用，能劝的我都劝了，他不听我也没法子。"

容容看着阿来道："谁让你劝了，想个法子，逼他出来。"

阿来迟疑地看着容容，又比画了下小阁，夸张地用口型比了个"毒"字。容容微笑着点点头，阿来也演哑剧似的会意一笑，紧接着抬手一扬，一道紫色毒烟顺着门缝飘进了小阁。

很快小阁里传来了剧烈的咳嗽声，月初猛地拉开门，一边咳嗽，一边往外跑，第一眼见到阿来就挥拳朝他打去："好你个缺德毒童子，敢往我房里放毒！"

阿来连忙躲着道："要打打她，是她让我放毒的！"

容容笑眯眯道："是我的主意。"

月初惊讶地看着容容："容容姐？"

容容点头示意道："跟我来。"

月初与阿来对视一眼，阿来摇头表示自己也什么都不知道，月初见状，只得急忙跟上容容。

容容一路走到了双生峰洞，随着两人入洞，石壁上的鲛珠逐一亮起，待走到尽头的东方洛旁边，月初扭过头去不愿看他。容容见月初的动作，心中了然："这么不想见到他？"

月初装作不以为意的样子道："一个几百年没洗脸的人，有什么可看的。"

容容望着东方洛，娓娓说道："你就不想知道，他为何让姐姐一直牵挂至今？东方洛是因为姐姐才躺在这里的。当年的事太过复杂，也不该由我来告诉你。总之，东方洛出事后，姐姐便一直沉浸在深深的自责中。"

月初道："这几百年，妖仙姐姐一直觉得亏欠他？"

容容点点头，继续道："东方洛曾告诉姐姐，人和妖一定有和睦相处的那一天。"

"和睦相处"四个字让月初仿佛明白了什么："所以妖仙姐姐是将东方洛的愿望当成了自己的愿望？"

容容道："至少最初，是他让姐姐认识到了善恶不分种族。"

月初问道："为何告诉我这些？"

容容看向月初："因为我希望你明白，无论姐姐做出什么选择，都是因为身不由己、心不由己。"

月初神色复杂地盯着东方洛，第一次如此正视自己的情敌，他笼在袖中的手渐渐握紧，低声对东方洛道："你就是通过这种方式，牢牢占据了妖仙姐姐的心吗？"

面对着东方洛，月初脑海中忍不住想起自己曾在幻境中看到的红红与东方洛的相处及情意，他满面痛苦地用手覆住双眼："妖仙姐姐因为愧疚放不下东方洛，可我也放不下她，既然放不下，现在的我还能做些什么呢？"

回到了小阁，月初躺在床上仍思考着什么，片刻后他突然从床上坐起来，一扫方才的颓唐。下一秒他似乎闻到了某种气味，侧头看去，见门缝正钻入紫色烟雾，不由得气到跳起来去开门，却见只有容容一人站在门口："容容姐，阿来呢？！"

容容推开他走进屋里，笑眯眯道："他放完毒就跑了，你开门的气势这么足，看来比前几日好多了。"

月初好似又恢复了往日的生机与活泼："那是，也不看看我是谁，恢复能力天下第一的东方月初是也！而且我保证，将来有一日，妖仙姐姐的心里会有我的一席之地！"

容容微微惊讶道："你打算怎么做？"

月初神秘道："做什么我现在还不能告诉你。总之，待我替妖仙姐姐还上这份亏欠东方洛的情,那时候,她心的去向,就取决于她自己了!"

容容虽不明白他要做什么,却也放下了心离开小阁。月初收拾一番,拎着酒和馒头往父母坟前而去。

他蹲在坟前,用手中的神火烤着红薯,挤出笑意道:"娘,如今儿子这神火烤红薯的技艺已经炉火纯青了,若是你和爹还在,咱们一家三口在村前开个烤红薯的铺子,定然生意兴隆!"

说罢,他坐在地上接着道:"儿子将金人凤逐出神火山庄的事,你们已经知道了吧,如今儿子有更重要的事情要做,你们二老应该会支持吧?"

说到这,月初自己反倒笑了,从地上捡起一大一小两片叶子,扮起了秦兰和自己,他举着大叶子道:"臭小子,你这不是废话吗?两族和平,不只利于妖族,对人族也是幸事啊!更何况,此事还关系到我儿子的幸福!"

月初又举起小叶子故作惊讶道:"娘,你都知道了?可、可我一个人如何完成这件事啊?"

接着月初又举起大叶子道:"傻儿子,你就不能动动脑子?虽说不能暴露东方家后人身份,但也能加入一气盟,争取弄个盟主当当。到时候,人族如何对待妖族,还不是儿子你说了算?"

月初再次举起小叶子,有些为难和苦涩:"可若是入了一气盟,涂山哪还容得下我?如果容得下又如何呢……"

(六十八)离开涂山·下

夜色微凉,红红坐在窗前,轻轻拂过那张狐狸面具,外面便传来开门声,只见月初端着一盆水走了进来。

红红面色一滞,冷冷道:"我说过,这些事你不必再做。"

月初故作无事道:"上次对付金人凤你伤了手,便一直是我为你按摩泡手,这是最后一次了。"

红红心中隐隐作痛,看着月初如往日般拉过她的手泡入水中,红红眸中流露出痛意,见月初抬头,连忙敛去情绪。

月初突然叫道:"妖仙姐姐,把手给我。"

红红刚要应答,就见对方扬手向她打出一道神火,红红神色一凛,情急下伸手去挡,那神火落在她的手上竟无半分伤害:"这是?"

月初道:"这是东方灵血的另一个秘密,之前我将心头血赠你,现在你再用掺了灵血的水连续泡手三个月,便可永不被神火所伤。妖仙姐姐,从此你便不必畏惧东方家的纯质阳炎了。"

红红此时哪里还不明白月初的良苦用心，神色复杂地看着他，月初则故作无事地笑笑道："是不是很感动？是的话，我正有事相求，想请妖仙姐姐为我办一场求缘仪式，我想向苦情树求羽花。"

红红一怔，避开月初的目光道："对不起，这个要求我做不到，而且你这样做，没有任何意义。"

月初表情受伤，低声道："为何其他妖，甚至布泰公主作为人，都可以在苦情树下证明真心，而单单我不可以？"

红红强忍心中伤痛道："因为你所求之事，永远也不可能。"

月初仍不甘心道："有些事，不试一试怎知不可能？"

红红看着月初倔强的样子，想解释又无法开口，只得冷了脸，施出一道妖力将水盆送入月初怀中："你的事已经做完了，该退下了！"

眼看着月初离开，红红并未休息，反而孤单地来到了苦情树下。银月如钩，月光洒落在苦情树下，羽花绽放，灿若云霞。她微微抬手，以妖力打开树心进入当中。只见红红在树心凝出妖力，化成银色丝线，丝线顺着树心四壁照亮了整个空间。她正要研究祭出情种擒拿石姬之法时，树外突然传来脚步声。

红红警戒心陡然提起，双手蓄起妖力正待发，却听见了熟悉的叹息声。

月初的声音在树外隐隐传来："苦情树，妖仙姐姐不答应替我求羽花，那你能感知到我的情吗？"

红红在树心中，仿佛能看到外面树下月初失落的神情。月初虔诚地望着苦情树继续道："万般执念，愿自缚于此，月初不求其他，唯愿百年后，妖仙姐姐见到此花，能记起她生命中曾有一个过客，如此将她放在心上。"

红红靠在树壁上，终是用妖力化出无数红线，缠绕于树心，化成一场盛大庆典，她目光温柔低语道："东方月初，这是只属于你的结缘盛典。"

月初微微抬头，只见羽花纷扬飘落，像落了一场绯红的雨。他伸手轻抚着苦情树道："愿人间换了芳华，历代星辰为她照亮夜路，她永不识悲伤……"

羽花在月初身侧飞扬而过，未有一朵为他停留。树心，红红眼眸悲伤地望着月初，这是一场只属于两人的求缘。

树心，红线缠绕如花苞，花苞中一朵羽花悄无声息地绽放开来，诉说着少年春风不度的心事。

待天光大亮，流觞和九霄匆匆赶至小阁，正看到月初背着包袱，满眼不舍地看着收拾整洁的小阁。

流觞气喘吁吁道："月初，一大早找我们来有何事？"

九霜也道："催得这般急切……你要出门？"

月初微笑着的眼中透着不舍："我要离开涂山了。"

流觞惊讶道："你要离开涂山？去哪儿？是大当家给你新的任务了？"

月初淡淡地摇摇头，流觞又道："难不成你要回神火山庄当庄主了？"

月初再次摇头，九霜有点着急了："那为何要离开？虽说涂山都是妖，但好歹有你的安身之地，你还有我们这些朋友啊。"

流觞也点头道："就是，你舍得我们这些朋友吗？"

月初感动地看着这两人，上前拉住两人的手，叠放在一起道："正是因为不舍，才将你们喊来。虽说涂山一向由女狐牵线搭桥，可缘分难得，我这个朋友，实在看不下去了。九霜，流觞的羽花是为你而求，他心悦于你很久了。"

流觞尴尬地望着九霜，九霜想抽回手，面色绯红起来："谁稀罕他的羽花了。"

流觞着急起来："哎，九霜……"

月初见此，微微一笑，带着不舍背上包袱出了门。

流觞赶紧回头喊道："月初，若遇上什么难事，或者混不下去了，记得回涂山，这里好歹还有你一个窝！"

月初感动道："这里是我的回忆，以后就别住人了。"

流觞还没反应过来，就见月初一道神火打入了小阁，小阁瞬间熊熊燃烧起来，九霜惶急地看着神火，大喊道："月初，你疯了！"

流觞、九霜顾不上月初，一路上气不接下气地跑到斛光阁大喊道："大当家不好啦，月初疯了，他要烧涂山——"

红红肃容踏出房门，朝小阁飞驰而去。

待来到小阁，只见小阁外有一层圆形的银色结界，一团神火则在结界内燃烧不止，并未外泄，火光落入红红眸中，久久不息……

月初一副没心没肺的样子，叼着根冰糖葫芦走到界碑处，他的手中则拿着一张一气盟招新的告示，突然一道冰凌飞速朝他身后飞来，他连忙闪身接下，回头看去，只见雅雅正怒气冲冲地立在高处："你这个叛徒，居然背着我和姐姐想趁一气盟招新偷偷加入！我们涂山哪里对不起你，你要加入那帮臭家伙和我们作对！"

月初依旧嬉皮笑脸道："你能不能装作没看见放我走啊？"

雅雅一把丢出酒壶攻击："不行，想要离开涂山，除非踩着我过去！"

月初接住酒壶在手中转着圈，接连化解着雅雅的攻击，紧接着一个飞跃将雅雅踩在脚下，雅雅气得不停地挣扎着："放开我！用我教你的法术来对付我，你这个卑鄙的家伙！"

月初美美地喝了口酒道："雅雅姐，这就是你的不对了，为人师嘛，最重要的便是宽广如海的胸怀，还有……"

"闭嘴！"暴怒之下，雅雅凝出妖力砸向月初，月初慌忙闪避着，一溜烟往山下逃跑。

看着月初逃跑的背影，雅雅喊道："臭小子，混蛋！你去哪里，给我回来！"

月初并不回头，朝着身后挥挥手，边走边道："雅雅姐，别闹了，你拦不住我的，我奉劝你，多精研点寒气的法术，争取突破到绝对零度，少学点妖仙姐姐的力量招数，那些不适合你！"

突然，月初停下脚步，发现容容正站在他的面前："容容姐，你也要拦着我吗？"

容容道："其实，今日我是受妖馨斋的老板所托前来抓你回去的，你赊了他三个月的点心钱，难道不还账就想走吗？"

月初一脸尴尬，不知该如何回答，容容接着道："还有，既已决定离开，何故在小阁留下神火？"

月初道："因为我更想护下涂山的一切。容容姐，你用最普通的召唤术召唤我所纵之火，便知我为何要这样做了。"

容容翻手向上，没想到一团烈火腾空而出："这……"

月初微笑道："从今天开始，涂山之妖可以随时召唤纯质阳炎，往后若再有上门生事之妖，皆可以用灭妖神火打发，这是我目前唯一能为涂山做的。"

容容颇为感动道："灭妖神火，你这么做是为了……"

月初趁容容感动，突然拔腿就跑，边跑边喊道："所以那些赊的账就拜托容容姐了，我们之间的债日后再算，若有机会我会还你的！"

容容只看到月初的身影飞快远去，雅雅追上来，和容容一起看向月初背影，眼中都露出不舍之意。

月初一路奔至林中，气喘吁吁，脸上再也难掩不舍之情，他回过身一边望着涂山，一边倒退着走，转过身来时，差点撞上红红："你、你怎么来了？"

红红道："你还是要离开吗？"

月初身子僵硬着，有些不知所措，很快又摆出一副轻松的模样道："你不必挽留，反正今后还会见面，就不多说了。"

红红冷声道："想走就走吧，流觞他们或许不舍，但我并无此意。"

月初失望地看着红红道："你来，就是为了跟我说这个？"

红红强压着心底的情绪，淡淡开口道："自然不是。你走之前，要将涂山给你的东西还回来。"说罢，只见红红扬手，巨大的妖力拉扯着月初的心口，一道红线自他心口穿出，化作漫天羽花向红红而去。

月初惊讶道:"天地一线!"

眼看着两人最后一点牵连消失,月初愤怒伤心道:"你真的要与我恩断义绝?既然如此,你是否也该还我一物?"月初手中凝出灵力,猝然间,那副狐狸面具从红红怀中而出,被吸入月掌中,"妖仙姐姐对我毫无留恋,对此物定亦然。"

红红望着月初,笼在袖底的手握紧了,冷冷道:"你可以走了。"

月初望着红红露出一抹苦笑,终是收起了面具,抬起脚步一步步往前走去。他路过红红身边时,在她耳畔道:"有些东西,我留在了涂山,即便走了,也无法一并带走。"

红红一怔,手指微动想要去抓,月初却已背身离去,两人背对着背,都没有回头,月初脸庞上的泪水无声落下,将最纯粹的自己、最深刻的眷恋留在此地。红红将方才想要伸出的手攥紧,回忆着往昔光阴,只觉心口传来密密麻麻的疼痛。

(六十九)入一气盟

几日后,人族一片山间竹林间,隐隐可见"一气盟"三字的旗帜在如波绿涛中飘扬。而竹林上方,不时有一气盟弟子御剑飞行而过,热闹喧嚣的声音在竹林间回荡着,其中一个弟子道:"这一回新人选拔赛由南宫家负责,南宫家少主南宫昱亲自到场……"

正说着,南宫昱便在大家的目光中御剑乘风而来,颇有几分飘逸姿态。

而月初此时也正轻盈地穿梭于竹林间,突然停下脚步抬头看去,只见南宫昱御剑而行的身影,他嗤笑一声:"浮夸!"

当月初来到了竹林正中央,喧嚣的人群已经围在了大大的比试场四周,众人嘈杂地讨论着什么。

"这场面,可比咱们当年盛大多了。"

"哼,场面是大,不过参选人的资质就难说了。"

"有道理,当年咱们同南宫少主一道参加招新大赛,人家一出场就轰动全场……"

月初一边听着弟子们的交谈,一边朝报名处走去,签到处两个南宫家弟子正要收起本子时,他的手啪地拍在了桌上:"报名!"

两个弟子抬起头来,看到月初朝他们露出一个大大的笑脸,随意地在本子最后面签上大大的"月初"两字。

签好字的月初扭头要走,却被其中一个弟子叫住了:"慢着,还要签这个!"

月初转过身来,只见那弟子递过来的一份文书上写着"生死状",不由得惊道:"不是吧,报名入盟而已,还签生死状?"

另一个弟子鄙视道："一看你就没见识，一气盟入门选拔，说是考察，实则是术法、法宝和内力的比拼，这刀剑无眼……"

月初微微一笑，挥笔签下名字。此时台上突然爆发出如雷般掌声，他顺着声浪望去，只见台上一个劲装女子脚步如风、气势如虹，对面的选手踉跄地退了几步，直接被逼到了比试台的边缘。

给月初生死状的弟子感慨道："那是捕快门的律笺文，早就听闻她资质不俗，果然是后起之秀啊！"

台上南宫显扫视着众人，待大家安静下来后宣布道："律笺文，通过！"

外围隐蔽的竹林里，雅雅和阿来悄悄躲藏着，雅雅低声道："虽然姐姐不说，心里却担心臭小子，等我将这里的情形传给她瞧瞧，指不定她就改变主意不祭出情种了。"

阿来则看着律笺文思索道："这一辈的人，倒是有出挑者，或许人族真的比妖族更先进，在大灾害面前，更能生存下去……"

突然，台上再次传来南宫显的声音："下一个，月初。"

月初矫健地跳上台，慢慢走向对手南宫申。

而此时苦情树的树心，红红双手结印，巨大的妖力在树心爆出银光，再次照亮整个树心。树心中央的银色旋涡与之呼应，抽出一截新枝，新枝上生出一个花苞，快速地盛开又凋谢，结成了碧绿的种子。种子发出绿色的荧光，那光线如丝般穿透了红红的心口，仿佛要从心口汲取营养，绿光之中则皆是红红与月初之间的回忆。

红红忍着胸口巨大的痛苦，踏入树心中央，以自身为阵眼，化出了花影，花影流溢，又化出了羽花阵形。

红红见羽花出现，大喝一声："去！"

巨大的妖力四溢而出，化成万千银丝源源不断地向上而去，直冲树冠。

在一处隐蔽山洞中，正在调息打坐的石姬猛地被那些银丝所束缚，她睁开眼睛，银丝所化的缚妖索已经快速缠绕上了她的四肢。当石姬反应过来，凝力用黑雾对抗时，银丝却霸道地将黑雾寸寸绞断、吞噬。那银丝的力量极为霸道强盛，很快就将石姬整个缠绕包裹起来。

石姬面露恐惧之色，沙哑叫道："是情丝！涂山红红，你够狠，竟然祭出情种对付我！"

红红的心口被一寸寸拉扯着，她咬牙忍痛，用灵力将包裹着石姬的银丝拉回，石姬被银丝化作的大网困在其中，挣扎不得，仿佛待宰的猎物。

红红看着石姬冷声道："石姬，这便是你一直惦念的苦情树之力。"

石姬满面不甘，怨恨地望着红红道："涂山红红，你是如何找到我的？"

红红盯着她道："你确实狡猾，处处藏匿气息，可你别忘了这具肉身是借苦情树之力重聚的，无论你藏在何处，都逃不过苦情树的追踪。"

石姬恨恨道："所以你便祭出情种，以情丝延展苦情树之力。涂山红红，为了对付我，你还真是舍得下血本。"

红红道："比起你要对六域所行之事，能以情种之力将你永远封印于此，也算值了。"

石姬不甘心道："为何……数百年了，你为何偏要执着与我作对，你我联手让涂山主宰六域不好吗？"

红红蹙眉道："因为你以恨为念，只想成全自己的野心，从而掌控整个六域，却从未真正看一眼被你主宰的子民，更从未想过为他们做些什么。"

石姬好似听到了什么笑话一样，哈哈大笑起来，随后她一脸狠厉道："以恨为念？涂山红红，你以为自己与我不同吗？我们的力量都来自苦情树，都来自恨！不错，涂山苦情树是为妖结缘汲取情力，以爱生情力，可你呢，你的力量不就来自你伤了东方洛吗？涂山红红，要不要让我告诉你唤醒他之法，让他再度回到你的身边？"

红红脸色一变，不为所动地继续祭出情种之力，源源不断的情种之力从红红心口而出，缠上银网，由石姬的四肢向内慢慢缠绕。

石姬冷笑道："哦，我忘了，你早已变心。既然如此，你就算不想唤醒东方洛，也该护东方月初吧？"

红红听到"东方月初"，怒斥道："你想做什么？"

石姬声音带着蛊惑道："东方月初去参加一气盟招新比试，这等下手良机，我怎会放过？"

而此时，竹林中的比试场上，月初上来便使出驱魔一式，一拳凝聚着灵力重重砸在南宫申的胸口。南宫申满面不可思议，掉下台去，现场顿时一片寂静，突然有人高喊道："是妖术！"

随着这一声，众人哗然，就连律笺文也在人群中打量着月初，南宫是更是一跃上台，眼中带着戒备问道："你竟修炼妖术？"

月初光明正大道："有何不可？知己知彼，百战不殆，要对付妖族，当然要熟悉他们的招数。"

隐蔽处的雅雅听到月初的话，气得咬牙切齿，低声咒骂："这小子！我这就去抓他回去……"

阿来连忙按住雅雅道："别着急，再听听他怎么说。"

台上南宫昱冷冷地打量着月初："口气不小，想借着博人眼球来混入一气盟，你这种人我见多了。"

月初笑道："你这话对但又不对，博人眼球对，混就不对了。我诚心诚意参试，因为我要改变一气盟。"

南宫昱怒道："狂妄自大！若你能接我十招，我倒是能考虑纳你入盟。"

月初嘴角微挑道："才十招？一百招也可以啊！"

月初话音刚落，南宫昱便凝出灵力步步紧逼而来，月初则摆出姿势接招道："看好了，这次用的不是妖术！"

几招过去，南宫昱竟被逼得有些狼狈，在比试台下围观的众人都露出看好戏的模样，更是有胆大的人赞叹起来。

"厉害！"

"这小子是谁啊？"

南宫昱听着这些声音，脸色铁青地唤出宝剑。月初冷笑道："这么快就祭出法宝了，可惜，这种人人羡慕的家传法宝，并非可以支撑人族未来之物！"

南宫昱第一次听到这种论调，惊讶道："你可知自己说的是什么疯话？"

月初继续道："疯话？方才一见我用了妖术，南宫少主便迫不及待地亲自上台，是怕他对付不了我吗？"

南宫昱蹙眉道："你什么意思？"

月初问道："我且问你，人、妖之间最大的矛盾是什么？最大的矛盾便是妖皇有四个，可王权剑只有一把！"

南宫昱冷笑道："那又如何？一气盟各大世家联合起来，管他一个还是四个妖皇，通通不惧！"

月初紧接着问道："那其他的妖和人呢？人畏惧妖，只因力量悬殊。若是破除世家独自掌管一气盟的陋习，人人有法宝，不管是法力微弱的，还是强的，人人都能修行，贡献所长，发展出富足安宁的人族，良性循环，生生不息，这才是人族的未来。"

南宫昱大骂道："一派胡言！正是因为有了世家，才能护下人族，不被妖族所伤！"

月初摇头失望道："不过是将绝大多数的资源掌握在自己手里，让普通人不得不依附于世家罢了。"

南宫昱气到极点，大喝一声，剑气携着山海之力朝月初而来，月初纵身一跃，朝南宫昱攻去。

雅雅有些疑惑地看向阿来："我怎么觉得这臭小子说的似乎有理？"

阿来看着雅雅露出了笑脸，雅雅连忙捏诀凝力，一道妖力将台上的画面收入眼眸之中，再翻动手掌，捏诀以妖力传送出去。

而另一个外围隐蔽处，过过则阴鸷地笑了起来："人族的未来？哼。"他敛去妖息，缓缓施展法术，一道细细的黑雾凭空而出，朝着主考场的月初直袭而去。

正与南宫昰斗得激烈的月初很快占了优势，以灵力压制住南宫昰的剑气，蓦地，那道细细的黑雾穿透剑光，瞬间没入月初额间，月初当即面露痛苦，动作迟滞下来。高手过招一瞬之间，南宫昰抓住机会，立刻开始反攻，密集的剑光不断落在月初身上。

苦情树心，缠上石姬的情丝越来越多，甚至开始向躯体内蔓延开来，在情丝的绞杀下，她的唇边已经溢出鲜血。

红红冷笑道："方才不过是你的扰乱之术！"

石姬忍痛道："是真是假，你自会知晓！"

忽然间，树心竟然出现了月初与南宫昰之战的影像，红红见月初动作迟缓，眼神竟显空洞。石姬啫啫而笑，只见南宫昰一剑划破月初身体，带出一串血珠。

红红震惊道："狐念之术？你们控制了他！"

石姬恨声道："这可不是简单的狐念之术。还要多谢雅雅的灵元之眼，正好让你看清楚东方月初是怎么死的！"

被过过黑雾所袭的月初好似突然回到了双生峰中，伴随着鲛珠的光芒，他面前躺着的正是东方洛。

"这……"月初讶然地看着东方洛，突然发现自己手中竟然不知何时多了一柄短剑，更让他惊异的是，他竟然缓缓举起了这把剑，"不，我不能……"

就在他极力挣扎时，一道蛊惑的声音自他耳畔响起："你想消灭他，让他烟消云散……"

过过所使用的狐念之术在月初耳畔不停地鼓噪着："他不过是在凑巧的时机出现在了凑巧的位置，他是什么样的人？人品如何？成长环境如何？喜欢什么？讨厌什么？她都不知道。他只因为让她愧疚，所以成了她心中过不去、放不下的爱，如果不除掉他，你半分机会都没有！"

月初眼中神色复杂，举着短剑的手犹豫不决，在过过的蛊惑下，他的双眼逐渐变得通红，突然他大吼一声，猛地将利刃往下一刺。

石姬望着月初刺下利刃的画面，冷笑起来："见到了吧！东方月初恨东方洛，恨极了！"

红红眸中也红了起来，她没想到，此事竟也成了月初的心结，可接下去影像中的情形让红红与石姬都愣住了。

月初手中的短剑在距离东方洛胸口一寸的地方停住了，他眼中迷茫地喃喃自语道："这一剑下去，我真的开心吗？妖仙姐姐会快乐吗？他早就是她的一部分了，早在我遇见她之前，他就已经在了。我遇见的、爱上的，就是生命中已经有了他的妖仙姐姐，抹去了他后的妖仙姐姐，还是妖仙姐姐吗？"

红红听到这里，眼中浮出了闪闪泪光。

而石姬的脸上则满是愕然和愤恨："这个人族小子竟如此愚蠢！"说罢，她不甘心地努力挣脱起来，银色的网在她的挣扎下不住地晃动。红红连忙凝神运力，绵绵情丝一圈圈地将石姬越捆越紧。

影像中，月初的神色逐渐清明："我离开涂山，不是为了抹去东方洛，我是为了成为妖仙姐姐心中更亮的星！"

红红凝望着月初，说不出是伤心还是感动。泪顺着她的脸滑落，她心口的情丝不住颤动着，情种的脱离如利刃般将她心中最爱的过往割裂，椎心泣血，痛不欲生。陡然间，情种带着最后的情丝彻底冲出红红心口。

在红红的心口幻境中，瞬间，满树白梅凋零，繁茂的梅树干枯化为齑粉，彻底消散。

巨大的情种力量让树心燃如白昼，石姬惊恐不甘的声音响彻树心："不要——"

最后一道情丝缠上石姬，将石姬包裹于羽花中的白色茧中，茧上散发出被封印的光芒，让石姬被囚于此，挣脱不能。

红红再次抬起头来，眼中已经毫无波澜，她心中的月初也被彻底抹去。一朵绯红色的羽花在树心飘摇而落。

（七十）祭出情种

竹林中的主考场中，南宫昃杀红了眼，致命一剑直刺月初，剑尖触及月初这一刻，月初正好挣脱了狐念之术，瞬间使出璀璨万分的灵力，将其法宝打飞。

场下一片寂静，片刻后，骤然响起雷鸣般的掌声。

欢呼的人群中，阿来的身影极快地穿梭着，最后匆匆回到隐蔽处的雅雅身边。雅雅收回灵元之眼，看向阿来。

"这群人里没有，看来过过已经逃走了。"阿来低语道。

雅雅心有余悸，骂道："白眼狼！还好臭小子争气，自己挣脱了狐念之术。"

台上，南宫昃脸色极为难看，月初则微微扬起嘴角道："怎样，当着这么多人的面，南宫少主不会食言吧？"

南宫昃不甘心地咬牙道："月初，通过！"

"这卑劣的人竟然破了狐念之术！"过过不甘心地捂着满是鲜血的胸膛，犹豫片刻，终是忍痛踉跄逃走。

台下再次响起一片议论与赞叹声，律笺文也饶有兴致地低语道："想不到一气盟重要世家的南宫家也不过如此，月初……以后的一气盟有意思了。"

月初站在台上，笑看着人群，突然看到了人群外的雅雅，连忙跳下台去，在林间小径上追上了阿来、雅雅二人。

"臭小子，你背叛了涂山，还来找我们做什么？"雅雅骂道。

月初笑道："你既恨我这个叛徒，又为何来看我比试？"

雅雅气鼓鼓道："今日你出了这么大风头，以后不知有多少人找你麻烦！"

月初笑得更开心了："如此最好，我来参加入盟比试，就是想认识更多人，有更大的名望！"

雅雅不以为然道："没想到你竟然是这么虚荣的人。"

阿来望着月初和雅雅一笑，说道："我倒认为，或许月初是想让更多的人听到他的声音。"

月初连忙大力拍了拍阿来的肩膀："果然还是你懂我，有了名望，人们才会听见我说的话，才会相信我说的话，我才能尝试让人族变强。人族只有变强了，才能真正消除对妖的恐惧和猜测，到那时，才会有真正的人、妖和平。"

雅雅惊讶地望着月初，没想到他竟有这样大的抱负："所以你才离开涂山，加入一气盟，才要让人族个个有法宝？可你知不知道，人、妖和平这条路太难走了。"

月初坚定道："我必须走，因为妖仙姐姐想要。只有走完了这条路……我才能回去。"

说罢，月初朝两人挥挥手，转身离去。雅雅看着月初的背影，眼中蓄满了泪水："这臭小子……"

阿来看向月初的眼神满是敬佩："他选择了一条布满荆棘的路，我们所能做到的是一同陪他披荆斩棘！"

竹林附近的一个葫芦村中，月初在微光闪烁的木屋里努力绘制着兵器草图。许久，月初放下笔，他慢慢从掌心凝出一簇神火，神火中逐渐凝炼出一把匕首。月初收回神火，匕首落在掌中，只见一道灵力之光闪过。

月初仔细观察着匕首，低低自语道："这法宝虽灵力微弱，但对抗一些小的恶妖倒也足矣……啊，有一道裂痕！"

月初脸色一沉，连忙放下匕首，在图纸上继续修改。就这样修修改改，直到远处鸡鸣声响起，月初才伸了个懒腰，一跃而出，爬上了房顶，他看着露出鱼肚白的天空，痴痴地注视着涂山的方向。

突然，一只手猛地在月初肩膀上拍了一下，月初回头，正看到付澄笑望着他。月初故意道："好歹是神火山庄数一数二的高手，你上个屋顶动静这么大。"

付澄冷哼一声，在一旁坐下："我这高手可不及你，谁不知道一气盟纳了个精通人、妖两族术法的月初？你为何不让大家知道你是神火山庄的人，难道你还不打算回去吗？"

月初摇摇头道："我不回去。"

付澄问道："为何？金人凤的爪牙全都被铲除，如今庄上都是对老庄主忠心耿耿的前辈和新招纳的弟子，大家都盼着你回去主事。"

月初再次摇头道："如今的神火山庄与我全无关系，回去也没什么意思。"

付澄大声道："怎么跟你无关？山庄内……至少、至少还有玉萍前辈。"

月初听到玉萍，心中一软："玉萍姨，她还好吧？"

付澄瞪他道："既然这么关心，干吗不自觉回去，也好让她放心。"

月初面上一黯："你代我向她老人家问好，就说我得空了去山庄看望她。"

付澄抬脚往外走去，走到门口又转过身来盯着月初看了片刻，终于将心意压在心底道："有个消息要告诉你，南宫家家主死了，现在由南宫昱当家了。"

月初先是惊讶地睁大了眼睛，随后眼眸微眯，思忖着："死了？"

第十章 初识东方洛

（七十一）三年之后

春去秋来，几番寒暑。

距离月初加入一气盟已过三年，这三年里，月初不断周旋走访于一气盟的领地间，在北山调解人、妖的冲突，在人族市集中分发炼制成功的法宝。而斛光阁中，妖力氤氲，红红双手不断翻动，打出巨大的妖力。

葫芦村中的小木屋内，巨大的呼噜声将整理各式法宝的月初吵得连连叹息，他无奈地看着趴在桌上呼呼大睡的一气盟弟子四喜和傅院长，长长地叹了口气，将新炼好的法宝往桌上重重一放。

扎着两个发髻的四喜一下被惊得抬起头来："打雷了，打雷了！"

而傅院长则揉揉惺忪的眼睛道："别闹，还困着呢。"

月初眼看着这俩活宝再次倒在桌上呼呼大睡，待他再抬起头来，见付澄从门外走了进来，连忙道："你看看从哪里找来的这两个所谓的研究爱好者，说是要一起研究法宝炼化之术，结果从设计到淬炼，每次只我一人，这就罢了，他们偏偏还在我静心炼造之时，说梦话、打呼噜、磨牙……如此行径，实在令人发指！"

付澄嫌弃地道："话可不能这么说，他们不也研究酒类的区别？上次你还夸他们找的酒好喝。"

月初气得还想说什么，突然看到了付澄手里拿着的册子，他连忙拿过来翻看："上一批法宝的反馈出来了？"

看了会儿，月初神色一改，变得郑重起来，他敲敲桌子道："起来干活了！"

四喜揉了揉眼睛，终于醒了过来，月初看着册子思忖道："这些反馈中，有问题的多数集中在北山，应当是北山地处沙漠，昼夜温差大，致使法宝内灵石不稳。"

四喜皱眉道："这可怎么办？咱们又不能改变北山那边的气温。"

月初道："在法宝上加个恒温层即可。傅院长，恒温层的设计就交给你了，做不出来，罚你半年不许喝酒。"

傅院长痛苦地讨价还价道："能不能半个月？"

月初又对四喜道:"四喜,今天陪我上街,继续分发法宝。"

双生峰山洞内,躺在石床上的东方洛仍在昏睡,他心口上方的六芒星灵元内,却隐隐有光泽闪过。

月初与四喜来到人族市集上开始将法宝分发给街边的摊主们,摊主们则纷纷说着感谢的话,一路上不少路人都得过月初所赠法宝,纷纷拿着青菜、馒头、鸡蛋等要送给月初。

"多谢月初少侠,上次你送我的法宝吓跑了一个想打劫的小妖!"

"这些年有了你的法宝,不仅可以防身,连生活都方便了许多!"

"是啊,上次你赠我的自动风轮车,我家娘子别提多喜欢了。"

月初一一收下礼物,笑着回应大家的谢意。这时,一个人族小孩拿着糖葫芦来到了月初面前,月初蹲下问道:"小朋友,你也是来谢我的吗?"

小孩点头道:"嗯,我长大了,也要像你一样,不怕妖族。"

月初赞同地点点头,一把拿过了孩子手里的糖葫芦,转而将一个法宝风车递给他道:"真勇敢,所以糖葫芦是给我的吧?嘿嘿,这个风车给你,它不光有灵力,能对抗恶妖,还能吸收自然界的力量,没风的时候也能转起来哦。"

(七十二)东方洛醒来

此时的涂山双生峰山洞内,白色轻雾渐渐升腾而起,冰棺中,东方洛紧闭的眼皮下可以看到眼珠在轻轻地转动,他似乎急迫地想要醒来。他头顶六芒星中的灵元似乎镀了一层光晕,光明明灭灭地闪烁着,突然一下爆出亮光,灵元鲜活跃动,片刻后,轻雾中传出一声轻轻的叹息:"呵,终于可以回来了……"

斛光阁中,红红正在闭目修炼,她的周身流转着一道道强大的灵力。蓦地,她猛地睁开眼睛,冰冷的眸色似乎察觉到了远处的异常。她站起身来,缓缓踏出斛光阁。只见她容颜如雪,与三年前不一样的是额间出现了一朵冰蓝色的羽花,往日的红衣也换作了一袭白衣。

阁外的容容和雅雅惊讶地看向红红,红红神情冰冷道:"双生峰有异,你们守好涂山。"

不等两人说话,红红便一掠而出。雅雅不由自主地瑟缩了一下,容容则满眼担忧地看向红红离去的方向。片刻后,雅雅肃容对容容道:"我去探一下护山结界。"

很快红红便出现在双生峰洞内,那白色的浓雾已经只余淡淡几缕,六芒星中的灵元早已消失,冰棺中已是空无一人。她正惊讶时,便听到东方洛熟悉的声音传来:"南柯一梦似昨日,梦醒世上已千年。想不到,我这须臾小歇之间,竟已过了数百年!红红,别来无恙。"

红红循声望去,只见最后的余雾中,隐约透出东方洛的身影。红红望着东方洛,一时间,幼年记忆翻腾如新。

幼时的自己与容容误入了人族市集,被以封侯为主的一气盟弟子们追杀,眼看着就要被抓到,东方洛突然出现,让自己带着容容去城外林中躲避,由他来引开那些弟子。

红红信任东方洛,当即拉着容容挤入拥挤的人群,朝林中跑去。

入夜的林中格外安静,两人正在疾行中,忽然听得前面树丛中有轻微的动静,幼时的红红神色一凛,拉着容容欲纵身离去,却不想一张巨网便从天而降将两人罩住。红红再想挣扎时,无数镇妖符自四面八方齐齐飞来,挡住了她们的所有退路。红红不死心地试图以妖力破网,却被镇妖符猛地震开,容容心惊胆战地抱住红红,只见带领一气盟弟子追杀她们的领队封侯走了出来,满面得意地打量着这姐妹俩:"早就发现这两只小狐狸了,今日终于捉住了。师弟,将这两个涂山狐妖带回神火山庄可是大功一件!"

东方洛自封侯身后走出,恭敬地朝封侯行礼道:"是,师兄。"

幼时的红红神色复杂地盯着看都不看她一眼的东方洛,眼神逐渐冷下,唯余痛恨和愤怒。

红红与容容身上贴着黄色的克妖符被安置在一座破房子中,贴满了镇妖符的红色绳索挂着铃铛和符咒,将两妖困住,容容瑟缩地低泣道:"姐姐,我害怕。"

红红抱住容容小声道:"是我不好,不该轻信人,容容不怕,姐姐一定想办法带你出去。"说罢,容容伸手去揭身上的克妖符,却立时感受到火燎般的痛苦,红红咬牙,还要忍痛去揭时,手却被容容按住了:"姐姐别试了,这克妖符是专门针对咱们狐族而制的,只要一用妖力,便会痛不欲生。"

红红正愤怒时,忽然听到脚步声自门口传来,只见东方洛推门而入,悄声来到牢笼前,红红正要愤怒开口,却被东方洛捂住了嘴巴:"嘘,别出声,趁着师兄睡着了,我先带你们出去……"

东方洛边说边朝红红伸出手,蓦地眼神一滞,难以置信地低头看向自己胸口,只见大量殷红的鲜血自他胸口溢出,红红冷冽地说道:"你以为,我还会再上当吗?"

东方洛抬头看向红红血淋淋的手,最后目光落在她的脸上,虚弱笑道:"我法力不高,没法直接救下你们,所以不得不配合我师兄,如此才能骗得他信任,让他放松警惕。"说着东方洛停在半空的手缓缓向前,竟替红红揭下符咒,红红错愕地看着东方洛为自己撕下一张张符咒。

东方洛一边撕着符咒,一边虚弱艰难道:"都说人善妖恶,我却知道人有恶人,妖有善妖。小时候,我曾结交过一个像你们一样的狐妖朋友,最后她却被杀死了……我相信,人和妖……一定会……能和平相处的一天……"

话音落下,东方洛撕下最后一张符,倒卧于血泊中。

红红带血的手还停在半空中,此时才明白自己误会了东方洛,看着他重伤,忍不住懊悔地大声叫道:"东方洛!"

房屋四壁上,挂在红线上的铜铃突然摇晃起来,一道道红线金光闪闪,将整个屋子映亮,红红面色冷然地推出一掌,漫天红光将其击溃,震断无数红线,铜铃也在妖力下悉数摔碎。

从回忆中回过神来,红红缓缓抬起头,眼中除了冰冷,再没有一丝情绪。东方洛一把握住红红的手,一如往昔笑了起来:"当年,我只是为了救你。"

红红不自然地将手从东方洛的手中抽出,下意识地避开与东方洛面对面的对视,道:"我已知道。"

东方洛见红红有意疏远,神情中透出些许尴尬,他失落地朝红红行礼道:"对不住,是我唐突了……我只是……"

红红看着东方洛试图组织合适的语言来化解尴尬和陌生感,心下不忍,她再次望向东方洛的眼神中流露出一丝愧疚:"你昏睡了百年,一时难以适应周遭变化,也是理所应当。"

东方洛下意识望向洞外,又看向红红:"百年?原来我睡了这么久……你与当年相比,也变了好多。"

红红神情冷淡道:"既然已经醒了,你有何打算?"

东方洛面色复杂,透着一丝黯然,他道:"过了这么久,我再回人族恐难以融入,若你不嫌弃,能否让我留在此处,书棋为伴,以了余生。"

红红一怔,迟疑地看着他。东方洛见红红犹豫的样子,有些讪讪道:"若是不方便则罢,六域之大,我孤身一人所需不多,总能找个将就过活之处。"

红红听了东方洛的话越发愧疚:"我欠你一命,你想留下,不是不可。我让容容替你安排住处。"

东方洛欢喜道:"多谢,不过无须麻烦,此处我躺了几百年,早已习惯,不必再费周折挪动了。"

红红听后颔首,两人缓步步出山洞,在双生峰山路上行走着,却不像数百年前般亲密,彼此间隔了些距离,透着生疏。

东方洛感叹道:"想不到,人与妖竟然真的止战了。"

红红本想说近来隐隐纷争再起，情势复杂，但又不想扫了东方洛的兴致，遂作罢。东方洛带着欣喜打量四周，见花草长势喜人，夸赞道："看得出来，涂山被你打理得很好。"

红红道："这些具体事务多是容容经手操办的。"

东方洛一怔，感慨道："看来容容也长大了。"

红红微微颔首，并不主动说话。东方洛略不自在地望向红红，故人重逢，少了些许温情。红红转身要走时，她怀中的狐狸面具不小心掉落下来，东方洛注意到地上的面具，上前捡起道："这是？"

红红下意识夺回面具收入怀中，神色不自然道："你若喜欢，人族市集上有许多，我派人买给你。"

东方洛看向红红道："我记得，你以前不喜欢人族之物。"

东方洛勉强挤出笑意，掩藏着心中的失落，两人一路无话朝斜光阁走去，而此刻阁中，容容安静地站在一边，涂山不醉和雅雅似乎有些焦急，雅雅道："姐姐这般正式地将我们几个都叫过来，究竟是出了什么事？"

不醉也绕着圈道："是啊，老狐狸这刚烤好鸡，还没来得及吃一口就被大当家的召唤，到底……"

两人正说着，涂山不醉突然当场愣住，只见红红带着东方洛走了进来，容容和雅雅也惊讶地看向东方洛。片刻后，雅雅惊讶道："姐姐，这位是……"

容容低声道："东方洛？！"

雅雅上下打量着东方洛道："虽说名字常听，但人倒是第一次见。"

东方洛不好意思道："东方洛见过……"

雅雅道："涂山雅雅。"

容容紧接着道："涂山容容。"

不醉故意矜傲地整理了下衣衫，清了清嗓子道："叫我'长老'便是。"

东方洛挨个行礼，红红宣布道："日后，东方洛会留在涂山双生峰，与大家一起生活。"

雅雅讶然道："留在涂山？"

不醉蹙眉道："大当家，怕是不妥吧，虽说人也不是不能留在涂山，可他毕竟是外人。"

红红不悦地睨向涂山不醉，正要发脾气时，东方洛连忙缓和气氛道："长老言之有理，在下也知留下多有打扰，只是如今人族已无我容身之地，是以才厚颜祈求红红容我在双生峰暂住。"

涂山不醉被东方洛的谦恭架住了，反而说不出阻挠的话，求助般地看向雅雅:"二当家,你说话啊。"

雅雅忽略不醉的意思,开口道:"东方洛是姐姐和容容的恩人,他留下,我没意见。"

容容也道:"这段时日风调雨顺,涂山的收成还行,多养个人不是问题。"

红红看向不醉道:"长老,你还有意见吗?"

不醉一个激灵,忙不迭地摇头道:"没有,老狐狸一万个赞同,这就去告诉小狐们,让他们见了东方洛一定要注意礼貌,绝不撒野。"

红红颔首,东方洛则对着不醉再施一礼,客气道:"多谢长老。"

(七十三) 初识东方洛

决定定居涂山后,没几天,东方洛便拿着些许东西再次来到斛光阁找到涂山红红。只见他从怀里掏出一些砭石之类的行医器具,有些不好意思道:"此前,我只一味钻研经书哲理,于实务一窍不通,此番醒来,倒觉得比之空谈,不如精研医术,救人救己,在涂山也算有点用处。"

红红淡淡颔首道:"既然如此,我让容容帮你备些医书。这山你不熟悉,若外出采药,可让小狐们带路。"

从斛光阁出来,流觞陪着东方洛往山下走去,在界碑附近采药,东方洛无意间望向远方,隐约好似有一个村落,下意识地就要往那边而去,就在即将踏出界碑时,被流觞一把拉住:"小心!大当家有规矩,任何人不得擅离涂山。"

东方洛连忙道歉:"抱歉,是我莽撞了。敢问远处那片村落,可是人族地界的?"

流觞顺着他的目光看了看道:"你说的是葫芦村啊,那是涂山地界,不过里面确实有人居住。"

"人?是谁?"

流觞顿了下,胡乱敷衍道:"是谁不重要,你只需记住不要擅自出界便好。"

东方洛没有理会流觞的警告,只一直盯着远处的村落。

待与流觞分开后,东方洛思索片刻,还是踏出涂山界,一路往葫芦村而去。

葫芦村小木屋内,月初正鼓捣着手中的法宝,突然东方洛推门而入:"恩人?"

月初回过头来,震惊地倒退两步,看着这熟悉的面孔,不由得结巴起来:"你……东方洛,你醒了!"

东方洛卸下药篓,认真地朝月初行了个大礼道:"多谢恩人慷慨救命,赠予在下十年命力。"说罢,东方洛微微使出灵力,只见他体内灵元与月初体内灵元均隐隐迸发出同样的蓝色生机。

月初仍沉浸于突如其来的震惊中，问道："你何时醒的？红红知不知道？"

东方洛挠了挠头道："刚醒几日，多亏红红心慈收留，在下才能继续留在涂山。虽在下当日于灵元内，知晓受了大恩，但醒来后未见恩人，若非外出采药而发现附近有恩人的气息，不知何时才能当面致谢。"

月初情绪稍稍平稳，心间却生出隐隐的醋意和担忧："别一口一个'恩人'，我救你，只是为了红红。按照咱们人族的说法，你是她朋友，自然便是我的朋友，我救朋友，理所当然。"

东方洛有些疑惑地重复道："朋友？"

月初咧嘴一笑，心里有了主意："是啊，东方洛，交个朋友吧。"

东方洛见月初朝他伸出手来，也迟疑地伸出手，两人对视着，一起笑了起来。东方洛瞥见屋外摆放着各式法宝，颇有兴致地看了过去，月初随手拿起一个锅子样式的法宝递给东方洛，又从他的药篓里抓了把药材，谁知锅里竟然立刻便炖好了冒着热气的药汁，他颇为得意道："怎样，对法宝感兴趣？"

东方洛眼睛瞬间亮了起来："如此神奇。"

月初笑道："送你了，见面礼，不必客气。不管是熬药还是煮饭，这一个法宝通通搞定，你日后也不必去涂山蹭饭了，跟我做朋友好吧？"

东方洛先是有些犹豫，后洒脱道："想不到竟能交到月初这般潇洒随性的朋友，东方洛真是荣幸之至。"

月初心里却想着坏主意——从今往后，让涂山的妖多给东方洛找些麻烦，让他再无暇纠缠红红。

东方洛回到涂山，刚坐在花园凉亭里看书，流觞便跑了过来："怎样，我推荐给你的话本不错吧？"

东方洛点点头道："自那女妖用修术打败了仇人老祖后呢？"

流觞故意鄙夷道："这你都不知道？你听我跟你说啊，这世间话本，万变不离其宗……"

终于听流觞说完，东方洛换个地方，刚来到学堂，又被勿离拿着水墨画给缠上了："东方先生，你给我出出主意，我这山的墨色该浓一点还是淡一点呢？"

东方洛为难道："勿离姑娘，在下一向不懂书画……"

勿离一滞："不懂？哎，不懂也没关系，你就从一个观赏者的角度谈谈……"

这边终于摆脱了勿离，正想从回廊离开，九霜便又凑上来："东方先生，九霜想向您请教下经文……"

几日过后，东方洛再次来到葫芦村，月初见他进门，十分高兴道："洛兄，今日怎么有空来我这里了？"

东方洛挠头道:"说来可笑,我发现这涂山狐妖们似乎格外……热情。"

月初见东方洛苦恼的样子,心中暗笑,道:"是热情到可怕吧?我和你说,涂山狐妖难缠得紧,尤其是那些女狐,你见了她们,千万记得躲远一点。"

东方洛坐在月初房中的一个椅子上正要开口,却突然脸色一变,那椅子突然塌了,他连人带椅子重重跌落在地。月初连忙将他拨到一边,抓起散落的椅子腿就心痛地哀号起来:"这是我娘亲手做的椅子,世上仅此一把!"

东方洛满脸自责地看着月初,尴尬道:"实在对不住,这……拼一拼,修一修,一定能修好的……"

月初夸张道:"可我不会修啊!以前每次想念娘亲,我还能坐在这,可现在……还有这屋子,此前遭贼人毁坏,我好不容易才修缮一番,方才你坐坏椅子,屋子也跟着震了震,只怕也不牢固了……"

东方洛越发自责局促,连忙道:"我会修,我来帮你修,以后每日来给你修屋子,一定将这里恢复原样!"

月初这才满意地点点头,他擦了擦不存在的泪水道:"那就拜托洛兄了。对了,洛兄今日特地来此,就只是为了坐坏我的椅子?"

东方洛一拍脑袋,掏出一本册子递给月初道:"差点忘了正事。"月初接过册子一看,只见上面写着"虚空之术"四字:"我听我娘提起过此术。纯质阳炎与虚空之术乃是东方家两大秘术,其中虚空之术早已失传数百年,怎么会在你手里?"

东方洛尴尬道:"只是拓本。当年我在东方家藏书阁内曾有幸翻阅过此书,后来人妖大战,藏书阁为大火所毁,万千藏书毁于一旦。如今既见了你这正宗的灵血传人,又蒙你救命之恩,是以默写此书,想着兴许对你修为有所助益。"

月初一边翻看《虚空之术》,一边感激道:"算你有心,谢啦洛兄!"

夜幕降临,人族市集上的徐府中,花园内闺阁的窗户半开,透过摇曳的纱帘,可见徐清儿与一个男子的身影在屋内亲密。忽然烛火一灭,那男子掠着徐清儿便从窗外飞出,很快消失在黑夜之中。片刻后,丫鬟觉察出不对,进屋一看,当即失声尖叫起来:"小姐不见啦——"

第二日清晨,东方洛正在双生峰山洞内切着草药,一抬头看到红红拿着医书进来:"这是你上次要找的医书。"

东方洛起身接过,略不好意思道:"又给你添麻烦了。"

红红道:"听说你近来常教小狐们辨认草药,看来医术有所精进。"

东方洛笑道:"不过是边看边学,顺带教小狐们些东西罢了,不值一提。"

两人正说着,容容快步走了进来:"姐姐,近来一气盟中频频有女弟子失踪,他们内部众说纷纭,但相当一部分人称是妖盟中的妖族所为。"

红红蹙眉道："可有真凭实据？"

容容摇头道："不像有，若这帮人真能拿出证据，王权弘业应当不会像现在这般坐视不理。"

东方洺从旁听着，沉吟道："既无实证，怎会有那么多人认定是妖族所为？"

容容道："据说最早怀疑妖盟的是南宫家。"

红红略一思忖道："我记得三年前南宫家老家主病逝，现在的家主是他的儿子南宫昱。让长老尽快彻查一气盟女弟子失踪始末。妖盟护下妖族，但若真有恶妖作乱，绝不姑息。"

容容应是后立刻离去，红红却仍有些想不明白："南宫昱为何要针对妖盟？"

东方洺有些担忧道："你是担心此事背后另有阴谋？若真如此，我毕竟是一气盟弟子，熟悉他们的做事方式，如有需要，尽管提便是。"

红红颔首道："眼下还只是猜测，一切等长老查完再说。"

小木屋中，月初正坐在桌边研究着虚空之术，便听得付澄推门而入的声音，月初抬头嫌弃道："好不容易把四喜和傅院长打发到外面去找灵感，这才清静了几天，你便又来吵我。"

付澄不悦道："呵，本想告诉你件新鲜事，不想见我就算了。"

月初见付澄转身就要走，连忙叫住她："等等，什么新鲜事？"

付澄得意道："还是想知道的吧？最近一气盟中失踪了不少女弟子，大家都传言，说是妖盟所为。"

月初惊讶道："一气盟中的人丢了，如何能一口咬定是妖盟所为？"

付澄耸肩道："具体情况我也不清楚，不过听说，好像是南宫家的人叫得最凶。"

月初略一思忖，连忙趴下从床底下找东西。付澄好奇地跟着蹲下去看，只见月初拉出一只木箱，打开后，取出一摞册子。

付澄道："这不是你这三年来搜集的一气盟各世家的资料吗？"

月初狡黠一笑，从中取出写有"南宫"二字的册子道："不错，总算派上用场了。"

金乌西斜，瓦片鳞次栉比的屋舍顶上，着一身白衣的红红几个起落，朝南宫家飞掠而去，好似一阵风般顺着半掩的窗子进入南宫家书房内，她仔仔细细地打量着书房，翻开书桌上的几封信件阅览起来。

信件内容让她的脸色越发冷凝："果然是南宫昱授意那些人针对妖盟的。"说罢，她便施术将这些信件内容化作一道银光收入袖中，正要走时，却见一部厚厚的书册中夹有图纸，红红翻开书册，见里面夹着的图纸上分块画着一些建筑草图。

红红肃容看着这些图纸，突然听到门外传来声响，连忙将图纸放回，躲入一旁窗后，望向窗外。

书房外，只见南宫昱与一名戴着面具的男子边说边往书房走："为了尊者要的东西，我近来东奔西走，可不知尊者承诺我的，何时兑现？"

尊者声音沙哑含混道："家主放心，只要南宫一族按照商定的计划行事，一气盟盟主之位，舍你其谁？"

红红望着这尊者的背影微微蹙眉。不知什么时候南宫家竟多了个尊者。

南宫昱接着道："如此，便谢过尊者了。"

尊者冷笑道："该谢我的何止这一桩，你父亲之事……"话还未说完，一名弟子匆匆赶来："启禀家主，门外有个自称月初的人求见。"

尊者先惊异道："东方月初？他来做什么？"

南宫昱冷笑道："他虽出尽风头，却至今尚未入主神火山庄，看来他是有求于我啊。"

（七十四）采花飞贼

尊者点头，与南宫昱一道折返而去。书房内红红却面露疑惑，只觉"月初"二字十分熟悉："东方家的人分明已全为金人凤所害，何时又出了这么一号人物？东方月初……"

南宫昱走到前院，倨傲地看着月初，而月初则毫不介意地含笑道："三年未见，南宫少主，哦，不，南宫家主一向可好？"

南宫昱冷冷道："少废话，你来做什么？"

月初挑眉："这么直接，也好，那我便开门见山了。听闻南宫家一口咬定近日失踪的女弟子们被妖盟所擒，想来必是有确凿线索，不如你我联手向王权盟主请命，一同相救那些失踪人士？"

南宫昱则一脸不屑道："救人？可我怎么听说你吃里爬外，心系妖盟，你这等人有何资格向盟主请命？"

月初微微一笑道："既说到传闻，我倒也有桩传闻想同家主一道品品。听闻南宫老家主旧疾发作，一命呜呼前，曾饮下一碗药，而这碗药，由你这独子亲自所奉。"

南宫昱一听，脸色大变，直接拔剑指向月初："东方月初——"

月初淡定地推开剑尖："别急嘛，都说了，传闻不可信。"

南宫昱阴狠地盯着他道："你究竟想做什么？"

月初也看向南宫昱："很简单，若拿不出真凭实据，便请南宫家主撤销对妖盟的诬陷，以免伤了两盟和平。"

南宫昱恨声道："你果然是妖盟安插在一气盟的奸细。"

月初正色道："错！我一心为了一气盟，两盟闹翻，受苦受难的还是无辜百姓。南宫家主身为一气盟翘楚，只怕也同样怜爱百姓，于心不忍吧？"

南宫昱冷冷地盯着月初，忽然一笑，将剑收入剑鞘："不错，是以我南宫家暗中追查此事，果然有所发现，我已将消息呈报盟主。既然你如此急公好义，不如就由你去揪出凶手，我南宫昱恕不奉陪！"

月初蹙眉惊讶道："新的发现？"他再要多问，就看到南宫昱已拂袖而去。

躲在书房中的红红从书房中走出，看到月初的身影，月初好似察觉了什么扭头看来，她连忙避至一旁的树荫处。月初只觉那树荫处有异，刚想慢慢靠近，就听到身后传来南宫家弟子的声音："东方公子，这边请。"

月初再次看了眼隐蔽处，便转身随弟子而去。

红红则在树荫中面露疑惑："东方公子，他就是东方月初？"

一转眼几天过去，一张张缉捕的画像飞速地张贴在人族市集的街道上，众人在画像前议论纷纷："想不到前段时间丢失的女子竟都被采花恶妖所害！"

"竟然公开重金悬赏采花贼，也不怕被人笑话！"

"唉，估计是爱女心切，女儿都被害死了，还顾得上什么名声。"

斛光阁中，红红循着前一夜脑海中记忆的画像描绘出仿图，东方洛拿起来仔细辨认着："图中线条并不连贯，核心处似有缺失，你看到的图纸应该只是局部的。"

红红颔首道："虽不知是什么图，但南宫昱一定在谋划什么，还有他身边那个神秘尊者……"

红红正思考着，涂山不醉走了进来，叫了声"大当家"便看向一旁的东方洛，红红则直接道："但讲无妨。"

涂山不醉便开口道："这几日老狐狸四处搜寻，并未发现那些失踪女子的踪迹，倒是今日，一气盟有人竟贴出悬赏告示，直指女儿为采花恶妖掳走。老狐狸暗中查访过，这几年人族确实有采花贼出没，但掳走女子不还，还是近来之事。"

红红问道："可知具体是何人贴出了告示？"

不醉揉了揉脑袋道："这……老狐狸想想，是……对了！好像是南宫家门下的人！"

红红蹙眉道："又是南宫家！无论如何，长老，你即刻排查所有妖盟成员，若妖盟中确有妖族对人族女子不轨，绝不姑息！"

涂山不醉答应着离去，东方洛则打量着红红，见红红仍在深思，不由得问道："可还有不妥？"

红红道："采花贼与南宫家的阴谋一定有某种牵扯，看来，我得再去一趟人族。"

东方洛坚定道："我与你一道去。我知道你担心南宫家调唆起人、妖之间的矛盾，可你忘了，人、妖和平也是我的心愿。"

红红回想起当日自己重伤东方洛之事，心间一动，眼中流露出些许愧疚，终是颔首同意了东方洛同去。

南宫家中，南宫昰正恭敬地为那位尊者奉上茶水："尊者良策果然管用，此番他们只怕正漫天抓那采花贼呢。"

"这潭水越浑浊，鱼便越好摸。"这尊者也意味不明地笑了起来，细看下来，面具后面竟是过过那张半英俊半毁容的面孔。他阴鸷道："七块营造图，如今还剩最后一块，功成事立，在此一举！"

阴谋弥散间，六域人、妖皆闻之色变的混天典狱内，所关押的一个恶妖也已开始蠢蠢欲动，正是之前被石姬调唆去涂山挑衅的赤闪的哥哥，赤砂魔盗团首领赤雷。

这座森严的牢狱由精钢所打造，上面雕刻着一道道玄奥的符文。监牢最深处，赤雷正盘膝而坐，面色阴沉地攥着拳头，一下一下地重重捶击着地面。

初时守卫并不在意，可当这捶击声越来越重，整座监牢都开始隐隐晃动时，他不由得心中发慌起来，隔着栏杆高声怒骂道："给我安分些，否则——"

守卫话还未说完，脖颈便被赤雷猝然伸出的右手死死掐住，监牢四壁的符文有所感应，散发出一道耀眼的金光。赤雷被金光所灼，痛苦难耐，却仍死命地咬着牙不肯收回右手："老子可是名震六域的赤砂魔盗团首领，就算是你们盟主在老子面前，说话也要掂量掂量，你算什么东西？"

守卫此时已经喘气困难，他微弱地喊着："疯、疯了……来人——"

就在赤雷要收紧手指时，突然猛打了几个喷嚏，他掐着侍卫的手不由得松开，守卫死里逃生，连忙连滚带爬地躲到了远处，这时一个看起来娇俏可人的女子走了进来，她那双清澈的眸子里带着威严与傲气。

赤雷大声道："姓律的，你对老子做了什么！"

律笺文扬起手中的小瓷片得意道："自从一年前我监管此地，便发现每逢下雨之时，你便会喷嚏大作，我仔细嗅闻，暗中比对，发现是你对混了雨水的尘泥过敏，感觉如何啊？"

赤雷气得骂道："臭娘儿们！你捕快一门不过仗着鼻子灵敏才在一气盟中占了一席之地，论修为，老子比你强百倍！终有一日老子一定逃离此地，削了你的鼻子下酒！"

律笺文打量着精钢铸就的牢狱冷笑道："逃？混天典狱构造精巧，外有十重结界，内藏八道机关，我倒要看看，你如何能逃得出去？"

赤雷不再多言，满眼杀意地隐入了监牢的角落，只留给律笺文一声重重的冷哼。律笺文见状也不再激他，转身朝牢狱外走去，守在门外的手下傅风赶紧迎上："头儿！"

律笺文看也不看他便道："说吧，盟主又有何指示？"

傅风惊讶地将怀里的文书拿出来递给律笺文道："头儿就是头儿，这都能猜出来。"

律笺文接过文书一边翻阅，一边道："你怀里的文书上只有你和王权山庄的气息……由我接手采花贼一事？"

傅风一听，兴奋道："采花贼！这可是个大案子！头儿你可真能干，才进一气盟三年，便把许多老捕快比下去了！"

律笺文用文书敲了敲傅风的头道："少说话多做事，还不快将有关采花贼的文书拿给我瞧瞧！还有，自今日起，加强混天典狱守备，日夜巡防。"

傅风也严肃道："是！"

（七十五）设饵引贼

人族市集里，付澄手中拿着几盒胭脂喜滋滋地跟在月初后面："总算你还有点良心，知道对我好一点，给我买胭脂了。"

月初点头道："虽说你长得不起眼，但好好打扮一下，也勉强能看，引出那采花贼应该不难。"

付澄的笑容凝固在脸上，难以置信地看着月初："你说什么，让我去引采花贼？"

月初理所当然道："是啊，不然我给你买什么胭脂？"

付澄气得说不出话来，将手中胭脂往月初怀里一塞，怒气冲冲地转身离去："你……我不去，要去你自己去！"

月初连忙抱住胭脂叫道："哎，你别走啊！"

付澄气呼呼地在街上边走边骂，一个长相英俊、翩翩如玉的白衣公子和她擦肩而过，公子双唇轻动，低语如丝传入付澄耳中："天下男子多薄幸，那男子既已负心，姑娘又何必再念念不忘？"

付澄一愣，望向那白衣男子，只见他身形已经飘远，声音却又徐徐传来：

"今夜子时,姑娘房中,不见不散……"

付澄面露惊讶,直到回了神火山庄自己屋中都没反应过来。她坐于床畔,看着夜晚漆黑的窗户,发现窗户没有关严,正想起身关窗,突感一阵如风的气流卷入房中,那白日所见男子在烛火中露出天人般的姿容。付澄惊讶道:"你是白天那个男子?"

男子道:"姑娘莫怕,在下颜如山,只是见你白日伤心,这才前来安慰。"

付澄心中满是愕然,想不到自己竟然真的引来了采花贼。这颜如山见付澄不说话,慢慢朝她靠近,付澄连忙警惕道:"你别过来!"

颜如山见付澄如此,眼中露出委屈道:"姑娘,我心地善良,体贴女子,从不背叛,长得……长得也貌若潘安,难道还比不得那负心臭男人吗?"

付澄结结巴巴道:"不,我不是这个意思,你、你怎么找到我的?"

颜如山一边说,一边伸出手去握住了付澄的手:"我最见不得女子委屈,只要闭上眼睛,我便能感知到哪里有女子需要我。姑娘,我一片赤诚,只为了你——"

"别碰我!"付澄猛地抽出手,看着颜如山快速思索着,片刻后故意语气婉转道,"今夜太突然了,我还没准备好,明晚、明晚你来找我,好吗?"

颜如山问道:"你需要我?"

付澄连忙点点头:"你会来的,对吗?"

颜如山在付澄耳边低语一声:"明晚你就知道了。"

付澄再回过神来,他已化作一阵风从窗户离开。

第二日一早,红红与东方洛站在人族市集的胭脂摊边看采花贼通缉令,两人手中已经握着数张不同的通缉令,每一张上面的绘像皆不相同。

红红蹙眉道:"奇怪,怎么会有这么多采花贼?"

东方洛也道:"这采花贼着实奇怪,这么多见过他的目击者都信誓旦旦地说记住了他的长相,可为何每个人记住的采花贼长相都不同?"

红红摇了摇头,此时天上突然飘下细雨,东方洛连忙撑开伞遮住红红:"那边有个胭脂铺,先去避避雨吧。"

红红点头,两人撑伞朝胭脂铺走去。胭脂铺内,月初正拿了几瓶前一日买的胭脂与老板商量退货的事情,那铺主举着块牌子道:"一经售出,概不退换!"

月初气道:"哪有你这么做生意的,昨日这牌子上还写着'七日内只要未开封可随意退换'!"

两人正据理力争时,红红和东方洛已经走到了门口,正要进门时,一对夫妇从胭脂铺中出来,那妇人挽着自己的郎君道:"夫君,我今日这个妆容好看还是昨日的梅花妆好看？"

那郎君则道："你今日一个梅花妆，明日一个梨花妆，一个月都不带重样的，我哪里分得清……"

红红听到这停下了脚步，若有所思道："原来如此，容容素有'千面妖容'之称，若是那采花贼也同她一样善于易容，在每个女子面前展现不同的面容呢？"

东方洛惊讶道："可除了容容，谁还有如此高明的易容之术？"

红红道："你有所不知，百年前，容容曾收过一徒，此处人多，且找个隐蔽处传信给容容。"

东方洛连忙点头，与红红离开。在两人身后，月初从胭脂铺中走出，正与两人相背而行。

苦情树下，容容读取了红红给她的灵蝶，不由得想起了百年前的那个徒弟。当初那男子跪在她的面前，自己念他精诚心切，收他为徒……

"空陷山与涂山素无往来，我本不该收你为徒，但念你一片诚心，今日便破例收你入门。你记住，涂山有涂山的规矩，只救人不害人，日后你学会涂山的法术，也当牢牢遵从此令，如有违背，逐出师门，永世不得再入涂山！"

颜如山朝着容容认真叩首道："师父在上，请受徒儿一拜。"

想到这，容容脸上流露出复杂的神情，低语道："学艺十年，他自卑又害羞，怎可能做出这等伤天害理之事？"

暮色四合，街灯如海，市集上各种小吃摊位摆了出来，腾腾热气，袅袅食香，比之白日又多了几分烟火红尘气息。

汤圆摊位老人见到月初过来，笑道："还是两碗？"

月初坐下颔首道："麻烦了。"

汤圆老人一边给他煮汤圆，一边问道："小相公夜夜来我这吃汤圆，次次要两碗，可是在等什么人？"

月初怅然道："我在等一位姑娘。"

汤圆老人叹了口气道："恕小老儿多嘴，这缘起缘灭，聚散有时，不能强求啊。"

月初苦涩道："不能强求……若我，偏要强求呢？"

汤圆老人摇摇头，盛出两碗端到月初桌上便离开了，还没等月初开动，付澄便坐了过来，拿起勺子就要吃另一碗，月初将她面前的那碗汤圆拉到自己面前："这碗也是我的，你要吃自己去买。"

付澄气得转头朝汤圆老人道："老人家，来碗汤圆！"

要好了汤圆，付澄转头问月初道："干吗每次吃两碗？"

月初道："胃口大，吃得多，不行吗？"

付澄不屑地哼了一声："你就不好奇我为何又来找你？"

月初头也不抬道："不好奇。"

付澄郁闷得要命，半响还是自己凑到了月初旁边低声道："采花贼来找我了。"

正吃汤圆的月初猛地呛了一下，抬头看向付澄："真的？"

付澄认真地点点头，月初放下勺子朝她小声说了几句便起身离去。

致正堂门口，捕快们进进出出，十分忙碌，律笺文从门内踏了出来，极干练地吩咐一众捕快："那采花恶贼极善于伪装易容，盘查时要尤其注意。"

众捕快齐声应是，随后四下散去，月初双手环胸站在一旁，一副闲散模样："律笺文。"

律笺文眯眼，略呈防御姿态地望向月初，片刻后突然想起了什么道："月初！三年前，入盟比试，你让南宫昰颜面扫地。"

月初恍然大悟般伸手笑道："幸会！"

律笺文也伸出手来，两人握手后边走边说起来。

律笺文道："这三年里，倒是听了不少关于你的事情，炼制法宝，调节人、妖冲突……"

月初道："怎么样？我如今的名望是不是很高？"

律笺文笑道："你还真是如传闻中一般厚颜。说吧，找我何事？"

月初也笑道："听闻律捕头聪慧机警，且嗅觉灵敏过人，或许此番可以借助律捕头的绝技，揪出采花贼！毕竟，长相可能会变，这身上的气味却不易改变。"

律笺文挑眉看向月初："难道你有线索？"

月初点点头，律笺文连忙道："那还等什么，行动！"

当夜，神火山庄的付澄房内，烛火摇曳，四周悄无声息，唯有一俏丽的背影背对着窗子而坐。忽然门窗被风徐徐吹开，烛光熄灭，唯有床头两盏灯散发着微弱的光芒，颜如山的声音遥遥传来："姑娘，我从不失约。"

背窗而坐的姑娘衣裙翻飞，却依旧镇定，黑暗中，颜如山步入房内，每往前一步，其容貌便越发清澈。颜如山走到房间中央停下，脸上带着温润的笑意，而那姑娘却始终没有回头相见，只用鼻子用力嗅了嗅，想捕捉颜如山的味道。

颜如山见对方没反应，缓缓上前："姑娘今夜心情可有好些？"

颜如山话音刚落，等来的便是一道寒冷的剑光。扮作付澄的律笺文反身一步跃下，手中握着一把短刀，以极快的速度倾身上前，死死抵住了颜如山的喉咙，颜如山刚想反抗，颈间便被划下一道淡淡的血痕。

"别动！刀剑无眼，若稍有不慎，恐怕今后你就没命再相会任何姑娘了！"

律笺文喝止了颜如山的动作，暗自动了动鼻子嗅了嗅。

颜如山面色镇定，目光如玉看向律笺文："你不是付姑娘。"

律笺文道："她早已识破你采花恶贼的身份，特意与我联手设下此局！"

颜如山非但不气，反倒欣慰道："原来如此。能与人商议，从容布局，看来她心情确实好些了。"

律笺文略感惊讶，对上颜如山的目光，只觉得此人温润如玉，竟毫无敌意……片刻后，她发现自己竟看得走了神，连忙避开对方目光冷声道："你少假惺惺做好人了，害了那么多闺阁少女，今夜，无论如何我也要将你逮捕归案。"

颜如山看了律笺文一眼，竟笑了起来。

"你笑什么？"律笺文问道。

"我对姑娘的请求向来是有求必应的，但今日，恐怕不能如姑娘所愿了。"颜如山说道。

律笺文睁大眼睛，突然见一只粉色灵蝶自窗外飞来，停在了颜如山指尖，这灵蝶也让颜如山微微惊讶了下。下一秒，一阵狂风刮入屋内，颜如山轻巧地避开短刀，身形如电，消失在夜空中。

律笺文一个失神，在抬头时颜如山已经不见踪影，她连忙追出门外，怒喝一声："恶贼已逃，追——"

付澄和玉萍正带着数名弟子埋伏于后院，紧张地注意着卧房处的动静，玉萍悄声道："此番律捕头亲自出马，山庄内又有你我坐镇，外面有月初带人埋伏，层层包围，定叫那采花恶贼有来无回！"

付澄点点头，忽听得远处传来喧闹声，紧接着是律笺文的声音："往前院去了，快追！"

付澄和玉萍脸色一变，对视一眼，连忙喊道："追！"

（七十六）恶人劫狱

黑暗中亮起数道火把，付澄与玉萍带着燃起火把的弟子们快速朝前院跑去。蓦地，几根火把突然熄灭，一道黑影如疾风般朝付澄而来，下一秒，付澄已经消失不见，唯余地上几滴鲜血。

玉萍愕然地看着付澄刚才站着的地方："付澄！"

后院里，律笺文闭上眼睛细细嗅闻着现场的气味，玉萍神色焦急地看着她，这时，埋伏在附近山林里的月初也得到消息匆匆赶来："怎么样？可是那采花恶妖掳走了付澄？"

律笺文摇摇头道:"当时我带着傅风几个去追采花恶妖,未见那妖折来此处,并且现场也无那贼人的气息,掳走付澄的不是他。"

玉萍愕然道:"这么说,另外还有一个采花贼?"

月初神色复杂道:"当务之急,先将付澄救回来再说。律捕头,可有法子找出付澄下落?"

律笺文拿手指抠了抠地上的血迹,放在鼻间稍稍一闻,给了月初个眼色,起身顺着气味追去。

而逃走的颜如山则循着容容的讯息来到了湖边,恭敬地垂手立于容容面前。容容细细看着自己的徒弟,点头道:"收到为师的消息能立马赶来,说明你还未忘记师门。我且问你,当初来涂山拜师时,你答应过什么?"

颜如山抬起头认真思索着:"不可拖欠学费?"

"不是,另一个!"

"衣食住行,账要算清?"

容容脸色难看起来:"师门所教都忘了?"

颜如山愁眉苦脸道:"师父,我当年好像除了被师父催债,其他的事……啊!我记起来了,今年的节礼忘了给师父送来!"

红红与东方洛对视一眼,摇头道:"怪不得容容只收了一个弟子。"

容容气道:"采花恶妖是不是你颜如山!"

颜如山蹙眉道:"师父,那些女子不是被家里逼迫嫁人,就是被薄幸男子辜负,我所作所为,皆是为了帮助她们。"

容容骂道:"住口!那么多女子失踪,你还敢狡辩!"

颜如山讶然道:"失踪?不可能,我从未带走任何人!"

红红、容容与东方洛脸色均是一变,意识到其中有异,红红将失踪女子名册递给颜如山,颜如山接过翻开,面露愕然:"里面有许多人我并未见过啊!"

红红蹙眉道:"这是个局,有人想利用采花贼一事浑水摸鱼,掩盖真相。"

容容问道:"可他为何如此?"

红红道:"颜如山,你即刻去查清楚名单上多出来的那些失踪女子,尤其是她们的家世背景,有无家人懂得营造法式。"

颜如山立刻领命离去,东方洛看着颜如山的背影问道:"你怀疑此事与南宫昱书房中的那张图纸有关?"

律笺文一路嗅闻,顺着一条小溪行进:"付澄的气息越来越浓,应该就在附近林子里。"

跟在她身后的月初与玉萍连忙跟上,示意弟子们进入林中查找。

林中，付澄浑身是血地趴伏于地，过过扮作的尊者一手按在她的头上，源源不断地从她的脑海中汲取记忆之光，最后一张图纸渐渐绘制成功。

见图纸成形，尊者松开手，任由付澄昏倒在地，鲜血自她身下源源不断流出。

南宫昙看着血越流越多的付澄道："想当初付家也是一气盟中数得上号的，各世家的屋宇大半出自他家之手，几百年过去，这最后一条血脉，说断送就断送了。"

尊者抬眼窥他道："怎么，还没当上盟主就开始慈悲为怀、怜悯众生了？"

南宫昙冷冷一笑："适者生存，自己不争气，怨得了谁？"

尊者笑道："我就欣赏南宫家主这股自强的劲儿，都部署好了？"

南宫昙道："放心，一切皆已就绪。"

尊者领首，与南宫昙一同离去，独留付澄一动不动地趴在血泊之中。

随着付澄流出的鲜血越来越多，血腥味越发浓重起来，律笺文嗅闻着空气中鲜血的气息，猛地指向一处道："在那里！"

月初、玉萍顺着律笺文所指，在树丛处发现了付澄的部分身影。

"付澄！"月初连忙奔向付澄将她抱起。只见付澄面白如纸，气若游丝道："混……天……典狱。"

"什么？"月初疑惑地靠近付澄。付澄极度虚弱道："混天……典狱……付家……"

玉萍从旁边急迫道："我听二小姐提过，付家祖上曾参与建造混天典狱！"

付澄虚弱地点点头，终于松了口气，晕倒在月初怀里。

律笺文脸色难看道："混天典狱只怕有变。"月初也想到了这一层，看向玉萍道："眼下付澄于他们已经无用，不会再有人来加害，你速带她回去治疗。"

玉萍连忙点头，接过付澄，月初对其他弟子道："其他人随我去混天典狱！"

红红神色一凛，一边急掠而出，一边道："原来他们的目标是混天典狱！"

东方洛看着红红离去的身影神色复杂，他急忙拔腿跟上，容容也正要走时，颜如山却将她拽住："师父，徒儿与这些失踪的女子真的毫无瓜葛。"

容容道："为师信你，但事到如今，对方借你之名行凶，只怕你已难置身事外。更何况，你欺骗女子感情本就犯了大过。"

颜如山连忙问道："求师父点拨，徒儿如今该怎么做？"

容容略一思忖道："为今之计，只有将功赎罪，尽快查出真相才能平息这场风波，也还你自己一个清白。"

颜如山重重点头道："徒儿多谢师父指点！"

容容看了眼颜如山，连忙朝红红与东方月初的方向跑去。而东方洛在追逐红红时，谁也没看到他指尖轻动，将某段讯息传递出去。

混天典狱附近的高山上，一张张图纸被拼凑而出，这些图纸渐渐呈现出不远处混天典狱的模样,尊者热切地看着那处道:"待放出里面那些凶悍暴戾的大恶妖,六域必将大乱,人、妖和平?太天真了!"

一旁的南宫昰突然得了消息,连忙朝尊者走来,在他耳边耳语道:"尊者,事情有变,涂山那边传来消息,说涂山红红已经知道了我们的行动。"

尊者冰冷地盯着混天典狱道:"抢在他们之前,提前行动!"

南宫昰点点头,两人带着身后的手下相继飞掠而下,一行人等并未直冲正门,而是在附近隐蔽处翻开了一个隐蔽的暗道。南宫昰手持夜明珠照明,尊者手拿图纸朝内而行,随着越近越深,南宫昰欣喜道:"当初建造混天典狱时,果然留有密道!"

不久,尊者和南宫昰便抵达了暗道最深处,上面隐隐有妖吼声传来,南宫昰兴奋道:"我们已经到了混天典狱之下,不出一个时辰,恶妖出逃,人、妖两族必将大乱!"

尊者露出一抹意味深长的笑:"届时,便是你南宫家主大展身手之际。"

暗道上面的牢房内,赤雷正神色恹恹地望着唯一有光线透入的高窗。突然,开锁声从身后响起,尊者沙哑浑厚的声音传来:"大名鼎鼎的赤砂魔盗团首领赤雷就甘心被囚于此吗?"

赤雷震惊地转过身来,不可思议地看着尊者问道:"你是谁?"

尊者笑道:"助你出去的人。"

赤雷先是愣在原地,随即面露狂喜地大笑起来,尊者低声蛊惑道:"打开所有的门,将那些与你一样失去自由的同族都放出去,杀了一气盟的人!"

赤雷狂笑着奔出牢门,外面门锁一一开启的声音传来,混天典狱中瞬间爆发出震天吼声,几个一气盟弟子循声冲入,拔剑阻拦恶妖们冲出去,可这些弟子哪里是这些恶妖的对手,很快便被屠戮干净。

"捣毁此处!日后,世上再无混天典狱!"尊者在后高呼起来。

震天嘶吼中,无数恶妖如潮水般冲出狱门,南宫昰的脸上被喷溅上一道血痕,他狰狞地将剑从一名一气盟弟子的体内拔出。

附近巡逻的一气盟弟子纷纷赶来,赤雷排山倒海的巨大妖力瞬间震翻一众弟子,他身边的手下雪赃和夜魅也都手染鲜血,杀得兴起。

赤雷仰天大笑道:"老子好久没有这么痛快过了!"

蓦地,一道熊熊火焰远远蹿出,火舌直舔众妖,赤雷等妖勉强避过,震惊道:"灭妖神火?"

尊者见此,连忙一跃而起,转身抓过几个妖为自己挡住神火,他愣了,看着剩下的妖,开口道:"有赤砂魔盗团就足够了,走!"

尊者护着赤雷等妖往外奔去，南宫昰一剑刺死最后一个一气盟活口，也匆匆逃去。

月初与律笺文带着众弟子正对抗着妖族，余光陡然看到一道白色身影自半空掠过，那道白影远远地落在混天典狱顶端。只见红红立于高处，冷艳地窥视着混天典狱，目光扫过月初却未作停留，她声音冷冽道："私自逃出混天典狱之妖，天涯海角，妖盟必追之。"

月初目不转睛地遥望着那一袭白衣，只见红红略微抬手，一道灵光自指尖而出，于混天典狱外，一道散发着巨大力量的结界拔地而起，截断了群妖出逃之路。

月初上前两步，只见红红掠身而下，衣袖翻飞，从月初身边走过。月初顿住脚步，想要握住红红而不得，两人错身之际，红红连余光都未望向月初，月初猛地回头，只看到红红的背影。

红红大步朝狱外逃跑的妖群而去，使出妖力袭向妖群，与此同时，有恶妖也向月初袭来。

尊者与南宫昰一路逃到附近隐蔽处，南宫昰道："尊者，我答应你的已经做到，你曾许我，让整个一气盟都跪在我的脚下，何时兑现？"

尊者冷笑道："妖盟盟主涂山红红劫混天典狱，放走恶妖，如此良机，只看南宫家主能不能把握了。"

南宫昰惊讶地望向尊者，尊者哈哈大笑着再次起身飞掠远去。

混天典狱外，地上凌乱地躺着妖族与一气盟弟子尸体，还在抵抗的妖已经所剩无几。月初顺手一缠一带，将四五个恶妖齐齐丢作一团，转身便去找红红，只见他急匆匆拐过一处狼烟余烬，远远看到红红的身影。

月初心间鼓胀，眼中情绪翻涌，三载别离，那日夜出没的相思在这一刻齐齐涌上心头，月初看到红红转头望向他所在的方向，心提了起来，可蓦然间，东方洛的声音传了过来："红红！"

月初扭头看去，只见容容和东方洛相继赶到。

月初心头一抽，袖中的手不由自主地握紧，不远处，律笺文正指挥着一气盟的弟子将恶妖们押回混天典狱，她一回头看到月初停在原地便走上前，抱起双臂，顺着月初的目光看向东方洛与红红亲昵的画面："早就听说你倾心涂山大当家，该不会是真的吧？她可是妖族。"

月初仍旧看着红红道："妖族又如何？"

律笺文愣了一下："也是，这些年我办的案子多了，有些人坏起来比妖还狠。你既然这么想人家，为何不过去？"

月初白了律笺文一眼道："做捕快的都这么八卦吗？"

律笒文挠头道:"也不是,分时候,比如此刻,你看到意中人和其他男人在一起,心里是不是很不好受?"

月初看了律笒文,不再回答,只独自离去。

回到神火山庄,月初神色郁郁地坐在台阶上,止不住地想起与红红重逢时的画面,流露出一抹伤心之色,但他只一瞬间便又恢复了开朗的模样:"如此也好,我不在的时候,她也不会孤单了。"

(七十七)两盟合作

想开后,月初起身朝后院付澄房中走去,付澄仍在昏迷,躺在床上,玉萍正给她擦手,月初从玉萍手中接过布巾,小心翼翼地给付澄擦拭着。玉萍心有不忍道:"付澄这孩子,实在可怜,早些年在金人凤手底下吃尽了苦,如今又遭此一劫……"

月初宽慰道:"您老别太担心,大夫不是说了会醒吗?"

玉萍叹了口气:"话虽如此,可我这心里……公子,你这次回来就别走了,我老了,付澄又如此,神火山庄终有一日还得托付给你。"

月初这次倒是顺着玉萍的话接了过来:"这是自然,别说神火山庄,将来整个一气盟都得托付给我。"

玉萍惊讶地看着月初:"你是说……"

月初点头道:"听说因为上次富贵表哥出逃,气得王权弘业旧病复发,到现在还没好,估计离让出盟主之位不远了,您老不也一直看弘业老儿不爽吗?不如将来他的位置我来坐,好不好?"

玉萍有些犹豫道:"好是好,不过一气盟这么多世家,个个如狼似虎,你如何争得过?"

月初笑道:"总之,你帮不帮我?"

玉萍正色道:"公子有这个志气,玉萍定然竭尽所能,百依百从!"

月初拉住玉萍的手道:"我就知道玉萍姨对我最好了,那这次一气盟召集各大门派商讨混天典狱遭劫之事,我替你去,好不好?"

玉萍点头道:"自然是好。之前听闻南宫家主放出消息,说是妖盟盟主涂山红红相助恶妖逃狱,你毕竟在涂山待过,这种时候,是不是该避嫌?"

月初朝玉萍狡黠一笑:"放心,我心中有数!"

混天典狱附近的山林里,夜魅正在给赤雷包扎伤口,雪赃在一旁问道:"老大,接下来咱们去哪里?"

赤雷疼得龇牙咧嘴，冷哼一声道："一气盟和涂山红红定不会善罢甘休，得快些寻一个隐蔽之处暂避风头。"

正说着，尊者的声音从一旁响起："不愧是赤砂魔盗团的首领，在混天典狱被关了几百年，头脑依然无比清楚。"

赤雷看向尊者问道："你究竟是谁？"

尊者道："我是谁不重要，重要的是，我能帮你们找到一个绝佳的藏身之处。"

王权山庄内，正因混天典狱劫狱一事召开会议，各门派首领早已聚集在前厅低声议论着，王权弘业在费管家的陪伴下走了进来。他面带病容，坐下后忍不住地轻咳两声，众人停止议论，纷纷看向王权弘业。弘业看着众人问道："此次混天典狱一事，诸位有何看法？"

南宫昱第一个站出来道："禀盟主，混天典狱阵法机关重重，一向令妖族闻风丧胆，如今竟发生恶妖出逃之事，实在有损一气盟威严。窃以为，应当立即展开追责，给众人一个交代。"

王权弘业略讶然地问道："追责，追谁的责？"

南宫昱话里有话道："自然是……谁负责监守便追谁的责。"

月初听后，冷笑一声道："南宫家主何意？众所周知，混天典狱历来由盟主指定弟子监守，你莫不是想追盟主之责？"

南宫昱听到这，恼羞成怒道："东方月初！我一气盟各门派家主商讨要事，你一个普通弟子，登堂旁听就罢了，有何资格在此置喙？"

月初嗤笑一声："恼羞成怒，莫不是南宫家主的心思被我说中了？"

南宫昱气得直接看向王权弘业，却见弘业只管喝茶，并不对两人的争执上心，南宫昱眼中阴鸷一闪而逝，恭敬道："禀盟主，在下方才的意思是，此次恶妖出逃，妖盟盟主涂山红红难辞其咎，且涂山一向与人族并无往来，当日她却无缘无故地出现在劫狱现场，更说明她与此事脱不开干系！"

月初忙道："禀盟主，当日我亲眼所见，混天典狱出事，是涂山红红及时出手相助，才及时阻拦了大部分恶妖。"

律笺文也急忙表态道："我做证！"

南宫昱又力争道："那不过是她遮掩罪责的假象。涂山之徒颜如山假借采花表象蒙蔽世人，实则窃取混天典狱构造机密。这背后之事，定与涂山红红脱不了干系！"

月初见王权弘业要开口，赶在他之前道："似乎有那么点道理。不过，这一切都只是建立在你的猜测上，并无任何实证！"

南宫昱一愣，想辩驳却无从说起。王权弘业终于放下茶杯，清了清嗓子道：

"你们争来争去，也没个说法。东方月初，依你之见，这混天典狱遭劫一事该如何处置？"

月初抱拳道："很简单，当务之急，尽快擒回出逃的恶妖。这样一来，也可绝了狱中恶妖们逃跑之心。至于到底是谁谋划了此事，等擒回恶妖查清始末后，自然见分晓。"

南宫昱不忿道："要是抓不回来呢？"

月初微笑点头道："你说到点子上了，混天典狱中的恶妖都是出了名的凶狠难缠。其还在人族盘桓便罢，但若是逃到了妖族地界，单靠一气盟力量只怕短期内难以擒获，不如与妖盟联手，尽快擒回恶妖。"

"与妖盟联手？"

在座诸人再度低声议论起来，王权弘业抬手制止了议论，目光锐利地望向月初："你可知一气盟成立数百年，你是第一个提出要与妖族联手的人。"

月初正色道："是又如何？更何况，就恶妖出逃一事而言，人、妖两盟都想擒回恶妖，为何不能联手？"

南宫昱着急道："话虽如此，可是……"

王权弘业打断南宫昱的话道："那就这么说定了。东方月初，我看就由你负责带领一气盟弟子，与妖盟合作擒回出逃的恶妖，如何？"

月初先是一愣，随后立即应下："月初定不辱使命。"

南宫昱还要说话，被弘业阻止道："不必说了。至于采花恶妖颜如山，既然他与此事脱不了干系，律捕头，务必速速将此妖擒回，细细查问。"

律笔文也起身领命，待事情讨论结束，众人纷纷离去，月初夹杂其中正要跟着出去时，却被王权弘业叫住了，月初看着费管家搀扶王权弘业朝他走来，略冷淡地行礼道："王权盟主，找我何事？"

弘业看得出月初的冷淡，却不以为意，只淡淡道："陪我走走。"

月初稍一迟疑，随着王权弘业一路来到了前院当日王权富贵被救走之处。

王权弘业看着此处，种种情绪萦绕心头，有对亡妻的愧疚，也有对儿子的心疼，沉默良久，终是淡淡开口："与妖盟合作，并非易事，一不小心就会引火上身。"

月初冷笑道："放心，一般的火烧不着我。倒是往日里斩杀妖最多的王权盟主竟会答应同妖盟合作，着实让人意外。"

弘业并不计较月初的嘲讽，继续道："妖盟自成立以来，一共擒获恶妖一百六十三个，化解了七十二起人、妖冲突，在恶妖手里救下三百二十六个人。一气盟虽是为对抗妖族而成立，但究本质初心，还是为护百姓安宁。"

月初未料到弘业会说这些，微微惊讶道："所以，若妖盟行对人族有利之事，你乐见其成？"

弘业淡淡一笑，转移话题道："你要打破世家，富贵是想离开世家，而我被这世家困了一辈子。"

月初见弘业流露出落寞之态，心中略有不忍："盟主……"

弘业摇摇头道："去吧。"

月初心情复杂地转身而去，而王权弘业则身形萧索，一直望着月初远去的背影，片刻后，费管家走上前轻声道："起风了，盟主还是回去歇着吧。"

弘业怅然道："你说贵儿若知道我病了，会不会来看我？"

费管家安慰道："富贵少爷是个心里明白的孩子，一定能理解您的苦衷。"

（七十八）再去涂山

涂山中，东方洛正在给红红的手换药包扎，雅雅凑在一旁啧啧称赞。这时，容容拿着封信走了进来："姐姐，一气盟派人送了信来。"

红红接过信拆开看了起来，眉头却渐渐蹙起："王权弘业有意与我们合作，一同擒拿出逃的恶妖。"

雅雅不以为然道："不过几个恶妖，我一个人便够了，何须搞得那么麻烦……不是吧，姐姐你难道想和他们合作？"

红红沉吟片刻道："此番混天典狱之事，南宫昱嫌疑最大，只是他毕竟是一气盟的人，若真有问题，必也得由一气盟出手锄奸，不妨趁此机会先与一气盟合作，也方便日后行事。"

容容点头道："是，我这便回信给他们。"

容容走后，东方洛似乎面有担忧道："据我所知，一气盟中不少门派世家都对妖盟不友善，如今突然改变态度……"

红红看向东方洛道："你担心合作一事另有阴谋？"

东方洛一边收拾桌上的包扎用品，一边道："许是我思虑过多。"

这时，一只粉色的灵蝶飞至红红指尖，雅雅问道："出什么事了？"

红红读取完讯息道："有赤砂魔盗团的消息了！"

人族市集上，律笺文看着新的通缉公文被贴在公告栏上后陷入沉思，而人群中，颜如山的眼光扫过公文后，则落在了律笺文的身上，若有所思地打量着她。

律笺文似察觉到什么回过头，却发现人群如常，她正觉莫名时，一声尖叫从远处传来："救命啊——"

律笺文心中一凛，只见一道白色身影先她一步朝喊声处疾奔而去。

当律笺文追到暗巷中后，发现已经有许多围观的群众了，有几个女孩不时流露出崇拜的眼神，看向动作潇洒地钳制住窃贼的颜如山。

颜如山镇定地望着律笺文朝自己走来，而旁边的失主则捧着钱袋拼命向颜如山道谢："谢谢侠士出手相助！"

只见颜如山用迷人的嗓音道："不敢当，路见不平，拔刀相助乃是在下的本分，无须多谢。"

颜如山一笑，不自觉便流露出翩翩风度，将女孩和周围的人迷得双眼发光，赞叹不已。律笺文却一言不发地上前将盗贼捆了起来，随后她又走到颜如山面前，不动声色地打量着他，最后突然将他推在墙上，同样几下钳制住他。

颜如山痛得蹙眉，心中却忐忑猜想：难道是祛息珠没改变自己的气息，让她发现自己的身份了？想到这，他正要反抗，律笺文却松开了他："你刚才就是以这招制住他的？"

颜如山这才知道她只是在模仿自己的招数，松了口气，起身拍打自己身上的皱痕和灰尘，还没等他说什么，就见律笺文已经押着盗贼走了，他不由得一笑："这世间竟有这么不懂风情的女子。"

将盗贼押入致正堂后，律笺文再次来到布庄门前，神情肃穆地看过丝绸等布匹，心中思忖着查案之事："当初，有一个女子便是在此挑选布料时失踪……"

蓦地，律笺文神色一凛，粗鲁地掀开面前的绸缎，只见颜如山的脸正对着她，不由得皱眉不悦道："又是你？"

颜如山风度翩翩笑道："又？此话何来？"

律笺文借力将手中绸缎甩出，试图缠住颜如山，却被颜如山抓住另一端："姑娘，有话好好说，何必动手动脚？"

律笺文骂道："少废话！说，为何跟着我？"

颜如山挑眉道："跟着你？姑娘是指咱们的巧遇吗？我把这称为'缘分'。"

说罢，颜如山自认潇洒地看向律笺文，却见律笺文也是一笑，下一秒，他便被绸缎缠住，飞出了布庄。

颜如山被绸缎卷着，重重扑在了街道上，吓得周围人纷纷避开。接着律笺文便飞身跟上，将他抵在墙上，一条腿还直接抵在了他的腰上："敬酒不吃吃罚酒。说，你跟着我究竟有何目的！"

颜如山疼得厉害，还得强忍着，风度翩翩道："姑娘，你先放开，有话好好说！"

律笺文手上用力喝道："还不老实！"

颜如山吃痛下反身将律笺文推到墙上，两人对视着，片刻后，两人同时一笑，松开了手，颜如山整理着被对方弄皱的衣袍道："就没见过你这等粗鲁的女子，哎，我不过就想知道你查了这么久，可查出了那些女子之死的背后真相？"

律笺文警惕地看着他问："你问这个做什么？"

颜如山正色道："路见不平。那么多美丽的女子被人所害，在下心中实在难忍。"

律笺文拉住颜如山的衣领，两人距离极近。片刻后，律笺文用一种同情的眼光看着他，骂道："你有病吧！"

颜如山正要说什么，就见律笺文推开他转身离去。

颜如山连忙追上："姑娘莫急，实话跟你说了吧，在下年少时行走江湖，得罪过那赤砂魔盗团，如今这群恶妖出逃，在下实在忧惧惶恐。听闻律捕头修为高强、侠义无双，这才贸然跟随，还请律捕头见谅。"

律笺文疑惑地望着他："我见你修为不低，再者，为何不去寻妖盟庇护？"

颜如山道："若能得妖盟庇护，自是最好，可在下区区一介散妖，如何能搭上涂山妖盟？"

律笺文道："你若有意，我倒是认识一个朋友，或许可以请他帮你引荐。"

颜如山赖皮道："多谢姑娘好心，只不过妖盟规矩甚多，我一向自由惯了，若真入了妖盟，只怕没过几日便给赶出来了，反而于你那朋友不好。"

律笺文冷哼道："看来还是赤砂魔盗团的威胁不够，否则你命都没了，还有心思顾虑这么多？"

颜如山觍着脸道："姑娘教训的是，只求姑娘好心，在抓住赤砂魔盗团之前先护着在下几日，大恩大德，在下一定永世不忘。"

律笺文见他英俊的脸上流露出几分真诚之意，心中并不以为意，转头往市集里的致正堂走去，颜如山则紧随其后，小心翼翼地跟着，律笺文白了他一眼，这次并未阻止。

回到致正堂内，律笺文打开一扇门，只见门内一整排的女子画像挂在房中，这些女子姿态各异，或抚琴，或吹箫，或绘画……

颜如山自画像之间钻出，指着某一排舞刀弄枪，眉宇间自带杀气的女子画像道："看这些，个个都姿容粗狂、孔武有力，看这挥刀的气势，看这眉宇间的杀气——"

律笺文打断他的话："说重点！"

颜如山立刻道："这些女子都是一气盟之后，看看前面那排画像，再看这一排，你觉得一个人的审美品位能有这么大变化吗？"

律笺文仔细看了看，恍然大悟道："这么说，有人浑水摸鱼，这些女子之死并非采花贼所为？"

颜如山点头道："不错，采花贼对品貌的要求极高，所入眼的女子个个皆肤白貌美、能歌善舞，这些女子根本入不了采花贼的眼！"

"看来你很了解采花贼的喜好嘛？"律笺文盯着颜如山，颜如山在这眼神下微感心虚，脸上的笑也不自然起来。律笺文上前拍拍他的脸，突然也笑起来："开个玩笑而已，没想到你倒是有几分破案的本事。"

律笺文又望向那一排如花似玉的美女画像，感慨道："如此说来，这采花贼倒是个只重皮相的肤浅之妖。"

颜如山尴尬地想解释什么，最后只能尴尬地笑上几声。

神火山庄内，玉萍惊讶地看着月初道："带弟子们去涂山？"

月初打包着行李道："此番既然是一气盟主动提出合作，为了取信妖盟，众人商议之后，还是决定由我带着弟子们前往涂山，以示诚意。"

玉萍迟疑道："虽是这个道理，可你好不容易才回神火山庄，这才没几日，便又要回涂山了。若是那涂山红红不放你下山了怎么办？"

月初略惆怅地叹了口气道："她若真不舍得我便好了……你放心，我与弟子们不过是暂住妖族市集，并非真正到涂山，更何况，事关两盟关系，她绝不会不放我回来。"

玉萍点点头道："也是，若她真不放人，玉萍便去找王权弘业，拼了这条老命也要将你救回来！"

月初哭笑不得地看着玉萍，玉萍犹不放心地叮嘱道："听闻那赤砂魔盗团的几个妖个个修为高强，性格残暴，你若撞上他们，定要当心。"

月初安慰玉萍道："您老就安安心心在山庄，等着我凯旋吧！"

玉萍看着月初潇洒转身而去，担心地跟了几步才停下，依依不舍地望着对方离去。

月初带着四喜、傅院长和几个神火山庄的弟子来到妖族市集外。一别三年，月初重新看着妖来妖往的身影，听熟悉的喧闹声，深埋在心底的那些记忆扑面而来，他的眼中流露出无限的怀念与思恋，四喜看着呆愣着不动的月初，拍了拍他道："喂，干吗站在这里一动不动？"

月初回过神来，收敛了外露的情绪，变得兴致高昂，开心起来："走！带你们开开眼界，逛逛妖族市集去！"

说罢，月初当先带着几人朝热闹的市集中走去。

第十一章 误会重重

（七十九）一探火龙谷

涂山花园中，雅雅和容容正因月初的到来而发愁。雅雅烦躁道："姐姐早已忘记世上还有这个臭小子，两人若是见面，万一被他发现端倪，他怎么想不重要，关键是姐姐。"

容容也道："我也正担心此事。祭出情种后，虽说姐姐不可能再动情，可也绝不能再记起曾经的情，否则便会心萎力衰，危及生命！"

雅雅听到此，凝眉思索着："眼下姐姐同东方洛在外面调查赤砂魔盗团的踪迹，还能暂时遮掩些时日。等他们回来，以臭小子的个性，只怕……容容，你一贯聪明，无论如何，一定要设法阻止他和姐姐见面。"

容容肃容点头，起身往妖族集市而去。

妖族集市中，月初带着众人正在四处闲逛，这些人都讶异于市集的热闹繁华，看到不少以妖法展现的小玩意儿更是惊奇。四喜正兴奋地逛着，突然一个妖商举着一副妖族面具靠近兜售，吓了他一大跳，月初倒是高兴得很，他正和伙伴们介绍着各种玩意儿，突然看到容容带着牧童迎面走来，连忙兴奋地上前迎接："容容姐！"

容容还未说话，月初就激动得往容容身后看，可除了提着点心和酒的牧童，再没其他人。牧童朝他招手道："看什么呢？"

月初拨开他的手："臭老牛，别闹。容容姐，怎么不见红红？"

容容道："姐姐有事，所以我来接待你们。你与众弟子远道而来，实在辛苦，这些点心和酒拿去给弟子们垫垫肚子，放心，账已经记在一气盟名下。"

月初心中失望，笑容都有些勉强起来，他将点心和酒接过，随手递给四喜道："多谢容容姐。"

四喜接了点心，众弟子纷纷打量着悄声议论起来："这可是妖族的点心！"

"听说狐族爱食人心，这里头包的该不会是……"

妖族耳朵灵，牧童听了，十分不悦地上前抢走点心，道："瞎说什么！不吃还给我！"

月初连忙回身拉架，将点心拿过来道："干什么呢，都住手！老牛，你几年不见，连一盒点心都斤斤计较了，他们不吃，我吃。"

牧童冷哼一声道："也就是看在你的面子上，否则老牛非把这几个不知好歹的人轰出去。"

四喜不悦道："哎，你这人，不对，你这妖——"

月初连忙捂着四喜的嘴，朝容容谄媚地笑道："容容姐，他们第一次来妖族，难免不适应，此事你别告诉红红。红红说什么时候见我了吗？"

容容先是一笑道："放心，该说什么不该说什么我比你清楚。姐姐如今不在涂山，你且在市集里候着，待姐姐回来了，我第一时间通知你。"

此时红红正和东方洛在火龙谷附近探查踪迹，两个小妖带着伤引着两人来到一大片被烧焦的地方，地上还躺着几具焦黑的妖尸，其中一个小妖恐惧道："前日我们便是在此遇到了他们，只因多看了他们一眼，便遭了此劫，若不是我俩跑得快，也要像他们一样被害了。"

红红仔细观察着地上的痕迹问道："果然是火龙烈焰所为。你们可还记得那些人的相貌？"

另一个小妖回忆片刻道："有一个戴面具的！其他记不清了。"

红红与东方洛对视一眼，立刻明白是那尊者设谋放出了赤砂魔盗团。两个小妖见此，齐齐跪在地上求道："求盟主替我们做主，无论如何也要抓住那几个恶妖，不能再放任他们害人了！"

红红点头道："妖盟绝不会放过任何恶妖，你们收殓了同伴，先回去吧。"

两个小妖再次感谢后，自去收殓同伴尸骨，东方洛则道："他们既然再次出没，想来这附近应当还有留下的痕迹，咱们再搜寻一番。"

红红颔首，两人继续在林中探查，半晌过后，红红突见不远处林际隐隐透出紫色的雾气，两人来到毒瘴外，只见幽紫色的毒瘴遮天蔽日，缕缕紫气不断溢出。红红正要上前，被东方洛拉住道："当心，瘴气有毒。"正说着，一缕紫色瘴气飘来，东方洛连忙上前护住红红，自己却不慎吸入，一阵头晕目眩。

红红连忙扶住他："你怎么样？"

东方洛强撑着道："不妨事，只是……"

东方洛话未说完，一道烈焰紧接着自瘴内冲出，直袭向两人，红红使出妖力荡开烈焰，搀着东方洛避开："是赤雷的火龙烈焰！"

东方洛满面痛苦，唇角溢出血来，他虚弱道："这毒瘴内，确实……是个藏身之处……"

红红连忙在东方洛身上拍了几下，望了眼毒瘴，抱着东方洛离去。

火龙谷大殿内，赤雷正坐在桌前吃着烧鸡，尊者走入殿内道："赤首领好胃口，涂山红红都打进来了，还吃这么香。"

赤雷一听红红，霍然起身："打进来了？"

尊者走近道："别慌，到了谷外，又被我打退了，只是下一次怕是没这么轻松。"

赤雷松了口气，一边吃着鸡腿，一边思忖着什么，尊者看着赤雷的表情道："涂山红红此去必纠集人马前来抓你。不如你我合作，涂山红红交给我，你带领手下兄弟们对付其他的涂山杂碎，如何？"

赤雷放下鸡骨头，目光锐利地看向尊者："你要我们与涂山为敌？这才是你救我们出来的真正目的吧？"

尊者无赖道："是又如何？收拾了涂山，你正好可以带着赤砂魔盗团占山为王，再也不必东躲西藏了。"

赤雷嗤笑一声："我若是不同意呢？"

尊者盯着赤雷，身上腾出一股杀气，赤雷也不含糊，直接使出妖力相抗。两人对峙片刻，就在一触即发之际，尊者突然一笑收起了杀气："玩笑而已，赤首领怎么还当真了？反正还有时间，何不再考虑考虑？"

红红将东方洛带回双生峰，用妖力为他逼毒，片刻后收回妖力，面色有些苍白，东方洛睁开眼睛，略带歉意道："是我不好，拖累了你不说，还让你耗费灵力为我解毒。"

红红摇头道："你我之间不必计较这些。只是你这毒由瘴内滋生的各种毒草混融而成，毒性复杂奇特，我也只能暂且用灵力护住你的心脉，延缓毒发。"

东方洛见红红面有忧色，温言安慰道："不妨事，我只担心有这毒瘴相阻，要擒那些恶妖只怕不易。"

红红也蹙眉道："如今阿来去了圈内与圈外的交界处探查，翠玉灵因族内有事脱不开身，这毒瘴确实棘手。"

东方洛思忖片刻道："我曾于古医书上看到过制备解药的法子，如今身中此毒，或许正可以效仿神农氏，以身试毒，摸索配制能克制毒瘴的解药。"

红红讶然，望向东方洛，东方洛目光纯澈地看着红红，坦然道："若真能研制出解药，也算我为大家略尽绵薄之力了。"

红红道："也好，我这边让容容安排一下，将你搬到斛光阁旁，我也可随时照应你，这试药非同小可……"

东方洛温和地打断红红的话："不必搬去，你每日诸事繁多，何来时间为我分心，想昔日多少医药大家，哪一个没有独自试药过？放心，我这段时间研读医书，也算小有所成，不会有事。"

红红见东方洛拒绝，也不再坚持，只道："既如此，你自己小心，有任何不妥随时通知我。"

涂山学堂内，红红回来后，雅雅和容容又开始发愁，容容蹙眉道："如今姐姐回来了，只怕月初又要按捺不住了。"

雅雅气道："不然我悄悄去砸晕他？"

容容看了她一眼道："以你目前的修为，能砸晕他吗？"

两人正说着，勿离和九霜说着话走进来，勿离不高兴道："月初也太不够意思了，回涂山，怎能只见流觞呢？"

九霜安慰道："我方才听流觞说，月初是想见大当家，这才托他转呈拜帖。"

雅雅和容容听了，面露惊讶地站了起来，雅雅急迫道："九霜！你说什么？"

九霜和勿离连忙拜见两位当家，雅雅摆手道："无须多礼，你们方才说什么？"

九霜想了想："月初托流觞转呈拜帖？"

容容紧接着问道："什么时候？"

九霜道："就在方才。"

雅雅和容容对视一眼，连忙起身离去，两人一路往双生峰而去，正看到山洞外，流觞将一封拜帖递给红红，雅雅急冲上去想夺拜帖，流觞诧异地看向雅雅："二当家？"

雅雅朝流觞尴尬地笑了笑，容容跟了上来，朝流觞摆手道："流觞，这里没你事了，先下去吧。"

待流觞离去，红红不悦地看着两个妹妹道："何事如此慌张？"

雅雅尴尬地伸手想再次拿拜帖："没事！姐姐，这是什么？"

红红避开雅雅的手道："一气盟代表传来的拜帖。"

容容和雅雅紧张地看着拜帖，见红红似乎要打开，却又思忖一下，转而将拜帖交给容容道："这种事情，你处理便是。"

容容连忙接过拜帖，刚松一口气，就听红红问道："这一次一气盟代表是谁？"

雅雅和容容一怔，随即连忙道："是神火山庄的人。"

听到"神火山庄"，红红眉头一蹙："东方月初？"

雅雅惊讶道："姐姐知道这个名字？"

红红脑海中闪过在南宫家偷听到的东方月初的名字，只觉得这东方月初是个为了入主神火山庄想要巴结南宫昱的小人，便道："听南宫昱提起过。"

容容和雅雅紧张地看向红红，小心翼翼道："姐姐可要见他？"

红红神色淡漠道："见就不必了，只是如今一气盟内有人里通恶妖，情况复杂，不可掉以轻心，让长老跟着他们吧。"

容容暗舒一口气，连忙应下。

月初送了拜帖便一直在等红红见他，却没想到来的竟然是涂山不醉。只见涂山不醉坐在酒楼里，面前桌上摆着烤鸡、美酒，朝一脸失望的月初道："行啊你小子，摇身一变成了一气盟代表了，瞧瞧这一身衣服、这派头，老狐狸早就说了，人族终归是人族，咱们狐族再怎么养也……"

月初拿了个鸡腿塞进不醉嘴里，气道："快吃吧你，这么多美酒都堵不住你的嘴。"

随着时光流逝，桌上的空酒壶越来越多，涂山不醉脸颊微红，仍在饮酒，月初却琢磨着怎么将这老狐狸灌醉，好甩开他去找红红。

"哎，倒酒啊！"不醉斜眼朝着月初道，"怎么舍不得你那点酒了？你也不想想，这些年你偷了老狐狸多少好酒？"

月初无奈地给不醉倒酒，余光瞥见四喜等人正在旁边吃点心，计上心来道："四喜，过来过来！"

四喜凑上前来道："什么事？"

月初道："你们起先嫌弃妖族点心，现如今吃得这般香甜，是不是该赔个罪？陪长老喝一杯？"

四喜与月初对视一眼，恍然大悟，拍了拍一旁傅院长等弟子，大家一同看到月初手里端了酒杯，示意他们给长老敬酒。众弟子立刻会意，围着长老坐下，七嘴八舌地开始捧杀涂山不醉。

月初于一旁坏笑地看着脱不开身的涂山不醉，悄悄转身走到窗边。他指尖微动，窗边花坛的花朵争先绽放，蜜香四溢。月初笑闻这蜜香飘远，似乎在等候什么，不一会儿，果然从远处跑来两个小不点，正是花精小梨和小枫，两人边跑还边念叨着："快点快点，上等的好蜜！"

两花精跑近看清月初后，原本欢喜的笑容陡然收住，扭头便要逃，却被月初一道灵力拉回："好久不见，你们两个为何一见我就跑啊？"

小梨结巴道："没、没跑啊。"

小枫也连连点头："对，没跑！"

月初笑嘻嘻道："我就说嘛，咱们好歹是老相识了，你们怎么可能忘恩负义呢？来来来，咱们叙叙旧。我且问你们，近来东方洛有没有常常缠着大当家啊？"

小枫与小梨面面相觑，随即连连摇头。月初惊讶道："没有？怎么可能？"

小梨开口道："是大、大当家，缠、缠着东方洛。"

小枫从旁佐证道："大当家每日一早就会来双生峰看东方洛。"

月初闻言，脸色一沉，不甘心地咬咬牙，决定第二日一早亲自上双生峰探访一番。

第二日一早，太阳于枝叶间洒落光芒，月初的身影在山路上徘徊着，他想到即将和红红见面，紧张之余只觉得心跳如擂鼓，手心都是汗水。等他好不容易平复好心情，再抬起头来，竟望见熟悉的身影就在眼前，月初待看清红红的眉眼后，只觉一时心酸一时不忿，还未开口，就见红红隔着树影停下，略带戒备地冷然开口道："什么人？"

"什么人？"月初不愿流露出心酸软弱，反而比平日多了几分冷傲，"大当家当真是忙，连我这个代表想见一面也难如登山，不知大当家是真有要事无暇抽身，还是打心底里瞧不上一气盟？"

红红冷傲的脸上闪过一丝讶然："东方月初？长老呢？"

月初先是一愣，随后脸色一沉道："大当家贵人多忘事，记不得眼前人了？是你派长老跟着我？"

红红瞧不上月初这副阴阳怪气的模样，冷哼一声便举步从他身边经过，月初下意识地拉住了红红的衣袖："你到底什么意思？"

红红冷下脸来看向月初的手道："放手！"

说话间，红红凝力欲挣脱月初，未料到月初也暗中用力，两人旗鼓相当，僵持在此，月初含恨慢慢道："今日你不将话说清楚，我不会放。"

红红冷然道："你想说什么？"

月初望着表情冰冷且不耐烦的红红，张了张嘴，心酸地泄了气道："罢了，别的且不论，我质问你，既已答应合作，为何出尔反尔，将我们的人晾在一边？"

红红道："我自有考量，该你们出马的时候，自会通知你们。"

月初蹙眉道："考虑？赤砂魔盗团已经避入火龙谷，谷外毒瘴弥漫，不知大当家有何考虑？"

红红眼神锐利地盯着月初，只觉得他想从自己这打探消息，一下甩开他的手，冷冷道："此事不劳你费心，我还有事，你自便吧。"

说罢，红红目不斜视地与月初擦肩而过。月初转过身来，伤心地望着红红离去的背影，只觉得红红是因为东方洛才对自己如此冷漠。

神火山庄中，一直昏睡的付澄却突然从噩梦中惊醒，挣扎着坐起来大喊道："月初——"

玉萍正进来，见状又惊又喜，连忙几步上前，扶住付澄道："总算醒了，总算是醒了！"

付澄脸色苍白地抓着玉萍道："月初呢，他去哪儿了？"

玉萍一愣道："他？他去擒妖了。"

付澄蹙眉："擒恶妖？不，他肯定出事了！我得去救他！"说着便要下床，玉萍连忙拦住她道："不成，你刚捡了条命回来，身上的伤还没好，哪儿也不能去！"

付澄急切道："可我刚才梦见他的心在流血，跟我说他好痛。"

玉萍见此，只得对他说实话，安慰道："你放心，他是跟涂山红红合作擒妖，不会有事的。这次是盟主命他代表一气盟与妖盟合作，不是他自己主动去的。"

付澄听到这，又是心疼又是生气道："不管主动还是被动，总之他又去自讨苦头了。这个傻子，涂山红红冷落他三年，他还不明白吗？"

玉萍端起药碗递给付澄，意有所指道："人有时候就是不撞南墙不回头，不如索性让他撞吧，撞疼了就记住了。"

付澄似有所悟地点点头，接过药喝了下去。

（八十）吃醋摩擦

妖族市集的酒楼里，不醉吹胡子瞪眼，盯着一脸沮丧的月初："好你个贼小子，几个虾兵蟹将就想缠住我？"

月初闷闷不乐地坐下，也不应声，不醉凑近了打量着月初的脸色，不厚道地笑了："碰钉子了吧？早跟你说人家不想见你，偏不听，眼巴巴地凑上去有意思吗？"

月初神色不自然道："红红不过是有事要忙罢了。再说了，自我走后，涂山上下有几个能替她分担的，她一个人，能不忙吗？"

不醉忍不住道："话可不能这么说，怎么就没人替大当家分担了？别说我们几个，就连东方洛也没闲着，嗐，反正你早晚要知道。眼下赤砂魔盗团藏身在火龙谷内，这要入谷擒恶妖，必先穿越毒瘴，东方洛在以身试药，研制解药。"

月初惊讶道："以身试药，他能行？"

不醉点头道："行不行老狐狸不知道，但大当家信他。臭小子，听我这个过来人一句劝，这世上的女子啊，一旦变了心，对过去之事恨不得通通忘记，你又何苦执着让她为难呢？"

月初有些伤心道："可红红并非普通人。"

不醉望着空气中飞舞的苍蝇，精准地一巴掌将苍蝇拍扁道："她啊，自然不是普通人，但比普通人更绝情！不稀罕的人在她面前晃来晃去，就如同这只苍蝇一般，令人生厌！"

月初看着这只死苍蝇，恼羞成怒地推开涂山不醉骂道："你这老狐狸，一向见不得我与红红好，我信你才怪！哼，她想忘了我，我偏不让她忘！"

说罢，月初突然起身再次朝双生峰跑去。

月初一鼓作气走入山洞，看到东方洛正背对着他专注地摆弄各种药材，听到动静转过头来，先是一愣，随即满眼惊喜道："月初小友，你何时来的？"

月初看了看洞中景致，用鼻子嗅了嗅，看到自己送给东方洛的煮饭法宝正在煮饭，不由得道："不错，这法宝用得这么熟练，看来你没怎么去涂山蹭饭。"

东方洛一边打开法宝从里面端出丰盛的饭菜，一边道："多亏了你赠送的法宝。坐下一道用些吧。"

月初四处打量着道："不必，我来之前用过了，你自己吃吧。"

东方洛在桌前坐下道："也好，那我便不客气了。"

东方洛刚吃上饭，红红便步入山洞，看到月初面露惊讶道："你怎会在此？"

月初略紧张地望向东方洛道："看朋友，洛兄是我知心好友。"

东方洛放下筷子点头道："不错，月初小友热情仗义，的确是极好的朋友。"随后他起身为红红拿来一副碗筷道："一起用点饭菜？"

红红不客气地坐下，拿起筷子，月初望着两人互动，随即也不客气地坐了下来，东方洛有点惊讶道："你方才不是说……"

月初不满道："用过就不能饿了？洛兄用着我赠的煮饭法宝，不会连一碗饭都舍不得吧？"

东方洛尴尬地再拿来一副碗筷道："自然不会。"

三人上桌开始吃饭，月初见有一盘烧鸡，便习惯性地夹了一个鸡腿给红红，恰好东方洛也正夹着另一个鸡腿递给红红，两双筷子夹着两个鸡腿，一起停在了红红面前。红红略一迟疑，接过了东方洛夹来的鸡腿，月初的鸡腿悬在空中，他神情尴尬地放了回去。

东方洛打着哈哈道："月初小友，你是客人，就别同我们客气了。"

这话说得月初更是上火："东方洛，你不说话没人当你是哑巴。"

红红眼锋扫过月初，月初赌气地回瞪过去，东方洛见两人如此，连忙出言相劝："快吃吧，菜要凉了。"

红红闻言，终是压下怒火冷冷道："你今日，究竟为何而来？"

月初一笑道："大当家何须如此紧张，我不过是来探望洛兄的。洛兄为擒恶妖以身试药，我作为一气盟代表，自然要来关心关心了。"

红红听到此，戒备道："此事你怎会知晓？"

月初不在意地笑道："只要我想，涂山任何事都瞒不过我。"

红红神色一凛，带出一丝怒意。月初与红红对视着，毫不相让道："玩笑而已，大当家不必当真，只是这试药一事，一气盟也有责任参与其中。"

三人用过餐，东方洛端出一碗药饮下，红红以妖力探测他的身体变化，月初凑在一旁看热闹，只见红红手中妖力一路游走到东方洛心口，问道："感觉如何？"

东方洛道："四肢关节似乎松快了些，只是心口处仍觉沉涩。"

红红颔首道："我亦探到你体内毒性减轻了些，看来此次的药确有作用，只是尚且无法根除瘴毒。"

东方洛拿起桌上的药方凝思提笔道："如此说来，需得再斟酌斟酌方子。"

月初凑到红红身边道："如此说起来，以身试药还真有点用。依我之见，洛兄修为低、底子薄，如此反复试药折腾不起，不如拿我试药，你看如何？"

红红冷眼瞥过月初道："你想试药？"

月初连连点头，红红却话里有话道："不必了，我怕你来试药，这解药只会遥遥无期。"

月初惊讶地问道："什么意思？"

红红冷眼看着月初，不明白月初作为想要巴结南宫昱的人，为何能厚颜无耻至此。她转身望向东方洛道："今日你累了，好生歇着，我还有事，先告辞了。"

东方洛别有意味地看了月初一眼道："也好，今日多有不便，改日再聊吧。"

（八十一）丑妖颜如山

两人这般互动让月初心中不是滋味，他见红红颔首离去，急忙追着出洞，待走到洞外，红红冷不防猛地转过头来，冷冷道："你究竟想做什么？"

月初一怔，眼神闪过一丝受伤道："我想做的，你还不明白吗？是不是因为我是一气盟的人，才让你这般厌弃，你听我说……"

红红见月初上前，立刻喝止道："站住！你听着，涂山绝不允许任何人破坏两盟之间的合作。"

月初急着辩白道："我知道！"

红红神色冷冽道："你最好知道，否则，别怪我不客气。以后离双生峰远一点，再让我发现你擅自闯入市集以外的地方，别怪我不客气！"

月初心下一沉，见红红半点不念往日情分，扭头就走，伤心到脸色煞白。

再说那颜如山一路跟随着律筮文来到了神火山庄，不由得问道："我们为何来此？"

律筮文思忖道："我相信采花贼应该有两个，其中一个便是此前你口中所说的品位浅薄，只重外貌的采花贼。"

颜如山忍不住反驳道："我没说他品位浅薄，只重外貌。算了，不重要了，另一个呢？"

律笺文道："另一个，便是谋害一气盟女弟子的真凶！"

颜如山惊讶道："你早知道那些女子并非采花贼所害，为何还要一直通缉采花贼？"

律笺文诧异道："有什么关系，反正都是我要抓的犯人。"

颜如山气愤道："你作为捕头却如此草率，难怪至今还抓不到犯人！"

律笺文恼羞成怒地盯着颜如山，半晌克制着道："我不和你计较，等下见了付澄，便可查到线索，迅速破案！"

颜如山脸色一变，他曾与付澄打过照面，此番同去，若被她识破就完了，他连忙做出一副含羞的样子，装作不好意思道："这……我一个大男人，还要跟着你钻人家未出阁女子的闺房，实在……实在是于理不合。"

律笺文一愣，虽觉得他说得有理，但还是不满他这副腻歪的模样，不耐烦道："在这里等着！"

颜如山见她出示令牌独自进了神火山庄，终是松了口气。

付澄面色苍白地坐在床上，神色痛苦地回忆着那日被掳走后的情况："是一个……是一个戴着面具的狐妖。"

坐在她对面的律笺文惊讶道："狐妖？"

付澄肯定道："对，狐妖，我对付过妖族，能分辨出他身上有狐妖的气息。"

律笺文点头道："还有没有其他人？"

付澄略一思忖道："好像……还有一个男子。"

律笺文追问："可还记得他的长相？"

付澄努力地回想着，却只感到头疼欲裂，她死死地抱住了自己的脑袋："啊！"

律笺文担忧地站了起来："付姑娘！"

端药进入的玉萍见状急忙上前抱住付澄，道："律捕头，她这伤大夫说要彻底恢复还需要些时日，在此之前不能受刺激。不然，等她再好一些，你再来问话？"

律笺文见付澄极为痛苦的模样，只得点头退了出去。

出了神火山庄，颜如山追上律笺文，见她脸色不对，故意凑上去问道："如何？律大捕头是不是已经成功查出真凶的线索，眼下便可去拿人了？"

律笺文白了他一眼，自顾自往前走。颜如山故作无辜地跟了上去继续道："干吗？方才是你自己说见了付姑娘就能破案的。"

律笺文气道："闭嘴！"

颜如山憋着笑，一直偷看律笺文，冷不防撞到了个路人，身上的祛息珠掉落在地摔成碎片，原本被压制的气息积攒已久，在碎片中散发出淡蓝色光泽，瞬间四散开。

颜如山见此脸色大变，然而为时已晚，那淡蓝色光泽已经飘入律笺文鼻间，律笺文耸动着鼻子："这气息……采花恶妖！"

颜如山慌张道："你听我解释……"

律笺文惊怒间一把抓住颜如山："解释什么，你一直在骗我！你分明就是采花恶妖！"

颜如山道："是，我是骗了你，可那些女子的死真的与我无关，是真凶栽赃的！"

律笺文眼神恨恨道："他们为何不栽赃别人？若非你惯常欺骗女子感情，臭名昭著，真凶又怎会打着你的旗号害人！你还骗我，说什么要寻求庇护！"

颜如山着急辩解道："我也是为了查出凶手！"

律笺文道："借口！你敢说你从没有欺骗过女子的感情吗？"

颜如山一怔，突然无法反驳了，律笺文更加生气，手上用力道："今日我便抓了你为民除害！"

颜如山见状，只得使出妖力挣脱，行礼道："对不住，真凶落网之前，请恕在下难以配合，山高水长，有缘再见！"

律笺文再想抓他，却见他早已掠身而去，只得一边召集傅风等人去追，一边恨恨骂道："你这个骗子！不抓住你，我律笺文誓不为人！"

颜如山自人族市集一路跑到荒野之中，神色中带着焦急。他不光没摆脱律笺文，就连傅风和几个捕快也跟着追了上来，再加上今日是满月之期，若是再摆脱不了，他就要现原形了。

想到这，颜如山抬起头来，只见月亮擦着云层边缘，就要透出来了，他如困兽般急急打量着能脱身之处，然而四周之人越逼越紧，让他无处可逃，最后他只得一咬牙，捏诀施法，"砰"的一声在原地消失了。

片刻后，律笺文与傅风等人追到此处，四周打量着，傅风惊讶道："奇怪，方才明明就在这里，怎么一眨眼就不见了？"

律笺文道："应该逃不了。"

傅风闻言，趴在地上听了听，随即脸色一变，朝律笺文使了个眼色，指了指底下，律笺文会意地点点头，突然喝道："雷符阵！"

几个捕快闻言上前，翻手捏诀，数张黄色的符文于前方地上围成一圈，闪耀着隐隐的光芒，随即只见律笺文双指之间亮出闪电金光，地上的符文间闪电大作，伴随着一声霹雳巨响，爆出巨大烟尘。缕缕烟尘间，地上出现了一个巨大的坑，坑中蜷缩着一个前所未见的妖。

律笺文惊讶地上前两步，只见那妖体形庞大，奇丑无比，牛角牛鼻，牙齿缺漏，周身覆满丑陋毛发，身后一条尾巴正紧紧靠着坑壁，瑟缩成一团。

傅风吃惊地指着那妖道："好……丑！何方妖怪，报上名来！埋伏在地底想要做什么！长得这么可怕又偷偷摸摸，一定不是什么好东西！"

那妖瑟缩着，浑身发抖，看起来十分胆小和恐惧的样子。傅风拔出剑来，再次厉喝道："不说话？还想负隅顽抗！"

律笺文见傅风要动手，突然开口阻止道："慢着，对没有犯事的妖，无论种族、外貌，皆要与人一样对待，一视同仁。看样子他是吓坏了。"说罢，律笺文对那妖行了一礼道："这位妖兄，我们是人族一气盟捕快，只要你不伤人，我们是不会伤害你的。"

那妖仍瑟缩着，将信将疑地望着律笺文，律笺文粲然一笑，看着对方的笑颜，丑妖眼中流露出复杂的神情，这时傅风突然开口道："等等，头儿，即便他现在看起来奇丑无比，但也不能排除他是颜如山啊！说不定颜如山的原形就是这么一个丑东西啊！"

律笺文的神情变得冷肃起来，她盯着那妖，那丑妖再次害怕起来。只见律笺文突然跃入坑中，一步步朝那妖走近，丑妖瑟瑟发抖，一副害怕至极的模样，只见律笺文鼻头耸动，一步步靠近，原形为丑妖的颜如山绝望地闭上眼睛。

蓦地，一件披风落下，将颜如山罩在里面，遮蔽住了月光，也遮去了他的恐惧，只听到律笺文的声音传来："他不是颜如山。"

披风下，颜如山惊讶地睁开眼睛，透过缝隙望向律笺文。

"采花恶妖已经逃脱，今日便追到这里，明日继续。"律笺文跃出大坑，朝捕快们说道。

众捕快应是，随着律笺文缓缓而去，坑中，颜如山呆呆地望着律笺文的背影消失于夜色之中。

（八十二）选择承受

火龙谷外，赤闪在毒瘴外转着圈圈，脸上是藏不住的喜悦与骄傲："这么久了，大哥怎么还不出来，该不会是不想见我吧？"

正瞎琢磨着，便见赤雷大步走了出来，赤闪眼前一亮，快步迎了上去激动道："大哥！"

赤雷不耐烦地看着这个弟弟道："你怎么找到这里来了？"

赤闪则喜滋滋地看着赤雷道:"我一听说赤砂魔盗团逃狱了,就四处打听,总算得知大哥曾在此伤过几个妖。我就知道,凭你的本事,区区混天典狱怎么可能困得住你!大哥,这次总该让我入赤砂魔盗团了吧?"

看着赤闪一脸崇拜地绕着自己转,赤雷一把抓住他,沉声道:"说了多少次,就你这点本事,还是别给老子拖后腿了,乖乖地回老家,以后也别来找我了。"

赤闪委屈地看着大哥:"大哥……"

赤雷不耐烦地打断他道:"滚啊!"

赤闪没想到大哥如此不愿见他,心里难受得紧,只能将手中的纸包往赤雷手里塞:"给你,你以前爱吃的。"

赤雷看到半开的纸包里露出黄澄澄的、煮熟的玉米,眼中闪过一丝不忍,但随即攥紧纸包,硬起心肠骂道:"快走啊!"

赤闪委屈地看着赤雷一动不动,赤雷点点头道:"好,你不走是吧,我走!"

赤闪眼看着赤雷毫不留恋地走回毒瘴内,失落又不甘心地大喊道:"是不是就因为我没闯出名堂,你就嫌弃我?我一定要当一个很坏很坏的妖,比赤砂魔盗团的任何成员都坏!"

回到火龙谷内,赤雷看着手中的玉米,不由得回想起兄弟俩小时候为了个玉米与别的恶妖拼死抢夺的场景。那时好不容易抢来一个玉米,赤闪自己饿得要命还非要塞给他吃。

赤雷眼底泛起少有的温情,他狠狠地咬了一口道:"谁稀罕吃这个,这个傻子,没东西吃才吃玉米,天天山珍海味,谁还爱吃玉米了……"

雪貂见赤雷拿着玉米走进来便大笑起来:"又是你那没用的弟弟送来的?"

赤雷抬起头来,一脚将雪貂踢翻在地:"老子不准你这么说赤闪!"

雪貂也不生气,爬起来嘿嘿笑道:"老大,你既然这么维护赤闪,何不将他带在身边?"

赤雷横他一眼道:"成日里打打杀杀、东躲西藏,有了今天没明天,将他卷进来做什么?"

雪貂听后感慨道:"哎,你这良苦用心他未必会懂啊。"

两人说话间,尊者走了进来,见到这两人一副懒散模样,眼中闪过一丝不悦,随即开口道:"赤首领,上次我提议之事,你考虑得如何了?"

赤雷想都不想道:"合作免谈。"

尊者蹙眉道:"你就不怕涂山红红打过来?"

雪貂用看傻子的眼神望着尊者:"她来我们就跑呗,这么简单的道理都不懂?"

尊者气得浑身散发出寒意,望向赤雷道:"不战而退,赤首领就不怕失了颜面被人笑话吗？"

赤雷无所谓地耸耸肩道："那又如何？从小到大，老子做过的丢人事多了，不差这一件。"

尊者望着赤雷手中拿着的玉米，目光森然，不知想到了什么。

夜间，红红正坐在桌旁与雅雅边吃烤鸡，边聊一气盟合作之事，突然一阵大风吹开了门窗，雅雅讶异地抬起头道："好大的风啊。"

红红也下意识地看向门外，只见漆黑的夜空中，一道赤红色的闪电划过，伴随着震彻天地的霹雳声响起，红红的视线落在闪电劈落之处，突然面露担忧道："双生峰！雅雅你先回去，我去看看东方洛！"

双生峰内，东方洛乌发飞扬，额头上满是细密的汗水，他的腹中如有一团火在燃烧一般，整个人完全没有白日的儒雅端正，眼眸中闪过一丝诡魅。他唇边带血勉力挣扎着，雷声在山洞外一声声地回荡着，东方洛双手捂住耳朵，像是被掐住了喉咙般痛苦喊道："够了！"

浓稠的夜色好似被闪电划出了一道口子，照亮了东方洛的狼狈身影，突然一道影子出现在眼前，他抬起头，眼中惊恐一闪而至，随即忍受着痛苦嘶哑道："红红……"

红红担忧地看着他道："余毒又发作了？"

听了红红的话，东方洛似乎一下放松下来，他苍白的脸上勉强一笑，抬眸道："不妨事，过一阵便好了。"

红红不放心地想要上前查探，东方洛却撑着洞壁起身，避开了红红的手，他眸色深沉地低声道："既然选了这条路，多少苦也得受着。"

红红歉疚地望着东方洛，忍不住道："若实在不行，你也不必强撑，我再另寻其他入谷之法便是。"

东方洛回过神来，刻意轻松道："近来试药已经颇有成效，再坚持几日，想必很快就能配制出解药了。"

红红思忖片刻道："解药一事，也无须太过着急。我仔细想过，火龙谷内地形复杂未知，贸然闯入反倒被动，若能有其他法子引赤雷他们出谷，也未尝不可。"

东方洛一怔道："这……若是有人不怕毒瘴，能提前潜入摸清地形便可万无一失了。"

红红似乎想到了什么："让颜如山去，他自幼在空陷山长大，那里常年赤焰焚烧，烈毒遍布，他早已练就了百毒不侵的体质，火龙谷的毒瘴应该伤不得他。"

东方洛似乎松了口气，也越发虚弱，强撑着颔首道："如此最好，我已不碍事了。夜深了，你也早些回去休息吧。"

红红面含担忧，见东方洛神色疲惫，只得道："也好，你好生休息，有任何不妥随时来找我。"

东方洛勉强一笑，点头道："放心吧。"

红红不再停留，转身离去，东方洛看着红红远去，一颗悬着的心终于放下，靠在洞壁上，闭上眼睛轻轻一叹，低声自语道："与圈外力量合作……这条路真是走错了吗……"

前两日刚躲过追捕的颜如山再次偷偷摸摸来到了致正堂外，他手中拿着叠好的披风，回味着律笺文对他的态度，不自觉带了几分期盼地望向致正堂，悄声道："等她出来了，我便远远跟着，也好看她抓住那借我之名害人的真凶。"

颜如山专注地盯着致正堂，忽然一只粉蝶飞至，他讶然地伸出手，蹙眉读取灵蝶，片刻后："火龙谷？"

思忖片刻后，颜如山收起灵蝶，恋恋不舍地望了一眼致正堂，转身离去。下一秒，律笺文正从致正堂中出来，不经意瞥见颜如山的背影，急忙追着他跑了过去。

涂山中，雅雅正闭目修炼，她翻动手诀，妖力源源不断地上涌，忽然几根冰凌急速而来。雅雅睁开双目，无尽酒壶裹挟着巨大妖力而出，冰凌迎面碎裂，随即眼前出现一个满脸风霜、胡子拉碴的男子，竟是阿来！

"阿来！"雅雅又惊又喜，猛地冲入阿来怀中。阿来先是一怔，随即抱住雅雅，两人久别重逢，深深相拥着。良久，阿来放开雅雅，带着歉意道："对不起，让你等久了。"

雅雅开心笑道："好端端的道什么歉啊，你这不是如期而至了吗？"说罢，她又有些心酸地抚上阿来的脸颊，"胡子都这么长了，你几个月没修面了？"

阿来尴尬地挠了挠头："也就三个……四个……四五个月吧……"

雅雅手一扬，化出一把冰刃凑到阿来面前："过来，本二当家亲自替你修面。"

阿来惶恐地看着，还想躲一躲，却见雅雅一横眼，只得乖乖坐下。

雅雅以冰刃给阿来修面，胡须逐渐被刮除干净，露出阿来光洁美好的面目，她看着阿来道："这次回来几日？"

阿来知道雅雅不舍，觉得感动又心疼道："不走了。"

雅雅一听，激动道："真的？太好了！你回来了，臭小子也回来了，涂山又要热闹了！"

阿来惊讶道："月初回来了？"

雅雅点头道："前段时日，混天典狱内的恶妖出逃，一气盟派了他做代表，来涂山一同擒妖。"

阿来有些担忧道："可是以红红的情况，最好还是不要见面。"

雅雅敛了脸上的笑意，也忧心起来："是啊，所以这段时日，我与容容一直悬着心，生怕臭小子一个冲动跑到姐姐面前……好在有长老盯着他，一时半刻出不了岔子。"

阿来叹息着点点头。雅雅望着阿来，突然心有所感凝望着他道："如果将来我把你忘了，你会怎样呢？"

阿来郑重地望着雅雅道："不会有那么一天的。"

雅雅也点头，努力挤出灿烂的笑颜道："放心，即便有一天咱们两个必须分开，我也不会忘了你。"

阿来心中莫名心疼，伸手揉了揉雅雅的脑袋，将她拥入怀中："傻丫头。"

这边两人久别重逢，斜光阁中红红惊讶地望着眼前的丸药道："解药配制出来了？"

东方洛笑着颔首道："这些日子总算没白费，我体内的毒已经成功解了，你若不放心可以再探。"

红红连忙使出妖力探测，脸上逐渐露出悦色："果然已解。"

东方洛也面露欣然道："这几日我会去药铺多买些药材，多制些解药备着。"

红红颔首道："好，如此一来，只等颜如山摸清地形，便可从容进火龙谷抓人了。"

东方洛点点头，似乎想到了什么，忍了又忍，还是问道："近来月初可还是在纠缠你？"

红红讶然道："你怎会知道？"

东方洛笑了下，掩饰住心中的失落道："你知道的，那俩花精一向藏不住话，她们既能向月初透露你的行踪，自然也能向我透露他的行踪。"

红红蹙眉道："他向花精打听我的行踪？"

东方洛一脸惊讶道："此事你不知晓？是我多事了。不过，你可曾想过他为何如此？"

红红一怔，东方洛见红红如此模样，微微一笑，拱手道："我先告辞了。"

红红一脸沉思地琢磨着，片刻后，站起身来往妖族市集走去。

市集上灯光熄灭了大半，只余星星点点的几许光亮，透出白日里不曾有过的寂静与幽诡。月初独行在桥上，而红红则沉着脸悄悄跟踪着他。

月初在桥上踟蹰着，既想去看红红，又不知去找了她又能说些什么。突然见到一只黑色灵蝶自他身边飞过，他惊讶之下，伸出一道灵力要去捉这只灵蝶，正要读取时，红红已经飞掠而至，也伸出一道灵力去抢夺灵蝶，只见这灵蝶瞬间被两股力量震碎。

红红见此，一把抓住月初，重重摔在地上，灵蝶残片也落在一边。红红居高临下地盯着倒在地上的月初，厉声道："深更半夜，你在此处做什么？这灵蝶又是怎么回事？"

月初满脸惊讶地看着红红："你怀疑我？"

红红并不应声，只继续盯着他。月初心底一寒，眸中满是失望与痛苦："我原以为你冷着我便罢，没想到你还怀疑我，既然如此，你为何还答应我，让我来涂山？"

红红正色道："两盟合作于妖族有利。"

月初嗤笑一声，倔强地看着红红，却在红红的目光中寻不到半分情意："所以你答应合作，完全是为了妖族……你误会了，这灵蝶我也是刚发现……"

红红打断他的话道："灵蝶不是你放的，更不是你损毁的？"

月初否认道："不是。"红红却连连点头，冷着脸色一脚顶上了月初的腹部道："你觉得我会信吗？到暗牢里去说吧！"

（八十三）误会重重

月初被顶得跪倒在地，额上冷汗淋漓，随即被红红揪着直接押入了涂山暗牢之中。

月初伏倒在地，目光冷冽地扫过红红。红红居高临下地审视着月初，冷冷笑了："你和南宫昰究竟是什么关系？"

月初蹙眉道："南宫昰？什么意思？"

红红只觉得月初仍在装蒜，冷哼一声道："南宫昰勾结恶妖劫了混天典狱，你在其中参与了多少？"

月初反应过来，惊讶道："南宫昰与混天典狱遭劫有关？"突然他挣扎着起身，好似看陌生人一样望着红红，并大笑起来，直至笑出眼泪。他逼近红红一把抓住她，在她耳畔低声质问："我说了你信吗？"

红红挣脱开他，反将他抵在暗牢边上："你以为如此，我就问不出来了？"

月初点点头，讥讽一笑，在红红耳畔一字一句道："好，我告诉你，我东方月初纵然再不济，也绝不会跟南宫昰联手，凭他也配？"

最后一个字落下，月初一个反手，抱住了红红腰身，而红红早有防备，一退一转，顺势将月初撂倒在地："你既然如此不配合，便怪不得我了！"说罢她伸手掐住月初胳膊，咯咯作响，而月初的手已然放在红红腰上，越来越紧。片刻后，红红的手突然翻动，在月初胸前划下一道血痕。月初忍痛，手上逼迫红红不断靠近，两人近在咫尺，呼吸可闻。

这时，阿来的声音突然从身后传来："怎么还关起来了呢？"说着阿来正看到两人相叠的身影，连忙捂眼转头就走，红红松开月初喝道："站住！"

阿来停下脚步，无奈转身，朝两人苦笑着。

红红从容起身，对阿来道："阿来，你一向法子多，可知怎么才能让他开口？"

阿来惊讶道："你是说用毒？"

红红冷然道："只要能逼他交代，不管是用毒还是用刑，皆可。"

阿来看了月初一眼，迟疑道："也……不是不行，这样吧，你先回去，此事交给我便是。"

红红扫了一眼地上的月初，只见他眼光中满是愤恨与伤痛，她的心不由自主地一颤，极快地避开月初的目光道："务必查出他与南宫昊背后的阴谋。"

阿来点头应着，看红红走远，这才叹口气，回头看躺在地上胸前流血的月初，连忙上前扶起月初，让他倚墙靠着，然后拉开他的衣衫，掏出药帮他上药，一边上药，一边啧啧道："惨，真是惨！"

月初苦笑道："我都这么惨了，你还嘲笑我。"

阿来则道："我这不是怕你郁结于心，活跃一下气氛嘛。"

月初勉强笑着道："谢了。"

阿来上好药正要起身，却被月初紧握住手腕："你跟我说实话，她到底是不是红红，红红为何会如此对我？她冷着我、远离着我便罢，为何还会怀疑我？我在她身边这么多年，她怎会说翻脸就翻脸？就算她心中没有我，也大可不必如此无情。"

阿来眼中闪过一丝不忍，抽回手斟酌着用词道："你了解红红，当知她心中所念只有妖盟和涂山。"

月初补充道："还有东方洛。"

阿来无奈道："对，还有东方洛。你既然知道，又何必非要跟她提那些她不想听的过去呢？你这般纠缠她，她不会多想才怪。"

月初先是一愣，随即忍不住苦笑起来。阿来继续道："听我一句劝，眼下你既然与红红各自代表妖盟和一气盟，何不公事公办？至于别的……别的不提也罢，须知对于男人而言，潇洒地转身离开，也是一种风度。"

月初心中如打翻了五味瓶，苦涩难言，半响后反问道："话虽如此，若是将来有一天，你与雅雅也走到这一步，你能有如此风度？"

阿来一听，不悦道："说你和红红，好端端的，带上我做什么，我就不该救你。"

月初忍痛笑到咳嗽："好，公事公办，我还有公事要同你商议。当日那帮劫狱之人曾掳走付澄提取记忆，夺取混天典狱营造图，如今付澄醒来，提及当日掳走她的人之一是戴面具的狐妖。"

阿来讶然道："之一，还有其他人？"

月初接着道："付澄记忆受损，记不清其他人的样貌，但若南宫晁真如红红所言参与其中，待付澄彻底康复，说不定会有所发现。你虽未明说，我却知道你的本事不只使毒，若能有药让付澄恢复，或许可以另辟蹊径，查出混天典狱一案背后的关键！"

阿来思忖片刻，终是点了点头，答应下来。

被哥哥赤雷赶走的赤闪蹲在溪边啃着玉米，突然感觉身边有人，他一抬头，正看到戴着面具的尊者出现在他身边。赤闪警惕道："你是谁？来找我做什么？"

尊者哑声道："我是来给你通风报信的。我就栖居在火龙谷附近，最近你大哥赤雷好像遇到了麻烦。"

赤闪脸色一凛，连忙问道："大哥遇到麻烦，什么麻烦？"

尊者道："涂山红红已经查出他们藏身于火龙谷，随时可能攻来，赤雷首领想派人先一步伤了涂山红红，还说不管是谁，只要完成任务，便可做赤砂魔盗团的二当家。可是，命令发出来后，竟无一人敢去。"

赤闪眼前一亮，一下站了起来，露出向往的神情道："大哥真说只要伤了涂山红红便可以当二当家？"

尊者唇边溢出一抹冷笑，点了点头。

颜如山得了涂山消息，一路来到毒瘴弥漫的火龙谷，他徘徊打量一番后，择了一个稀薄处正打算入内，忽然神色一凛，侧身避过一支袖箭。他脸色一变，立即知晓是律笺文追来，正打算朝另一侧逃跑，却被律笺文挡住去路："站住！"

颜如山见她风尘仆仆，头发上都粘着树叶，不由得伸手帮她摘去树叶调侃道："律捕头为了追我，还真是不依不饶，连形象也不顾了。"

律笺文沉下脸来："少来这一套，速速束手就擒！"

颜如山正色道："此地不是你该来之处，快回去吧。"

律笺文眼神一沉，直接袭向颜如山。蓦地，一道毒瘴突然蹿出，以迅雷不及掩耳之势将律笺文拖入毒瘴之中。

颜如山惊讶地看着律笺文被拖走，略一犹豫后，闪身跟着入了毒瘴。

毒瘴内，一座桥横跨万丈深渊，赤雷正拖着律笺文在桥上行走，律笺文因中了瘴毒不停地咳嗽着，颜如山尾随在后，听着律笺文痛苦的呛咳声，终于一咬牙走上前去。赤雷听到身后脚步声，立即回身袭向颜如山，颜如山轻巧避开，抓住律笺文，顺势掩住了她的口鼻："赤首领别误会，我是来投靠你的。"

赤雷蹙眉问道："你什么意思？"

颜如山道："此处并非说话之地，进去再说。"说罢，他便将律笺文拦腰抱起，快速前进，赤雷在两人身后跟着，神情复杂而戒备地打量着，三人一路进了洞穴之中。

律笺文被放下后痛苦地蜷缩在地上，颜如山蹲在旁边照顾着她，焦急地催促赤雷道："快拿解药来，她快不行了！"

赤雷打量着他道："你替这臭娘儿们担心？"

颜如山眼珠一转："我是替你担心，她死了，可就没价值了！"

赤雷面色一滞，见律笺文确实面色发白，只得丢了一粒解药给她。可谁知律笺文瞥了一眼解药，非但不拿，反而嫌弃地闭上眼睛："我律笺文死也不愿为你们挟持利用！"

颜如山心中焦急，直接拿起解药，以妖力将药丸送入她口中，逼迫她咽下。律笺文气道："你——"

颜如山不等她再说话便骂道："闭嘴！此处不是你的致正堂，容不得你撒野！"

律笺文一怔，终是闭上嘴巴。赤雷冷眼旁观着，眯眼注视着颜如山："颜如山，你究竟是什么意思？"

颜如山勾起嘴角道："我这份见面礼，赤首领可喜欢？"

赤雷诧异道："这姓律的娘儿们，是你引来的？"

颜如山道："不错。"

律笺文更是不可置信地睁大了眼睛："颜如山，你竟然勾结了赤雷！"

颜如山不在意道："是又如何？这还要多谢你的穷追不舍、牺牲成全才是。"

赤雷好似明白了过来，上前拍了拍颜如山："想入伙？"颜如山连忙点了点头，赤雷却冷笑起来，"当年你一个外妖拜师涂山容容，整个六域都传遍了，你怎么可能加入恶妖？"

颜如山解释道："赤首领有所不知，此前我不过是撩拨几个女子，便遭到一气盟通缉，四处躲藏，便是涂山也视我为恶妖，要将我逐出师门，交给人族处置。我实在走投无路，想着赤首领素来仗义，这才来投奔。"

赤雷仍有些不信，只盯着颜如山不说话，颜如山见此，继续道："若赤首领能救我一命，日后我定为首领驱使，当牛做马，无有不从。"

（八十四）赤冈之死

赤雷又停顿半晌，终是咧嘴一笑："好，那就先由你将这臭娘儿们关起来。"

律笺文吃了药后，脸上痛苦之色稍减，慢慢从地上站了起来，颜如山伸手去拉她，她嫌弃地避开，冷哼一声率先走出门去。

颜如山押着律笺文进入监狱，一路上都不停拍着赤雷的马屁道："原来这火龙谷有这么多弯弯绕绕的小路啊，若不是赤首领带路，外人进来势必被困住！"

赤雷咧嘴一笑，并不搭话，直到走进牢门前，颜如山才闭嘴，对律笺文道："律捕头，请吧。"

律笺文恨恨地盯着颜如山道："你别得意，不是不报，时候未到。你骗了这么多人，迟早会上别人的当。"

颜如山微微一笑："多谢提醒，可惜能骗我的人只怕还未出生。"

颜如山话音还未落下，赤雷却猛地将两人都推入牢中落了锁，颜如山脸色大变，拽着牢门喊道："赤首领！"

赤雷嗤笑道："在老子面前耍把戏，当老子这些年的饭都白吃了，你以为老子看不出来，这一路你东张西望就是为了探清谷内的地形！你看清又如何，给老子老老实实待着吧！"

颜如山连忙试图解释道："赤首领，我是真心投靠啊——"

赤雷看了眼律笺文道："我管你是真是假，你还是好好想想该如何应付眼前这个臭娘儿们吧！"

就在这时，尊者走了进来："赤首领送礼，为何选这样一个阴森的地方？"

赤雷对尊者道："我赤雷一向不欠人情。你将我们从混天典狱救了出来，这俩一个是一气盟捕头，另一个是涂山容容的徒弟，算是我的还礼，待涂山红红打过来后，你自己可以将他们当作人质脱困。"

尊者蹙眉道："看来赤首领是要拒绝我了？"

赤雷抱拳道了声"告辞"便转身离去。尊者先是看了眼颜、律二人，随后带着抹冷笑紧盯着赤雷的背影。

涂山妖族市集上，赤闪正在众妖的围观下大声叫嚣着："涂山红红你出来！敢欺负我大哥，先问问我赤闪答不答应！"

众妖七嘴八舌地议论着，牧童更是第一个朝他喊道："赤闪你活腻了，敢来涂山闹事！"

另有妖笑道："就是，当众挑衅大当家，你这是来找死了！"

赤闪盯着他们恶狠狠道："老子就是来找涂山红红的碴，她还能把老子杀了？！"

话音刚落，清脆的铃音由远及近而来，众人纷纷望去，只见红红带着凛冽的寒意飞掠而至。赤闪先是一怔，随后下意识地后退一步，壮着胆子道："涂山红红，我大哥哪里得罪你了，你非要将他往绝路上逼！"

红红冷冷开口道："赤砂魔盗团横行人、妖两族多年，侵害的无辜不计其数，此番又联合恶妖逃狱,擒拿他们归案是妖盟职责。"

赤闪不屑道:"什么职责!我大哥是恶妖,恶妖自然要作恶。世上只能有好妖,不许恶妖有活路了?"

红红冷冽道:"赤闪,你几次三番来涂山闹事,我念你本性纯真,未曾酿成大祸,不愿与你计较——"

"你说谁本性纯真!"赤闪一听这个,暴怒地打出一道妖力,红红随手一挥,那妖力就半路返回,将赤闪重重击倒在地。赤闪疼得捂着胸口,震惊地看着红红,红红留下句"好自为之"便甩袖离去。

赤闪爬起来,望着红红的背影,气急败坏地骂道:"涂山红红!你等着,我一定不会善罢甘休的!"

牢狱中,颜如山脑中正思索着火龙谷的地形,突然看到律笺文的眼睛始终死死盯着他,不由得心中发毛:"你还想怎样?"

律笺文冷笑着站起来,径直朝他走来说道:"你不是最会骗人吗?被人骗的滋味如何?"

颜如山在律笺文的逼迫下慌张地后退:"我、我警告你别乱来!"

律笺文冷然开口:"你此前是如何撩拨那些女子的?本捕头现在便要拿你归案,还不快从实招来。"

颜如山看着律笺文近在眼前的秀丽脸庞,忽觉心跳加速,脸火辣辣的,他下意识想躲避,却被对方一把捏住了下巴:"说啊!"

颜如山眼神飘忽着,突然嘻嘻一笑,一把揽住了律笺文的腰,慢慢收紧,低声在她耳边耳语道:"其实吧,我从不撩人,那些女子见了我都挺主动的。"

律笺文一把打掉颜如山的手,骂道:"无耻!"

颜如山见律笺文气呼呼地走到墙边坐下,自怀里掏出笔、册写道:"采花恶妖颜如山,奸猾巧言,善以美色欺骗女子……"

"更正一下,是'善以美色欺骗容貌妍丽、性情温婉的女子'。你看,似你这等毫无女人味的,我便毫无兴趣。"颜如山凑上来看到记录,忍不住反驳道。

律笺文霍然起身,直逼颜如山:"你说谁没女人味?"

颜如山戚戚地倒退两步,再次被逼到墙角:"你又要做什么?"

律笺文狞笑着举起拳头:"我让你看看什么叫没有女人味!"

这边赤闪捂着胸口走进暗巷,边骂边啐:"本以为虽打不过涂山红红,但拼尽全力伤她一伤还是可以的。谁想到连一招都打不过,可恶!"

突然,他停下脚步,愣在原地,慢慢低下头来,只见自己的身上已经有了血痕。他再次抬起头来看向前方,颤声道:"你、你想杀我?"

对方没有回应他，只见一道血痕再次闪过，赤闪颈上露出绝缘之爪落下的伤痕。

赤闪惊恐而不甘地睁大了眼睛，仰面倒地，鲜血自他的身下漫开，逐渐流到巷口。路过的一个妖见到血迹，好奇地往里看去，惊恐大喊道："杀人了！杀人了！"

红红还没离开市集，听到有人大喊，神色一凛，急急朝喊叫处跑去。

当她到达时，市集巷口已经围了不少围观群众，东方洛提着几包药材也在其中，他转过头来看到红红，连忙迎上去："红红，我来药铺取药，刚好到此，先别说了，快看看赤闪吧！"

两人来到赤闪身边，红红视线扫过赤闪胸前和颈间的伤口，对视一眼，脸上均是不可置信的神情，东方洛道："这伤口……"

红红低声道："很像绝缘之爪的。"

话音一落，围观众人当即哗然，有沉不住气的已经开始大叫起来："绝缘之爪，世上唯一会绝缘之爪的不是大当家吗？"

此话一出，众人皆惊恐地望向红红。红红眼神扫过众人，沉思片刻，转身就往苦情树走去，东方洛见状，连忙跟上。

天空中乌云堆叠着，带出了一丝隐隐的不安感，红红神情凌厉，施法开启树心，道道光晕交织，一道由羽花织成的巨大花帘化作树心入口。她飞身跃入树心，只见树心中央散发着银色的光芒，一张巨大的银网上，羽花状的蛹一动不动。

红红缓步上前，以妖力仔细探查，片刻后收回妖力，疑惑地退出树心，等候在外的东方洛迎上前来："如何？"

红红摇摇头道："不是石姬。究竟是何人能天衣无缝地模仿绝缘之爪？无论如何，去火龙谷擒妖不能耽误，不要让此事打断你制备解药一事。"

东方洛面含担忧地点点头，答应着。

暗牢内，月初在墙上涂涂抹抹，只看到局部有"红红"二字。雅雅抱着西瓜推门而入，正看到墙上是推导南宫昱和混天典狱遭劫之间的关系图，不由得道："行啊，心智够坚韧的，我原以为你写的都是姐姐的名字。"

月初略惊讶道："雅雅姐，你来了？我倒是想写红红，只怕你姐姐看到了，又要对我用刑。"

雅雅见月初心情不好，与他一起走到墙边坐下道："别想不开心的事了，快吃瓜吧。以前你每次心情不好的时候，不总是嚷着要吃西瓜吗？"

月初叹气道："我想不明白，红红为何像变了一个人。"

雅雅道："要我说，你得这么想。当初你下山的时候，可没想过有朝一日还能见到姐姐，如今这么快便能重逢，应该开心才是。"

月初苦涩道："话虽如此，可为何我一点也不觉得开心。"

雅雅问道："是不是后悔离开涂山了？"

月初摇了摇头道："人、妖和平这条路，总有人要走。"

雅雅点头道："你看，这三年来，你炼化了无数法宝给人族，还化解了那么多人、妖冲突，他们都念着你的好呢。即便是在一气盟里，你说话行事也越来越有分量了。"

月初苦笑道："谢谢你关心我，但只有你关心我了。"

雅雅安慰他道："臭小子，我关心你还不够吗？若是被阿来知道，可要吃醋了。快，吃瓜了。"

月初拿着西瓜，郑重地看着雅雅道："雅雅姐，你跟红红说说，放我出去吧。"

雅雅讪讪道："要不，我在这里陪你？"

月初无奈地摸了摸鼻子道："算了，我还是一个人在此清静为好。"

雅雅怒哼一声，正要说话时，一只粉色灵蝶飞入落在雅雅指尖。她读取完消息后，脸色猛地一变，站起来往外跑去："有人在市集上模仿姐姐，以绝缘之爪杀死了赤闪。不同你说了，走了！"

月初思忖着，神色渐渐变得郑重起来。

重新回到暗巷，红红和雅雅一边查看赤闪的尸体，一边讨论着，雅雅疑惑道："世上除了姐姐，便只有石姬能模仿出绝缘之爪，若不是她，那究竟是何人嫁祸姐姐？"

红红沉吟道："此人一定对涂山非常熟悉，否则如何能安排此局？"

雅雅脸色难看道："难道涂山内，不止白眼狼一个奸细？"

红红听后，脸色一沉，正要说什么，巷口再次传来喧哗声。她与红红对视一眼，起身朝巷口走去，只见月初正被阿来死命拦着，两人不知在做些什么。

阿来正拽着月初，突然看到红红和雅雅，尴尬道："红红，雅雅。"

雅雅急忙上前低声问道："怎么回事？谁让你带他来的？"

阿来也低声道："拦了，拦不住。"

月初则冷笑着对红红道："我说过，你困不住我。"

红红怀疑地看着月初："你何时逃出来的？"

月初先是一怔，随后意识到红红在怀疑他杀了赤闪，脸色难看道："你怀疑是我杀了赤闪？"

红红脸色越发凛冽："你如何知道赤闪遇害之事？"

雅雅见红红怀疑月初，急忙站出来阻止道："姐姐，我做证，赤闪死的时候，他老老实实待在牢中，哪儿也没去，至于消息，是我告诉他的。"

红红看向雅雅："你去牢里做什么？"

雅雅一怔，正要解释，月初却直接打断她俩的对话："够了，大当家，再澄清一次，我并非奸细，真正的奸细是潜藏暗处杀死赤闪之人。至于那夜的灵蝶，我想也与此人脱不了干系。"

红红道："这只是你的猜测。"

月初针锋相对道："大当家对我的怀疑，不也只是猜测？"

红红愣了一下，与月初对视着，两人各不相让，眼中的寒意让一边的阿来打了个哆嗦，他打着掩护道："你们两个先聊，我跟雅雅先去查一查赤闪身上有没有别的线索，就不奉陪了。快走快走！"

雅雅被阿来推搡着朝暗巷而去，红红与月初仍在对峙。

片刻后，红红打破沉默道："你要如何？"

月初道："放我出来。赤闪之死已经证明奸细另有其人，大当家与其将精力放在怀疑我身上，不如同我合作，一道擒拿恶妖，揭开背后阴谋。"

红红盯着月初冷冽道："我若不答应呢？"

月初则半是玩笑，半是威胁道："那我便传信于一气盟，换成你更讨厌的南宫昱来涂山与你合作。"

红红眼中腾起怒火："你威胁我？"

月初则悠然自得道："你非要这么理解，也不是不可以。"

红红心头火起，却又无可奈何道："我可以暂时放你出来，但你必须保证，不准再四处打探我的行踪，不准擅自行动，合作过程中一切事项听我安排。"

月初伸出手道："成交！"

红红看着月初伸出的手，虽迟疑，但还是最终伸出手握住，两人对视着，这次月初目光真诚清亮。

跑入暗巷的雅雅和阿来也争吵着，雅雅抱怨道："都怪你，连个人族小子都看不住。"

阿来道："我确实能将他拦在狱中，可我总不能看着红红一错再错吧。更何况，眼下情况危险复杂，跟月初合作，对于红红来说最好不过，毕竟，你再找不到比月初更愿意拼死保护红红的人了。"

雅雅听了，惆怅地朝暗巷里望去，突然惊讶道："赤闪呢！"

阿来转头看去，只见原本该放着赤闪尸体的位置此刻竟然空空如也。

红红和月初听到消息连忙赶来，几人看着地面，脸色均十分难看，雅雅疑惑道："谁会偷赤闪的尸体？"

月初道:"当务之急不是追究尸体是谁偷的,而是要想偷走赤闪尸体有什么用?"

阿来点头道:"是这么个道理。"

红红神色凛冽,蹙眉道:"有人想利用赤雷对付我、对付涂山。"

雅雅嗤笑道:"那他的算盘可打错了,赤砂魔盗团是厉害,可与姐姐比差远了。"

月初似乎想到了什么道:"赤雷打不过红红,未必要与涂山硬碰硬。可赤闪一死,就逼得他非与红红为敌不可。这次火龙谷擒妖,红红不能去。"

红红立即道:"你怀疑其中有陷阱?"

月初点头道:"不错,对方既然想到用赤雷对付你,自然会想到赤雷并非你的对手,所以火龙谷内必有陷阱。"

红红却道:"如此,我更要去会会那幕后之人。"

雅雅担忧道:"姐姐先别急着做决定。这毒瘴的解药还需要验证,再商量商量也不迟……"

雅雅话还没说完,东方洛便兴冲冲地走了过来:"诸位,瘴毒的解药配好了!"

众人齐齐看向东方洛,脸上表情怪异,东方洛面露疑惑:"有何不妥吗?"

月初笑了下:"你这解药配得还真是及时。"

东方洛尴尬地望望月初,又望望红红,红红道:"赤闪的尸体被盗了。"

一轮血红色的新月挂在火龙谷的天空中,夜色下,几个身影正在毒瘴外暗暗移动着,雪貂低声道:"老大,咱就这么逃了,传出去岂不是要被其他恶妖笑话?"

赤雷道:"笨蛋,涂山红红迟早要攻入此处,再继续待下去岂不是等死?"

突然,夜魅不知道踢到了什么东西,惊得大叫道:"啊——"

雪貂急忙将夜魅拥入怀中安慰道:"别怕,宝贝,有我呢!"

风吹散了挡住月亮的乌云,月光下一个带着鬼魅气息的尸体倒伏在地,看不清面目,雪貂上前踢了一脚那尸体道:"搞什么,在这里挡路!"

尸体被踢得翻了个身,面目暴露在众人面前,赤雷浑身一震,扑上前去探查鼻息,片刻后哀声叫道:"赤闪!"

片刻后,赤雷将赤闪的尸体带到牢狱内,双目赤红地逼视着律筊文:"你是捕快,你说,我弟弟究竟是怎么死的!"

律筊文上前检视,小心翼翼地翻看赤闪的眼皮,检查他的双手,最后掀开他胸前的衣衫,赫然露出长长的伤痕:"这……"

赤雷瞪眼道:"你看出来什么了?"

颜如山下意识护在律筊文身前,瞥了一眼伤势,脸色微变,赤雷看着两人,忍不住大吼道："说啊，我弟弟究竟怎么死的！"

律笺文冷静道："这伤势，应该是绝缘之爪，但……"

赤雷打断了她的话，惊愕道："绝缘之爪，世上只有一人会。"说到这，赤雷趴在赤闪身边，心疼地望着他身上的伤痕道，"一人做事一人当。涂山红红，你想杀老子没问题，为何要牵连我弟弟？"

赤雷再次抬起头时，眼中满目痛色化作了悲愤，他朝着律笺文走去："我先杀了你们两个，再杀向涂山，替赤闪报仇！"

颜如山见此，连忙上前拦住道："慢着，我好歹在涂山待过，就赤闪这种货色，还无须我们大当家动手！"

赤雷忽然愤怒地看向颜如山："老子怎么忘了，你是涂山容容的徒弟！"

话音落下，赤雷的重拳直接打在了颜如山身上，颜如山只觉胸口一震，疼得几乎站不住，但他还是巧妙地挡住赤雷的眼光，不让他注意到律笺文。他只怕赤雷的疯狂会伤了律笺文，只得将他的愤怒引到自己身上："你也只敢在火龙谷里耍耍威风，有本事去找涂山大当家当面质问清楚！"

赤雷怒极道："你放心，老子便是拼了这条命也要杀了涂山红红！"说罢，又一次次击向颜如山，律笺文察觉到不太对劲，想要上前阻止，可颜如山始终挡在她的前面，直到赤雷发泄完了，抱着弟弟赤闪的尸首离开，颜如山才坚持不住贴墙坐倒于地。

夜雾中，赤雷为弟弟在山谷中立了座坟，坟前放了一包煮好的玉米，他半跪在坟前，摸着坟堆，含着泪低声道："你这个傻子，我让你回老家，你为何就是不听？"

只可惜赤闪再也不会傻笑着回应他了。待他将眼泪擦净，眼神中只余冷意。赤雷站起身来，重新走回火龙谷洞穴内。

洞穴内的尊者冷眼看着赤雷走进来，故意提高声音道："不是趁夜逃走了吗？怎么回来了？"

赤雷面色阴沉地盯着魔尊道："你真有把握杀了涂山红红？"

尊者冷笑道："只杀她一个人多无趣啊？火龙谷地势与一般山谷不同，只要能将涂山红红引来，她的命必交待于此。"

赤雷狠声道："成交！"

尊者看着一脸决绝的赤雷，眼中闪过一丝得意之色。

牢狱中，律笺文见颜如山浑身是伤，脸上也都是血渍，完全不见往日的翩翩风度，走到他面前蹲下，一边替他清理伤口，一边问道："为何故意激怒赤雷？"

颜如山避开律笺文的目光装傻道："什么故意不故意的，我听不懂。"

律笺文抓住颜如山的手，继续替他清理伤口："你以为我看不出来？你就是故意挑起赤雷的怒气，否则，你那么会耍小聪明骗人，赤雷的怒气也落不到你身上。"

　　律笺文说完，一双纯澈的眼睛望着颜如山，颜如山呆呆地看着律笺文的眼睛，片刻后回过神来，尴尬地移开目光，摆出一副毫不在意的样子道："唉，他死了弟弟，盛怒之下势必要拿人出气，我皮糙肉厚，挨几下，算不得什么。"

　　律笺文听他说完，小声道："谢谢。"

　　颜如山一愣，抬头看她："什么？"

　　律笺文道："没什么，看你也不像那种奸恶之徒，为何要去害那些女子？"

　　颜如山道："不管你信不信，那些女子真不是我杀的，我也想查清楚究竟是何人栽赃我。"

　　律笺文正色道："即便不是你杀的，可你确实骗了她们的感情。"

　　颜如山原本温和的脸上闪过一抹疏离之色："我就恨这种只注重外貌，区别对待别人的人，如果我长得很丑，她们压根不会上当。"

　　律笺文："这不是借口，犯法就是犯法，我还是要抓你归案。"望着颜如山，颜如山却一改方才的温和，将伤臂从律笺文手中抽回，起身到一边坐下，不再看律笺文道："多谢，我只是个采花恶妖，就不劳律捕头辛苦了。"

　　律笺文盯着颜如山看了半晌，忽然对他道："你想不想听个故事？"

　　颜如山疑惑道："故事？"

　　律笺文点头，缓缓说道："从前，有一个小女孩……"

（八十五）心灵之美

　　"她的长相奇特，有一个大大的鼻子，经常招来同龄小朋友的指指点点，就算她戴上了布巾遮住脸面，那些孩子也会肆意谩骂、欺负她，甚至将她的面巾拽下来扔到地上嘲笑。"说到这，律笺文笑了笑，继续道，"我们律家人，虽然天生嗅觉敏锐，但在成年之前，我们的鼻子都会大过常人，在寻常人眼中，就是异类。"

　　颜如山问道："你不恨他们吗？"

　　律笺文摇摇头，目光直视颜如山道："人不能选择自己的长相，却可以选择自己的心，我不愿让别人的目光绑架我的心。其实靠容貌而来的感情，只能维系一时，真正喜欢你的人，不会在意你的外表。"

　　颜如山愣了下，喃喃道："真的有这样的人？"

　　律笺文点头道："只要你愿意付出真心，就一定会遇到。"

颜如山神色复杂地看着律笺文，正要说话，牢狱外突然传来脚步声，两人齐齐看向牢门外，只见雪赃正一边走，一边讨好地给夜魅扇着风，而夜魅则嫌弃地道：“老大也不知抽什么风，干脆杀了一了百了，非要这样关着浪费粮食。”

雪赃连连附和道：“就是啊。”

夜魅走到牢门前，将食盒推入牢中，在抽回手时，不小心碰到了手指："哎哟！"

雪赃连忙心疼地抓住夜魅的手轻轻吹着：“不疼不疼，吹吹就不疼了。”

看着两人互动，律笺文与颜如山对视一眼，两人有所意会，一个出逃的点子慢慢成形。

红红带着一行人走到涂山界碑处，回过头对雅雅道：“好了，就送到此处，记住我叮嘱你的话，那尊者费此周折放出赤砂魔盗团，阴谋一定不止于火龙谷，你们留守涂山时，绝不可掉以轻心。”

雅雅担忧地点点头，东方洛忍不住道：“此番火龙谷地形未能提前知晓，又有恶妖埋伏，若阿来公子能去最好不过。”

月初阴阳怪气道：“洛兄既然害怕，何不留在涂山？反正解药已经配好了，以你的修为去了也是累赘。”

红红冷冽地盯着月初道：“他不去，若谷内毒瘴生变，你来应付？”

月初尴尬道："这个……"

阿来替月初解围道：“时候不早了，各位还是快些启程吧。”

红红颔首，带着东方洛转身离去，月初也有些讪讪的，让余下的弟子和狐妖跟随在后一同离去。

火龙谷的牢狱内，夜魅正嗑着瓜子往牢房处走来，还没走近，便听到律笺文的呼救声，她连忙上前两步看去，只见那律笺文果然被一名男子压在身下，不由得冷哼道：“这颜如山好歹也算是采花高手，竟也不挑人，连律笺文这等姿色都下得去口。”

夜魅话还没说完，突然就失了声——那压在律笺文身上的男子竟是雪赃。她气急败坏大吼道：“雪赃，你这个混蛋！”

雪赃听到夜魅的声音，慌忙起身解释道：“夜魅，你听我说，误会，都是误会！”

夜魅怒气冲冲地打开牢门，一把抓起雪赃痛殴道：“好你个没良心的，当日在混天典狱里时，你说会对我好，如今才出来多久，就背着我偷人，连律笺文这等货色你都……”

夜魅正打着，突然一把短匕抵住她颈间，夜魅猛地闭了口，难以置信地望向一边的律笺文，律笺文冷笑道："敢当着我的面诋毁我？"

夜魅的冷汗流了下来，她眼光求助地看向雪赃，却见雪赃也朝她冷笑起来，再一眨眼，雪赃竟然幻化成了颜如山："看清楚了，是我千面郎君。"

夜魅气道："你们使诈！"

律笺文将匕首逼近夜魅道："少废话，速带我们出去！敢耍滑头，别怪我不客气！"

夜魅窥着寒光肆意的匕首，无奈下只能带着两人走出牢房。

洞穴内，赤雷正与尊者密谋，尊者低声道："待涂山红红攻入谷内，你只管依计划行事，你我配合，定保你报杀弟之仇。"

赤雷想到赤闪，恨恨地握紧了拳头，这时雪赃却慌张地跑了进来："老大，不好了！夜魅、夜魅她不见了！"

赤雷惊讶道："不见了，不是让她看住牢里那两个吗？颜如山和律笺文呢？"

雪赃支支吾吾道："也不见了……"

赤雷霍地站了起来："关键时刻掉链子的蠢货！"

一边的尊者迅速思忖着："是颜如山和律笺文挟持夜魅出逃的。赤雷，你马上带人，赶在涂山红红入谷前将他们抓回来，有他们在手，不怕涂山红红不忌惮。"

赤雷领首，带着雪赃匆匆赶了出去。

逃出牢房的律笺文拿着笔正将火龙谷的地图快速画出，颜如山则从旁提醒细节："还有这处，此处设有陷阱。"

说罢，颜如山敲了敲夜魅的头，指着图上的一条暗线问道："这是暗道？"

夜魅不屑道："笑话，这么容易被你看到的能叫暗道吗？"

颜如山不怀好意地看着夜魅，一点点靠近："夜姑娘，你好像很瞧不起在下的智商？也是，我颜如山素爱干的是采花的勾当……"

夜魅见颜如山逼近，吓得双手抱胸道："你、你别过来！"

颜如山见恐吓目的达到，一把将夜魅丢到律笺文旁边："好好配合律捕头，否则我不客气了。"

夜魅心惊胆战地看了眼颜如山，战战兢兢道："这是、是出谷的桥。"

颜如山点头道："是了，当时你我入谷之时，走的便是桥。"

夜魅虽恨两人，却也只得无奈道："火龙谷背靠悬崖，面朝深渊，四周毒瘴环绕，进出谷只能通过此桥。"

律笺文将图画好，一转身就发现颜如山已经将夜魅捆得死死的，不由得问道："你这是？"

颜如山道："此人诡计多端，留在你身边不安全，还是绑了为好。"

律笺文诧异道:"留在我身边,那你呢?"

颜如山潇洒一笑,抽出律笺文画好的图纸,施法将图纸化作粉色灵蝶传出,随后挥挥手:"束手就擒可不是我的作风。律捕头,律姑娘,合作愉快,后会有期!"

律笺文眼睁睁看着颜如山说完后,身影便消失无踪,气得跳脚骂道:"可恶!颜如山,我一定亲手抓住你!"

颜如山离了律笺文,疾步朝毒瘴和桥的方向跑去,一抬头却看到雪赃正挡在前方,雪赃冷笑道:"好个多情的采花贼,如何到逃命之时了,反而不见你把那新相好带上?"

颜如山沉了脸,率先出手与对方斗了起来,出乎意料的是,不过片刻工夫,他就将雪赃踩在了脚下,颜如山颇为不屑道:"好一个浪得虚名的赤砂魔盗团,就这么一点可笑的战斗力,还想同我们大当家叫板?"

雪赃不忿道:"方才是我大意,这才着了你的道,有本事咱们重新打过!"

颜如山咧嘴一笑,一脚踩晕了雪赃,正准备离去时,一道血光袭来,颜如山一跃而起勉强避过,只见赤雷已经拦在了面前:"你方才说赤砂魔盗团浪得虚名?"

颜如山先是一愣,随即恢复镇定道:"是又如何?"

赤雷冷笑着道:"老子便让你见识见识赤砂魔盗团的真正实力。"话音落下,他便催动妖力唤出了一颗白色的水晶球,那水晶球通体透明,其上却遍布着血痕,见到这球,颜如山脸色大变,当即向后连退数步:"沧海泪!"

只见那沧海泪瞬间汇聚起了当下日光,并在球心处凝成了一轮满月,谷内一方天地化作了暗夜,唯有沧海泪荧荧闪动着满月的光辉。

"对付你,用不着硬碰硬,只需要这满月之光就够了!怎么样,妖力是不是开始流失了?"赤雷一步步走上前来,颜如山却是前所未有的慌乱,只侧着身以手掩面:"不、不要……"

赤雷将沧海泪高高举起:"颜如山,老子今日便先送你下去陪赤闪!"

颜如山痛苦地蜷缩起身体,呻吟着:"不要……不要……"

蓦地,律笺文突然飞身出现,一把抽出了颜如山前几日藏在怀中的她的披风,将其幻化成伞助他挡住了沧海泪的光辉。

颜如山慢慢睁开眼来,发现自己并没有幻化成原身,他看着律笺文的背影喃喃道:"你……"

律笺文并不看他,面色平静道:"若不想在人前变成那副模样,就快些逃命。"

颜如山满脸震惊,意识到律笺文在那夜便已经认出那丑陋的牛鬼就是他,却一直佯作不知,来保全他的颜面:"难道……那天你……已经……"

律笺文全力顶着伞，与赤雷越逼越近的妖力相抗衡着，闻言骂道："笨蛋，眼下是纠结这个的时候吗？"

律笺文手中的伞忽然被颜如山一把夺下，随后他紧握伞柄，凌空一跃冲向赤雷："放心，只要有此物挡住月光，我就能搞定赤雷这头火龙！"

赤雷凝起妖力，只见烈焰腾空而起朝颜如山袭去，颜如山手中的伞瞬间化作灰烬，沧海泪中的月光再次毫无遮挡地射在颜如山身上，赤雷倨傲道："似你这般丑陋不堪的东西，也配做采花大盗？乖乖显出原形吧！"

颜如山被月光笼罩着，周身开始散发出幽幽绿光，他神情极为痛苦，咬牙忍耐着，却难抑妖力散去，整个人几乎蜷缩在地上。律笺文见此一个转身，用身体挡在颜如山之前，她拉开衣服，替他挡去月光，颜如山察觉到眼前一黑，抬头望去。两人四目相对，足尖相抵。

律笺文笑道："你是我的犯人，谁也不能伤害你，记得出去后主动自首。"

颜如山还没听明白律笺文这话什么意思，就见她顺手将一张地行符贴在颜如山身前，未等对方反应过来，一掌便将他打出："抓赤雷是我捕快一门的职责，与你无关，快走！"

颜如山被打出甚远，刚刚落地身下蓦然化出一摊泥水，这泥水如一个黑色无底洞，颜如山的身体正缓缓陷入，他看着律笺文大惊道："这、这是地行符！你想做什么？快拉我出去，没有我，你打不过火龙！"

律笺文默然转身，任凭颜如山苦苦挣扎也未再回头，颜如山拼了命地以手抓地，却敌不过身体缓缓没入地下，只能眼睁睁看着律笺文的背影一步步远去："律笺文，你会死的！"

律笺文轻声自语着："这样，你就不会在别人面前显出原形了……"

说罢，律笺文神色坚定，抬头眼神决绝地盯着赤雷道："来吧，赤须火龙！"

（八十六）入火龙谷

此时红红一行人已经在毒瘴外服下东方洛研制的解药，红红扫视众人道："火龙谷内情况莫测，所有人进入后，依令行事。"

众人应是，随红红进入谷内。众人进入后发现，火龙谷内植被遮天蔽日，不时传来鸟禽的怪鸣声，一行人于密林中小心翼翼地走着。蓦地，一只粉色灵蝶自林间飞来，落在红红指尖，红红伸手读取灵蝶，蹙眉道："颜如山已经逃出来了，还设法弄到了谷中地图。"

众人见红红使出灵力，将手中粉蝶化作地图，大家凑上前来纷纷阅览。这时，一道巨大的烈焰光芒自前方传来，月初惊道："是赤雷！"

红红神色一凛，望向流觞和东方洛道："流觞，你与东方洛带大家在此等候，切记不要轻举妄动。"

东方洛叮嘱道："务必小心。"

红红点头后，直接掠身而去，月初对东方洛粲然一笑："洛兄，承让了。"

东方洛神情复杂地看着两人，还未说什么，就见月初随红红而去。

赤雷与律笺文灵力、妖力相抵，双方一时僵持不下，赤雷耐心尽失，打斗之余一脚踹向躺在地上的雪贼："快给老子醒醒！"

雪贼被踹得一个激灵，睡眼惺忪地爬起来，看清形势后连忙与赤雷一道对付律笺文。

律笺文双手捏诀，祭出天罗地网，铁链蔓延由天而降，眼看要将赤雷网住："赤须火龙，今日我一定要把你缉拿归案！天罗地网——"

"雕虫小技！"赤雷冷哼一声，唤出烈焰在空中化成一条火龙，将天罗地网紧紧缠住，熊熊燃烧至铁链崩裂落地。

律笺文见状一震，不可置信道："怎么可能？！"

赤雷得意地发出阵阵冷笑，再次唤出一道烈焰直扑律笺文面门："就凭你也想缉拿我？做梦去吧！"

律笺文闪身躲避，却被雪贼一道妖力击中，受伤跌倒在地，眼看就要被身后的火龙吞噬，身后突然尘土飞扬，一个牛鬼猛地自地面蹿出，用身体挡住了袭来的火焰。

律笺文愣愣地看着牛鬼道："颜如山……"

颜如山道："我不会地形之术，只能徒手挖，所以回来晚了，抱歉——"

赤雷看清颜如山原身，忍不住嗤笑道："谁能想到，人称'千面郎君'的采花大盗颜如山，竟然是一个样貌丑陋的牛鬼！"

雪贼也哈哈大笑道："若是我生的这副鬼样子，也巴不得天天变换样貌。只可惜了那些如花似玉的姑娘，若知道他的原形是这样，别说着迷了，逃都来不及！"

颜如山听了这些嘲讽，备受打击地将头低下，眼中已经满是怒意。律笺文忍着痛起身，一把握住颜如山的巨型大手。颜如山浑身一震，惊讶地转过头来，律笺文朝他笑道："不必在意，更不要受他们的影响。不论人还是妖，样貌都非自己所能选择的，更不能代表什么，内心的善恶才是真正的美丑。"

颜如山看着律笺文，眼神逐渐由愤怒化作温柔，他微微一笑道："方才多谢相护，接下来，就由我来保护你。"

赤雷见两人如此，怒哼一声道："既然回来找死，那老子就送你们一块下去陪赤闪！"说罢他的烈焰道道袭向两人。

颜如山直冲赤雷而去，赤雷的熔岩一道接一道地直击向他，他却硬生生抗下，丝毫没有阻断他的步伐："我生在空陷山，世世代代与炽焰为伴，你这点熔岩还伤不了我！"

赤雷冷笑道："火龙熔岩比火焰热了不知道多少倍，你迟早会受不了的！"

赤雷接连打出火球，却不想颜如山竟丝毫不挡，直接冲上前来，趁着间隙在火势中一把抓住断裂的天罗地网。

律笺文大惊道："不要！天罗地网乃是捕妖神器，妖族一旦碰触便会痛不欲生——"

她说着便要不顾伤痛上前阻止颜如山，却被雪赃的一道妖力拦下，在逼退律笺文后，雪赃使出妖力从旁偷袭颜如山，眼看他双拳就要落下，破空而来的巨大妖力携着银铃声而来，瞬间将雪赃逼退数步之外。

红红与月初及时赶到，只见红红傲然地望着赤雷道："赤雷，是我动手，还是你自己乖乖受擒？"

赤雷望着红红，新仇旧恨一道涌上心头，暴怒道："涂山红红，老子跟你拼了！"

赤雷和雪赃同时使力袭向红红与月初，月初连忙化出佩剑对上雪赃，赤雷用妖力操控着沧海泪，无数月华化作银针袭向红红。红红扬手，朝红色妖力荡去，银针纷纷掉落在地。

紧接着红红掌心再一凝力，那沧海泪被灵力所震毁，碎成点点银色光斑消散于风中。

与此同时，月初一跃而起，一剑刺穿了雪赃的琵琶骨。雪赃仰天痛呼，还欲反抗时，被颜如山以天罗地网网住。

月初见此，立时与红红并肩对抗赤雷，红红以一道妖力逼退赤雷后，道："赤雷，赤闪之死并非我所为，只要你回混天典狱，我必会替你查清此事！"

赤雷骂道："呸，老子才不上你的当！六域之中除了你涂山红红，谁还会绝缘之爪？！"

气恼之下，赤雷连续朝红红打出火球，红红以妖力相挡，双方对峙间，红红继续道："赤雷，不要一错再错，被人利用！"

赤雷先是一怔，随后恨恨道："死到临头还要蛊惑人心，受死吧！"

红红被逼后退几步，提力回击，赤雷继续使出妖力，却明显已显出不敌之势。蓦地，赤雷收手转而将妖力袭向颜如山和律笺文，红红和月初急忙上前替他们二人挡开袭击。赤雷趁机想逃，却被月初提剑重重击倒在地："想逃？"

赤雷重重摔落在地，下一秒一道缚妖索将赤雷捆了起来。

见赤雷就擒，红红上前探查颜如山，月光渐渐散去，日光渐出，颜如山周身绿光暗淡下去，恢复了人族模样，但也同时体力不支倒地，浑身疼痛难忍。

红红蹙眉道："天罗地网对妖伤害很大，你速速送他出去疗伤。"

律笺文双目注视着颜如山，语气淡淡地回应红红道："多谢大当家提醒。"

说罢，她便拿出镣铐，一步步走上前来。颜如山闻声抬头，脸上满是失落和诧异，月初也惊讶道："你这是？"

律笺文淡淡道："疗伤可以，但在此之前，先给他戴上这个。"

赤雷见此，嘲讽大笑道："颜如山，你这下知道了吧，人族就是这么无情，前一秒拼了性命救下的人，后一秒便翻脸要拿你。反正你的妖力也恢复了，不如解了老子的缚妖索，和老子一道杀出去，老老实实做个恶妖吧！"

颜如山看着律笺文朝自己一步步走来，眼中闪着泪光，布满了失意。他突然一把抓起赤红的天罗地网，猛地插入了自己的琵琶骨。律笺文脚步一滞，眼中全是不忍，颜如山虚弱地看着她，神情悲痛，难以抑制："要抓我，你手中之物根本没用，唯有如此才能让我动弹不得。在你眼里，我永远都是一个贼……"

律笺文握紧双拳，眼中泛起了一层水雾，红红看着两人，一向冷若冰霜的眼中终是露出了一丝不忍。

片刻后，律笺文收拾好心情，指挥流觞等人将被捆妖索缚住的赤雷、雪貹、夜魅等人陆续往谷外押送。

东方洛迎着押送人群走来，对月初道："月初，红红让我来通知你与律捕头，该出谷了。"

律笺文望着东方洛，脸上快速闪过一丝奇异之色，鼻头更是微不可见地耸了下："这位是？"

月初道："一个朋友。"

律笺文笑道："朋友？既是你的朋友，便也是我的朋友。"说完，她上前走到东方洛面前伸出手来："在下律笺文，幸会。"

东方洛不疑有他，也伸手握住了律笺文的："在下东方洛，幸会。"

律笺文笑握住东方洛的手不放开，鼻尖再次几不可察地耸动了一下。

月初上前分开两人的手道："洛兄这个性格还真是到哪儿都能交到朋友啊。你去告诉红红，就说我们二人随后就来。"

东方洛露出了一贯温和的笑意道："好。"

月初将东方洛送到门口，见他背影彻底消失，转身望向律笺文："说吧，为何突然要跟他做朋友？"

律筿文眼神一暗，正色道："我在他身上闻到了赤闪的血的气息。我曾检查过赤闪的尸体，除非他亲自碰过赤闪的血，否则这气息绝不会在他身上残留超过一日。"

月初听后，不可置信地看向律筿文："你确定？"

律筿文一边颔首，一边仔细思索着赤闪尸体的模样。他的胸前是一道长长的爪痕，确实像极了绝缘之爪，可是……她微微蹙眉，突然灵光一闪低声叫道："我明白了！那是仿的绝缘之爪！"

月初心下一凛："你是说？"

律筿文点头道："真正的绝缘之爪是瞬间以强大妖力隔空撕裂对方，只有近身模仿，划出绝缘之爪一样的伤口，才会于指缝间残留血腥！"

月初瞬间明白所有，他神色复杂地思考着，许久才叮嘱律筿文道："此事先不要告诉别人，更不可轻举妄动。"

律筿文知道事关重大，也肃然点头。两人交换了个眼神，跟上押送队伍往通往谷外的方向走去。

第十二章 再次动情

（八十七）出谷生变

出谷的桥隐隐没于毒瘴之中，众人押送这些恶妖鱼贯上桥，东方洛落在后面故意靠近被束缚的赤雷，两人狠狠地撞在一起。在所有人不注意间，一小瓶红色血珠被塞入赤雷掌心，紧接着他身上的缚妖索松散开来。

流觞只以为赤雷想要搞事，喝骂道："老实点！"

红红回过头来，见东方洛似乎遭了惊吓，后怕地看着桥下万丈深渊，便对他说："阿洛，到我身边来。"

东方洛连忙应好，上前与红红同行。月初见两人靠在一起，也挤了过来有意将两人隔开："洛兄，此行表现不错，没给红红拖后腿。"

东方洛温和地笑道："多亏月初小友照拂，这才能有惊无险地完成任务。"

月初盯着东方洛，话里有话道："不客气，我会继续好好照拂你的。"

这边正说着话，走在桥上的赤雷突然挣脱缚妖索，使出一道妖力，如利刃般袭向众人，押解队伍瞬间大乱。赤雷正要趁乱逃脱时，被红红伸手拦住。两人对峙间，从毒瘴中忽然又袭来一道巨大的妖力直接劈斩在桥梁上。桥侧的土石纷纷塌落下去，赤雷趁众人混乱、红红分心之际，迅速挣脱开来逃回谷中。

红红见状也不再追，只转头催促大家尽快过桥："快走，我来断后！"

月初此时也反应了过来，连忙使出灵力掩护红红道："我掩护你！"

众人不再犹豫，忙指挥着弟子们迅速过桥出谷，只有东方洛似乎在关心红红，站在原地不动。紧接着有一道妖力从暗处袭来，斩断了吊桥一侧的锁链，只余下一根铁链勉强维系着，红红回头看到满面担忧的东方洛，又看到吊桥将坏，忙一把将东方洛推出吊桥，大声催促道："走啊！"

东方洛眼中闪过一抹不忍，却在红红之力下被送至另一侧桥头，紧接着吊桥余下的锁链彻底断裂，整座吊桥落入万丈深渊，东方洛忍不住在另一侧大叫道："红红！"

红红送走了东方洛，还没回头，便有另一道妖力直冲红红背后袭来。月初使出灵力挡住这道妖力，与红红背靠着背道："谷里有埋伏！"

红红蹙眉颔首，一股狂风卷起毒瘴朝他们而来，暗处赤雷的身影快速远去，红红与月初直冲着毒雾中赤雷的身影追去。

苦情树树心，一滴红色的血珠在树心化作血雾，这血雾缠绕附着在羽花茧上，慢慢往里渗入着，其中被封印着的情种也渐渐被这血雾所包围。石姬的声音缓缓从茧中传来，似叹息似感慨道："三年谋划，等的就是此刻！"

赤雷引着红红和月初进入谷内深处，他奔至其中一个由乱石布置而成的阵法内，将那一小瓶血珠扔给尊者。尊者早已等在阵法附近，他接过那瓶血珠，知道这便是东方洛摆弄砭石时"误伤"红红时所收集的血珠，阴鸷笑着道："你守生门，按照此前计划以妖力压制，定要让红红不得逃脱。"

赤雷道："放心，老子就算豁出这条命，也不会放过涂山红红！"

尊者打开瓶子，将血珠引出。黑雾中，一滴鲜红的血珠直接落入阵心，阵中火光大盛，一脚一脚踏入阵中的红红立刻察觉到有异，提醒月初道："小心！"

红红足尖踏地想要后撤，却被阵中卷来的黑雾直接拖入阵中，层层黑雾包裹着她，直接将她拽至阵心。

红红心头猛地传来强烈的疼痛，她勉力凝起妖力抵抗，可黑雾钻入心口，竟让她的后背浮现出黑色的羽花，那羽花疯狂地在她雪白的皮肤上蔓延，很快就爬上了她的脖颈与侧脸。

红红在阵心喘息着，而月初被挡在阵外，也察觉到了红红不太对劲。他焦急地叫着红红的名字，咬牙使出全力想要破阵，那些灵力却好似泥牛入海，直接被阵法所吸收。隔着隐隐的黑雾，月初发现这阵形好似涂山的苦情树，阵法中飘散着黑雾所化的羽花，这些羽花源源不断地钻入红红的心口。

红红猛地抬起头来，她的双目赤红，而黑雾不停汲取着红红的力量。力量不停地外溢着，几乎要将红红撕碎。红红的心口不停地震荡着，这让她瞬间明白了这阵法的目标正是情种。

情种若是被夺，石姬便会再次破茧而出。她勉力于阵中翻动手掌，努力控制阵法，心被不停拉扯着，早已血红一片，那鲜血渐渐滴落而下，流光不停乱窜，在她的强大妖力下，黑雾组成的阵法终于被撕开一道缺口，缺口外，月初神色焦急地盯着红红。

红红不停地输入妖力，努力将缺口扩大，却终是被阵法所反噬。月初不停地变换着施法的位置，将一道道灵力打入阵法，想要找一个薄弱处入内。蓦地，他看到位于生门处的赤雷，情急之下，他突然想起了什么，朝赤雷大喊道："赤雷，赤闪不是死于绝缘之爪！绝缘之爪是撕裂伤，赤闪的身体是被划破的，而非撕裂！有人为了利用你对付涂山，这才杀了赤闪嫁祸红红！"

阵法内的赤雷猛地一惊，随着他心境不稳，阵法也微微晃动起来，尊者的声音也立即传了过来："赤雷，切莫让这卑劣人族的几句胡言乱语扰乱了心思。"

赤雷闻言，连忙收敛心神，凝力收住阵法，月初一面凝力破阵，一面继续朝赤雷喊话："赤雷，你再想一想，到底是何人调唆赤闪去了妖族市集，又是谁自涂山偷了赤闪的尸体送至此处？你还不明白吗？从一开始助你逃狱，到如今于此处设阵，一切的阴谋都是为了借你之力困住红红！"

赤雷神色复杂，几个闪神间，生门便有了疏漏。月初当即抓住时机，借着红红所撕裂的缺口与生门融合出一个圆洞，月初忍受着撕裂之痛，慢慢踏入阵中，进入阵中的一瞬间，他的身上立刻染上了鲜血。

苦情树的树心，碧莹莹的情种上开始出现裂痕，羽花蛹中开始有黑雾溢散而出，那蛹上也密布着裂纹，一道道延展开来。茧蛹顺着纹路开始渐渐剥落，露出了石姬的脸庞，她缓缓睁开眼睛，一双眼睛赤红地盯着远处，透出狠毒与阴鸷："涂山红红，新仇旧恨，这一回，我要让你永坠黑暗，再无法挣脱！"

火龙谷内的阵法快速转动着，黑雾拽着红红往万丈深渊跌去，尊者在黑暗中一边操控着阵法，一边对赤雷道："赤雷，东方月初狡诈奸猾，你切勿中他的诡计！"

片刻后，他没听到赤雷的答复声，余光朝赤雷方向看去，只见赤雷神态怪异，而月初已经从生门处强行入内，不由得勃然大怒道："快将东方月初赶出去！"

赤雷阴狠地盯着尊者，不退反进道："除了雪贩，就只有你知道赤闪来过火龙谷，是你骗他去妖族市集的？"

尊者听了这话，眼中露出一丝慌乱。这时阵法中突然爆出一股黑雾，红红在黑雾中凝力翻掌，试图将黑雾逼退。她不断下坠着，眼中的生机也在逐渐流失。蓦地，月初突然蹿出揽住了红红。红红睁开眼睛，看清眼前人后，唇微微翕动着，还未说出什么便晕了过去。月初担忧地看着红红。四周的黑雾似是感应到红红妖力的消逝，迅速朝她袭来，月初忙腾出手，祭出一道血花，化作一簇簇火焰挡住了黑雾的侵蚀。

昏迷中的红红好似又回到了双生峰的山路上，她沿着山路而行，好似看到了一人正痛苦绝望地亲吻着多年前的自己，耳畔传来月初压抑着痛苦的声音："你还有欠我的。"

红红震惊地上前，只看到月初模糊的脸庞流下一滴泪水，她下意识地去接住这滴泪水，再抬头时，那人已经转头离去。

这番昏迷后的回忆让红红的心口幻境钻出无数缕黑雾。雪原中，黑雾缭绕，渐渐缠上红红，一道道血痕落在了她的身上，心口幻境中的红红仍静静沉睡着。月初的声音不断在她耳畔响起："红红……红红……我来带你回去。"

随着一声声的呼唤，不知何时飘入了一簇小小的火苗，渐渐照亮了红红的睡颜。红红微微睁开双眼，视野模糊，但看清了眼前憔悴又伤痕累累的月初。

苍茫无际的雪原中见不到生机，月初眼角滑落的泪水落在冰冷的雪原上，在雪中滚动着，他将红红护于怀中，小心呵护着，那滚动的泪水则在雪原中静静地扩大。

石姬在血雾所构建而成的长廊中，由涂山苦情树树心走到了火龙谷的阵法之中，她阴狠地以血铸成一把利刃，刺入阵心之中，发出疯狂的笑声。

被利刃所刺入的阵心，突然出现一根青色藤蔓。那藤蔓快速而上，直冲石姬而来，石姬连忙狼狈避开，震惊不已道："不、不该是这样……不该是这样……"

石姬像是想到什么，缓缓转过头来，只见月初以东方灵血洒落在阵心，灵血蔓延开来，一簇簇小小火焰正围绕着他与红红，驱离黑雾。

月初此时已是虚弱至极，他见石姬入阵，瞳孔剧烈收缩着，只能朝赤雷大喊道："赤雷，擒住这个女人，她才是赤闪之死的关键！"

石姬冷笑着看着赤雷，她突然伸手，一道妖力将赤雷钉在生门处。生门上的妖力将赤雷死死缠住，此时赤雷才彻底反应过来，他痛恨至极地盯着石姬和尊者，咬牙切齿道："是你们！你们一早就设计我，因为我不配合，所以你们就杀了赤闪？！"

石姬嗤笑道："好一个兄弟情深，既然你这么心疼弟弟，正好下去陪他。"说罢，石姬凝起妖力，一掌击向赤雷，赤雷生生受下，吐出一口鲜血，即便身受重伤，他却仍站得笔直，面目狰狞道："老子说过，要替赤闪报仇！今日，你们有一个算一个，谁也跑不了！"

说话间，赤雷凝聚妖力，当即狂风漫卷，整个阵法逐渐收拢，阵中压力骤然变大，尊者面色难看道："糟了，他要将我们都困死在此！"

石姬与尊者连忙凝力对抗收紧的阵法，赤雷凝力打出一道烈焰，那烈焰如火龙般生生击向二人，两人闪避不及被火焰击中，重重跌倒在地。尊者连忙起身去扶石姬，石姬面色苍白地起身，此时赤雷也已经力竭，呼哧喘息着。

尊者见状，连忙凝力在阵法上撕开一道口子。赤雷见这两人想跑，一把拽住尊者的腿，口吐鲜血道："站住！"

尊者重重一脚踹翻赤雷骂道："去死吧！"

赤雷被踹翻在地，眼睁睁看着尊者在缺口闭合之前携石姬跃出阵法，阵法缺口立时闭拢，黑雾不停翻滚着。

月初一手抓着红红,另一手艰难地打出一道火焰,试图冲破阵法。赤雷虚弱地硬撑着看向月初道:"怪我没用,被人蒙蔽利用,害死了赤闪。东方月初,你记住,我开生门给你,你、你替我报此大仇!"

月初虚弱至极,住手后,对着赤雷点了点头。赤雷见状,突然大吼一声,拼尽全力祭出一道火焰,硬生生撕开了生门,而赤雷的身体则在火光中熊熊燃烧起来:"对、对不起,哥终究没能护下你……"

烈火焚烧中,赤雷的身影轰然倒下。月初凝出最后的力量,击出一道灵火,灵火慢慢燃起,将阵法吞噬,见到阵法被毁,月初终于撑不住昏倒过去。

待火焰熄灭时,红红慢慢转醒,她看着一旁仍昏迷的月初,眼中闪过动容与心疼,缓缓爬到月初身边,忍痛凝起妖力。红色的妖力化作一把红纸伞飘飘而落,撑在两人头上,红红的心口中,似乎有隐隐的新生绿意钻动着。

心口幻境中,月初那一滴泪已经幻化成雪原上一片小小的湖泊,而湖泊旁边,一株小小的绿芽破冰而出,傲然青翠,充满了生机。

(八十八)再次动情

彤云漫天,狂风大作,雅雅和阿来捏诀打开了苦情树树心,只见树心黑雾大盛,隐约可见地上散落着情丝碎片,原本封印着石姬的羽花蛹残破在地,石姬早已不知去向。

"糟了,石姬逃了!"雅雅脸色大变,看向阿来,而阿来则注意到原本飘在半空中的情种竟有了裂痕,不由得道:"红红出事了。"

雅雅着急之下捏诀出了树心,阿来连忙追上,却突然身形一滞,好似被点了穴道一般,过了片刻才恢复正常,在树下拉住了雅雅:"你别冲动,石姬出逃非同小可,弄清楚情况再说。"

雅雅正要挣脱,一只粉色灵蝶朝两人飞来,阿来伸手接过,蹙眉读取后道:"你姐姐说,眼下她与月初在火龙谷内,虽暂时无法出来,却也性命无忧,叫你我不要担心,也通知流觞他们先返回涂山,让大家一定要守好涂山,切勿让石姬钻了空子。"

雅雅听到此处,松了口气,转念又道:"姐姐和臭小子怎么会被困在火龙谷里?不成,我还是要去救他们。"

阿来拉着雅雅耐心劝道:"我知道你担心红红,但眼下对于她而言,你守好涂山让她没有后顾之忧,比去救她更重要。要知道这些年来,正是因为有你在涂山,红红才能安心、从容地面对一次次的困难与挑战。"

雅雅一怔，思忖片刻，终是点了点头。

火龙谷外，东方洛心情复杂地望着氤氲的毒雾，他心中酸楚，低声叫着红红的名字。突然，那黑雾隐隐出现波动，他面色一喜，连忙迎上前去大声叫道："红红！"

谁知从毒瘴中走出的却是被过过搀扶着的石姬，石姬冷笑着挣开过过的搀扶，朝着东方洛冷冷一笑，声音嘶哑道："怎么，看到是我很失望？"

东方洛连忙小心行礼道："不敢，东方洛拜见妖尊。"

石姬带着威胁道："都这个时候了，你还对涂山红红心存幻想，看来是不记得自己是如何苏醒的了。"

话音方落，石姬便挥手打出一道黑雾，这黑雾直入东方洛七窍，他瞬间疼得跪倒在地，浑身发抖。石姬面目狰狞地握紧拳头，东方洛终于承受不住，倒在地上不断抽搐挣扎，待他受够教训，石姬才冷笑着收回黑雾。

东方洛连忙挣扎着跪地求饶道："属下知错，求妖尊饶命！"

石姬冷哼一声："你最好放聪明点，若有朝一日你身份暴露，第一个要杀你的人，就是涂山红红！"

东方洛呆愣片刻，苦涩道："是。"

石姬扫视周围一圈问道："一气盟的人呢？"

东方洛低声道："属下怕他们发现端倪，已设计让律笺文先行押送颜如山等人回去了。"

石姬点头道："且起来吧，这段时日，你替我取涂山红红的血做引，又配合白狐将涂山红红送入陷阱，做得不错。"

"多谢妖尊夸奖。"东方洛站起身来，才敢看向石姬。只见她面色苍白，隐隐透出不支之态，他忙上前扶住石姬，尽力做出不在意的模样道："属下观妖尊伤得不轻，可是谷内发生了变化？"

过过从旁冷冷道："原是能当场就杀了涂山红红的，只是未料到东方月初竟豁出命去护下了她。"

东方洛道："月初一向将红红看得比自己的命还重要。"

石姬斜眼看他道："听起来你很羡慕他？"

东方洛遗憾道："能不顾一切地去爱一个人的确让人羡慕，只是属下自知此生已无此可能。"

石姬冷笑道："明白就好。以涂山红红的聪明智慧，火龙谷只怕困不了她几日，你且继续留在她身边，听我命令行事。"

东方洛神情复杂地看着石姬与过过离去，眼中闪过一抹痛楚。

火龙谷内，月初在石床上昏睡着，篝火的火光映照在他的脸上，红红脑海中不由得浮现起这段时间和他的相处，出了会儿神。月初缓缓睁开眼睛，挣扎着想要起身，红红连忙小心扶起他来。月初拽着红红的胳膊仔细打量着，最后略微放松地笑道："没事就好。只可惜赤雷被他们利用，临死前才知道真相。"

红红道："赤雷生祭了生门，这才破了阵法，我已将他安葬于赤闪旁边了。"

月初叹息了一声道："他们两兄弟能以这种方式彼此陪伴，也算一种安慰了。"

红红点点头，心中也是一阵唏嘘，随后她想起要查看下月初身上的伤势，一起身才发现月初拽着她的手还没松开，不由得道："松开。"

月初有意逗她，拽住就是不松手，红红无奈地把他的手拽开道："我原以为你伤得严重，需要我照料，看来是我想多了。"

月初被拽开了手，眼前一阵阵发黑，却又怕红红担心，他故意装作调皮状捂着头道："好晕！"

红红只觉得月初在装晕，起身道："伤得这么重，想来一时半刻你是做不成什么事了，不如我先设法出谷，找人来救你。"

"别⋯⋯"月初连忙拽住红红的衣袖，"别走！"

红红仍以为月初在假装，假作继续要走的样子，月初却紧紧拖着她的袖子不放："别走，别再留下我一个人。"

红红讶然下转过头来，见月初面色苍白，目光中的哀求不像是装样子，心中一软道："再不放手，粥要煳了。"

月初一愣，看了一眼篝火上的锅："你骗我！"

红红挑眉道："你有意见？"

月初见红红这副活泼的模样，忍不住开心地摇摇头："没有！你若喜欢，尽管骗，想怎么骗就怎么骗。"

红红面上一热，甩开手去盛粥，而她身后的月初再也撑不住，虚弱地用手撑着石床。红红回过身来时，他又连忙装作没事的样子，朝着红红咧嘴笑。红红见他傻笑，把粥往他面前一递，道："喝了吧。"

月初笑看着红红撒娇道："手软，没力气。"

红红已经知道他这种古灵精怪的性格，故意道："那便饿着。"

月初连忙道："别啊，我好歹刚救了你一命，若是传出去，堂堂涂山大当家这样对待救命恩人，连口饭都不愿意喂，多毁你名誉？"

红红冷笑道："我涂山红红的声誉一向不好，这一次也不必顾惜。"

月初一怔，轻笑道："谁都知道，你涂山红红面冷心善，长得又美⋯⋯"

月初盯着红红说出这些话来，让红红又羞又窘，她舀起一勺粥就塞入月初的口中，堵住了他剩下的话。

月初连忙咽下去："好吃，这是你第一次给我煮粥。"

红红正要喂第二口，就见月初脸色苍白，慢慢合上了眼睛往后倒去，她连忙伸手扶住月初，发现月初已然晕倒。

红红将月初背对着自己盘膝而坐，使出妖力帮月初治疗，然而一道道的妖力进入月初体内，却犹如泥牛入海，月初依旧昏迷不醒。

红红蹙眉看着简陋的洞穴，知道再这样下去，只怕月初等不了太久，还是要设法出去才行。想清楚后，她重新扶着月初躺下，在洞口设下一道结界后，转身离去。

红红重新来到桥头，只见下面毒瘴氤氲，深不见底，断了的铁链延伸到深渊之下。她施法拿起铁链，试图用妖力修复锁链桥，那铁链桥摇摇晃晃地横跨在深渊之上，红红满头大汗，想要将桥拉直，正在快要成功时，蓦地，一道毒雾卷来，红红闪避不及，被推下深渊。

耳边邪风呼啸，红红屏住呼吸往下坠落，却发现穿过毒瘴后，下面竟然另有空间。她凝力飞至崖壁，用手攀住了一处凸起的山石。红红四下打量着，发现深渊底部竟然有一条暗河流过，有暗河就说明有出去的道路，她一向冷傲的脸上露出一抹喜悦之色，随即攀爬山石重新向上而去。

重新回到山洞，红红将发现告知月初，随后艰难地扶着他往桥边走去，两人站在崖上互看一眼，同时跃入毒瘴深渊。

两人齐齐走到河滩上，月初的伤口在河水中漫出了血花，两人双手交握，相拥着奋力向水流方向游去。

晨光划破了黑暗，东方洛坐在桥的火龙谷出口处，双眼布满了血丝和疲惫，就在他看着毒瘴神情痛苦时，突然听到水声传来。他惊讶地回过头去，竟发现涂山红红正扶着月初从不远处的一条浅溪中走来。

红红没有注意到东方洛，全心全意地用妖法烘干了两人衣服，紧接着凝出妖力为月初疗伤。月初的脸上终于慢慢有了生机。不远处的东方洛则看着这两人，心中涌起一阵酸意，连忙上前，装作欣喜道："红红！我担心了一夜，所幸你们没事。"

红红点头道："月初伤得很重，得尽快带他回涂山。"

东方洛惊讶道："回涂山？是否要先通知神火山庄？"

红红一怔，显然没想到自己对月初的关心超过了应有的范围。月初却虚弱地睁开眼睛笑道："洛兄好像不欢迎我回涂山？"

东方洛有点尴尬道："怎么会？我与月初小友同为人族，又十分投缘，有你在,我也多个说话的人。"

月初点点头,走到东方洛身边,将整个人挂在了他的身上道:"如此咱们就先回涂山,再通知神火山庄。洛兄,劳驾你扶着我了。"

衙门中,傅风提着食盒走到一个监牢前,对浑身是伤的颜如山道:"颜如山,吃饭了。"

颜如山靠墙坐着,琵琶骨处的锁链清晰可见,他睁开眼睛,挑眉道:"这么丰盛,该不会是断头饭吧?"

傅风笑道:"瞎说什么,你的案子还没判呢,这是我们头儿特别交代的,让你吃点好的。"

颜如山挑眉道:"律笺文?"

傅风点点头,喜滋滋道:"我们头儿最近可忙了,这回立了大功,盟主还特意将头儿升了一级,别提多威风了!"

颜如山知道是律笺文给他送的饭,心中一暖,边吃边问道:"那她还来此当职吗?"

傅风不以为意道:"她想当职也得有时间啊,这段时日,头儿忙着相亲呢。"

听到相亲,颜如山呛了一口:"相亲?"

傅风点头道:"你是没看到,自从头儿立了功被提拔后,来给头儿说亲的媒婆都排了一里路,那些有身份、有地位的世家啊,都上赶着跟头儿结亲呢。"

颜如山越听越不是滋味,打断问道:"你们头儿有相中的吗?"

傅风一愣,挠头道:"这个我倒是不知道,不过这么多一表人才的世家公子,总有能入她法眼的吧。"

颜如山放下了筷子,面色低沉地重新靠坐在墙上,傅风傻笑片刻,见颜如山突然情绪低落,以为他在担心他自己的案子,连忙安抚道:"你放心,你这案子头儿一定会管到底,到时候她会亲自押送你去混天典狱的。"

颜如山也不搭话,只呆愣地看着地面,傅风见对方情绪不高,只得尴尬告辞,将牢门重新关上。

颜如山看着盘中的饭食,心情复杂酸楚,低声轻叹一声:"相亲啊……"

(八十九)树下定情

夜晚的妖族市集上挂满了灯笼,将整条街道都晕出了昏黄温和的光芒,往来的妖们言笑晏晏地逛着街。月初站在岸边,正看着红红往桥的方向走来,他凝视着红红,也缓缓上了桥,走至桥中央。红红漫不经心地微微抬头,视线穿过人海，正好落到了月初的身上，这一刻喧闹的人声好似都消失了。红红微笑地凝望着月初，心头莫名地一阵酸痛，她不知这其实是自己在还没记起月初时，重新生出的新感情。

月初也露出一抹笑意，三步并作两步地来到红红身边。两人同时道："你怎会在此？"

说罢，两人都因为这默契而笑出了声，红红抿着嘴看向别处，只见一道流星划过天际，月初也朝那方向看去，只见数道流星纷纷斜落。两人并肩站着，看着这场不期而至的流星雨。

月初扬手发出一道灵力，将星光拢入手中，随后合上双眼，默默许愿。

红红讶异道："你在许愿？"

月初低声道："替你许愿，愿六域安宁，人、妖两族多理解，少纷争，永和平。"

红红看着月初虔诚地念，心念一动。月初睁开眼睛，微笑着打开手掌，掌心中点点星芒带着心愿飞向天际，随后问道："对了，上次在市集上模仿绝缘之爪杀害赤闪的凶手，查得如何了？"

红红摇头道："我已命雅雅和阿来暗中查访，暂时还没有进展。"

月初斟酌着道："你有没有想过，这个人可能离你不远，我的意思是，这个人一定非常熟悉你的日常，才能在你去药铺当日，算准了时间陷害你。"

红红神情慢慢变得严肃起来："你想说什么？"

月初面色也严肃起来："若此人是你非常信任、在乎的人，你会怎么办？"

红红想起了昔日冤枉误伤东方洛之事，肃穆道："问这种话，说明你还不懂信任为何物，我曾因不信任做出过一件懊悔终生的事，所以同样的错误，我不会再犯第二次。"

月初张了张嘴，想说什么又不知从何说起，红红则冷下脸来告辞道："夜深了，你早点休息，告辞。"

第二日一早，月初唤来阿来在窗边对饮："阿来，你和我说实话，红红是不是忘了我？"

阿来一怔，眼神躲闪地垂下眼睑，月初见他模样，便已经明白了："竟然是真的，怪不得她对我如此冷漠，甚至还误会我要对涂山不利，是不是有人在红红身上做了手脚？"

阿来试图解释道："不是……你听我说……"

月初却思忖着领首道："一定是那奸细所为，你们不是一直在查石姬的奸细吗？实际上……"

阿来连忙打断月初的话道："打住打住，我向你保证，没人对红红做了什么，否则红红也绝不会只忘了你一个人。"

月初一怔,逼问道:"为何单单忘了我?"

阿来一拍桌子道:"这你算问到关键了。我倒是认为,若红红只忘了你,说明这绝对是她自己的选择,否则她为何不忘了别人?"

月初眸色中带着痛意道:"你是想说,是她打从心底里不愿意记得我?我不信!"

阿来叹息道:"这就是事实,想开点。你们人族不是有句话吗,'天涯何处无芳草'……"

月初接话道:"可我偏偏单恋一枝花。"

阿来愕然地看着月初,月初收敛了惆怅和伤心,目光变得坚毅:"我们人族还有句话叫'大不了从头再来',即便红红忘了我,忘了以前之事,没关系,我有的是时间给她制造新的回忆!"

阿来听后,差点一口血喷出来:"太酸了,这酒喝不下去了,我要回去了……"

月初一把拉住要走的阿来,开口道:"慢着,我有正事要同你说。"

阿来警惕道:"如果是要我给你和红红制造机会,恕难从命啊。"

月初正色道:"你们要找的那个奸细,是东方洛。律笺文在东方洛的手上闻到了赤闪血迹的气息。"

阿来震惊地看向月初,月初接着道:"红红对东方洛感情特殊,在没有更多证据之前,只怕不会相信此事,但我担心东方洛会对红红不利,所以,拜托你帮我盯着点东方洛。"

阿来思索着近期东方洛的行踪,郑重颔首答应下来。

王权山庄的前厅中,律笺文郑重接过费管家递来的判书,打开阅览起来,惊讶道:"六十年?"

费管家点头道:"颜如山虽未害人性命,但那些受他欺骗的女子联合诉告他以妖术玩弄感情。按一气盟律法,当关混天典狱百年。你此前在盟主面前替他分辩,说他协助你擒拿恶妖有功,盟主才考虑从轻发落,定了六十年。"

律笺文一直望着判书,并不搭话,费管家见律笺文如此模样,问道:"律捕头莫不是对这判决不满?"

律笺文摇头道:"律笺文不敢,盟主英明。颜如山既然触犯了法律,便该为自己所犯的过错负责。"

费管家点头道:"此番恶妖出逃险些酿成大祸,盟主已经下令,日后凡恶妖出逃,皆处以极刑,其他罪行,也从重论处。接下来的事,便交给你了。"

律笺文神色不辨喜忧地从王权山庄回到衙门,对傅风道:"此处有我一人便是，你去看看外面的车准备好了没。"

傅风没听出什么言外之意，耿直答道："车一早就准备好了，放心吧，再说了，头儿你什么时候这么小心了？"

律笺文不接话，只盯着傅风看，傅风声音越来越小，察觉出不对劲来，连忙点头道："那、那我再去检查检查。"

律笺文待傅风离去后，走到监室前，见颜如山已经等在栏杆前了，不由得一阵心酸。眼前是双方都日思夜想的人，如今面面相觑，却失了言语。颜如山张了张嘴，往日那些哄人的话不知跑到哪儿去了，最终只慢慢说道："好久不见。"

律笺文也道："好久不见。"

"听说你升官了，恭喜。"颜如山强笑道。

律笺文点头道："谢谢。"

颜如山压着心中的伤感，将一个东西穿过栏杆递给律笺文，努力组织语言道："还、还听说你相亲了，看来好事将近。相识一场，我也没什么别的送给你，这个小玩意儿，希望你别嫌弃……"

律笺文接过一看，只见是一个温润如玉的小巧幽珀角，黑色的铁丝缠绕在上面，做成了一条项链。

颜如山将幽珀角贴在律笺文耳边，幽珀角内有着回声，是两人所说的"好久不见"。

律笺文握着幽珀角，神色动容地看着颜如山道："这是你额头上的角？"

颜如山故作无所谓："反正留在我头上也没什么用，还不如送给你，权当整容了。"

律笺文摩挲着掌心的幽珀角，声音低不可闻道："谢谢。"

颜如山看着律笺文，千言万语再也说不出了，打起精神故作轻松道："走吧。"

律笺文打开监室的门，看着颜如山系着锁链缓缓而出，脑海中不禁浮现出两人相识的点点滴滴，眼中不知何时蓄起了泪水："颜如山！"

颜如山惊讶地回过头来，律笺文忍了忍，哀伤道："没什么。"

颜如山笑了笑，继续朝前走去，来到门口直接进了马车上的牢笼。

傅风驾着囚车缓缓而行，颜如山情绪低落地坐在一边，傅风唠叨着："你说，六十年，说长不长，说短不短，等你出来的时候，我们人都七老八十喽，到时候再相见，也不知你能不能认出我们。"

律笺文皱眉道："停一下，我有些事要问颜如山。"

傅风："好的头儿。"

囚车门打开，颜如山和律笺文相视而坐，律笺文冷声道："一会儿我要问你话，问什么你答什么，其他什么也不许说。"

颜如山只得乖乖点头，马车行了一大段路，速度开始放缓，随后突然停了下来。

律笺文深吸一口气，打开一个画轴，上面写着："车里现在除了律笺文，还有谁？"

颜如山愣愣道："这、这是什么问题？"

律笺文道："简明回答即可。"

颜如山点头道："我，颜如山。"

律笺文又打开第二个画轴，上面写着："你愿意接受一气盟所定律法对你的判决吗？"

颜如山失落地点点头："愿意。"

律笺文打开第三个画轴："你立誓不再欺骗女子的感情吗？"

颜如山坚定地看着律笺文道："立誓。"

律笺文打开第四个画轴："你现在与谁在一起？"

颜如山有些疑惑，却还是答道："与律笺文。"

律笺文打开第五个画轴："在困境中的鱼为了生存，互相用口水沫沾湿对方身体，是什么成语？"

颜如山一脸不解地答道："相濡以沫？"

律笺文打开第六个画轴："你愿用多长时间弥补你所犯下的过错？"

颜如山目光灼灼道："此生。"

律笺文打开最后一个画轴："你捉拿赤砂魔盗团的恶妖们，却以自己的自由为代价，可曾后悔？"

颜如山坚定道："不悔。"

律笺文放下画轴，定神看着颜如山，好似要将眼前之人看入心里。

涂山，苦情树下羽花纷飞，容容站在红红身侧赞许道："真是一个倔强又聪明的姑娘。苦情树，你可听到我徒儿的誓言？"

羽花在颜如山的誓言下多多盛开，不停飞舞着，红红看着囚车："颜如山能明白律笺文的苦心吗？"

容容苦笑一声道："以他的性格，恐怕很难从事情表面看透本质，不管结果如何，希望会是他们好的开始。"

律笺文望着傅风驾着马车缓缓离开，一时间思绪万千。

（九十）狐念之术

红红走到她的身边淡淡开口道："苦情树下起誓的姻缘皆非儿戏，颜如山刑期漫长，你这般许下承诺当真不后悔？"

律笺文摇头道："我只怕苦情树庇护妖族情缘，不会怜惜我们这般恋上妖的人。"

红红道："人与妖或许外形不同，但爱是共通的，只要是发自真心的相爱，苦情树一定能感知到。"

律笺文温柔道："如此最好，即便我今生等不到，总有一天我们也会以其他的方式重逢。"

容容忍不住问道："律捕头，请恕我多言，既然你对他如此用情，又为何不愿将自己的心意相告？"

律笺文先是一怔，随后面色黯然地垂下了眼，红红却已经体会到了她的心意，替她开口道："你这么做，是不想让颜如山知道你为他所受的苦吧？"

律笺文看了眼红红，更正道："不是苦，是甜。能爱着一个人，是一种幸福。"

红红愣住了，这一席话好似一块巨石，令她已经泛起涟漪的心湖再次掀起了波澜，她的脸上露出了少有的困惑。

红红回到斛光阁，坐在窗边直到圆月缓缓升起，她心中不由得想着月初的伤势："这两天，不知他的伤恢复得如何了。"

东方洛正在旁边点香，淡淡开口道："我去看过了，再过几日便可痊愈，届时，回一气盟复命不成问题。"

红红惊讶地看向东方洛，东方洛则笑道："你该不是忘了，他是一气盟派来的人吧？"

红红掩饰着看向别处道："这我岂会忘？"

东方洛并不戳破，只看着他燃起的香。香笔直地往上飘着，渐渐弥漫了整个屋内："你说这几日睡得不好，我给你用了安神的香，能让你睡得好一些。"

红红点点头，视野中的东方洛渐渐模糊，最终倒在桌上睡了过去。

东方洛走上前，将她抱起放在床上，贪恋地望着她的睡颜，耳畔突然响起了石姬沙哑阴沉的命令："找个机会，将涂山红红带出来。"

东方洛脸上闪过一抹杀意，随后又变得温柔起来，他轻轻对着红红的睡颜道："数百年来，我被囚于黑暗之中，唯有你一次次地来看我，对我说话，陪我撑过那段日子，你就是我的唯一。这一次，若非东方月初，我也会是你的唯一！"

说到东方月初时,东方洛的眼神逐渐变得阴鸷起来,他握住红红的手,再不遮掩对月初的厌恶和痛恨,执拗道:"你应该是我的,是我一个人的,我亲眼看着他来到你的身边,看着你因他而笑、而痛……明明是我先认识你的,我们相守了数百年,可现在……不过没关系,我原谅你短暂迷失,因为你很快就是我的了。待妖尊夺了六域,你的灵元将与我一直相伴于黑暗中,那样你我便都不孤单了。"

　　涂山花园中,阿来正坐在凉亭上琢磨着月初所说的话。律笺文在东方洛的手上闻到了赤闪血迹的气息……

　　"东方先生近水楼台,月初这回只怕要输喽。"九霜抱着天书一边走,一边对身边的勿离说道。

　　勿离点点头叹气道:"是啊,东方先生对大当家真好,这么晚了还记挂着去看她。"

　　陡然听到九霜和勿离的话,阿来只觉不好,立即闪身朝斛光阁而去。

　　斛光阁中,东方洛周身浮起一道道黑雾,那黑雾即将钻入红红心口时,他却微微愣了一下,东方洛犹豫着自问自答道:"你会恨我吧?不不,我不能让你恨我,可是……"

　　东方洛正说着,突然眼神阴鸷地看向门口,只见阿来推门而入,他连忙收回黑雾,恢复一贯的温和道:"阿来公子,你来了?"

　　阿来神色自若地走过来,看似随意地查看红红,确认红红没事后收回手道:"大当家这是?"

　　东方洛温润解释道:"不过是一炷安神的香,能让她好好睡上一觉。这段时日,她太累了。"

　　"哦?"阿来似笑非笑道,"竟不知你还会制香?你对大当家还真是有心。"

　　东方洛道:"我与红红相识已久,如今她更是我在这世上唯一牵绊之人,自是要比旁人更用心些。"

　　阿来微微一笑,点头道:"原来如此。红红既已休息,我正好有些制香方面的问题想要请教,不知东方先生可愿赐教?"

　　东方洛欣然道:"自是可以。"

　　阿来做了个"请"的手势道:"边走边聊?"

　　东方洛与阿来一同出门,在关门时,又回头望了一眼沉睡中的红红。

　　两人在斛光阁外聊了会儿制香的问题,阿来看了看天色道:"夜深了,东方兄还要赶回双生峰,就不送了,告辞。"

　　东方洛朝阿来行礼道别后,便往双生峰走去,阿来含笑看着东方洛渐渐走远,慢慢消失在黑暗中,略一思忖,放出一只粉色灵蝶,将方才斛光阁中发生的事告知月初。

东方洛一路走到山洞内,忽然心生警惕,厉目看去,只见山洞尽头,月初早已坐着,厉目等候。

东方洛面色恢复如常,笑问:"月初小友这么晚了还不休息?"

月初起身走到东方洛面前道:"你不也这么晚了还逗留于红红房内?"

东方洛神色一顿道:"阿来告诉你的?"

月初凑到东方洛耳畔低声道:"我在涂山朋友众多,想知道你的消息,容易得很。"

东方洛望向月初,两人对视片刻,目光中少了白日的几分客气,多了提防与恨意,月初接着道:"红红不喜欢香的味道,她需要时刻保持清醒。"

东方洛沉下脸道:"你以为自己很了解红红吗?别忘了,我比你更早认识她。百年来,每当她痛苦之时,便会来山洞中对我倾诉,我知道她心中每一次恐惧、害怕、忧愁。"

月初一把拽住东方洛的衣襟道:"那又如何?知道眼睛为什么生在前面吗?因为往前看比过去更重要!"

东方洛拉开月初,理了理衣服冷笑道:"可是红红的选择,你很清楚不是吗?"

月初定定看着他道:"那是因为她还未看清楚你真正的样子。"

东方洛神色一凛,看向月初的目光中多了几丝阴狠:"你什么意思?"

月初冷笑道:"你是真不懂还是假不懂,就算你掩饰得再好,也终有暴露的一日。"

东方洛盯着月初,眼神从惊讶慢慢变得平静,他走到桌边坐下,拿起一本医书,淡淡望向月初道:"朋友做不成,也无须强求,研读医书需要安静,日后你若无事,就不必再来了。"

月初道:"东方洛,红红对你心怀愧疚,这一回我无条件地信任你,希望你迷途知返,不要让红红失望。"

东方洛眼睛看向医书说道:"我听不懂你说什么,不过,你既然怀疑,是否该拿出点证据?"

月初点点头道:"证据,我会拿给你!"

片刻过后,东方洛转过头来,看着月初离去的背影,握紧了双拳,不知在想些什么。

药铺老板摇摇头:"我一直在此盯着,他确实只是在取药,并未走开。"

月初疑惑地喃喃自语道:"不应该啊……"

就在这时，有人在旁边大喊道："店家！你还卖不卖药了？来帮我抓药！"

"就来就来！"药铺老板连忙应承着，对月初道："月初公子，小店人多，我先去照应客人了。"

月初点点头，看着药铺老板离开，他思忖着，无意瞥见铺子里等待抓药的客人们，忽然像是想到了什么，叫住老板道："且慢！这药铺里里外外，全靠你自己打理？"

药铺老板点头道："正是。"

"这么说，你很忙了？"

"是啊，整个市集，只有我一家药材铺，来来往往的客人全指着我招呼呢。"药铺老板说道。

月初蹙眉盯着老板道："既然如此，那你当日怎会有时间一直陪着东方洛？"

药铺老板一怔，也面露疑惑地想了想："这……我也记不清了，按理说不应该，兴许当日是特例罢了？"

月初点点头，看着药铺老板忙活，片刻后，他的眼神逐渐凌厉起来，低声自语道："不是特例，是狐念之术，让你误认为他一直在此。"

（九十一）狱中情缘

想明白后，月初直冲回双生峰山洞内，却发现洞内静悄悄的，不禁心生警惕，一边打量四周，一边缓缓挪动道："东方洛，你不是要证据吗？你出来，我现在就给你！"

说到这，月初陡然听到身后传来脚步声，连忙回头一看，只见红红已来到他身后，神色凛然道："你有什么证据？"

月初脸上闪过一抹懊悔之色，知道自己瞒不住红红，和盘托出自己对东方洛的怀疑："红红，我知道你信东方洛，但细究起来，他此次突然苏醒确实蹊跷，难道你就不怀疑吗？"

红红沉思了一会儿道："不怀疑，我护了他百年，就是想让他醒来。"

月初心间酸涩，还是耐着性子继续劝她道："即便如此，可当初火龙谷之行，大家都劝你不要去，是他偏偏在此时制出了解药，这才让你身陷险境，险些被石姬所害。"

红红替东方洛解释道："火龙谷之行，是一气盟与妖盟联手要做之事，我身为妖盟盟主一定会去，何必牵扯到他身上？"

月初蹙眉逼问道："那你如何解释东方洛身上有赤闪血的气息一事？一气盟

律家天生嗅觉敏锐，当日在火龙谷时，律笺文曾在东方洛的身上闻到过那气息。"

红红眼中闪过一抹怀疑，但很快被信任所取代："那日我与他都曾检视过赤闪的尸体，许是那时沾上也未可知。"

"为何你身上没有？"

红红一怔，望向月初，心中没来由地生出几分痛意道："你与东方洛相识不久，不了解他也情有可原，但是百年前，我认识他时，他在人、妖两族连年大战，互相猜忌之时，仍坚信人、妖会和平。他这样心性纯善的人，怎么可能害人？"

月初见红红提及东方洛时如此肯定与信任，不禁感到一阵酸涩："或许数百年前他像你说的这般，但如今呢？你有没有想过，你这样盲目，或许不是因为信任，而是你早已被对他的感情蒙蔽了双眼？"

红红见月初如此，心间也是一痛："你说得对，我确实不愿怀疑他，但……"

月初伤心地打断她的话，倔强地看着红红道："你对他的心意我早已知晓，事到如今，我言尽于此，要不要提防东方洛，大当家自己决定。"

红红也看着月初，强撑着并不妥协。片刻后，月初终是失望地自嘲道："告辞。"

说罢，月初再不看红红一眼，决然离去。看着月初的背影，红红只觉心中一阵钝痛，缓缓捂住了心口。而在红红背后的石壁上，一缕黑雾悄然溢出。红红面色一凛，转身使出一道妖力，朝那偷袭的黑雾打去，黑雾迅速缩回石壁中，红红缓缓朝石壁走去，蹙眉望向眼前似乎毫无异常的石壁，只见那黑壁中隐隐有黑雾溢出。

红红狐疑地思考了一阵儿，随后神色凝重地走出山洞，正看到东方洛拿着本书朝洞口走来。她心绪复杂地望着对方，上前探查东方洛身上的气息，并未发现有黑暗力量，东方洛故作不知道："红红，你怎么来了？"

红红眼神看过东方洛手上的医书道："为何要去外面看书？"

东方洛脸上闪过一抹赧然："这……说来可笑，每日来向我请教的小狐络绎不绝，我实在不堪其扰，这才出此下策。"

红红颔首道："是我疏忽了，未能及时规束小狐们，我这边通知下去，不准他们再来叨扰你。"

东方洛连忙道："不必。小狐们虽然顽皮，却也诚心好学，何况我一觉醒来，人世忽过数百年，也亏得有他们相伴，我才不觉自己是多余之人。"

红红见东方洛神色中掩饰不住的失落，心中也感到些许愧疚。

从洞中离开的月初在林中找到阿来："我劝不住红红，只能去另寻他法揭露真相。如今付澄已经大好，回神火山庄后，我会从她处着手，将这一连串的阴谋查个水落石出，唯有如此，才能让红红看清东方洛的真面目！"

阿来点头道："也好。"

月初又想了想，从怀中掏出《虚空之术》这本册子递给阿来道："这是当日东方洛赠我的修炼功法，说是东方家失传的秘术，我反复看了也没发现其中有何不妥，不知他要我修炼此术究竟是何用意。"

阿来接过翻了翻："《虚空之术》？我回去研究研究，有消息了自然告诉于你。"

月初点点头道："我回去后，防备东方洛一事便拜托你了，务必不能让他伤了红红。"

阿来点头道："放心吧。"

月初松了口气，又有点不舍地望了眼涂山，最后招了招手转身离去。阿来看着月初离去的背影，微不可察地叹息一声。

一路从涂山回到神火山庄，月初发现付澄已经可以起身慢慢坐下了，付澄一边喝药，一边看着月初道："你心情不好，是不是在涂山红红那碰壁了？"

月初避开付澄的目光，努力装出轻松的样子道："瞎说什么呢。"

付澄淡淡道："四喜说了，他在的时候，你每日绞尽脑汁想去见涂山红红，以你的性子，若不是她赶人，你怎么舍得回来？"

月初心头涌上一抹酸楚，他掩饰着岔开话题："赶紧养好伤，查出绑走你的还有何人才是正事。"

付澄点头道："我明白了，你是为了此事才回来的。"

月初心思坦荡道："不只是我，你身为一气盟弟子，也有责任快些查出真相，让此事赶紧落幕！"

付澄眼中流露出一抹失望，将手中的药一饮而尽。

与东方洛分开的红红则与容容一同来到苦情树下，两人一同望着漫天纷扬的羽花，容容感慨道："苦情树花开，看来是新的天书任务到了，这下整个涂山都会知道，又该热闹一番了。"

红红自怀中取出天书，刚一翻开便见一朵羽花缓缓落入空白书页中，亮起金色的灵光，慢慢化成律笺文、颜如山的名字。

容容略惊讶道："看来律笺文与颜如山是真心相爱，我会通知律笺文，她所求已有回应，只不过，颜如山身在混天典狱，律笺文又不愿他知晓此事，这桩任务怕是棘手。"

红红点点头，蹙眉看着这两个名字思考起来。

流光纷纷降落，坐在花园凉亭的九霜和流舫也讶然看着，九霜带了几分欣喜道："如此多的流光，看来是苦情树又降下天书任务了。"

流舫也连连点头道："一定是颜如山与律笺文结缘成功了。"

不远处，正在另一边看书的东方洛耳朵微微一颤，瞥了眼流觞与九霜，只见流觞继续说道："这段时日来，就只有他们两人来涂山求缘了。"九霜则点点头，开心地看着漫天粉色羽花。

东方洛若有所思，也抬起头来，不知在思索什么。

斛光阁中，雅雅将一份名单呈给刚回来的红红道："姐姐，凡在赤闪遇害那日去过市集的妖和人，全部都在这份名单上。"

红红眼神扫过名单，目光落在东方洛的名字上，阿来见状道："除了东方洛，其余的都已摸排过，可以确定不是他们干的。说起来，这个东方洛……"

雅雅不以为意，打断了阿来的话："都跟你说过了，东方洛就是个书呆子，以他那点修为，与赤闪对打只怕三招都应付不了，怎么可能模仿绝缘之爪。"

红红心下一沉，阿来也是脸色一变。

不远处的荒林里，石姬正用一缕黑雾死死地扼住东方洛的咽喉，待东方洛翻着白眼快要死去时，才收回黑雾："这些时日过去，你竟然空手复命，看来你是真舍不得杀涂山红红了？"

东方洛捂着脖子呛咳着，片刻才爬起来跪着道："属下不敢，只是自火龙谷回来后，涂山红红便加强了戒备，暗中搜查谋害赤闪的凶手，再加上东方月初搅局，这才几次尝试均不得法。"

石姬想到东方月初，强压下怒意道："涂山内动不了手，外面呢？七日之后，你设法将涂山红红带到落月河，剩下的我来处理。"

东方洛一怔，惶恐而快速地思索着："七日之后，不是不行，只是此事还须仰仗妖尊之力。苦情树羽花大盛，涂山红红刚收到新的天书任务，须得促成律笺文与颜如山之间的结缘，若是借此由头，正可引她出涂山。"

石姬低压着嗓子，点头道："是个法子。"

东方洛低头不敢看向石姬，片刻后，只见眼前脚下黑雾翻涌，穿林而过，唯余地上落叶翻滚，他这才抬起头来，看向石姬离去的方向，一改方才的恭谨，露出一抹讳莫如深的邪笑。

颜如山被关进混天典狱已有几日，他背对着狱门，坐在那一方阳光之下，脚步声从外传来。律笺文走到牢门前，见对方背对着狱门而坐，敲了敲栏杆："需要我将窗户开大一些吗？"

颜如山听到竟是律笺文的声音，先是脸上荡起了一抹笑容，却在转过头的时候收敛起嘴角，摆出一副浑不在意的样子道："你怎么来了？往日不都是傅风当职吗？"

律笺文似笑非笑道："看来与我相比，你更想见到傅风？"

颜如山立即道:"自然不是!"

律笺文见他如此回答,调侃笑道:"你的意思是,更盼着我来?"

颜如山一怔,不知如何回答,律笺文靠近他,带着点郑重与忧伤地看着他道:"一气盟新修了律法,逃狱者死,六十年对于妖生来说并不长,你能不能答应我,在此好好反省,直到刑期结束?"

颜如山见律笺文如点漆的明亮眸子看着自己,心间一动:"你为何如此关心我?"

律笺文盯着他道:"我只问你,答不答应?"

颜如山犹豫了片刻,郑重点头道:"我答应你,安心在此受罚,绝不如赤雷那般逃狱伤人。"

律笺文将手伸入栏杆内,翘起小指道:"一言为定。"

颜如山的视线落在律笺文的手指上,微微惊讶地看向律笺文,也学着她翘起小指,钩住了律笺文的小指道:"一言为定。"

(九十二)违誓越狱

得了颜如山的保证,律笺文走出混天典狱,傅风连忙迎了上来,捧着一摞文书道:"头儿,混天典狱内所有在押犯人的案卷都整理好了。"

律笺文接过文书,边走边翻看着,忽然脚下一顿:"颜如山的生日是下月初一?"

傅风道:"是啊,有什么不对吗?"

律笺文故作浑不在意道:"没什么……那什么,你家里人都怎么替你过生日的?"

傅风抓了抓头发,想了想道:"其实也没怎么过,就是有一回生辰时,我家那口子特意为我下厨煮了碗面。"

律笺文思索着:"煮面……"

下月初一,颜如山依旧靠墙而坐,忽然像是闻到了什么,眉头一皱,抬头朝狱门处看去:"什么味道?"

只见律笺文打开狱门走了进来,手中还提着个食盒。颜如山见此,连忙起身迎了上来:"律捕头,今日并非你当值,你怎么来了?"

律笺文笑着道:"你忘了今天是什么日子?"

颜如山一怔,想了会儿回过神来,似乎有些难以置信道:"你是指我的生辰?"

律笺文含笑点点头,颜如山反倒不好意思起来:"几百年了,从没贺过生辰,自己都忘了。"

律笺文将食盒放在一边道:"我们人族,生辰的时候要吃一碗长寿面。"说着,她打开了盒盖,只见里面是一碗坨成一团的面,当即脸色一黑,"我刚煮好便拿来了,路上也没耽搁多久,怎么就坨了?"

颜如山看着这碗面却激动道:"你亲手做的?"

律笺文点点头,接着就见颜如山捧过碗去吃了一大口,紧接着,他面上抽搐,感觉胃都要烧起来了,律笺文紧张地看着他道:"味道如何?"

颜如山艰难地咽下去,被那怪味儿呛得流出眼泪:"好吃!"

律笺文惊讶又疑惑道:"好吃到哭了?"

颜如山此时已经说不出话了,只能拼命点头。律笺文笑了起来,自信道:"我就说我在厨艺上是有些天赋的,傅风他们还总嫌弃我煮的饭难吃。让我尝尝!"

颜如山见律笺文想吃,连忙拦住,不敢让她吃:"我吃,我吃!"

律笺文微笑着看颜如山边吃边流泪,突然,窗外传来爆裂之声,颜如山扭头看去,只见小窗外有烟火在黑暗中爆开:"烟火,这也是你安排的?"

律笺文摇头道:"当然不是。捕快一门向来是清水衙门,有点银子都拿来吃饭了,哪里买得起这个。不过管谁放的呢,咱们看就是了。"说罢,她自然而然地拉起颜如山的手来到窗边。颜如山一怔,望向律笺文的侧脸,律笺文转过头道:"你怎么不看呀?"

颜如山回过神来道:"看,我看。"

两人趴在监牢的小窗上,看着窗外的烟火,烟火照亮了两人的脸庞。染上了烟火的涂山苦情树下,阿来与红红正漫步于此,阿来道:"这几日,东方洛多在山洞内研读医书,偶尔外出采药,看起来并无异常。"

红红顿住脚步,不快地看向阿来:"我是让你暗中保护他,不是监视。"

阿来不以为然道:"不过是保护之余,顺带记录一下日常而已。"

红红重新朝前走去,阿来跟上去道:"你信任他没错,但也要建立在客观观察、分析、评估的基础上,盲目信任不是明智之举。"

红红蹙眉道:"你到底想说什么?"

阿来道:"我担心你因为过去之事,而影响了今日的判断,这对你、对涂山,甚至对东方洛,都不是好事。"

红红一怔,心中微微有些动摇,但嘴上还是道:"雅雅已经去盯梢南宫昙,他既然与石姬联手,双方暗中必有联络,等拿下了石姬,一切怀疑都将烟消云散。"

阿来叹气道:"但愿如此。在此之前,我只能先继续盯着东方洛了。"

红红不悦地看向阿来,阿来狡黠地笑道:"放心,若东方洛真的无辜,我保证他自始至终不会知晓此事。"

红红想要再帮东方洛说话,最终还是欲言又止,闭上了嘴。

神火山庄内,付澄只觉头疼万分,她勉力想要拿起桌上的药,可手一晃,药碗掉在地上碎了一地,药汁四溢,流淌在地上,付澄看着药液,好似看到了自己被掳走那日身上流出的鲜血。

月初听到药碗碎裂声,推门进入,付澄捂着头看向月初,急急说道:"是他,是南宫星!"

月初惊讶道:"南宫星?你记清楚了?当日与恶妖勾结掳走你的人是南宫星?"

付澄肯定中带着痛恨道:"是南宫星!"

月初点了点头,立即转身朝南宫家而去。

混天典狱中,律笺文惊讶地望向傅风:"颜如山身体不适?"

傅风疑惑道:"听说是中毒。一个连毒雾都不怕的牛鬼,怎么还能中毒?又有谁能在这苍蝇都飞不进去的混天典狱里对他下毒?"

律笺文问道:"哪天中的毒?"

傅风想了想道:"初一晚上。"

律笺文脸色渐渐精彩了起来,她掩饰般站起来道:"我去看看他。"

奉命盯梢南宫家的雅雅悄悄躲避在隐蔽处,她听见有声音自远处传来,偷偷看去,只见月初在南宫家一名弟子的陪伴下走出。月初道:"你们家主去混天典狱何干?"

那弟子道:"这个……弟子也不清楚。"

月初神色严肃地点点头,忽然好似察觉到什么,他眼神一转,朝雅雅藏身处看去,雅雅连忙往后缩了缩。月初眼中显出一丝了然,接着对那弟子道:"行了,你回去吧,回头告诉你们家主,就说我等着他见王权盟主。"

那弟子朝月初行了一礼,转身而去,月初见弟子走远,连忙快步走到雅雅藏身处,低声道:"雅雅姐,外面街上见。"

雅雅一愣,见月初已经走远,也悄悄从南宫家出来,在街上人群中寻找月初。只是这街上人头攒动,并没有月初的身影,她不由得暗自道:"这臭小子,不会是耍我的吧?"

"雅雅姐,跟你说了多少遍,不要在背后骂我。"月初的声音在雅雅耳畔响起。雅雅转过头来,见月初正在她身后瞅着自己,不爽道:"故弄玄虚,有话快说,我还有任务在身。"

月初拉着雅雅来到一处空置的铺位前,压低声音:"红红让你来监视南宫家?"

雅雅也低声道:"你怎么知道?"

月初傲娇道："虽然你姐姐不肯承认，但毫无疑问，我东方月初是这世上最了解她的男人。"

雅雅无奈道："你又来！"

月初收起笑容，正色凑到雅雅耳边道："南宫昱去了混天典狱。"

雅雅惊讶道："他去那里做什么？"

月初摇摇头，正好看到几个一气盟弟子匆匆而过，路人们的议论声也随之传入两人耳中。

"又出事了！"

"听说一气盟中那位律捕头失踪了！"

雅雅和月初对视片刻，担忧道："律笺文怎么会失踪？"

月初快速思忖着，神色变得严肃起来："我知道南宫昱为何去混天典狱了。雅雅姐，你我兵分两路，我去混天典狱，你就回南宫家守着，他迟早回去！"

雅雅点点头，两人立刻分别朝不同方向而去。

混天典狱中，颜如山面色憔悴地靠墙坐着，突然开门声响起，颜如山眼中欢喜地整理衣衫来到狱门前，却见到进来的是南宫昱。

颜如山一怔道："南宫家主？"

南宫昱不怀好意道："看到我很失望？我知道你在等谁，不过你等的人永远都不会来了，律笺文在来混天典狱途中遭到掳劫，生死不明！"

颜如山心神一震，下意识道："不可能，她不来，定是有事耽搁了！"

南宫昱阴鸷道："此事一气盟上下皆已知晓，是真是假你一问便知，只可惜我们那花儿一样的律捕头，此刻落入魔掌之中，生死不明，生不如死啊。"

颜如山心绪纷乱，强迫自己暂存一丝理智道："你我非亲非故，你为何专门来通知我？"

南宫昱冷笑道："因为我不忍心看有情人就这么天人永隔，消息我已带到，怎么做全看你自己的选择了。放心，来日律笺文的葬礼，我会发发善心，通融让你前去。"

说罢，南宫昱阴鸷一笑，转身离开，颜如山则狠狠捶了下栏杆，死死盯着外面。一个时辰后，一名守卫巡视狱中，正好走了过来，颜如山眼神深沉，突然用力砸着栏杆，那侍卫不耐烦地训斥道："吵死了，老实点！"

颜如山仍狠狠砸着，守卫骂骂咧咧地走到颜如山的监室前，突然就被颜如山一把拽到栏杆前，他压低声音问道："我问你，律笺文究竟是在何处被掳走的？"

守卫震惊地看着颜如山："你、你如何知道的消息？"

颜如山眸色一沉，心好似坠入了冰窖之中，他死死拽着这名守卫，眼睛通红，耳畔传来石姬魅惑的声音:"为何不逃?你的心上人危在旦夕,就等你去救呢。"

颜如山听着耳畔魅惑的声音,情绪越发激动,他神色狰狞地死死掐着守卫道:"带我出去,快!"

混天典狱附近的山洞中,律笺文正双手被缚,恨恨地盯着石姬。石姬冷笑道:"颜如山对你用情至深,这才能成天书情缘,他如此爱你,得知你深陷危机中,岂会不想救你?此事只要再推波助澜一下,动摇他的心智,为了你,他定会拼死逃狱相救。"

律笺文眼神愤怒,狠狠挣扎着:"你们究竟想做什么?"

石姬冷笑着捏诀,凝起黑雾,将她周身笼罩在黑暗中道:"你马上便会知道了,一气盟新律法,只要颜如山踏出混天典狱半步就是死罪!"

律笺文满脸恐惧,愤怒而不解地大声道:"为何你们要对颜如山赶尽杀绝!"

石姬阴狠道:"因为只有如此,才能引得涂山红红来送死!"

(九十三)过过之死

月初在一气盟守卫的带领下匆匆来到监室前,发现监室里已经空无一人,他怒意腾腾地重重敲了下监牢栏杆道:"可恶!"

逃出狱中的颜如山在山林中急行着,脑海中不停地回放着当日与律笺文小指拉钩的约定,神情痛楚地凄凉一笑:"对不起,我还是失约逃狱了。不过,只要能护下她,我死了又如何?"

雅雅重回南宫家隐藏着,突然看到弟子引着尊者往书房而去:"家主有事外出,叮嘱尊者来了,请先于书房等候。"

"尊者?"雅雅狐疑地望着尊者的背影,隐蔽地来到书房外,警惕地盯着书房方向,不一会儿,就看到南宫昰匆匆而来。他打开门入内,带着一丝讨好上前行礼道:"让尊者久等,实在罪过。"

尊者问道:"一切可顺利?"

南宫昰道:"放心,我亲眼见颜如山逃出来的,就看涂山红红何时出马了。"

雅雅悄悄来到窗外偷听两人谈话,气愤地皱起眉来,又听到南宫昰关切地问着:"不知妖尊接下来在落月河有何计划?"

尊者眼神肃杀地看向南宫昰:"你怎会知道落月河?!你在律笺文身上动了手脚?"

南宫昰发觉自己暴露了,连忙尴尬笑着道:"我也是出于关心,在律笺文衣袖中放了只小虫而已,毕竟咱们还要合作共商大计!"

尊者冷笑着看向灯笼内的飞蛾，南宫昰松了口气，以为尊者不介意自己的小动作，上前讨好道："尊者，王权弘业近来旧疾复发，功夫已经大不如前，正是下手的好时机。"

尊者不怀好意地伸手拨弄着灯内的飞蛾，闲散道："家主何须着急，该动手时，我自会第一时间动手。"

南宫昰急切道："不知尊者认为何时该动手？"

这边南宫昰逼问着，书房外红红与费管家已经相继落入院中，雅雅见此，连忙小心迎上："姐姐。"

红红点点头道："此处有我与费管家，你去前院盯着。"

雅雅点点头，小心离去，红红与费管家则悄无声息地靠近书房。

书房内，尊者身上散发着阴冷的气息："你在逼问我？"

南宫昰道："不敢，只是颜如山出逃之事迟早会查到我头上，只有早些除掉王权弘业，方是一劳永逸之法。"

尊者冷笑道："王权弘业死了，你便可顺势而上，确是一劳永逸之法，只是不知你还能替妖尊做些什么。"

南宫昰一愣，见尊者带着杀意逼近自己，连忙后退一步，眼中带着几分震惊和惶恐："你、你要做什么？"

尊者道："当初，你在一气盟招新比试上败给东方月初，丢尽了南宫家的脸，你恨你父亲责骂你，便让我设法杀了他。"

南宫昰恶狠狠道："是你怂恿我的！"

尊者反问道："我怂恿你？若不是你生了弑杀生父之心，我再怎么蛊惑你又有何用？此番你竟又私下打探妖尊的计划，归根结底，你们人族，就是卑劣！"

南宫昰被尊者逼迫得不断后退，他藏在身后的手慢慢化出佩剑，却在准备出招时被尊者妖力所制住。南宫昰眼中流露出惶恐的神情，眼睁睁看着尊者阴鸷地伸手抓向自己的心口！

下一秒钟，书房门重重破开，红红掠身震开尊者，一手抓住南宫昰，将他制服。费管家跟进来道："大当家，南宫昰里通恶妖背叛一气盟，罪无可赦，可否将他交由一气盟处置？"

红红闻言，冷觑南宫昰一眼："南宫昰你们可以带走，但这个恶妖，我涂山要亲自审问！"

费管家按住南宫昰点头道："这是自然。"

尊者见到红红，先是惊讶，随后冷笑道："涂山红红，我真是越来越看不懂你了，为了所谓的人、妖和平，你连南宫昰这种败类都要救。"

红红伸出手来祭出妖力道："他是该死，但轮不到你来处置，你还是先担心自己吧！"

尊者神色一凛，伸手抓起一名弟子扔向费管家与红红，闪身朝门外逃走，红红避开那名弟子，快速追去。

黑暗中，南宫宅院厮杀声四起，雅雅正带领着王权家弟子与南宫家弟子杀成一片，她挥掌击倒弟子们，抬头便见尊者仓皇逃离而出，连忙踹开一名弟子，追着而去。

尊者身上带着伤在树林中狂奔着，好似陷入绝境的困兽，就在感觉身后之妖要追上时，他猛地回首使出一记狠厉的妖力，妖力所到之处枝枯叶断，雅雅也毫不客气地扬起一道冰刃朝尊者打去，尊者就地翻滚却没躲过这道冰刃，他被冰刃划破皮肉，跪倒在地，脸上的面罩也掉在地上。

尊者狼狈挣扎着，露出过过疤痕交错的侧脸。

过过不屑地笑着，沾了血污的脸上露出几分诡异的狰狞，他慢慢站起来，目光疯狂道："好久不见，雅雅姐。"

雅雅道："过过？说！石姬在何处，涂山之中的内应又是谁？！"

过过故作叹息道："内应吗？"随即他哈哈大笑起来，"涂山上下皆有可能，有本事你们便将整个涂山妖族都杀光！"

雅雅忍不住喝道："住口！为何到了现在你仍执迷不悟，非要一错到底！"

过过收了笑容道："我就是要一错到底，让所有人都尝尝痛苦绝望的滋味！你们整日开口'涂山'，闭口'一气盟'，可曾想到有多少流落在外的散妖受尽欺凌，沦为人族玩物？"

雅雅道："你既如此痛恨人族，为何又与南宫昱联手？"

过过恨道："若能借他之手对付涂山，再以涂山之力毁灭人族，暂时忍他又何妨？"

雅雅听完浑身一冷，勃然大怒道："混蛋！你可曾想过，那些小狐和无辜的人也有兄弟姐妹，也有爱人亲朋，他们都是活生生的命啊！"

过过浑不在意道："他人性命，与我何干？只要能将卑劣的人族踩在脚下，就算牺牲再多无辜之人，又有何妨？"

雅雅不可置信道："你疯了！"

过过狂笑着盯着雅雅道："没错，我是疯了。你知道吗，差一点我就不疯了，在你救下我又护着我时，我真的想过要不要收手，可你竟转头爱上了阿来，我怎能不疯？我就是要报复你们所有人！"

雅雅气到说不出话来。

说罢,他浑身上下黑色雾气暴涨,直扑向红红。雅雅见状,连忙上前迎击,两人战斗几个回合后,过过竟不慎使出一记驱魔一式,一时间,两人俱想起了在涂山相处的往事。

"有我涂山雅雅罩着你,保证你以后的日子过得美美的!"过过回想到雅雅在涂山对他说的话,目中竟染上了水光,杀向雅雅的招式却越发狠戾。

雅雅奋力迎击着,强大的妖力不断袭出,谁知过过并不躲闪,故意上前撞上了那强大的妖力,妖力撕裂了过过的胸口,鲜血瞬间染红了他的衣襟。

雅雅下意识叫道:"过过!"

过过踉跄几步,笑着拭去唇边的血,急促喘息着道:"若你知道会有这一天,还会救我吗?"

雅雅愣了片刻,终道:"会!"

过过视野逐渐模糊起来,他摇着头断断续续道:"不……下次……别救了,这样……我一生不会有所留恋。"

话音落下,他重重地朝后倒去,红红此时出现,与雅雅急忙上前,伸手探去,朝雅雅摇了摇头。雅雅眸色一痛,缓缓替过过抹去了脸上的伤疤,低声道:"你这一生做了许多错事,愿这些伤疤不再,你还是人见人爱的小白狐。"

红红拍了拍雅雅道:"他本有机会回头,但他没有,你给了他温暖,是他选择了黑暗。"

雅雅蹲在地上无声落泪,在暗夜中一点点掘开泥土,将过过埋入深处。

人族市集上,付澄正与月初坐在面摊前吃着早点:"昨夜你拉上我追了这么久也没发现律捕头的踪迹,接下来该怎么办?"

月初道:"南宫星已经落网,等下吃完面去审,兴许能有发现!"

付澄点点头,低头吃面,突然不远处传来一阵惊呼。两人抬起头来,只见众人惊慌失措地四处逃窜,连忙放下碗朝事发处奔去。

一老乞丐卧倒在地,鲜血浸透胸前衣襟,已然气绝。月初上前查探,只见老乞丐胸膛上是一道长长的爪痕,不由得惊道:"仿的绝缘之爪?又是他!"

这时,一个小乞丐自远处跑了过来,将一封信递给月初道:"那边有人给你的信。"

月初忙打开信,与付澄快速阅览着,只见信上写着:"律笺文在我手中,今日午时,落月河畔见,每迟一个时辰,我便杀一个。东方洛。"

月初只觉心底发寒,将老乞丐翻过身来,赫然看到地上以血写了"第一个"三个字。

付澄骇然道:"第一个!"

小乞丐这才低头看清老乞丐的面容，大哭着扑了上去："爷爷，爷爷！"

月初站起来，心中充满了对东方洛的怨恨，低声道："也好，这次便彻底除掉你，免得你再继续欺瞒红红，祸害无辜！"

付澄担忧道："你不能去，东方洛明显设下了陷阱，要对你不利！"

月初明白付澄的担心，安慰道："我是最后一个。放心，我不会让他有害我的机会。"

付澄坚定道："那我陪你一起去！"

月初摇头道："你若真为我好，便立刻回山庄带人，在我拖住东方洛时，找机会救下律笺文。"

付澄还要再说什么，月初已经毅然决然地大踏步朝落月河的方向而去，付澄气恼地看着月初的背影骂道："为了涂山红红，你当真连命都不要了吗！"

涂山双生峰洞外，阿来蹙眉自语道："翻遍了涂山也没见到东方洛的踪影，看来是有所行动了。"

他站在原地思忖一番，凝出一只灵蝶，注入讯息道："东方洛……"

讯息方注入一半，突然他脸色一变，险险避过一道从洞内袭来的黑雾，手中灵蝶仓促脱手，阿来下意识想抓回灵蝶，却被身后再次袭来的黑雾所打断。

"糟了，信才写了一半！"阿来顾不上再传讯息，连忙凝力震散黑雾，却见那些黑雾杀气腾腾地不断从洞里涌出。

落月河畔，滩上乱石遍布，河边几乎毫无人迹，月初孤身前来，突觉一滴血珠自空中而落。他神色微凛，隐隐察觉到不对，只见自己所踏之处红光流窜，阵法闪烁，淡淡的黑雾自周身浮现。

"这阵法……石姬！"月初心头升起一股不祥的预感，当即明白了东方洛是想用石姬来对付他。

在月初踏入阵法后，冷风瞬起，月初抬手化出佩剑，敛息戒备地盯着前方，只见石姬带着几缕浓深的黑雾自半空中掠过河面，蹿入阵法之中。这阵法好似无效般，光影消散，只余淡淡的黑雾缭绕，石姬讶然道："怎么是你？"

月初冷笑地握紧剑柄："很意外吗？看来你苦心安插于涂山的奸细果然骗功了得，不仅骗了红红，而且连你也骗了。"

"他该死，你也难活！"石姬被月初的嘲笑与东方洛的背叛气得愤怒到了极点，只见她手中黑雾急速翻滚，一声尖啸好似万鬼同哭，阴飒飒的，铺天盖地般钻入月初耳中，月初蹙眉，强忍着这摧折心神的啸声。

随着尖啸声，黑雾裹挟着暗黑之力，闪电般朝月初袭去。

而层层树影后，东方洛则冷眼旁观着眼前腾腾黑雾中的厮杀。

（九十四）东方洛诡计

树林间隙中，红红与雅雅正朝王权山庄而去，红红边疾行边朝雅雅叮嘱道："过过已死，眼下除了石姬，只有南宫昱知晓律笺文和颜如山的下落。你到王权山庄后，务必设法令他开口。"

雅雅点头道："姐姐放心，我有的是办法逼他开口。"

红红颔首，正要再说什么，突然一只粉色灵蝶穿越林海出现在红红面前，红红伸出指尖读取信息，脸上的表情变得凝重起来。

雅雅见红红放慢脚步，也跟着停了下来："涂山传来的消息？出什么事了？"

红红道："东方洛暗中出了涂山。"

雅雅惊讶道："姐姐分明已叮嘱过他，这段时日恶妖横行，让他不要离开涂山……"

红红蹙眉凝思着，又想起了此前月初的提醒和东方洛的种种异常，不由得心下一沉。

雅雅急迫道："姐姐，这是何时的事？阿来可有跟着他？"

红红摇摇头道："阿来的信只写了一半……涂山可能出事了，你马上回去相助阿来，以防石姬他们暗中动手脚或其他动作。"

雅雅点头道："那姐姐呢？"

红红看向远方道："我去找东方洛。若他真有问题，律笺文被抓一事与他也脱不了干系。"

雅雅正想说该到哪里去找东方洛，突然脑海中闪过了南宫昱与尊者在书房的对话，连忙道："落月河！南宫昱昨晚提到过，石姬好像谋划在落月河作乱！"

红红眼神微凛，转身便走，雅雅忍不住叫道："姐姐！"

红红顿住脚步，微微侧头，雅雅安慰道："别担心，说不定一切都只是误会……"

想到东方洛许是涂山内应，红红心间一痛，点了点头便快如闪电地朝落月河而去。

落月河畔，月初身上已经带了些许血痕，他手中剑带起万丈光芒，裹挟着万钧之力劈向黑雾中的石姬。石姬则操控着黑雾之力死死缠向月初，剑光在黑雾中明明灭灭，无数血花散落在溪中。

片刻后，石姬压抑的痛楚嘶吼声传出，黑雾渐渐散去，她的兜帽微微颤抖着，气息不稳地恨恨道："可恶！"

月初则倒退几步，一剑拄地，勉力稳住身影，忍着痛苦讥讽道："是不是后悔没有早点杀了我？可惜太晚了！"说罢，月初持剑再次朝石姬袭去，剑过之处兜帽裂成两半，石姬的嘶吼声响彻天地，只见她身形极快地朝河面逃窜而去，无数血花洒落在水中。

月初松了口气，努力压下口中的猩红，握紧了剑柄用余光看向后方，冷冷道："出来吧。"

东方洛慢慢踱步而出，与月初对视着，见月初唇边溢出一抹鲜红，微微笑了起来："看来你伤得不轻。"

月初用手背擦掉血痕道："见我没死，是不是很失望？"

东方洛点点头道："是有点，想不到数百年过去了，东方家还能出你这么一号人物。若非你一再破坏我与红红之间的感情，又识破我的身份，我真想放你一马。"

月初挽了个剑花指向东方洛道："少废话，出手吧！"

东方洛一脸惋惜道："可惜啊可惜，我真有点舍不得你这个朋友了！"话音落下，他猛地祭出一道灵力袭向月初，月初则举剑相抵。几个回合后，东方洛面带恨意道："红红是我的！她等了我数百年，没人能取代我在她心中的地位！"

月初哂笑道："红红等的是你吗？她等的是那个至诚至善，为了心中之道可以不惧生死，与整个师门为敌的东方洛，你是吗？如今的你，手染鲜血，为了一己之私可以不择手段……"

东方洛被戳中痛处，神情中透出一丝狼狈，激动道："住口！只要杀了你，杀了石姬，这一切便再无人知晓，红红就还是我的！"

月初恨恨地啐了一口："与红红在一起，你不配！"

东方洛激愤之下猛地用灵力震开月初，翻动手掌凝出一道浓黑雾气直袭月初，月初闪过黑雾再次向东方洛攻去。不远处的密林中，律笺文看着两人对决，正焦急地想要挣脱身上的绳索，却怎么也挣扎不开。

月初余光看向林中，心里知晓律笺文就在不远处，又紧盯着东方洛道："你不是会模仿绝缘之爪吗？为何不用？还是怕被红红知道，是你杀了赤闪嫁祸于她，你不敢再用了？"

"你找死！"东方洛阴鸷地盯着月初，以掌变爪，模仿着绝缘之爪袭来，月初身上当即多了一道爪痕。月初低低一笑，纵身而起，闪电般冲向东方洛，剑锋所过之处爆起朵朵血花。

被缚妖索捆住的律笺文面色苍白，似乎忍受着巨大的痛苦，突然她面色一滞，鼻头耸动着："这是——"

不等她话说出来，颜如山便从另一侧树叶间钻出："律捕头！"

律笺文见到颜如山，眸色一痛，心疼骂道："你这个傻子，明知逃狱是死罪，为何还要来救我！"

颜如山施术解开缚妖索，蹲下握住律笺文的双臂道："我担心你……你身上为何这么凉？"

律笺文感动又难过，想强撑着却终是忍不住捂住了心口，只觉得心脏被剧烈撕扯着。她踉跄着跪倒在地，周身透着彻骨的寒意。颜如山急忙施术在律笺文身上探查，片刻后蹙眉道："是至寒之术，中术者不消一日便会由内而外化作冰人！"

律笺文双目紧闭着，因为寒冷而不住地抖动，她唇色已经苍白至极。颜如山心疼地将律笺文拉入怀中，紧紧抱住："是我不好，连累了你，若非我，他们也不会对你下此狠手。"

说罢，颜如山伸出手掌，先是将自己掌心划破，接着又划开了律笺文的手掌，将两处伤痕紧贴在一起："我生长于赤炎之地，血能克制冰寒，你忍一忍，很快就不冷了。"

律笺文虚弱地想要抽回手道："不、不要，他们就是存了这份心思，要你为救我毁去妖力。"

颜如山紧紧握住她的手，因为用力，大滴的血花落地，他紧紧抱着律笺文深情道："妖力没了又如何？只要能救你，我做什么都可以。"

这边月初一道剑气划伤了东方洛的胳膊，带出一道长长的血痕，东方洛眼神阴戾，周身黑气暴涨，五爪挟五道黑气直袭月初，月初以剑凝聚出透蓝色灵力相阻挡，唇边溢出鲜血。

东方洛再次用力，指尖五道黑气如锁链般缠住月初。黑气越收越紧，月初被勒得浑身颤抖，额头上沁出汗来。东方洛狞笑不止，一只手挥出一掌打向月初，月初口中喷出一抹殷红，重重跌向后方。

就在东方洛要乘胜追击之际，一道白影忽然而至，在半空中接住了月初，月初虚弱地看清眼前之人，惊讶道："红红……"

红红揽着月初，一边为他输入灵力，一边带他飞落河岸。随后，她将月初挡于身后，神情复杂地看向东方洛："你从何处习得如此相像的绝缘之爪？"

东方洛突然看到红红出现，眼中流露出一丝被识破的狼狈："红红，你听我解释。"

红红冷冽问道："解释什么？"

"解释……"东方洛想要解释又不知该从何处说起，只能欲言又止。月初走上前来道："解释你是如何借暗黑之力苏醒，又如何杀死赤闪嫁祸红红，再以解药为引，鼓动红红去火龙谷，害得她险些丧命……"

"闭嘴！"东方洛恼羞成怒地盯着月初道，"今日这一切，都是因为你！"

话毕他凝起一道黑雾直袭月初，红红神色一凛使出妖力阻止，月初也凝力朝东方洛打去，三人混战成一团。红红使出绝缘之爪划破了东方洛胸前衣襟，鲜血瞬间涌出，见到鲜血，红红一怔，手上的力气弱了下来，眼神中含了几分犹豫。

东方洛眼中也闪过讶异，手中的攻势也弱了下来，旁边的月初收势不住，一掌击向东方洛。

"不要！"红红下意识喊道，接着使出妖力挡下了月初的灵力。妖力打在月初右臂上，将月初长剑震飞，月初连退数步，气血翻涌间，不可置信地望着红红："你？！"

红红面露懊悔地看向月初，东方洛则趁机飞身而去。

红红一怔，见月初眼中的愤怒慢慢被伤心所取代。月初失望道："你当真就这么喜欢他？喜欢到为了他可以罔顾是非，不论黑白，喜欢到明知他助纣为虐骗了你，依然还要保护着他？"

红红眸中含痛，凝望着月初，正要开口却又被月初阻拦住："东方洛说得对，是我多管闲事，枉做小人！"

话音落下，月初心痛之下再次呕出一口鲜血，红红连忙上前扶住月初道："你伤得不轻，我这便带你回涂山，为你疗愈。"

月初挣脱红红道："不必，事到如今，你还是忧心东方洛吧，东方月初便不给大当家添麻烦了。"

河畔林中，颜如山几乎散尽妖力护住了律笺文，律笺文面色已经恢复，紧紧地抱着卧倒在自己怀中的颜如山。颜如山低声道："送我回混天典狱，无论如何，我都不后悔。"

律笺文不停摇着头，泪水滴落在颜如山的脸庞上，低泣道："不，一定还有别的办法，我带你回涂山给你治疗，就算是一气盟的律法也不能阻止！"

双生峰的山洞外，阿来正与黑雾缠斗着，那阴邪的黑雾在被打散后，又不断地涌出。许久过后，阿来渐渐落于下风，就在他越来越危险时，一道强大的妖力及时袭来，将黑雾包裹冰冻住，随后那黑雾寸寸裂开消散。

紧接着雅雅飞身而至，落在阿来身边并肩而战，道："怎么会突然冒出这么多暗黑之力？"

阿来摇头道："不清楚，先制住它们再说。"

两人与黑雾打斗着，突然一道黑雾朝阿来袭来。阿来躲避不及，竟被击中踉跄而退，雅雅忙凝出巨大妖力彻底震散黑雾，冲到阿来身边扶住他道："阿来，你怎么样？"

阿来捂着胸口虚弱道："不碍事。"

雅雅有点疑惑道："方才那道暗黑之力并不强劲，你怎么会被它所伤？"

阿来脸上闪过一丝不自然，眼神飘忽着，不敢看雅雅，雅雅却体贴道："一定是你跟他们缠斗太久，累了的缘故，休息休息就好了。"

阿来连忙点点头，朝雅雅虚弱地笑起来。

月初被接回神火山庄，烛火摇曳间，他挽起袖子露出伤口，正给自己上药，突然听见窗外传出细微的声音。他连忙拉好衣衫，不顾伤痛地朝窗户走去，以一道灵力推开窗户，窗外却并无一人。月初面露疑惑，却嗅到一股清洌的梅香，紧接着屋内烛光大盛，月初回过头来，见红红正将一枝梅花插入瓶中。红红低头摆弄着梅花道："途经院子，见梅树开得正好，想着你可能喜欢，所以折了一枝。"

月初心中一喜，随即收敛起情绪走过来，看似随意欣赏梅花，说出的话却别扭："你来做什么？"

红红看向月初反问道："你说呢？"

月初一时不知红红什么意思，仍负气道："难不成还气我戳破了东方洛的谎言，扰了你们两个的美梦？"

红红望着他，低声道："是我不好，误会了你，这才连累你被他所伤。"

月初有些不适应红红突然改变的态度道："这……其实，也不能怪你，毕竟他有心欺瞒……"

红红想到东方洛，面色黯然道："若不是我，他不会走到今日这一步。他心性纯良，若非我因多疑重伤他，他不会昏睡数百年……更不会被石姬利用，手上沾染血污。今日这一切，都是因我而起。"

月初这才明白东方洛当年竟是被红红亲手重伤的，又见她浑身微微颤抖，显然已是自责至极，他忍不住上前轻轻拍了拍她的背，安慰道："当年人妖大战，你不信任他，不是你的错，而且，你已经不是当年的你了。"

红红努力平复着心中的伤感，随后克制地看向月初道："涂山从不欠人人情，此番既然连累了你，便该补偿。我可以许你一个心愿，只要我做得到。"

月初一怔："心愿？"

红红颔首道："若一时想不出，也不必着急，无论如何，只要你……"

月初打断红红的话道："眼下便正好有一个心愿。"说到此，他拍了拍自己的肩膀，"请大当家屈尊一靠。"

红红惊讶地看着月初，月初眼睛大睁："你不会出尔反尔吧？"

红红无言，又做不出来，月初便上前轻轻揽住红红，红红慢慢将头靠在了月初的肩上，片刻后小声道："不许告诉别人。"

月初点头道："我保证。"

红红靠在月初的肩上，再也压抑不住悲伤，脸上的伤心与疲惫尽显而出。月初的眼中满是柔情和心疼，轻轻拍着她的背安抚着，书房散发出的烛光将两人互相依偎的身影映照在窗户上。付澄站在房外，泪水不由自主地滑落，她连忙仓促地将眼泪擦去，握紧了手中的药瓶转身离去。

不知过了多久，红红从月初肩上起来，神情已经恢复了往日模样："你的伤如何了？"

月初故意夸张地吸着气道："胳膊差点断了。"

红红将月初按着坐下，轻轻挽起他左臂衣袖，亲自为他上药。月初凝视着红红，直到红红上好了药起身，他才回过神来，正想要说些什么，门外就传来了敲门声。

玉萍敲过门后推门而入，意味深长地上下打量着红红，见红红气质冷若冰霜，态度自然，这才对月初道："玉萍见过庄主、涂山大当家。"

红红颔首以示回礼，月初道："何事？"

玉萍道："王权山庄送来消息，召集各门派明日一道商讨处置南宫昱之事。"

月初讶然道："南宫昱勾结的可是恶妖，单凭一气盟只怕处置不了此事。"

红红在旁道："王权弘业已经邀请我同审。"

月初更加惊讶了："这老头改脾气了？"

红红颔首道："大概他也察觉到，南宫昱所勾结的远非普通恶妖，而是另一股神秘强横的力量。"

月初问道："是何势力？"

红红道："圈外！"

第十三章 情种重生

（九十五）与妖结缘

寒夜里，湖边传来一声声痛苦的低吼，数缕黑雾正紧紧缠绕在东方洛的身上，而黑雾的另一端则被牵在石姬手中。石姬眼神冰冷，阴沉地笑道："居然想引我与东方月初玉石俱焚，你以为如此便能与涂山红红双宿双飞吗？现在你总该记得当初的痛楚了吧？"

东方洛因疼痛在地上翻滚挣扎着，双眼死死盯着黑雾的源头。那黑雾化作片片利刃，一寸寸切割着东方洛。他浑身是血，勉力挣扎着爬了起来："当初你以狐念之术一遍遍凌虐撕裂我的灵元，那种求生不得、求死不能的滋味，我怎会忘？"

石姬提高了声音道："既然没忘，你还敢背叛？！"

东方洛道："我喜欢红红。此前，我被封禁在黑暗中，忍受着你残忍无尽的折磨，是她陪我熬了过来，她是我在这世上唯一的牵绊。没有她，纵然我活着，但又与死了有什么区别？"

石姬冷笑道："你既如此深情，当初又为何配合我嫁祸她？"

东方洛脸上闪过懊悔之情道："我后悔了！"

石姬阴冷道："后悔因为怕再度沉睡而与我合作？可惜啊，世上没有后悔药。百年前，涂山红红重伤你的那一刻，你与她就注定是一场悲剧！"

说罢，石姬再下狠手，无数道黑气如毒蛇撕咬着东方洛，东方洛双眼通红地卧倒于地，眼中流下血泪，极其恐怖。即便如此，他仍坚定道："我宁死也不会再伤害红红，你……杀了我吧。"

石姬再次冷笑起来："杀了你，岂不是太便宜你了？既然你一片真心爱着涂山红红，那我便将狐念之术用在你的身上，让你亲眼看看，她是怎么死的。"

石姬低声狂笑着，忽然凝出一道黑雾插入东方洛心口，当东方洛再次睁开眼睛时，目光中的阴狠与石姬一模一样，只见他站直了身子，缓缓拭去脸上的血泪，低低笑了起来。

苦情树下，律笺文手中握着幽珀角，心底难受得不行："盟主传召处置南宫是，但恐怕颜如山出逃之事也拖不下去了。苦情树，既然你已降下天书，答应庇护我与颜如山的这份情，就请保佑他这次顺利过关。"

不远处，容容和身上戴着枷锁的颜如山看着律笺文低语，在听到律笺文所说的话后，颜如山震惊地看向容容，容容点头道："不错，律笺文确实与你已经在苦情树下结了天书情缘，你还记得那日你坐在囚车内所说的话吗？"

颜如山回想起律笺文在囚车内"审问"自己的画面，不由得复述着自己当日说的话："我颜如山愿意立誓，与律笺文相濡以沫，此生不悔。"

容容目光中带着痛惜道："这就是你与她在苦情树下许下的承诺。"

颜如山神情震惊地望着律笺文，见到律笺文的泪水滴在幽珀角上，又小心翼翼地拭去，他忍不住走到律笺文身边颤声道："律笺文。"

律笺文抬起头看到颜如山，一副惊讶模样。颜如山再也克制不住内心感情，紧紧抱住了律笺文，律笺文也失而复得般拥抱着颜如山，颜如山颤声道："听我说，逃狱者死，万一我受了极刑，你便忘了我，好好活下去。"

律笺文脸色微变，推开颜如山道："不准瞎说，我与三当家商议过，你是被狐念之术所操控的，不管是我还是涂山都会为你争取机会。"

王权山庄前厅内，坐满了一气盟各门派当家人，上座上则是一脸病容的王权弘业和红红，南宫昰则身负枷锁被两名王权弟子压制着跪在地上。费管家将灵力笼罩在他的头上提取着他的记忆，那些记忆幻化成画面，罪恶的片段一一浮现在众人眼前。

王权弘业神色复杂地看着眼前的场景，手不自觉地捏紧，而众人则纷纷震惊地议论起来。费管家缓缓收回灵力，见王权弘业仍在出神，上前提醒道："盟主？"

王权弘业回过神来看向费管家，费管家恭敬行礼道："启禀盟主，南宫昰所犯之罪已悉数查清。"

王权弘业颔首道："好，按律法办吧。"

费管家直起身子面向众人道："南宫昰勾结恶妖，弑杀亲父，残害同门，篡夺盟主之位，按一气盟律例，当逐出一气盟，处以极刑。"说罢，他看向红红道："大当家觉得如此判决可适合？"

红红颔首道："王权盟主英明。"

众人也纷纷附和道："盟主英明。"

弘业抬抬手道："带下去，择日行刑。"

弟子们将南宫昰拖走时，南宫昰已然疯癫，突然大吼起来："住手，不该是这样！盟主之位是我的——我的——"

王权弘业续咳几声，望向费管家，费管家颔首道："下面处置空陷山牛鬼颜如山逃狱一事。带颜如山。"

两名王权家弟子押解着戴着枷锁的颜如山一步步走进殿内，费管家道："颜如山，你胁迫狱卒私自逃脱混天典狱，你可认罪？"

颜如山平静道："认罪。"

王权弘业说道："既供认不讳，那么逃狱之罪，按律当死……"

"且慢！"王权弘业话还未说完，红红、月初和律笺文的声音便同时响起。弘业惊讶地看向红红，红红对弘业道："王权盟主，颜如山逃狱另有原因。当日，颜如山乃是中了狐念之术，为恶妖蛊惑，这才逃狱，是以对他的处置，恐怕还须斟酌。"

一个门主不以为意道："区区狐念之术，岂能这般操控心智？涂山大当家莫不是为了给颜如山脱罪，故意吓唬我等？"

话音未落，那门主神色一变，只见红红冷然捏诀，以巨大妖力施展狐念之术控制着这个门主，让他神色凶恶地猛袭向王权弘业。

众人纷纷发出惊呼，那门主在距离王权弘业一步之遥时陡然停下，突然变得满脸惶恐。红红收起妖力冷冷道："这便是狐念之术。"

这门主面色苍白，王权弘业也神色复杂地看向颜如山："颜如山，当日你便是受此术蛊惑，这才逃狱？"

颜如山道："不错，那日确有一个声音在我脑海中，怂恿我逃出混天典狱。"

费管家也附和道："盟主，当日被颜如山挟持的那名狱卒，也曾在证词中提及过颜如山的异常。"

弘业点点头道："即便如此，你清醒后的第一时间，也该速回一气盟自首，为何还要流连在外？"

颜如山一怔，还没说话，律笺文便站了出来："因为他想救属下。"

费管家蹙眉道："律笺文，你此言何意？颜如山为何明知逃狱是死罪，也要救你？"

这话一说，红红、月初和颜如山都震惊地看向律笺文，颜如山急迫低声道："不要——"

律笺文看向颜如山，坚定的眸子中多了一丝柔情："因为我与他两心相悦，已经在涂山苦情树下结缘。"

律笺文的话如石落静湖，引发众门派家主的强烈反应。

"律笺文，你身为一气盟之人，怎可爱上妖！"

"就是，还这么不知廉耻，当众承认！"

律笺文转过身，目光沉稳地扫过众人："敢问诸位，一气盟哪有一条律法规定，人不可爱上妖？我爱上妖以后，可曾做过一桩有损人族之事？你们可以因我的过错而责罚我，但不能因我爱上了妖而审判我。"

众人一时间为律笺文气势所迫，显得有些不知所措。月初站了起来道："你们之中，有谁觉得律捕头有错？错在何处？若说不出，便继续议处颜如山中狐念之术而逃狱一事。"

众人纷纷看向王权盟主，月初目光灼灼地对王权弘业发出最直击人心的质问："敢问王权盟主，人爱上妖，有罪吗？"

王权弘业脸色难看，被逼承认道："爱上妖，并不是罪。"

此言一出，在场所有人纷纷愣住。月初眼中流露出欣喜之色，红红道："既如此，那颜如山的判决？"

王权弘业看向费管家道："费管家，颜如山救人心切，又为狐念之术所控，此种情形下逃狱，该如何处置？"

费管家道："一气盟律法注重法理，兼顾人情，颜如山逃狱之事，情况特殊，情有可原，但其私自逃狱，违背律法亦是事实，应追加刑期四十年。"

王权弘业颔首道："四十年，合此前未完刑期，共计百年。颜如山，此判决，你认或不认？"

颜如山俯首道："颜如山认罪服法。"

红红道："盟主英明。"

（九十六）圈外力量

此言一出，在场喜忧参半，更有一门主不服道："盟主，颜如山虽已判决，但律笺文爱上妖一事不能放任不管。"

弘业看向这家主道："你有何见解？"

另一门主站出道："爱上妖虽然无罪，但一气盟为除妖所设，律笺文对妖生了私情，实在不宜留在一气盟内。"

许多门主也纷纷表态道："是啊，一气盟内，绝不能留对妖族有私情者！"

王权弘业看着座下门主们七嘴八舌，面露难色，律笺文突然站出来朝众人行礼道："盟主，诸位门主，律笺文自愿卸去捕快一职，离开一气盟，望盟主成全。"

王权弘业劝道："你可想好了，律家世代为一气盟中查案、断案之股肱，前途无量，你当真要为一个身负百年刑期的妖，舍弃一气盟，舍弃你最钟爱的捕快一职？"

律笺文深情地看了眼颜如山道："若为了追求所谓的前途，放弃心中所爱，这样的前程，不要也罢！"

王权弘业见律笺文眼神坚定，深吸口气道："准。"

众人没想到律笺文竟愿如此牺牲，律笺文却望向颜如山，微微笑了起来。

红红看着这两人，一向冰冷的眼神里也流露出悲悯，她转而对王权弘业道："王权盟主，今日之祸，根源乃狐念之术破坏混天典狱防范，不知一气盟接下来当如何杜绝此类事件发生？"

王权弘业道："颜如山逃狱后，一气盟已增派驻守弟子三队，日夜轮防，并加固狱内外结界。"

红红不客气道："这些都不能阻止狐念之术，狐念之术攻击的是人的意念，只要有人在的地方，狐念之术便有可乘之机！"

王权弘业听后，脸色变得难堪起来。月初略一思忖，开口道："我有个提议。狐念之术虽强大，但并非不可预防，不若让妖盟盟主协助一气盟加强混天典狱防范，阻止狐念之术入侵。如此，不但能减少劫狱事件，而且更重要的是让人、妖两族不再因类似的误会引发争端。"

弘业沉吟道："这……"

下首门主们则更是强烈反对起来："万万不可！混天典狱乃是一气盟重地，岂能让妖盟染指？！"

"是啊！若万一妖盟另有图谋，悔之晚矣！"

月初扫视众人，冷声问道："你们口口声声不赞成，到底是为了一气盟的安危，还是为了所谓的一气盟颜面？"

一名门主道："自是为了一气盟的安危！"

红红冷漠道："若今日再有人以狐念之术攻击混天典狱，引狱中万千恶妖出逃，你等当如何护卫一气盟安危？拼尽全力，与恶妖死战？战一次可以，两次也罢，三次、四次呢？或者将罪名全推给恶妖？"

众人听了这话都迟疑起来，月初扫了众人一眼，语气坚定道："明明是两盟合作就可以轻松搞定的事，为何非要因所谓的成见，分营化阵。今日是劫狱的恶妖，来日若有更强之敌来袭，诸位又打算如何做？"

弘业沉吟片刻道："大家都不必再说了，一气盟愿请涂山大当家出马，修补混天典狱安防漏洞，不知涂山大当家意向如何？"

红红道："为人、妖两族之安宁，责无旁贷。"

弘业咳嗽几声道："今日议事，到此为止，诸位散了吧。"

众人见事情已经落定，纷纷站起来朝弘业行礼后散去。

弘业看着众人离去，当红红起身后却开口道："涂山大当家且慢。"

红红望向弘业，并不意外他要找自己私聊。两人一路来到竹木葱郁的后院，红红问道："王权盟主单独找我，所为何事？"

弘业道："事到如今，涂山大当家还不肯据实相告吗？那与南宫是勾结的恶妖，身上的圈外力量从何而来？"

红红惊讶地看向弘业："王权盟主认得圈外力量？"

弘业缓缓道："老夫曾去过圈外。"

红红蹙眉："傲来三少以妖力成圈，分隔圈内、圈外，盟主如何还能出去？"

弘业道："三少一棒画下那圈时，为弥合起点与终点交界处，一气盟天门散人设下天门咒，当初我……"说到这，弘业停顿了下，接着道，"便破开此咒，进入圈外。"

红红问道："盟主指的是如今边境的天门关？那圈外究竟居住着何物？"

弘业神色复杂地想了片刻，摇了摇头道："老夫只知道，他们是杀不死的！"

红红讶然道："为何？"

弘业像是想到了什么可怕的回忆，双拳紧握，视线望向远处道："那是一群并无实体的生物，最可怕的是，他们能操控人的精神意识……"

说至最后，弘业浑身微微颤抖着，良久才慢慢平复："总之，圈外力量神秘莫测，足以毁了六域，绝不能放任他们进入圈内。"

红红望着弘业，明白了弘业阻止圈外力量的决心，也决定坦诚相告："王权盟主可听说过涂山石姬？"

弘业愣了下道："数百年前，挑起人妖大战的恶妖？"

红红颔首道："她回来了。助她归来的便是圈外力量。如今，一气盟与妖族之间，只有合作这一条路了。"

弘业震惊地看向红红，竟不知这圈外力量已经渗透了进来。

重新回到混天典狱的颜如山身形憔悴地背靠着墙，听到外面传来脚步声，面露希冀地急忙回头，见来人是月初，不免露出一丝失望。月初自然也知道他想见的是谁，开口道："对不住，没能再缩短刑期，让你受百年孤寂，今生无法与律笺文相守。"

颜如山摇摇头道："我之前种下了因，必须承受今日的果，怨不得任何人。更何况，你与大当家已经为我们做了很多。"

月初叹了口气道："你能想开便好。律笺文托我转告，眼下她已非一气盟中人，无法再按照此前的约定来看你，但是，她会在外面等你，直到永远！"

颜如山又一怔，眸中涌上痛意，心中纠结半响后，望向月初道："我有个不情之请，能否让我与大当家见上一面？"

月初疑惑道："你要见红红？"

颜如山点点头道："我想为律笺文做最后一件事，此事非大当家亲自出马不可。"

月初略一思忖，点头道："好，我来安排，你稍等片刻。"

两个时辰后，红红来到混天典狱，听了颜如山的诉求后，惊讶道："让律笺文忘了你？"

颜如山点头道："不错，我与她今生注定只能错过，与其让她陷于无尽的等待当中，不如让她忘了我。唯有如此，她才能忘记悲伤，重新开始。"

说罢，颜如山朝红红躬身行礼，红红连忙扶起他，迟疑片刻道："你可知道，一旦中了苦情遗忘术，此后生生世世，她都不会再记起你。"

颜如山恍惚道："生生世世都不会再记起我？"

红红颔首道："遗忘术意味着彻底斩断两人之间的所有缘分，是以自术法生效之时起，你与她便会成为无缘之人，永远不可能重逢。"

颜如山缓缓闭上眼睛道："纵然如此，我也要让她彻底忘了我。"

此时，在一旁沉默着的月初突然道："或许你该征求一下律笺文的意见，感情是两个人的事情，不该由你一方做出决定。"

红红惊讶地看向月初，心中无来由地一震，好似被拉扯般抽痛着。

颜如山摇了摇头道："她不会同意，所以为了她好，此事绝不能让她知晓。"

月初盯着他道："你自认为忘记你才是对律笺文好，可对于有情人来说，纵使不能朝朝暮暮，但能继续爱着，心中也觉幸福。"

红红不自觉地望着月初，有种喘不上气的沉闷。她低声道："的确，忘记的人只会痛苦，不会幸福。"

颜如山听了这话，似是陷入了极大的痛苦之中。接着他摇了摇头道："无论如何，我不能让她守着一个无法兑现的承诺，承受这无望的相思之苦。求大当家成全，授我此术。"

红红默然地看着他，神情中透出一丝伤感与悲悯，片刻后转身离去。

红红一路来到混天典狱边一山下小屋中，律笺文辞去一气盟捕头职务后便孤零零地在此居住，她此时正握着幽珀角思念颜如山，见红红入内，连忙拭去眼角的泪水："大当家。"

红红走到她身边坐下问道："接下来，你有何打算？"

律笺文道："我……该做什么做什么。虽然回不去一气盟，但仍有许多普通人来找我查案，至于颜如山……不过是百年刑期而已，我等他！"

红红平静道："于人而言，百年便是一生，你等待一生，未必能再见到他。"

律笺文心中一酸，仍坚强道："即便那样，我也要等他。"

红红露出一抹悲悯之色，迟疑道："若你想今生等到颜如山，或许还有一法，我可以借助苦情树之力，将你二人将来的情缘悉数转入此生，助你延长寿元，如此你便有足够的时间等待颜如山出狱后与他相守。只是……只是这一番相守之后，你将彻底忘记颜如山，永不会有重逢。"

律笺文一怔，眼中刚升起的希望渐渐黯淡，她摇了摇头，脸上露出坚毅的表情："多谢大当家，但我想永远记住他。"

红红略显迟疑地试探道："若是颜如山想让你忘记他呢？"

律笺文面上显出一抹惊讶，随后被伤心所取代，最终她坚毅地看向红红道："我不同意。既然相爱，便该排除万难相守。眼下，我与他虽不能相见，但心是守在一处的，我绝不会忘记他！"

红红见律笺文如此坚决，心中似乎也有所顿悟。

暗夜林中，满月为乌云所遮蔽，夜雾迷离中充满了幽诡的气息，一道灰色的身影在雾气中若隐若现，石姬愤恨的声音幽幽传来："可恶，此番非但没毁了天书任务，反倒搭上了白狐之命！"

那东方洛被折磨得遍体鳞伤，蜷缩在地上虚弱道："我说过，你的阴谋不会得逞。"

石姬眼神阴鸷地盯着东方洛道："你可别小瞧了自己在涂山红红心中的分量。"

东方洛好似察觉到石姬要打什么主意，惊恐道："你这老妖婆，又要做什么！"

石姬冷笑着化出黑色灵蝶，灵蝶往林外飞去，她阴狠道："我已通知涂山红红前来。你说这一回，是你死还是她死？"

片刻后，东方洛突然浑身颤抖起来，他不停地痛苦挣扎着："不，我绝不会让你侵入我的身体！休想夺取我的意志——"

不一会儿，东方洛突然嗜嗜而笑，显然是被石姬控制了意念，他的眼神中透出一丝妩媚与阴毒，发出石姬的声音道："涂山红红！"

（九十七）东方洛死

被石姬所"惦念"的涂山红红此时正与月初在林间穿行。月初叹息道："律笺文与颜如山，一个不肯忘记对方，另一个想让对方忘记，看来这桩天书任务，麻烦还在后面。"

红红思忖着道："将一颗心化成石头，会不会比为七情六欲痛苦更好？"

月初听了这话愣了下，随即摇头道："若一生都不识七情六欲，又何苦来这人世一遭？只有心里住着爱的人，才对这个世上有所留恋，我希望，我喜欢的那人,能记住我们的点点滴滴,无论是可笑的、荒唐的,还是痛苦的、快乐的……桩桩件件都是我们经历的,当白发苍苍的时候,告诉她,'我一生有你便足矣'。"

红红凝望着月初,心间涌上痛意,而月初也看向她,深情道:"我想要陪着的,不是别人,唯那个人而已。"

月初的话砸在红红心上,她莫名地难过,两人就这般对视着。忽然,一只黑色的灵蝶穿过林间飞来,红红神色一凛,伸手接过,读取了讯息后,脸色渐渐变得难看起来。月初问道:"出什么事了?"

红红道:"石姬以东方洛的生死威胁,要我去见她。"

月初担忧地看着红红,红红道:"你先去混天典狱等我,我去去就来。"

见红红转身要走,月初一把拉住她:"我知道拦不住你,你一定会去救东方洛,但让我陪你一起去。"

红红有些惊讶地看着月初,最终仍是点了点头,与月初一同往灵蝶所指方向而去。

待两人来到指定密林,便见四周树叶翻飞,雾气渐渐漫上林间,东方洛缓缓从雾中走出,嗒嗒而笑道:"你果然来了。"

红红和月初见东方洛眼中的魅惑阴毒,脸色俱是一变,红红失声道:"你不是东方洛!"

东方洛的声音透着股阴阳相融的味道:"是,也不是。"

月初蹙眉道:"他中了狐念之术?"

红红摇摇头道:"不仅是狐念之术,石姬将自己的部分灵元侵入了东方洛的神识。"

东方洛声音低哑地笑了起来,石姬的声音从他嘴里传出:"不错,若你想杀我,便得先杀了东方洛。"

说罢,只见东方洛双掌凝出黑雾,快速袭向红红,红红使出妖力回挡,两人一瞬间便缠斗起来,一旁的月初也抽出剑来,穿破包裹在两人之间的黑雾。片刻后,两道身影分落在树林两侧,红红手上带着伤痕,而东方洛的身上也是血迹斑斑。他将带着血的指尖轻轻抹上自己的嘴唇,冷笑道:"只要你下不了手杀我,涂山迟早落在我的手中!"

眼见东方洛再次袭向红红,月初连忙持剑格挡住东方洛掌间的黑雾,东方洛露出狞笑,一掌迅速拍向月初心口,月初被打得重重跌倒在地,吐出一口鲜血。

红红见月初吐血,脸色一沉,一掌袭向东方洛,孰料东方洛竟不躲不闪,任凭红红的指甲划破自己胸前衣襟。

这一下让红红面色瞬间大变,不由得回想起自己幼时因误会重伤东方洛时的场景，不由得愣在当场。东方洛见此，唇角微微一笑，一掌狠狠地击中红红，红红一口鲜血喷出，整个人也被砸落在地，眼角不由得涌出泪水。

方才还面目狰狞的东方洛见到红红的泪水后，明显一滞，月初看到他脸上闪过的挣扎，明白东方洛的神志还在，眼中闪过一丝希望，大喊道："东方洛！我知道你听得到，别忘了你曾说过，红红是你与这个世界唯一的牵绊，你绝不允许任何人伤她！"

东方洛因这话眼中闪过一丝不舍，但随即身上溢出更浓的黑雾，神情也恢复了阴狠，石姬的声音再度响起："想蛊惑他反抗我？不自量力！"

说着，东方洛朝红红阴毒一笑，掌中凝起黑雾直袭向红红，红红连忙使出妖力相抵抗，却见东方洛手掌打到红红身前时，忽然收手，脸上神情痛苦，挣扎起来。

红红一怔，担忧叫道："东方洛！"

只见东方洛眼中邪恶与痛苦快速地交替着，他艰难呼唤着红红的名字，脑海中不停回放着与红红相识后的片段。

月初与红红见他周身黑雾缭绕，抱着头好似在忍受什么剧痛一般。

杀了涂山红红，杀了她我就放过你！石姬的声音在东方洛的脑海中回响着，将东方洛逼出了泪水。他双眼通红地望向红红。红红见状想要上前，不想东方洛却退了一步，神情近乎疯狂，他的神志正与身体内的石姬缠斗着，他哆嗦着对涂山红红道："对不起，是我亲手杀了赤闪，做了许多错事，想做的事，一件都未做成……"

突然，东方洛的神情再次变得阴狠，一掌袭向红红，红红只得化掌抵抗，就在东方洛的手伸到红红面前时，他突然收力，一把抓住了红红的手："我、我好开心，直到此刻，我才真正地苏醒过来。"

红红惊讶地看向东方洛，见他眼神清明，唇畔是往日和煦的微笑，接着他一把握住红红的手，猝不及防地朝自己胸口一刺，鲜血染红了两人的手掌，红红见此，身形狠狠一震。

只见黑雾嘶吼着脱离东方洛的身体，那邪气浓郁如墨，源源不断地往外溢散，月初见状，连忙使出灵力拽回欲逃脱的黑雾。黑雾砸在地上，凝成重伤倒地的石姬。

石姬捂着心口处的伤，喘息着冷笑道："涂山红红，你还是杀了他。"

红红双眼通红地盯着石姬道："为你一人的野心，你究竟还要牺牲多少人？"

石姬忍着伤痛喈喈而笑道："牺牲？在这世上，大多数人的性命毫无意义，为我牺牲是他们的荣幸，你以为你护下那些人的性命很有意义？殊不知他们里面有多少愚蠢又可憎之人，只要一想到此，我就能笑出声来。"

红红已经对她恨极，凝起妖力就朝石姬袭去。石姬脸色一变，卷起东方洛就扔向红红，红红与月初见此连忙扶住东方洛，而石姬则趁机蹿向林中逃去。

红红顾不上逃跑的石姬，扶抱着东方洛，看他胸前一片殷红，忍不住自责道："对不起，对不起……"

东方洛睁开眼睛缓缓道："该说对不起的是我，你本有机会可以杀了我，却一再地放过我，是我悔过得太晚了。如今，唯有如此才能阻止我被石姬操控而铸成大错。"

红红自责道："不是……不是你的错，是我不好，没有照顾好你的灵元，这才让你被石姬所害。还有别的办法，我一定能救你。"

东方洛忍着痛苦摇头道："不，无论是当年还是现在，我都不愿意你懊悔痛苦，更不愿意你为执念所困，不肯放过自己，有些事情，要顺其自然。"

红红痛苦又伤心地看着东方洛，东方洛则艰难地望向月初，抱歉地朝他笑笑道："月初，能遇见你这个朋友，是我这次归来最好的一件事。我……我嫉妒你，也明白……明白为何你能得到所爱。"

说罢，东方洛又看向红红，艰难地伸出手去抚摸红红的脸，却终是在半途重重地垂了下去。东方洛的身体渐渐化作一团烟雾，如碎裂的金光般融入阳光当中。

"是我不好，若不是我，石姬不会对他下手，是我连累了他！"红红伤心之下，眼底浮起一抹戾色，入骨的悲伤化作滔天怒意，巨大的妖力于密林中带起风暴，横扫整个树林，直朝石姬所逃方向绞杀而去。即将奔逃出密林的石姬后背猛地爆出一层血花，扑倒在地。

月初从背后紧紧抱住浑身发抖的红红，低声道："不要这样，红红，不管是过去还是现在，他的死都不是你的错。那些心存恶念，为一己之私搅动纷争，置六域生灵于不顾的野心家，是他们的错，是石姬的错！比起沉浸于往日的痛苦和懊悔中，如何守护活着的人，让他们免受伤害，才最重要。相信我，终有一日，和平会到来。"

红红强忍着的泪水终于再忍不住。一滴泪落于月初手背上，月初温柔道："放心，还有我，我永远都在。"

重新回到双生峰中，红红敛去眼中的不舍，最终抬手施法，将山洞冰封。一片花瓣从天空中飘飘摇摇而落，飞至红红面前，接着又轻轻飘起，绕着红红缓缓飞旋着，最终乘风而去。

月初走到红红身边，与她一同望着飘远的落花，红红不舍道："他……是我唯一的朋友。"

月初听后愣在原地，直到红红转身离去也没回过神来，只独自喃喃道："唯一的朋友？难道她不稀罕东方洛，那为何要忘了我？"

月初转头看向红红离去的背影，心中疑窦丛生，神色复杂地跟上。

红红察觉月初表情有异，问道："怎么了？表情怪怪的。"

月初怪异道："你不爱东方洛？"

红红疑惑地看向月初，终是答道："不爱。"

月初看着红红，声音带上了几丝委屈："那为何要忘了我？你明明也认为颜如山应该尊重律笺文，不能单方面决定两人关系，可你尊重过我吗？你忘记我之前，问过我吗？"

红红越发疑惑和惊讶了："我忘了你？"

月初见红红不明白，索性取出随身携带的狐狸面具道："这张面具，是当初你我一同在人族市集买回来的。十八年前，是你将我救回涂山，你陪我修炼，逼我做烤鸡，我们一起挫败了金人凤，一起看着布泰和石宽结缘，成立妖盟……还有很多……甚至当初我就在这条路上向你告白，你拒绝了我，甚至狠心忘记了我。如果不是为了东方洛，那是为了什么？"

红红震惊地望着月初，随着他的诉说，心间的痛楚如潮水般不停地涌了上来。

（九十八）不愿忘记

听了月初的话，几日间红红如游魂般穿行在妖族市集中。在月初曾住过十八年的小阁外，她不停地缓缓而行，对那些曾经刻骨铭心的记忆只觉得陌生，她慢慢来到花园中，悲伤的情绪好似达到了巅峰，痛苦地捂住了自己的心口。

不远处雅雅正好看到，连忙奔至红红身边扶着她道："姐姐，你怎么了？"

红红望着雅雅，眼神中充满了痛苦和无助，她低喃着："我记不起来，还是记不起来……"

而一直颓然坐在双生峰山道上的月初也沉浸在悲伤当中。突然无尽酒壶大力袭来，月初不闪不避，任由自己被酒壶重重砸中。雅雅眼中带着怒意大步而来，骂道："可恶，早就警告你离姐姐远一点了，你为何还要去刺激她！你知不知道，她若再动情就会死！"

月初反应过来，死死盯着雅雅："你什么意思？！"

雅雅一怔，顿时懊悔自己说漏了嘴，连忙转身想走，却被月初一把拽住："不准走！今日不讲清楚，我绝不罢休！"

雅雅也被他缠出了火气，将无尽酒壶砸向月初的脑袋，两人当即缠斗成一团。

两人并未使用妖力与灵力，只贴身搏斗，奋力厮打着，不知过了多久，终是累得奄奄一息。雅雅喘息着道："不打了，我打不动了。"

片刻后，雅雅喘匀了气，还没听到月初的回应，她抬起头来，只见月初竟已经红了眼眶，他委屈地盯着雅雅道："你们一个个……都骗我，都瞒着我一个人，为什么……红红到底为什么会忘了我……"

看着月初的眼泪落地，雅雅心间一痛，终是上前，拍了拍月初的脑袋："走，我带你去吃西瓜。"

月初惊讶地看向雅雅，只见雅雅已经转身走去，他连忙跟上雅雅的脚步，一路来到了苦情树外。

雅雅以妖力打开树心，两人进入后，月初抬起头来，只见树心半空中悬浮着碧莹莹的情种，上面布满了裂纹："这是……情种？为何以前我没在树心见过此物？"

雅雅道："因为情种乃是姐姐独有之物，一直长在她的心间。三年前，石姬在苦竹林逃脱，姐姐为了寻找并制住她，祭出了情种。"

月初难以置信道："她祭出情种，以情力封印石姬？"

雅雅点了点头，月初重新看向情种，很快想清了其中关键，随后他苦笑道："原来你心里有我，心里只有我……"

雅雅眼中流露出悲伤道："所以你明白了吧，姐姐绝不可再动情，否则她的心必会枯萎衰竭。"

月初悲伤道："雅雅姐，难道就没有补救之法了吗？"

雅雅艰难道："办法有，可你会死。"

月初一字一句对雅雅道："我从来不怕死。"

待红红恍恍惚惚回到涂山苦情树下，还缓不过神来，直到容容漫步过来，才敛了神色道："颜如山怎么样了？"

容容少有地流露出一丝伤感道："我去探视过了，别的都好，只一味地请求，要解决、成全他的心愿。我这傻徒弟，跟了我这么久，也没学会分辨值不值当。"

红红淡淡道："值不值当，外人无法评价。"

容容听到惊讶道："姐姐是打算成全他了？"

红红道："或许我已寻到了两全之法。你去通知东方月初，请他随我去人族一趟。"

容容迟疑地打量着红红的神情："如今王权弘业已经不似之前那般敌视妖族，姐姐要去人族处理此事，未必一定要与月初同行。"

红红深深看着容容，似乎明白她在想什么："我已经知道他是谁了。"

容容震惊地看着红红："姐姐，你绝不可以再动情！"

红红悲哀地扯了扯嘴角道："一颗没了情种的心，还能动情吗？"

容容担忧地看着面色苍白的红红，流露出一抹伤感。

第二日，月初带着从混天典狱解除了压制的颜如山，缓缓走到律笺文所住的峭壁下的小木屋外。两人看着背对着他们劈柴的律笺文沉默片刻，颜如山对月初道："兄弟，今日之恩无以为报，若将来神火山庄有任何需要，颜如山一定粉身碎骨，在所不辞。"

月初微微一笑道："不必客气，时间有限，你抓紧些吧。"

颜如山点点头，朝律笺文走去。律笺文突然停下手中动作，鼻头一耸，脸色震惊地转过头来，正看到颜如山走近自己，她连忙朝更后方看去，见月初在不远处等候，这才松了口气。

颜如山将律笺文的神情收入眼中，心中酸涩道："放心，我答应你，今后绝不会逃狱了。"

律笺文看着颜如山，红了眼眶，颜如山再绷不住了，一把将朝思暮想的人紧紧拥入怀中："对不起。"

律笺文哑声道："不要说对不起，听我说，光阴如驹，一百年也不过转瞬即逝……"

颜如山眼中闪过一抹悲戚道："可日复一日，对于人来说，百年就是一生。咱们再去苦情树下，收回誓言，从此各行各路，各不相干。"

律笺文坚决地盯着他道："我不同意。这是我律笺文的感情，没人可以替我做决定，你若真是为我好，便督促我勤加修炼、强健体魄，这样百年之后，说不定我命长，能等到你出来！"

"你这个傻子！"颜如山心疼又不舍地看着律笺文，轻轻摩挲着她的脸颊，将她拥入怀中，轻轻吻上了她。

雪花纷纷扬扬地落了下来，一道透红的流光在两人周身不断环绕着，无数往日记忆化作流光自律笺文体内飞出。

（九十九）情种重生

颜如山的眼泪顺着眼角滑落，他在心里不停地念着"对不起"三个字，不知过了多久，当律笺文再度睁开眼睛时，她手中紧握着幽珀角项链，而颜如山的身影早就隐没于风雪之中。

律笙文肩头颤抖着，慢慢将幽珀角贴在耳边，泪水滑落下来……

云雾缭绕、风雪所覆盖的峭壁上，一座万年冰刃所制成的冰牢散发着幽幽的寒气，颜如山坐在牢笼中，浑身颤抖地盯着峭壁下那座孤单的小木屋。

月初站在牢笼外劝道："现在反悔还来得及。红红与我虽然同一气盟争取到将你因禁于此的机会，但此地终年飘雪，杳无人迹，再加上冰牢寒彻透骨，你留在此处，必会忍受百年孤寂和苦寒。是留在此极寒之地，还是回混天典狱，仍由你自己决定。"

颜如山摇了摇头道："我不后悔。"

月初蹙眉，流露出不忍道："你可想好了。此前你为律笙文化解至寒之术，已经几乎耗尽妖力，再在此处困上百年，必会伤及功体。"

颜如山目光始终落在山下小屋中："我想在这里看着她，即便她再也不会记得我了。"

月初颔首，也看向那座木屋。

风雪渐大，不远处的雪地里，红红凝望着冰牢处的两人，涌动的情绪一下爆发出来，她的心口酸胀着，隐隐有绿光萦绕，情绪几乎无处宣泄。

而在她再次冰封的心口幻境中，一株小小的梅树在湖泊处奋力钻出荒原，刺破血肉，缓缓延展而出，那梅树上，逐渐萌发出小小的花苞。

月初慢慢走到红红身边，红红神情复杂地看向月初道："或许，我懂了拼死也要记住一个人，护下一个人，甚至爱上一个人的心情。"

红红忍着心间钝痛，握住月初的手，月初只觉红红手上冰冷，担忧道："怎么了？"

红红摇摇头："没什么，只是突然间有些冷。"

月初反手紧握住红红的手，安慰道："不必替他们难过。爱，若是一个人的事，是孤单的、痛苦的，若是两个人的，那些苦与难过又算得了什么？"

红红看着月初低语道："我要回涂山，设法延续他们俩这段姻缘。你说得对，若两人相爱，苦和难又有何惧？"

从峭壁冰牢回到斛光阁，红红忽然神色一凛，目光向一侧扫去，只见翠玉灵正坐在桌前吃着西瓜。见是对方，红红放松警惕，走过去道："你族内之事处理完了？"

翠玉灵放下瓜皮道："身为族长，哪有一日得闲。不过比起你的身体，其他都不重要。若不是容容传信与我，我竟不知你何时添了心痛之症。"

说罢，翠玉灵将红红按倒在座位上，施术向她心口探去。片刻后，翠玉灵神色逐渐变得震惊："怎么可能，你体内的情种和血重生了？"

听到这，红红也面露惊色，翠玉灵接着道："方才探查时，我发现你的心头有滚落的至情之泪，正是因此泪融入心头，才滋养了你体内这颗情种重生。"

红红神色复杂地回想起在火龙谷时，月初为保住自己而眼角落下一滴泪。

翠玉灵蹙眉道："此情种以你心头血为生，每次情动之时，情种便会长大一点，可也意味着要刺破你的骨血，引来锥心之痛。"

红红道："献祭情种之术，以心为媒，心在术在，我的心不可能再长情种了。"

翠玉灵语气沉重道："的确如此，所以待这颗情种在你心间长大、开花后，便会再次因心间术法而枯萎。到那时，你会再次忘记眼前所爱，除非再次动情，情种和血而生，但只要反复两次，你将心竭而亡！红红，这一次，你无论如何不能再冒险了！"

红红面色变得复杂起来，她对翠玉灵叮嘱道："此事先不要告诉其他人。"

待送走翠玉灵，红红转身便进入了苦情树树心，她抬头看着自己封印的情种，那上面已经布满了裂痕，她努力回想着，此前的种种记忆徘徊在半空中，所有的记忆都在，唯独缺失了中心的那部分，而那里，原本应该是她与月初的点滴回忆……

红红凝望着那缺口，良久，她终于明白了："那些想不起来的回忆，都是属于他的啊……我好像明白了为何律笺文不愿意忘记，原来忘记才是痛苦的。或许，我应该给自己一个机会，也给他一个机会。"

峭壁的牢笼内，颜如山的目光始终注视着山脚下的小屋，追随着屋前的律笺文而动，正劈好了柴的律笺文擦了擦汗水，目光瞥向了峭壁。

察觉到对方的目光，颜如山连忙闪避到隐蔽处，随即却自嘲一笑，苦涩道："我竟忘了，她已不记得我了……"

就在他面色变得悲凉时，月初走了过来，将一壶酒放在颜如山身边："律笺文亲手酿的。"

颜如山听了，急忙拿起酒壶，打开后，极小心珍重地饮下一小口："还是原来的味道。若是可以，我真想大醉一场。梦里，我与她仍一个是贼，另一个是捕快。"

月初道："既然如此爱她，又何必非要让她忘了你？"

颜如山摇了摇头道："你不懂。"

月初心中戚戚地点头道："我是不懂，不过却知道守望一个忘了自己的人，滋味并不好受。"

颜如山却苦中作乐地靠在峭壁上道："陪不了她朝朝暮暮，便远远守候至暮年白首，这是我唯一能与她相守的方式了。"

月初拍了拍他的肩膀，安慰道："只要不放弃，总会有守得云开见月明那日，相信我。"

颜如山不抱希望道："多谢，但我与她，怕是不可能了。"说罢，他又饮了一口酒，抱着酒壶昏沉地渐渐睡了过去。

（一百）木屋婚礼

几日后，峭壁下的小木屋被红绸装饰得喜气洋洋，律笺文笑容灿烂地将容容送来的喜服放在身上比画着，她对面的男子则眼带深情地望着她含笑点头。送来新嫁衣后离开的容容却红了眼眶："傻徒弟，非要律笺文嫁人了才能放心吗？也好，你们两个顾全对方所愿，虽不能相聚，心意却是相通的。"

峭壁上的牢笼中，颜如山胡子拉碴，一脸颓废地坐在地上。月初将一壶女儿红递给他道："听闻这是律笺文父亲为她埋在屋前树下的女儿红。"

颜如山痛苦地闭上眼道："我知道。我亲眼见她从树下取出此酒。"

月初安慰道："听闻那男子对她极好。"

颜如山神色复杂地想了良久才道："我知道，那男子与她相识、相恋，烈阳下替她修补房屋，与她一同埋葬没能救活的鸟儿。有时，他们还会一起替普通人查案……"

月初伤感道："这么说，他像你一样，一直陪着律笺文。"

颜如山点头道："有一个人陪在身边，共赏四季，同历世间酸苦，这才是她该过的人生。"

小屋内，律笺文头戴喜帕，静坐在床边，一边的新郎揭开喜帕，律笺文抬眸看去，那新郎的脸庞竟和颜如山一模一样。她目光痴痴地看着自己的新郎，最终抬起手来朝新郎摸去，眼前的颜如山慢慢化作一个纸人。

律笺文眼角有泪滑过，她望着那个纸人低声道："笨蛋，你以为我忘了你才会幸福，但唯有记住你，我才能感觉到快乐。爱了就是爱了，比起分离之苦，我更怕被迫失去爱你的权利。"

泪水顺着律笺文的脸庞掉落在纸人上，纸人身上那一缕颜如山的气息消散开来，红红像是有所感应，推门而入。律笺文起身向红红行礼道："多谢大当家成全。那日，大当家在幽珀角上布下术法，替我挡了苦情遗忘术，又趁他醉酒，取来他的一缕气息幻化成他的模样，才有了今日婚礼。"

红红望着律笺文道："这是他希望看到的，你心中可也觉得幸福？"

律笺文温柔道："有一个人在心里，每日想着、念着，也是幸福的。"

红红略惊讶道："爱一个一生都无法携手相守的人，值得吗？"

律筌文坚定道："爱了就是爱了，有何值得不值得的。既认定了一个人，哪怕不能相守，可只要记得世上有这个人，便不会孤单，便时常快乐。"

红红听了这番说辞，心底陡然有股情绪不断翻腾着，她失魂落魄地转身离去，在细雪纷纷的山道上独行，雪花慢慢染白了她的发丝。月初正从峭壁上下来，轻声道："对不起，还是迟了一步，没能陪你一起去见证他们两个的婚礼。"

红红抬头看他，意味深长道："不晚，你来得刚刚好。我虽掌妖族情缘数百年，却是第一次真正明白，原来情的力量如此强大，能让人无惧生死、时间与孤独。"

月初点头道："被人深爱，有人惦记，就算身处峭壁苦寒之地，也不孤单吧……如此说来，我倒是羡慕颜如山了。"说到这，他又笑了笑，眸含柔情望着红红道，"不过比起让你记得我，我更想守在你身边。"

红红心间一动，轻轻伸手钩住了月初的指尖道："对不起，我祭出情种后，忘了之前的一切，你可有耐心，将往事告诉我？"

月初惊讶中带了欣喜，他回握住红红的手指道："让我仔细想想，你我之间有好多好多事，该从哪一桩说起？"

红红凝望着认真思索的月初，心口断断续续地疼着。猝不及防，红红踮起脚辗转吻上了他的唇："不知从何说起也没关系，我已经……再次爱上你了……"

月初震惊地睁大了眼睛，心间澎湃情意涌了上来，他努力拥住红红回吻着。

红红如泣如诉道："若有一日，我又忘了你，无论如何，你都要让我再爱上你，一次又一次，直至再也忘不了。"

苦情树上，无数的羽花争先恐后地绽放着。

重新回到涂山，红红看着手中的天书，只见颜如山和律筌文的名字之间，上半部分以红线圈了半圈。

"这桩天书任务竟也是以如此方式成就的，苦情树一定知晓他们的心是彼此相守的。"合上天书，红红抬头又看一眼漫天羽花，翠玉灵的话在耳畔回响——"开花后，便会再次因心间术法而枯萎。到那时，你会再次忘记眼前所爱……"

红红神色悲伤地凝起妖力，忍痛在自己手腕刻下月初的名字，笔画深可见骨，她唇角含笑低喃着："如此，便不会忘了……"

徐徐夜风中，红红独自走在热闹的街市上，她穿过熙熙攘攘的摊子，再次来到桥头。她缓缓打开手掌，那深入肌肤的"月初"二字让她心间滚烫。她合上手掌，只见月初正在不远处的人群中向她跑来："说好了我等你，竟让你等我了。"

红红笑道："我等你不好吗？"

月初一怔，接着道："此前，我以为也许要等我老了，白发苍苍了，才能见到你,没想到能有这么多时间陪你,更没想到,有一日你会等我。"

红红心疼道:"是我不好。"

月初心里感动,面上故作轻松道:"真的如此内疚?那答应我,以后都等我,好不好?"

红红一怔,月初促狭一笑,手指在她鼻尖点了点道:"放心吧,我等你。"

红红心间一痛,见月初朝她笑,也勉强牵起嘴角朝他笑了笑,月初没看出红红的异常,牵起她的手,在熙攘的街道上欣赏着市集的繁华。

两人十指交握,甜蜜地逛着街。不远处一个灯笼摊旁,各式灯笼散发着昏黄的光华,美丽又浪漫,红红看着远处一盏甚是别致的灯笼不由得出了神,月初顺着她的目光看去,莞尔一笑,小声道:"等我片刻。"

月初松开红红的手,朝着灯笼摊走去。红红心头的痛感越发剧烈起来,她伸出手想阻拦月初离去,却发现月初的身影已经在人群中渐渐远去。

在红红的心口幻境中,梅树恣意潇洒地伸展着,枝丫上的花苞一朵一朵缓缓绽放。

绵延灯火中,亲朋好友逛街时的谈笑声钻入红红耳中,她的心头如同被撕裂般疼痛着,眼前的景致幻化成叠影,一重重的,分不出真假,她张开嘴想喊月初的名字,却发现用尽了力气也发不出声音。

而她心口幻境中的梅花盛极而衰,连同梅树瞬间化作枯木,枯萎的花瓣散落于树下,被寒风吹散在雪原之上。

(一百零一) 为情刨心

市集上,红红掌心中的"月初"两字渐渐消散入骨,她茫然地站在市集中,一瞬间不知自己为何在此。

月初提着那盏灯笼开心地返回,含笑望着红红正想说话,却发现她眼神仓皇迷蒙,好似不认得自己。月初心底渐渐升起凉意,他发现自己再一次被遗忘得干干净净。

望着熙熙攘攘的人流,月初凄凉一笑,而红红则如陌生人一般与月初擦身而过,踉跄着往斛光阁而去,消散的妖力和反噬的痛楚如钝刀般一寸寸将两人的回忆彻底切碎。

目送红红渐渐远去,月初凝出一只灵蝶将相见的讯息传给雅雅和阿来后,便往酒楼走去。他刚走到酒楼,雅雅带着怒意的声音便传了过来:"臭小子,我此前分明已经跟你说得很清楚了,你仍执意如此吗?"月初坚定地看着雅雅和阿来道:"我不想离开红红,也不愿她一次次承受痛楚,甚至危及性命,我给她的情,应该是甜的。雅雅姐、阿来,求你们帮我。"

阿来望着雅雅,叹了口气道:"他若坚持,便成全他吧,有我从旁相护,应该不会有大问题。"雅雅难过哽咽地看着月初道:"臭小子,若不是看在你对姐姐一片情深的分上,我真想……真想……算了,你随我入苦情树树心。"

月初起身,与二人一同往苦情树走去。来到树下,雅雅缓缓打开树心,让月初踏入。

月初穿过花帘入内,只见那情种遍布裂痕,雅雅在树外的声音传入树内:"剖半心方能凝情种,若有一日,她不再爱你,你的心将枯萎至死。"

月初伸手接住一片羽花,那羽花在灵力运作下化为一把上好利刃,带着嗜血的光芒,月初用此利刃破开胸口,将心头血洒向情种。树心开始翻腾凝雾,那羽花利刃贴入胸口,扎进心间。疼痛一层层地缠绕着月初,月初犹如被缚在蛛网上的猎物,丝毫挣脱不开。树心血雨洒落在他的身上,月初一步步走向情种,身上的鲜血蜿蜒而落,血落之处,赤红羽花灿烂绽放。

斛光阁内,红红的心头流转着羽花灵力,一阵阵暖意自胸口涌出,心跳强如擂鼓,几乎要震破红红的耳膜。那遥远的心头如同有人在低喃:"红红,红红!"

红红扬手打开斛光阁的大门,刻入骨髓的"月初"两字浮上心头,她闭眼感受着,像是受到什么吸引般往苦情树的方向而去。

苦情树四周的羽花灿若胭脂,瞬间化作赤红在涂山上飘荡。阿来与雅雅站在树下,看着红色羽花飘落,仿若血海翻腾,铺向了涂山每一处。红红慢慢走来,将手伸到树心入口处,红色羽花缠绕上她的指尖,蜿蜒入了心口,化作最妖娆的姿态。

碧莹莹的情种沾着血珠落入月初掌心,瞬间散发出璀璨的光芒,一缕银光自月初额间飞出,落入了红红的心口幻境之中。

心口幻境中的冰雪瞬间消融,月初一步步迈入这冰封般的幻境中,在苍茫雪原中留下一个个血色脚印,赤红色的羽花怒放着在幻境中飘扬,好似一场羽花雨,渐渐生出湖泊。日光洒落于此,半心融入此间,一颗嫩绿的种子破冰而出,奋力向上而生。

月初虚弱地道:"红红,从此之后,你的心……不再荒芜了……"

红红走入苦情树树心,半跪在地紧紧抱着因失去半心而昏迷的月初,两人额头紧紧相抵着:"月初,我听见了。以后,我的心上,唯有你。"

树心,翻飞的赤红羽花如不熄的烈焰围绕着两人,如同炽热的爱恋张扬、疯狂。

（一百零二）天门关之战

一日后，红红将月初送回神火山庄，清风轻撩着帐幔，露出两只交握的手。红红以指尖描绘着月初的脸庞，像是要刻入心间永远不忘，而月初仍旧紧紧闭着眼睛。房间外，本要端药进入的付澄看着红红与月初依偎的身影，眼中一酸，黯然退出。

王权山庄中，弘业环顾四周，唯有自己孤单的身影。他的耳畔再次回响起那日红红与自己所说的话——"助她归来的便是圈外力量。"

"圈外力量"四个字让他脸上的肌肉微不可见地跳动了下，他哑声低语道："那些可怕的圈外力量，还是来了……"

许是过分担忧和焦躁，王权弘业藏于心底的陈年往事被翻起，他再也压抑不住，咳出了血丝，残破的记忆再一次在他脑海里回放。

他回想着当年在圈外战场与那些黑狐恶斗时的情景，肩头微微颤抖着，努力克制自己内心的创伤。勉强恢复镇定后，他坚定地看着虚幻处道："这一回，必须阻止圈外力量，无论用什么手段！"

费管家走了过来报告："启禀盟主，昨夜南宫家所辖属地爆发冲突，伤亡不少。"

弘业蹙眉道："自南宫昱入狱，各大世家便盯上了南宫家残余势力，暗中杀戮不断，这次又是哪家？"

费管家道："据查，这次是闻家和李家。是否该派弟子前去相护？"

王权弘业敛眉思忖道："谁能护下他们？谁能护下他们……"

费管家不敢多说，看着王权弘业咳喘着在石桌旁坐下，帮他倒上一杯热茶后，忍不住再次道："盟主忧心的怕不仅仅是南宫家。自从上次与涂山当家谈过之后，盟主便日夜担忧，唯恐圈外势力危及六域安危。"

弘业叹息道："这段日子，我这身子骨每况愈下，富贵……富贵又是那般情形。届时，为这盟主之位，一气盟内部便要大乱，又如何对付圈外之力？唯有趁圈外之力还未酿成大祸之前，先定下新任盟主，才好提前准备，迎战强敌。"

说罢，王权弘业重新站了起来，他眼神坚韧地扯下随身携带的盟主令牌往空中一抛，只见令牌高扬在空中，最后落在王权山庄前院的最高处。

王权弘业的声音紧接着扩散而出："发令下去，谁能夺此令牌护下六域，便继任这盟主之位！"

神火山庄的后院中，红红与月初正坐在梅树下遥看如洗碧空，一色秋光，月初心情极好地道："像今日这般的秋光，真是太美好了。"

红红手伸到桌上的药碗前，敲了敲桌子，淡声道："该吃药了。"

月初一个反手握住了红红的手，赖皮道："你喂我。"

红红挑眉："你是在逼我打你吗？"

月初故作可怜道："不是吧，人家身体刚恢复，你就不能再多温柔几日吗？"

红红略无奈道："快些吃药。"

月初深情地看着红红："吃不吃药有什么关系，只要你不变心，谁都要不了我的命，唯有你变心了，我才会心枯而死。"

红红本想发作，但看月初脸色仍是苍白，不由得心生怜惜道："记住，下一次无论我发生任何事，都不能再赌上性命救我。好了，快喝药。"

红红将药碗端起，月初接过一饮而尽，被苦得龇牙咧嘴。红红见他这副模样，忍不住抿唇笑起来，月初发现红红偷笑，终于也笑了出来。

突然，付澄脚步匆匆走入后院道："王权盟主给各大世家发讯，说是请有志于盟主之位的弟子，明日一早聚于王权山庄参加选拔，黄昏前选出新的继任盟主！"

月初略讶然，与红红对望一眼道："这一回王权老儿倒是不糊涂，知道早些定了这盟主之位，才方便后续对付圈外之力。"

红红一边颔首，一边思忖着："只是不知这盟主之位，会落入谁人之手。"

月初拍了拍自己胸脯，一副傲娇之态道："盟主之位，舍我其谁？！"

第二日一早，红红坐在涂山花园的凉亭中，心神不宁地摆弄着桌上的小点心，坐在旁边的雅雅打趣道："姐姐既然担心，何不同臭小子一道去王权山庄，也好在今日亲眼看着他夺下盟主之位。"

阿来则揶揄道："正是，若你陪着，便是什么也不做，也能让他的战力再提三成。"

红红看着这两人道："你们两个一唱一和，莫非不欢迎我回涂山？"

阿来微微一笑道："不过是提醒你，一气盟新任盟主关系着人、妖两族的未来，身为妖盟盟主，你是该比常人多关心些。"

红红嗔怪地望向阿来，却见阿来神情突然变得异常，在微笑与痛楚之间来回变化，雅雅也注意到了阿来的异常，连忙道："阿来！你怎么了？"

雅雅站起来要去碰阿来时，却只听得"砰"的一声，阿来的身形竟化作残影。

"天门关……黑狐……"阿来嘶哑的声音急迫传出，紧接着他的残影化成一道巨大的强光，好似劈开了虚空。那被划开的虚空中，正是天门关外。巨大的风沙中，一个金色的身影立于关隘处正奋力厮杀着，道道妖力带出的光芒溅出朵朵血花。

雅雅奔上前去，虚空中的影像瞬间消散，她担忧地大喊道："阿来，到底怎么回事？！"

红红上前道："眼前的阿来是分身，他的真身应该在天门关！"

雅雅惊讶地看着红红，方回想起之前强大的阿来曾被黑雾所击退的情形："难怪此前他的妖力变弱了？不过他不是毒童子吗？怎么会有分身？他又为何会在天门关？他究竟是谁？"

红红心中焦急，面对雅雅这一连串的疑问，只得道："去天门关，到了那儿，你亲口问他吧！"

天门关仍旧狂风呼啸，当年傲来三少划下的那一圈淡蓝色的结界高耸入云，起点与终点交界的合拢之处，裂开了一道缝隙。缝隙中，一只只如方形纸片状的黑狐发出诡异的叫声，争先恐后地往圈内挤入。

阿来周身金光笼罩，手握定海一棒挥出道道金光，黑狐们发出痛苦的嘶鸣声，又被逼回圈外。

阿来的脸上不同往日的笑闹，带着傲视天下的狂意和肃杀："凭这点能耐，也敢破坏本少划下的圈？"

阿来再次举起定海一棒，幻化出强横的金光开始修补缝隙，而那些黑狐却不要命般竭力阻止着，只见那缝隙越来越大，金光渐渐微弱。

一道女声自缝隙外冷冷传来："以你今日之力，挡不住我们入圈！"

阿来一道金光挥去，将那黑狐打回成黑雾，却因妖力透支，心头一震，涌出一口鲜血，他擦去唇边鲜血喝道："再来！"

黑雾重新凝聚成巨大的方形黑狐猛扑上去，那道圈外女人的声音再次冷冷嘲讽道："你能阻止一次、两次，难道还能阻挡我们无数次的入侵吗？要知道，我们的力量可是源源不断的，你连分身都已撑不住，伤得只怕比外表看起来更严重呢。"

阿来一棒又将一只黑狐打散，冷酷道："废话真多！"

王权山庄前院外，各方人马皆已赶至，众人面面相觑，彼此戒备着，犹豫要不要进。突然，那最高处的盟主令爆出一束束银光，将王权山庄包围在银光之中，王权弘业的声音遥遥传来："众弟子听着，入内夺下盟主令者，即为下一任盟主！一气盟向来慕强，得先让这盟主令熟悉一下主人。"

话音方落，便有弟子迫不及待地一跃而上，被银光划破了肌肤，伤处深可见骨，那弟子发出一声惨叫，从天空中坠落。

在众多大展身手的弟子中间，月初沉着而立，他目光冷冷扫过，一跃而起，穿梭于银光之间时，一根长鞭携千钧之力直向月初而来，月初回身闪避，长鞭落在他的耳畔，轰得月初一阵耳鸣。月初认得这长鞭，微怒抬头道："西门攻！"

西门攻冷笑道："算你有点眼光，盟主令只能归西门家！"

细密的银光中，月初抽出长剑，剑光大盛，剑鸣如啸，两人眼神肃杀，同时袭向对方，缠斗在一起。

银光之中，王权弘业稳稳坐于前院，一边品茶，一边研究着面前的黑白棋局。

天门关内，一只黑狐突破间隙猛地撕咬住阿来的肩头，阿来挥下重重一棒，那黑狐瞬间化作黑雾，可阿来肩上血花不断落下，死亡气息越发逼近，从圈外吹来的风呼啸而至，浓郁的黑色雾气中露出森然黑洞，好似即将要把阿来吞噬。

阿来肃容挥出一棒，金光化作利刃直杀入黑洞，而黑洞中猛然蹿出一只黑狐利爪，在阿来胸前留下一道血印。

圈外阴毒的女声笑声不绝："你撑不住了，傲来三少！"

阿来蹙眉，再次挥出一棒，可那金光确实渐渐变弱，圈外女声笑得越发讽刺。就在此时，一股汹涌妖力以摧山裂海之势而来，快如闪电，撕裂了那再次拥入的黑狐，将黑雾击回圈外，将裂缝处快速修补起来。红红落于阿来身前，继续凝出妖力不断修补着裂缝。

阿来早已是强弩之末，见红红来了，放心朝后倒去，却正好落入了雅雅怀中。阿来惊讶地看向雅雅，气势一下弱了几分："你来了？"

雅雅扶住阿来，一面凝力击向圈外，一面道："等下再跟你算账！"

有了助力后，四分五裂的黑雾化成浓烟，被迫退回圈外，裂缝也慢慢合上。

裂缝合上之际，一双红色的眼睛凝成妖魅女子的形体，她一扬手，一道轻如羽毛的黑雾透过缝隙飘进了圈内："涂山红红，我们的力量已经进入圈内，你是挡不住的！"

红红翻掌一挡，那如雨如丝的黑雾竟在红红面前化作黑色羽花，在红红的妖力下寸寸消失。

红红疑惑问道："她是……"

阿来声音虚弱地解释道："石姬背后势力的主使，黑狐娘娘！"

红红肃容看向裂缝弥合之处，仿若与那黑狐娘娘对视一般。

王权山庄前院中，月初剑气猛然搅碎了长鞭，鞭身碎作几段散落在银光上，化为灰烬。月初淡声道："承让。"

西门攻身上血迹斑斑，面露不甘地咬牙盯着月初，而月初的目光则越过他落在了王权弘业身上。弘业落下白子的那一刻，月初轻巧地几个转身，穿过道道银光落在了王权家前院。

陡然间一枚黑子直逼月初而来，月初举剑将黑子劈成两半。弘业一抬手，黑白相间的棋子均带着强大的灵力袭来，紧接着，一个接一个碎在了月初剑下。

王权弘业慢慢站了起来，长剑在握，磅礴的剑气转瞬来到月初眼前，两剑交锋，爆出巨大的雷鸣。弘业缓缓道："想拿盟主令，还有我这一关。"

月初目光灼灼，举起了剑："为了这一刻，我已经准备了许久！"

话音落下，剑影交错间，天地俱震，剑鸣不息。

修补好裂缝后，阿来满身鲜血地卧倒在雅雅怀中。红红则使出妖力帮阿来疗愈，许久，阿来才在雅雅的搀扶下坐了起来，他脸色苍白道："数月之前，我到达此处，便见结界遭到了破坏，想来圈外力量计划已久，利用实际破坏，才导致天门关的结界出了疏漏。"

红红脸色凝重，抬头望了一眼方才修补的裂缝："在那之前，不知有多少黑狐潜入了圈内？"

阿来摇摇头道："无论潜入的黑狐是多是少，人、妖必须联手尽快将它们揪出，否则六域必会亡于黑狐之手。它们的特性我尚未完全掌握，但可以确定的是，对于人、妖而言，它们是挑起杀戮的罪魁祸首，以及杀不死的存在！"

雅雅倒抽一口凉气，红红则蹙眉道："竟一点办法都没有？"

阿来道："于此镇守之际，我曾通过分身，从月初那里拿到一本《虚空之术》。我反复思索，或许此秘籍中提及的法宝虚空之泪，能将黑狐凝为实体斩杀。"

红红疑惑道："虚空之泪？"

阿来道："没错，黑狐之所以杀不死，是因为它们能随时遁入其他空间，而虚空之泪这种法宝，恰恰能改变时空，穿梭空间，也就是，它能够找到遁入其他空间的黑狐所在，让无形的黑狐化作有形！"

红红颔首道："有形，便意味着能被杀死！"

阿来道："不错，虚空之泪不仅要求修炼者有极高的法力，还要身怀异火，这世间，唯东方月初有这样的天生神火，只有他才能凝虚空之泪。"

红红略带惊讶地想着月初，阿来像是想起了什么，对红红道："此处已无大碍，你当去王权家看着，别让那小子出了什么纰漏。"

"也好。"红红见雅雅与阿来好似还有话说，点点头转身离开。

红红前脚离开，阿来与雅雅之间气氛一下就凝结了。阿来故意笑道："早说了三少并非如传说中那般英雄伟岸，你偏不信，如今看到了，连圈都划不成，还得你们俩相助，这才挡下黑狐。"

雅雅心头火起："从一开始见面，你就骗我。你骗了我这么久，到底有哪一件是真的，还是我们两个相处的每一刻都是假的？！"

阿来见雅雅愤怒又委屈地望着自己，敛了笑容，他眸色里带上了怜惜："赖着你的阿来是真的，毒童子阿来也是真的，三年之约，想见你的心更是真的……可在你心中无所不能的三少不是真的，我从来都不是那般万能。"

雅雅被阿来这番说辞气笑了："你说想见我，派个分身来算什么？你若懂我，为何不将危险告诉我，还是你只将我当作傻子，掩饰太平！"

雅雅激愤之下忽地站了起来，阿来以为雅雅要揍他，下意识伸出胳膊挡了一下。雅雅见他这模样，伤心冷笑道："怕我打你？傲来三少可是天下最强者，谁能打，谁敢打？"

阿来心底一阵阵抽痛，他面上强撑着笑意看向雅雅，却见雅雅转身要独自离开。这下阿来真真急了，伸手想要拉住雅雅却落了空。他慢慢低下头，连那点笑意也无法维持，而待他再次睁开眼时，却见一双脚站在了自己面前。他不敢置信地抬起头来，只见雅雅不知何时又走了回来，突然出手极重地落在阿来身上，怒骂道："傲来三少又如何，我涂山雅雅想打就打，想骂就骂！"

阿来一把将雅雅拉入怀中，道歉："对不起，让你失望了，我也想好好护下六域。"

雅雅看着他道："当初你为了六域，划下那一圈，损失了不少妖力。当年的你是英雄，如今也是。只不过，以后别硬撑了，英雄的面子算什么？"

阿来瞬间笑着卧倒在雅雅身上，柔声道："好，都听你的。现在的我，真的好痛，连路都走不了！"

雅雅将阿来抱入怀中，阿来双手环住雅雅的腰，咧嘴道："重新认识下，我是傲来三少！"

雅雅傲娇地揭短道："所以，你小时候真的经常从云彩上掉下去？"

阿来笑望着雅雅，低低说着什么，一对相依人影的声音渐渐远去。

第十四章 两盟冲突

（一百零三）夺位盟主

王权山庄前院的战斗越发激烈，两人衣袖翻飞，剑气迸发出浓烈的战意，虚实的剑气中，王权弘业问道："若有一日，人、妖起了冲突，你护谁？"

月初手腕剑花直逼弘业："什么人不人，妖不妖的！我只护一个'理'字！若要六域安定，得先摒弃偏见。人与妖都是六域生灵，大敌当前，该谋求共利而存！"

弘业横剑挡住月初接着道："好小子，口气倒是不小。不过，此刻已经是黄昏，你时间不多了！"

话音落下，弘业震开月初长剑，一招快似一招袭来。月初拼尽全力碎其剑光，以雷霆之势直面而来。一声轰鸣后，弘业踉跄一步，手中之剑缓了下来。月初一跃而起，借弘业剑势之力直上最高处，夺下盟主令。

月初抓住盟主令，再撑不住，一缕殷红顺着唇角而下。他不屑地擦去鲜血，缓缓站起。弘业望着月初，唇角亦是一抹鲜红落地，他欣慰低语道："竟真能打得过我，看来这些年没少暗下苦功啊。"

最后一丝日光消散之前，月初迎风而立，而红红的身影正落在不远处，两人遥遥相望。黑夜降临，月初高高举起盟主令，顿时一道道灿烂耀眼的灯光依次自王权山庄亮起，灯火连绵不绝。盟主令中央，王权剑标志消失，神火山庄的神火标志在暗夜中绽放出光辉。

王权弘业的声音再次响起："盟主令认主，东方月初，执掌一气盟！"

拿下盟主令，月初没有急着接见各路门主，反而再次来到了弘业屋中。弘业正执子下棋，看到月初入内，问道："既已夺了盟主令，不去见众弟子，来此做什么？"

月初意有所指道："有几句话，想同王权弘业讨教。"

弘业似是并无意外，慢慢放下手中黑子，缓缓开口："你是想问贵儿的事吧？"

月初道："不错，那日你当众承认人爱上妖无罪，还接纳妖盟协助一气盟加固混天典狱。若你能宽容别人,为何不能接纳富贵和清瞳?"

弘业目光对上月初,沉默片刻,目光中带了一丝决然道:"怪只怪王权富贵是盟主的儿子,若他只是我弘业的儿子,我自然不会反对。"

月初没想到弘业竟会说出这番话来,他终于明白弘业是碍于盟主之责,才无情反对富贵与蜘蛛精清瞳相恋之事,心中对弘业有些改观:"如此说来,你这老头是想抱孙子了,这才让出盟主之位……不过,蜘蛛妖生出的孩子,是两只脚还是八只脚?"

弘业随着月初想到这个问题,一时怔住,接着道:"……不管是几只脚,只要是富贵的孩子都行。"

月初点点头:"这回你倒够想得开。"

弘业神色坦然道:"除了富贵,一气盟各大世家内,不乏因爱上妖而身败名裂,陷入不幸者,我只愿,这种悲剧到此为止。"

月初点点头道:"听起来挺感人的。富贵的事便罢了,可我淮竹姨呢?当年若非你逼她为妾,借她的东方家血脉,生下一气盟兵人,她又岂会英年早逝?"

随着月初的叙述,老迈弘业的目光中流露出痛苦来,月初语带恨意道:"问心有愧?无话可说?"

正在逼问时,费管家的声音却倏然传来:"东方盟主此言差矣。"

月初回过头来,见费管家走了进来道:"是是非非向来难辨,我只说一句话,自淮竹夫人过世后,盟主便一直再未续娶,或许这个答案已经很清楚了?"

月初神色复杂地看向弘业,弘业神情痛苦地缓缓坐下,闭上了眼睛。片刻后,月初带了几分难以置信道:"你对淮竹姨?你们……"

弘业睁开眼睛,目光中带了几分锐利:"儿女私事,除了淮竹,我无须向任何人交代。"

月初一怔,藏在衣袖中的拳微微握紧:"对不起,是我误会了你……告辞。"

弘业痛苦地闭上了双眼,并未作答。直到月初转头身影快要消失时,他才睁开眼缓缓开口:"永远记住,只要你身为盟主一日,便不能忘记肩负的职责,平衡、联合各大世家,共抗强敌,竭尽全力保护那些相信我们、依仗我们的人。"

月初的脸上流露出坚毅的神色,在弘业孤单又期待的目光中离开。

月初缓缓走到前院,沉沉夜色中,红红的身影立在灯旁:"聊完了?"

月初心头涌上暖意:"走吧。"

红红微微一笑,两人并肩朝外走去,月初原本悲伤的目光变得柔软:"小时候,每当我修为有所提升,你都会奖励我吃鸡,这一回,你打算奖励我什么?"

红红道:"如今的你,想要什么没有?何须我来奖励?"

月初环顾四周，见无人后，忍不住凑到红红面前，贴着红红道："无论何时何地，你都是我最好的奖励。"

红红连忙将月初推开："不准胡来。"

月初促狭一笑，抓着红红的手吻了一下这才放开："奇怪，我夺盟主之位这么大的事，雅雅姐也不来凑热闹？"

红红表情变得凝重起来，肃容望向月初道："这正是我要跟你说的，圈外黑狐已经潜入圈内。"

前院外围，众门主与弟子正等候着新任盟主就任，西门攻一脸不耐烦道："不过刚当上盟主，便摆这么大架子，让大家苦等！"

一个门主嗤笑道："一气盟以强者为尊，西门贤侄若不服，大可以夺了盟主令，自己做盟主便是。"

另一个门主笑道："你糊涂了，下午夺盟主令时，西门贤侄也在场，只不过技不如人。依我看，西门家若真想夺盟主，便该让家主出马才是。"

"你也糊涂了，西门隶忙着闭关，哪有工夫夺盟主之位？"

众人说笑讥讽着，西门攻脸上露出被羞辱的愤怒和不甘。他正要说什么，月初和红红并肩走了出来，大家连忙敛笑，整齐地朝月初行礼。众人山呼道："参见盟主！"

月初扫视全场，一气盟的弟子们密密麻麻站满了这片空地，他高声道："此前，王权盟主带领诸位惩奸除恶，庇护人族安宁，劳苦功高。日后，必还有更大的挑战等着我们，一气盟还要仰仗列位勠力同心，共克强敌！"

众人振臂高呼道："勠力同心，共克强敌，惩奸除恶，庇护六域！"

西门攻虽不甘心，但也只能跟随大家一同动作。

（一百零四）树妖丢宝

距离西门家不远的南林中，树妖族族长月啼春满脸盛怒，目光像是要杀人般扫过屋内一个个表情惶恐的树妖："究竟是谁的过失！"

树妖们连忙互相指责。"是他，他！""你，是你没看好！""你才没看好！"

月啼春见他们叽叽喳喳推脱责任，更加愤怒道："都闭嘴！"

众树妖都连忙闭嘴，月啼春道："这段时日，草木更替需要护法，我分不开身才几日，七宝妙树皮，我们树妖一族的至宝，便被西门家偷了！你们一个个都是死的吗？"

窗外，一个小树妖顶着个盛满鸡蛋的竹篮悄悄偷听着。

屋内月啼春继续扫视着众妖道："七宝妙树皮能操控一切植物，西门家得了法宝，必会驱使我族为非作歹、助纣为虐，到那时，我南林树妖一族再难有安生之日！"

众树妖一脸惊恐，又忍不住七嘴八舌起来。"好险恶的用心！""听上去太可怕了！""不能让坏人奸计得逞！"

月啼春点点头道："那么，谁去将此族宝抢回来？"

众树妖一怔，你看看我，我看看你，又都没了动静。

月啼春柳眉倒竖道："就没有一个人有胆量去？谁能夺回七宝妙树皮，便是下一任的族长继承人！"

众树妖怯怯地往后缩着，突然间，细小的鸡鸣声从外传来。月啼春目光扫向窗外，只见那竹篮正悄悄挪开，她猛地探出绿色藤蔓一把将竹篮掠回，直接露出了以竹篮为掩护的月啼暇，月啼暇回眸朝屋内顽皮一笑："不好意思，鸡蛋孵出小鸡了，麻烦照顾下哦！"

说罢，月啼暇一溜烟朝外逃去，月啼春又使出一道藤蔓追去，却只带回一根木棒，木棒上刻着留言道："七宝妙树皮交给我了！月啼暇留。"

南林另一条小道上，一众西门家弟子正朝林外走去，一名弟子落在后方，不停地往嘴里塞着包子，他前面的一个弟子忍不住回头道："胡尾生，你怎么永远吃不饱？"

胡尾生咬了口包子，满足道："自从入了西门家门，我感觉人生已经达到了巅峰，东西好吃，还有软软的床可以睡，我一辈子都不要离开！"

另一个弟子笑道："看你这点志气，才来西门家一个月吧？"

胡尾生连连点头，满足地将手里的包子吃完，走在最前面的领头弟子神情严肃地对大家道："此处是树妖一族的领地，不可掉以轻心。"

众弟子闻言，连忙收起轻松模样，警惕地朝前走去，胡尾生也做出戒备模样，四处观察着。

突然，一道绿色藤蔓破空而出，前面两名弟子瞬间被撂倒在地，身上露出几道血痕。

月啼暇站在高处，俏丽的脸蛋绷得紧紧的，一双乌黑的眼珠阴狠地扫过众人："交出七宝妙树皮，否则今日，你们一个个都别想活命！"

领头弟子挽了个剑花道："镇定，杀了她！"

话音未落，一根绿色藤蔓擦着领头弟子而过，旁边来不及躲闪的弟子被带倒在地，林中树木嗡嗡作响，无数绿色藤蔓飞掠而出，不断有弟子被击倒在地。

领头弟子躲闪间，将一个木盒抛给身后的弟子，吩咐两个弟子和胡尾生道：

"我带人拖住她，你们几个，速速护送法宝回西门家！"

胡尾生慌乱之下，随着弟子们点头答应着，月啼暇攻击之间，眼看着两名西门弟子护送盒子逃走，当即大怒，使出强大妖力袭向领头弟子："敢跟我月啼暇作对，找死！"

胡尾生与两个弟子护送着木盒小心翼翼地在林间穿行，蓦地，一道绿色藤蔓蹿出，带起厚厚的落叶，胡尾生三人不慎扑倒在地。那木盒在空中打着转落到了胡尾生手中，胡尾生如接到烫手山芋般惶恐地看着眼前的木盒，不知如何是好。另一边，藤蔓已经将两个弟子缠上，他们一边挣扎，一边朝胡尾生大喊道："快走，失了法宝我们都会没命的！"

胡尾生连忙抱着盒子爬起来拼命奔跑，身后藤蔓蹿来，一下打碎了盒子上的锁，木盒盖子掀开，里面闪着绿色光芒的树皮露了出来。月啼暇自树枝上一跃而下，胡尾生狼狈地后退着，手指不小心触上了那块树皮，只见一丝绿色光芒瞬间钻入了胡尾生的指尖。胡尾生连忙将盒子盖上，神情惶恐道："不要杀我！不要杀我！"

月啼暇阴狠地逼上前来："把法宝交出来！"

胡尾生害怕地紧紧抱着木盒不放，只不停地摇着头。月啼暇冷笑一声，直接挥动藤蔓袭向胡尾生："你既然找死，便休怪姑奶奶不客气了！"

胡尾生见藤蔓袭来，害怕地闭上眼睛大喊道："杀人了！杀人了——"

片刻后，没有感受到疼痛，胡尾生悄悄睁开眼睛，只见月啼暇被法力反噬，直直撞上了身后的大树，一脸狼狈。

胡尾生不敢置信地看着自己："我只修炼了一个多月，就这么强了？"

月啼暇愤怒地再次袭向胡尾生，长鞭还未碰到胡尾生的衣服，就又一次被自己的妖力反击撞到了树上。趁此机会，两个弟子已经摆脱了藤蔓跑了过来，朝胡尾生喊道："愣着干什么，快跑啊！"

月啼暇慢慢站起来，恼羞成怒地望着胡尾生离去的背影，不甘心骂道："该死的，七宝妙树皮竟然落到那小子的身上，认他为主了！"

待月啼暇回到树妖所居之地，月啼春正满面怒意地喝骂着："这么多人，连法宝的影儿都没找到！难道，我树妖一族便要落入西门家的魔掌之中了吗？"

有一树妖颤巍巍出主意道："族长，实在不行，请妖盟出手相助吧？您不是还和涂山的不醉长老……"

月啼春眼睛一横，那树妖连忙闭紧了嘴巴，随后她思忖着道："也罢，也是该好生叫西门家尝尝厉害了。去给涂山送信。"

一树妖领命而去，一脸狼狈的月啼暇与他错身而入："母亲，不需要妖盟出手,我能夺回七宝……"

月啼暇话还没说完,就见自己留下的那根木棒已经被硬生生折断,月啼春叹气道:"你这孩子,明知道我族务繁忙,还来添乱!"

月啼暇连忙道:"我才没有添乱,只是……母亲,你此前说过,七宝妙树皮会认主。若它将来认了那恶人为主,咱们该如何夺回来?"

月啼春道:"七宝妙树皮一旦触碰到人的肌肤便会寄宿于上,认其为主,并自动将加诸主人身上的外力反弹回去。强抢自是不能,不过,若那主人真心爱上一个人时,七宝妙树皮便会卸下防备,安心易主。"

月啼暇听到这方法,震惊地想到胡尾生的脸,随后问道:"那怎样才能知道对方是否真心爱你呢?"

月啼春怔了片刻道:"若一个男人愿意亲自提亲,方才是真爱,其他的,说再多也无用。"

月啼暇点点头,没看到母亲月啼春脸上一闪而过的黯然,月啼春收起情绪道:"不说了,我还须去为新生草木护法,你老老实实待在家里,别成天想这些有的没的,若再胡作非为,老娘打断你的腿!"

月啼暇还想再问,月啼春已经快步离去,她委屈地看着母亲的背影,低声道:"你就不能偶尔关心我一次吗?"

妖族市集上,月初穿着新衣服变换着角度欣赏着自己,付澄无奈道:"你当真想好了要和红红求婚?虽说涂山收容了因南宫家势力之争而沦为孤儿的孩子,将他们与那些妖族遗孤安置在一起,组成和平之村,解了一气盟的燃眉之急。但黑狐入侵圈内,只怕六域将不得安宁,这种情况下,求婚是不是不太合适?"

月初看着付澄道:"我这叫事业爱情两不误,这你不用担心了,你啊,就好好代表一气盟,与妖盟派来的流觞一道管理好和平之村便是。我可提醒你啊,事关人、妖两族的和平,你那性子可得收敛点。"

付澄点着头道:"知道了。"

月初重新打量着镜中的自己,眼神是前所未有的坚定:"我与红红相识已久,却总是不断错过,这一次,我不会重蹈覆辙!"

付澄见月初如此坚定,心头浮出一丝难过,但很快转为欣慰。这时,外面阿来的声音传了进来:"这是谁啊,好大的口气!"

月初眼前一亮,连忙开门,只见阿来和雅雅带着笑意走了进来,月初笑道:"雅雅姐,阿来,不不,应该叫你'傲来三少'才对,好端端一个六域至强大妖,非要扮作普通人骗我们,你的良心不会痛吗?"

阿来点点头,突然捂着心口坏笑道:"一点也不痛!"

月初见阿来如此,连忙向雅雅告状:"雅雅姐!这家伙如此猖狂,你是怎么忍受的?"

雅雅被打趣,作势要打月初:"臭小子,胆子大了,敢打趣我和阿来,找打!"

阿来连忙拦下她道:"别忘了正事。"

雅雅不情愿地放下手,阿来掏出了《虚空之术》递给月初,道:"本少反复研究过,秘籍上的修炼之法并无任何问题,你可以继续修炼。"

月初接过来道:"我早先修炼过一阵,但这修炼难度确实不小。"

阿来道:"那是因为你小子修炼功夫还不到家!"

月初看了眼窗外暮色,连连点头敷衍道:"是是是,我肯定没有傲来三少厉害,一棒子划分了圈内外。时间差不多了,我还约了红红,你们三个慢慢聊!"

说着月初撇下雅雅、阿来和付澄,三步并作两步朝约会之处跑去。

待月照山林之时,月初刚至涂山下的林中,遥望着涂山方向,不一会儿,伴随着清脆的铃音,红红的身影宛若仙人般飞掠而来。

月初目光紧紧盯着红红,看着她落在地上,一步步朝自己走来。

红红道:"还是不愿踏入涂山?"

月初笑道:"我曾发誓,人与妖实现真正的和平之前,我不入涂山。承诺尚未达成,如何能毁诺?"

红红了然地望着月初,两人凝望着对方,眼底藏着彼此才有的懂得。

月初含笑伸手牵住红红:"红红,随我来。"

两人一路来到葫芦村外月初曾住过的小木屋外,月初望着红红道:"闭上眼睛。"

红红含笑闭上眼睛,月初推开院门,牵着红红进了院子,随着两人走入,月初略一施灵力道:"可以睁眼了。"

红红缓缓睁眼,环顾四周,院子内显然经过精心布置,花瓣落了满地,花草装点之间,摆放着各式各样的法宝,闪耀着光芒。

红红情不自禁地走上前,手拂过一个个法宝:"这些法宝……"

月初道:"这些都是为你打造的。"

红红拿起一个精致的香薰球看向月初,月初解释道:"心情香薰球,能感知你的情绪,自动调整香气成分,别人也可以通过不同的香气,了解你的心情。"

红红挑眉道:"哦?那你说说我现在的心情如何。"

月初闭目嗅了嗅,睁开眼睛道:"桂花乌龙,心情不错哦。"

红红笑了起来,又望向其他法宝,视线最后落在一盏极其精致的走马灯上,月初拿起灯施法点亮,昏黄的灯光内,镂刻的画面不断旋转,灯影放大照亮在墙上，映出红红或行、或坐、或舞剑、或祭拜的模样。

光影落在红红的脸上，她神色动容地看着那一帧一帧画面中的自己，眼中是发自肺腑的喜乐。

月初道："每次想你的时候，我便来炼化此灯，想着有朝一日，即便我等不到你了，也许你还能看到这盏灯。"

红红心间感动，望向月初。月初也动情地望着红红："红红，我知道眼下不是最适合的时间，我知道现在的我还没有完成对你的承诺，但是，你愿不愿意一直相守，我们……"

"姐姐，不好啦！"月初求婚的话还没说完，涂山容容就猛地闯了进来。月初与红红惊讶地看去，只见涂山容容匆匆而来，焦急道："姐姐，南林树妖一族向妖盟求助，他们的至宝七宝妙树皮被一气盟西门家夺走了！"

月初惊讶道："西门家？！西门家为何要夺取此宝？"

红红道："七宝妙树皮能操控世间一切植物，包括树妖一族……只怕南林不日便会有一场骚乱。"

月初与红红对视一眼，均感到事态严重。

西门家的暗室中，西门攻端着木盒恭敬地走了进来："师弟们将七宝妙树皮夺来了。"

西门隶苍老的脸庞在微弱的灯光下显得阴沉恐怖，他声音嘶哑道："放下。"

西门攻将木盒放下，正要退下时，西门隶突然喝道："站住！"

西门攻脚下一顿，目中流露出惊恐，还不等他求饶，一道法力便打在了他的身上，他连忙跪倒在地不敢抬头，窸窸窣窣的声音从远处传来，只见一条黑蛇吐着芯子游到了他的面前。

西门隶盯着他道："王权山庄之行，我给了你那么多法力，你还是败给了东方月初那贼小子！你自己说，该受什么惩罚？！"

西门攻惶恐地看着那黑蛇陡然立起身子朝自己攻来，惊恐下不慎打翻了桌上的木盒，木盒掉落摔开，里面竟空空如也。

黑蛇倏然止步，西门隶死死盯着木盒，勃然大怒道："七宝妙树皮呢？！"

西门攻连忙摇头道："弟子不知，一定是师弟们出了纰漏！对了，听闻他们途中曾遭遇月啼族长之女月啼暇的攻击，法宝一定、一定是落在那女妖手中！"

西门隶神态阴狠骂道："一群废物！你去，夺不回七宝妙树皮，我要你的命！另外……此番参与夺宝的弟子，一个不留，全杀了！"

西门攻满头冷汗地连连点头，连滚带爬地逃出了暗室。

（一百零五）尾生逃生

好不容易逃回西门家的胡尾生摸了摸自己的肚子，肚子里恰好发出饥饿的鸣叫声。他吞了吞口水，悄悄摸进了厨房，开始翻箱倒柜地找吃食，翻找时还不忘抓抓后背。不知怎么回事，这一日他的后背总瘙痒难耐，在他自己看不到的地方，七宝妙树皮如胎记一般附着在他的后背，微微散发出绿色的光芒。

"包子！"胡尾生突然看到一盘包子，欣喜地端起来，他正要塞到嘴里，突然听到外面喧嚣声起。一同从南林逃回来的弟子好似在求情："七宝妙树皮的确在盒子中……"

厨房外，两名弟子惶恐地跪在地上求饶着，而西门攻则面无表情地挥出一剑，结果了两人。

胡尾生叼着包子看到外面的鲜血喷溅在厨房的窗子上，耳边是西门攻的声音："仔细搜，凡是参与了夺七宝妙树皮的弟子，一个不留，通通处死！"

厨房中的胡尾生双腿发软，手里的盘子不停抖动着，终于掉落下去摔得粉碎。

透过窗子，西门攻的影子停下，缓缓回过头，朝厨房走来。

西门攻慢慢踏入厨房之中，目光凌厉地扫过胡尾生。胡尾生站在案板前，一脸面粉让人看不出模样，他哑着嗓子道："大师兄，晚上吃饺子吗？"

西门攻见胡尾生正在揉面，除了脸上，身上也满是面粉，放松下来冷冷道："仔细做事。"

胡尾生连连答应着，直到对方转身离开，才呼了口气滑落在地。

西门攻一路走到花园中，手下弟子匆匆汇报道："大师兄，全府上下都查了个遍，还差一人，应该还在府中。"

西门攻顿住，脑海中突然想起方才在厨房中见到的那人，面色一变，连忙朝厨房而去，汇报的弟子见此也连忙跟上。

一行人来到厨房，只见里面早已空无一人，西门攻愤怒下令道："追上之后，就地格杀！"

南林的树林中，胡尾生狼狈地在林中狂奔，不知过了多久，他才找了棵大树坐着躲藏，他惊魂未定地低喃着："还好有个狗洞让我钻，太吓人了……"

说着胡尾生从怀里掏出个包子，正要吃时，身后由远及近传来脚步声，他吓得浑身颤抖，紧张到了极点。

不远处两名西门家弟子面带杀意地四处打量着，最后视线落在了胡尾生躲藏的大树上，两人对视一眼，慢慢朝那大树逼近，树后的胡尾生紧张到快要绷不住时,那两个弟子突然停下了脚步。

"那是……涂山大妖?"一个弟子低声道。另一个弟子警惕点点头,两人视线相对,急忙转身离去。

虽然这两人走了,胡尾生的心却更凉了,他老老实实地藏在树后,连大气都不敢出。

红红、月初和不醉远远而来,月初不解道:"不让我去见树妖一族便罢,为何连红红也不让去?"

不醉尴尬地找着借口道:"那、那不是为了你好嘛……此前你不是一直吵着要追求大当家?老狐狸也是想给你们创造独处的空间和机会。"

红红横了涂山不醉一眼,不醉嘿嘿一笑,月初道:"你既这么好心,便更不该跟来才是。"

不醉被说得越发尴尬:"这……这……"

月初促狭道:"这什么这,你以为我不知道?你跟南林树妖一族的族长月啼春,你们是……"

不醉连忙打断他的话:"此事你怎会知晓,谁告诉你的!"

说罢,不醉下意识瞪视着涂山红红,涂山红红道:"我没那么无聊。"

月初见涂山不醉被红红挤得敢怒不敢言,笑得十分快乐:"好了,不逗你了,我跟红红去西门家,你自己去会老相好便是。"

涂山不醉知道自己情事被揭穿了,也不生气,羞恼地嘿嘿一笑:"月初你小子当了盟主,果然识大体。那老狐狸就不打扰你俩了,先走一步!"

月初和红红看着涂山不醉几个掠身消失在树林间,无奈一笑,也朝一侧走去。

树后的胡尾生举着包子灵光一闪:"月初……盟主?难道是之前师兄们说过的盟主东方月初?!"

(一百零六)两盟冲突

这边南林树妖一族的山边小屋外,倏然传来一声暴喝:"谁是你的老朋友?你有多远滚多远!"

涂山不醉眼见着门在自己面前重重合上,差点砸到自己鼻子,却也不恼,只笑嘻嘻地哄着爱人:"小春,小春,开门!"

门内月啼春还不解气:"妖盟没人了?居然派你这老不死的来!当年不是说好了老死不相往来?!"

门外的涂山不醉一脸歉疚,小心翼翼道:"小春,你大人不记小人过,就原谅我吧，那七宝妙树皮，我肯定帮你夺回来。"

门"吱呀"一声被打开，月啼春俏生生地站在不醉面前，不醉痴痴地看着多年未见的爱人，喃喃道："小春……"

月啼春恼羞成怒道："老不死的，发什么痴！还不快说怎么夺！"

不醉回过神来，连忙道："哦，你放心，妖盟和一气盟两位盟主已经去了西门家，必能助你夺回法宝！"

月啼春冷笑一声，将门砰地关上："那你让我开什么门！"

不醉无奈道："唉，你就不能让我把话说完？盟主让我们去西门家会合！"

门再次被猛地拉开，月啼春满脸怒容地冲了出来，一边往西门家方向走，一边骂道："你这个老不死的，为何不早说！"

红红和月初已经被迎进了西门家，西门家前厅的屏风上绣着乌蛇纹样，看起来颇有几分诡异，弟子恭敬道："两位来得不巧，家主闭关修炼不便见客，还请见谅。"

月初摇头道："无妨，我们此次前来乃是为树妖族七宝妙树皮失窃一事，无须劳驾西门家主，只需有个掌事的带着便是。"

这弟子一听到"七宝妙树皮"，脸色当即微微一变，红红看着这弟子问道："家主闭关，门下事情交给谁负责？"

"我负责！"

几人循声音看去，只见西门攻脸色阴沉地从外而入，月初微微一笑："原来是你，那日夺盟主令时……"

西门攻冷冷打断他的话："那日不过是你侥幸胜出罢了。"

月初嗤笑一声："侥幸胜出？看来心里不服气得很啊，难不成还想与我一决高下不成？你这样的，当陪练还不够资格……"

月初话未说完，红红便神色一凛提醒道："小心！"

只见西门攻使出一道法力袭向月初，月初连忙使出灵力相抗。两人对峙间，月初只觉几日不见这西门攻的修为竟有了极大提升，他连忙凝力压制西门攻，对方慢慢支撑不住，单膝跪地。

原本观战的红红眉头一皱，只觉闻到了一股浓郁的香气，那香气如缕缕雾气渐渐弥漫开来，月初收了灵力，朝屏风后看去，只见屏风后有人影由远及近，一个沙哑苍老的声音传了过来："远道而来是客，待客的道理全忘了吗？"

西门攻惶恐地看着屏风后的人影道："师父，您老出关了？！"

屏风后的人影缓缓坐下道："还不快该干什么干什么去！"

西门攻面上一滞，含恨看了眼月初，连忙退下。

红红盯着屏风露出些许警惕道:"西门家主,树妖一族的七宝妙树皮,现在何处?"

屏风后的西门隶一边在香炉中添加香料,一边冷笑道:"树妖一族丢失法宝,与我西门家有何关系?"

月初道:"树妖族称,是西门家弟子夺走了法宝。"

西门隶继续冷笑道:"如此说来,东方盟主也认定法宝在西门家了?若是东方盟主需要寻宝相助,一句话的事,西门家必定出人相助,可若是听信妖族,非得往西门家泼脏水,逼得西门家叛出一气盟,那么,休怪本家主不客气!"

月初一怔,只觉屏风后飘出的香气带出了几丝杀气,红红接话道:"西门家主打算以叛出一气盟来威胁东方盟主?"

西门隶反唇相讥道:"是又如何?口说无凭,难不成二位盟主还想无端栽赃?"

红红打出半片残叶,那叶片自屏风上空飞过,落入了西门隶手中:"此为南林地界内发现的树叶,其上残痕,正是西门家的落木无边所致。"

西门隶看着树叶道:"就算西门家的人曾去过南林,也不能证明七宝妙树皮便是西门家所盗!"

月初道:"可西门家入侵南林地界,该作何处置?不知西门家主愿不愿意让树妖一族找上一找,如此一来,既可证明贵门派的清白,又抵了西门家擅闯南林之过,对于两盟来说,皆是好事。"

屏风后沉默片刻,声音变得恼怒道:"你们想搜查西门家?!"

月初道:"非也,七宝妙树皮乃树妖一族的至宝,凡是碰过的人,身上必留下气息,只要让他们族长来此一探,自会真相大白。"

西门隶冷笑道:"说来说去,还是要搜查西门家。可以,只不过,西门家一向行事磊落,这一回若是树妖族诬告了西门家,东方盟主又打算如何替西门家做主?"

月初问道:"你欲如何?"

屏风后,久久没有回应,在月初与红红等得不耐烦时,西门隶才终于开口道:"三滴血,我要对方留下三滴血认错!"

红红听了,当即凝出灵蝶传与涂山不醉。

已经走到西门家门口的月啼春气势汹汹地推开雕刻着乌蛇家徽的大门道:"不就是三滴血吗?老娘不怕。只要西门家有人接触过七宝妙树皮,绝对瞒不过老娘!"

跟在她身后的不醉却蹙眉劝道:"话虽如此,可西门隶提出的这个要求实在怪,咱们修行之人的精血……"

月啼春冷笑一声："分明就是故布疑阵，让老娘不敢去寻宝罢了！那他也太低估我月啼春了！"

看着这两人吵吵嚷嚷地进去，胡尾生躲躲藏藏，看着西门家所在的方向琢磨着——东方盟主进去这么久了，怎么还不出来？

而胡尾生的头顶上，月啼暇则坐在树梢上默默观察，也思忖着："看这傻小子，似乎还未发现身上的七宝妙树皮，先下手为强，后下手遭殃，得想个法子，将法宝夺过来才是。"

片刻后，月啼暇灵光一闪，唇角露出邪笑，从树上跃下，胡尾生若有所察，连忙回过头来，只见月啼暇正柔弱无助地看着他。

胡尾生满眼惊恐，转身便跑："女、女强盗！救命！"

月啼暇暗骂一声，连忙用妖力绕到胡尾生面前，使出障眼法让自己身上带血，娇柔虚弱地倒在胡尾生面前，抱着他的腿悲戚道："公子救我！我的孪生姐姐要杀我，就是那个长得跟我一模一样，但性情狠辣，动不动就喊打喊杀的……"

胡尾生怔了一下："那个坏女人？"

月啼暇连连点头："对对对，那个坏女人！"

胡尾生狐疑地望着月啼暇，而月啼暇则假装楚楚可怜地眨了眨眼，胡尾生连忙摇头道："不成！你姐姐太可怕了，我本来就得罪了西门家，要是再救你，与你姐姐为敌，肯定死定了。我救不了你，你快逃跑！"

胡尾生说罢拔腿就跑，谁知月啼暇却死死抱住他不放，直接被拖行了一小段，胡尾生忍不住道："求求你放过我吧，我不能救你！"

月啼暇眼珠一转，索性翻了个白眼直接晕倒在他面前。

胡尾生惊讶地看着晕倒了仍紧紧抱着自己腿的女人，连忙推她道："喂，喂！"

月啼暇这才脸色苍白地悠悠转醒，她眼睫毛上挂着未干的泪水，紧紧抓着胡尾生道："公子，求求你……"

胡尾生看着月啼暇身上的伤以及眼角流下的泪水，内心挣扎着，最终只得开口道："先说好了，我带你逃，可我法力微弱，若你姐姐真的追来了，我护不住你，咱们只能各自逃命！"

月啼暇连连点头，一副不胜感激的模样。

（一百零七）三滴鲜血

西门家的前厅中依旧飘浮着浓重的香气，赶至此处的月啼春冷哼道："西门隶，你少故弄玄虚，等老娘找到了七宝妙树皮，看你还有何话可说！"

西门隶淡淡冷笑道:"好啊,那就仔仔细细地查吧。"

见西门隶如此淡定,红红隐隐觉得有些不对劲,好似进入了某个陷阱一般,电光石火间,红红与月初对视一眼。月初也似乎察觉有异,正要出言阻止,就见月啼春已经散出妖力感应西门家的气息,绿色的灵光从前厅朝四面八方散去,整个西门家悬浮着绿色的荧光,搜寻着七宝妙树皮的气息。

许久,月啼春一脸震惊地收回妖力:"怎么可能!"

屏风后传出声声冷笑:"查也查了,七宝妙树皮的确不在西门家,接下来,该偿还这污蔑西门家的代价了。月啼族长,有两位盟主做证,你该不会不认账吧?"

月啼春倔强道:"自然不会,三滴血,我认了!"

西门隶低低笑着,屏风后好似透出阴森恐怖的气息,厅中突然传出咝咝的声音,红红与月初面色一变,只见屏风后一尾黑蛇吐着芯子咝咝而来。

西门隶冷冷道:"此蛇是我心爱之物,就由它代我取月啼族长三滴血。"

红红定睛看那黑蛇,只见它通体乌黑,瞳孔鲜红,透着阴森、不祥之感,迫于红红的妖力,黑蛇停止不前,翘起身体吐着血红的芯子。

月初蹙眉望向屏风处道:"西门家主当初可未说要以蛇取血。"

西门隶沉声道:"可也未说不能以蛇取血。东方盟主,此前你纵容妖族污蔑我西门家,已然寒了众弟子的心,难道,事到如今,你还要偏心妖族吗?未免也太不将我西门家放在眼里了!"

话毕,西门隶强大的法力外溢而出,整个房间内充满了脉冲的法力,红红一扬手化去这些法力道:"愿赌服输,只是,我需要先检查那条蛇!"

屏风后冷笑道:"请便!"

红红上前用妖力探测着这条蛇,月初、不醉和月啼春三人紧张地盯着,片刻后,红红收了妖力,朝几人摇了摇头。

月啼春看向屏风道:"西门隶,是我判断失误,无关两位盟主之事,你要取血,便来吧!"

黑蛇巡游至月啼春面前,露出白色的獠牙,不断地吐着蛇芯子,千钧一发之际,涂山不醉突然上前护在月啼春面前,迎向那条蛇大声道:"等等!西门隶,你只说留下三滴血,却未说要留谁的,老狐狸血多,留老狐狸的!"

月啼春沉声呵斥道:"老不死的,你别胡闹!"

屏风后再次传出沙哑又得意的笑声:"早就听闻妖盟涂山长老与月啼族长年轻时曾有一段情缘,为了这份情,涂山长老终身不娶,倒是月啼族长一转身便嫁了他人。看来,传言果然没错,涂山长老对月啼族长还真是一往情深!既然如此,我便成全这份痴情!"

月啼春恼羞成怒地要推开涂山不醉,那黑蛇却反逼向涂山不醉,涂山不醉伸出手来,让那黑蛇咬上了虎口,鲜血瞬间溢出。

取完血,四人走出殿外,月啼春忍不住怒骂道:"老不死的,谁让你替我了,就非得让我欠你这份情?!"

不醉嘿嘿一笑道:"不就是被蛇咬一口,欠什么了?年轻时还潇洒点,老了反倒矫情起来了!"

月啼春又羞又恼,转身便走,月初看着这两人,打趣道:"还不快追!"

涂山不醉看向红红,红红也道:"快去吧,你想错过几次?"

不醉连连点头,忙不迭地追着月啼春而去。

月初见月啼春和涂山不醉的背影消失,敛了笑,带着几分严肃望向红红道:"你支开长老和月啼春,莫不是也发现了西门家的异常?"

红红道:"不错,月啼春性格激烈,若是知晓疑点,必藏不住心绪,倒不如查出真相后,再告诉她不迟。"

月初暧昧地笑望着红红道:"果真是心有灵犀!"

红红不理他,一边往外走着一边道:"西门家门下弟子众多,如何今日却这般少?"

月初也思忖着道:"而且一路行来,这些弟子似乎都有些惊慌……西门家一定有古怪!"

红红颔首道:"不错,尤其是西门隶,行事着实诡异。"

月初也点点头道:"依我之见,不若让长老和月啼族长先继续寻找七宝妙树皮,我们两个守在附近,看看那西门隶究竟在筹谋什么!"

月啼暇和胡尾生一路沿溪边小路走着,月啼暇偷眼打量着胡尾生,心里幻想着他爱上自己的画面,不由得打了个激灵,差点吐了。胡尾生回头看她,关心道:"你没事吧?"

月啼暇连连摇头,寻着一块大石头不胜娇柔地坐下,可怜巴巴地望着胡尾生道:"没事没事,我只是走得太久了,太累了……想喝点水。"

胡尾生点点头,呆呆地道:"想喝水?好啊,我等你。"

月啼暇心中暗骂着"傻子不解风情",面上却装出一副怯生生的样子:"我……我身上有伤,实在走不动了,能不能麻烦公子替我取些水来?"

胡尾生这才反应过来,连忙答应着,走到溪边,拿出随身携带的水壶装水。他身后的月啼暇则冷冷一笑,轻轻使出妖力,一股强风卷起树叶朝胡尾生袭来,胡尾生一个不稳,直接被推入了水中。

可怜这胡尾生并不会水,在溪中沉沉浮浮地扑腾着,拼命挣扎呼救:"救命！救命！"

月啼暇在岸边冷笑着，冷眼旁观胡尾生呼救声减弱，慢慢沉没，突然间，只见胡尾生身上散发出绿色光芒，绿色藤蔓伸出，缠绕住岸边的大树，将胡尾生拉上了岸。

"这也不行？！"月啼暇恼怒地看着躺卧在溪边湿漉漉的、仍然昏迷的胡尾生。

片刻后，月啼暇眼珠一转，又有了主意。她克制着内心的不情愿，紧闭双目开始替胡尾生做人工呼吸。

当胡尾生缓缓醒来时，正看到月啼暇眼中含泪地帮自己做人工呼吸。突见胡尾生醒来，月啼暇连忙道："太好了，你终于醒了，我方才真的好担心你。"

胡尾生艰难地坐起来，发现两人靠得极近，自己唇上还带着淡淡的暖意，月啼暇娇弱羞赧道："对不起，男女授受不亲，我、我不是有意冒犯你的……"

胡尾生连忙摇头道："千万不要自责，你是为了救我才……总之，你是个好姑娘。"

月啼暇含羞带怯地望了胡尾生一眼，这一眼让胡尾生突然心头如小鹿乱撞，生出了想护她的心思。

两人正对望着，一阵风吹了过来，胡尾生本就湿了衣服，这一着凉，连打了几个喷嚏，月啼暇假作关心地伸手摸着他的脸颊和额头："可是方才着凉了？"

感受到香软小手的抚摸，胡尾生脸上的温度噌地升了上去，他连连后退，后背贴上了树干，月啼暇紧跟上来，打量着胡尾生，目光在他身上流连着，心中嘲笑：这傻子还知道害羞，不知七宝妙树皮在他身上的哪一处。

胡尾生见月啼暇一直看他，误以为对方在关心自己，害羞道："我没事，真的没事。"

月啼暇温柔地蹲下，再次伸出手抵上他的额头道："公子，你就别逞强了，还有点烫呢。"

胡尾生感受着那小手慢慢下滑，贴上了他的心口："身上也热吗？"

胡尾生整个人都愣住了，月啼暇的手飞快地在他身上移动着，她心里有些焦躁地念叨着："不在前胸，不在小腹，难道在后背？"

就在月啼暇要往背后摸去的时候，胡尾生一把抓住了她的手，面带潮红地不停摇头："姑娘，我真的没事！"

月啼暇装作不懂，还要上手道："怎么可能没事？你脸都烧红了。"

（一百零八）决定提亲

胡尾生脸红得好似煮熟的虾子，他猛地推开月啼暇，朝身后的林中跑去，一路跑到喘不上气了，才靠在一棵大树下平复心跳。他想到月啼暇，不由得低喃道："从小到大，还没有一个人如此关心我，甚至是不顾礼节地细心照顾我……不不，胡尾生，你不能这么轻易就被感动，她姐姐这么厉害，等她养好伤，还是得离她远点！"

这时，月啼暇已经追了上来："公子——你怎么了？"

胡尾生狠下心来，转过头拒绝道："等你养好伤——"

话还未说完，就见林中突然出现了四五名西门家弟子。胡尾生面露惶恐，正不知该怎么办时，月啼暇却挡在了他的面前道："我去引开他们，你赶紧离开，去溪边等我！"

胡尾生心中虽然害怕，但还是鼓足勇气道："不行！这太危险了，你……"

不等胡尾生把话说完，月啼暇便冲了上去。

弟子们只见一道残影飞掠而去，立刻围了上去叫道："在这里！快，抓住她！"

几个弟子边喊边持剑追了上去，胡尾生鼓足勇气想要上前，却见这些人速度太快，一下就失去了踪影。他见月啼暇遇到危险竟真的不顾自身安危，为自己引开了杀机，心中惊讶又感动，眼眶不由得一热，再也无法拒绝这个为了自己连命都豁出去的女孩。

南林树妖小屋中，月啼春坐在屋内生着闷气，而涂山不醉则委屈巴巴地坐在门口道："你放心，大当家和月初亲自出马，无论如何都会将法宝找回来的！"

月啼春愤愤道："你是不是也觉得是我弄错了？"

涂山不醉连忙辩解道："怎么会，你永远都是对的！肯定是那西门隶。阴阳怪气，不知道耍了什么手段！"

月啼春听了这话，终于气顺了些，瞪着涂山不醉道："怎么，老不死的，还不快过来上药！"

不醉喜不自胜，笑得花儿似的连忙进了门，他看着月啼春低头为自己上药，忍不住尴尬地嘿嘿笑道："这个……听说你有个女儿，怎么一直没见……"

月啼春叹了口气道："别提了，成天瞎胡闹，这几日准是又跑到别处顽皮去了，真是不让人省心。"

不醉劝道："不是我说你，你也该收收脾气，多关心关心孩子。"

月啼春眉毛一竖："要你管！"

不醉连忙小心翼翼道:"你先别恼,那孩子就剩你一个亲人了……"

月啼春打断他的话,手上用力使劲儿擦着药道:"闭嘴!你一个没孩子的教我如何管孩子,你管得着吗?"

不醉疼得连忙闭嘴不敢再说话了。

日落月升,星子点点散落在夜幕上。胡尾生在溪边升起一丛篝火,不时焦急张望着,提心吊胆地竖着耳朵。好半晌,他终于听到一阵极轻的脚步声,只见小溪对面的黑暗中,月啼暇正站着。

月啼暇没注意胡尾生的存在,正弯腰洗着手上的鲜血,嘴里念叨着:"该死的,西门隶那老蠢货竟然派人追我,姑奶奶我费了好一番工夫才脱身。不过,好在没让他们发现七宝妙树皮在那傻子身上……"

正絮叨着,突然听到有水声传来,她连忙敛声望去,只见胡尾生正踩着溪中的石头摇摇晃晃地朝她跑来:"你、你没事真是太好了!"

月啼暇惊讶地看着胡尾生一脚踩空摔到水里,又从水里爬起来赶到自己面前。对方一副欣喜又尴尬地拽着自己的胳膊道:"我在林子里找了好久,没找到你,那些人那么厉害,你是怎么逃脱的?你没受伤吧?"

月啼暇快速思索着借口,索性顺势扑到胡尾生的怀中道:"他们追上我,见认错了人,就放我走了。我一直迷路,找了好久才找到这里!公子,我好怕!"

胡尾生被月啼暇抱了满怀,彻底惊呆了,过了片刻,终于轻轻拍上了月啼暇的背:"你别怕,他们已经走了。"

月啼暇胡乱地点点头,趁着两人亲近,她又伸手在胡尾生的后背摩挲,刚要碰到七宝妙树皮时,手突然停了下来,只见胡尾生不知何时已经泪流满面,抽泣不止。

"你……干吗?"月啼暇有些无措地问道。

胡尾生边抽噎边道:"以前,从来没有人这样关心我、保护我,也没有人这样陪过我。"

月啼暇一怔,眼前闪过月啼春忽略自己的种种画面,小声道:"你父母呢?"

胡尾生略悲伤道:"我很小的时候,他们上山砍柴,遇上了狼……所以我是吃百家饭长大的。后来西门家招纳弟子,我报名被选中,这才有了安身之处。"

月啼暇没想到这傻子倒有几分可怜,心想:以后夺了宝,饶他一命算了。

胡尾生见月啼暇出神地看着自己,以为她在替自己伤心,连忙用袖子擦了擦泪道:"唉,不说这些了。今日你护着我,便是我的救命恩人,以后有包子,我都分你一半。"

月啼暇道:"我不喜欢吃包子。你不是说要照顾我吗?你要如何照顾我?"

胡尾生反应了一下，有些迟疑道："实不相瞒，我得罪了西门家，这才被追杀。不过你放心，新上任的东方盟主来了，听闻他对普通弟子和百姓都很好，等寻到盟主，他定能护下我们。"

月啼暇下意识一把抓住胡尾生："不能找盟主！"

看着胡尾生疑惑的目光，月啼暇脑子迅速地转着：若是这傻子得了盟主庇护，自己还如何夺宝？想了又想，她突然泪盈于睫，泫然哭泣道："你说的照顾我，就是找盟主吗？"

胡尾生点点头道："不然呢？我法力微弱，万一西门家的人又追上来了，根本护不住你。"

月啼暇的眼泪落了下来，轻轻抽泣道："我还以为，你要向我母亲提亲呢。"

"提……提亲？！"胡尾生震惊地看着月啼暇。

月啼暇点头道："此前，你落水，我为了救你……我们两个已经……已经有了肌肤之亲，你……你难道不要照顾我一辈子吗？"

胡尾生仍在震惊之中，月啼暇接连问道："难道你不认账？难道你讨厌我？"

胡尾生连忙摇头，月啼暇拽着他的衣袖继续逼问："那你为何不向我家提亲？你去向我娘提亲，她一定会答应的。你放心，我家的长辈还算有些本事，定能护下我们两个……你到底去不去啊！"

胡尾生望着月啼暇，见月啼暇撒娇似的晃着他的袖子，如葡萄一般的眸子里闪着期待，不由自主地点了头。

月啼暇激动地忍不住问道："那你喜欢我吗？"

胡尾生望着对方，像是用尽勇气般说道："我会努力喜欢你的！"

月色下，两人久久对视着。

远处的一个山坡上，几个西门家的弟子卧倒于地，捂着伤处勉强站起来，看向赶来的西门攻道："大师兄，你终于收到我们的传信了！"

西门攻忽视他们身上的伤，只问道："人呢？"

弟子惶恐道："月啼暇妖法甚高，她手里的那根树藤更是难缠。弟子们……不是她的对手。"

西门攻扫过他们，心中有数，握紧手上的长鞭："辛苦了，不过，眼下还得让你们几个为师门做点贡献。"

几个弟子连忙道："大师兄请讲，我等虽法力不济，但为师门赴汤蹈火，在所不辞！"

西门攻冷笑道："很好，那你们便通通为师父做点贡献吧！"

几个弟子正疑惑间，就见西门攻手中长鞭如灵蛇般游出，仿照月啼暇的攻击将这些弟子杀倒在地。

确认师弟们全部气绝后,西门攻这才蹲下身,拉起其中一个弟子的衣角擦拭着手上的血迹,脑海中不由得浮现出自己曾经杀了弟子们,将尸体送入暗室,偷瞅到西门隶以妖力吸食尸体精血的画面。

他冷酷地看着眼前的尸体道:"你们几个也算死得其所了,不仅能奉养师父,还能助师父将这笔血债名正言顺地同树妖们讨回来。"

西门家附近的山林里,淡淡的雾气飘浮起来,一直潜伏在附近观察西门家的红红和月初正埋伏在此。红红悄声道:"西门隶出门了。"

月初与红红对视一眼,默默跟上西门隶,往丛林深处而去。

来到林中,西门隶却不急着行动,只稳稳地站在月光下,像是静待猎物上钩的毒蛇。岁浮周身盈溢着黑气,如鬼魅般出现在他的面前道:"全都安排好了。"

西门隶冷笑着点点头道:"涂山红红,你以为我未察觉你在黑蛇中布下了狐念之术这种小伎俩吗?既然如此,那我就正好将计就计引你们入阵。岁浮,相助我!"

岁浮与西门隶同时抬手,银光突然四散而去,布下一张巨大的迷网。

"去!心入迷离,成你们心中所想,惧你们心中所疑!"西门隶沙哑的声音在林中回荡,黑蛇瞬间蹿入林中。

红红与月初方一入林便察觉出不对,只见四周漆黑一片,夜雾迷离好似藏着无限杀意,红红立刻提醒道:"当心!"

一股前所未有的深浓黑雾带着强大的黑暗力量笼于林间。偌大的树林中,岁浮发出刺耳的狐鸣,一双双红色的眼睛守卫四周,将两人困在阵中,那隐匿在黑暗中的黑狐们,集体爆发出强大的黑暗力量。

红红有些惊慌地回过头来,发现在浓浓黑雾中,已经不见了月初的身影。

(一百零九)迷离之阵

落单的红红再一眨眼,发现自己已经被困在了一个暗黑的结界之中。黑暗中,咝咝声回荡着,黑蛇直立于红红面前,用鬼魅的声音道:"涂山红红,娘娘有令,让你见识一下真正的黑狐之力!"

诡异的笑声中,红红的颈间突然浮现出黑色的羽花,羽花不断窜涌着,她努力克制着内心澎湃的恶意:"无论你们有什么阴谋,都休想得逞!"

随着诡异的笑声,阵法大变,漫天银光流转,阵中化作巨大的黑洞,黑洞中的影像如同苦情树的树心,飘浮着无数黑色的羽花。

"爱恨恩怨，一念之间，无人可逃！"

黑色的羽花环绕在红红四周。蓦地，黑色羽花射入红红眉间，她的双眼蓦然变红，陡然进入了某个幻境之中。

幻境中的红红只见月初正背对着自己坐在苦情树下，她一步步走上前，疑惑道："月初？"月初转头时，眼神妖异怨怼："为何瞒我？你一直想要我的命，对吗？"

红红周身寒意渐起："你听说了什么？"只见月初诡异一笑，巨蛇猛地从他身后探头，朝红红扑去，血盆大口好似要撕咬红红。

红红猛地睁开眼睛，露出一抹凄凉又迷离的神色，耳边则是月初的呼喊，她陷入阵中，四周皆是黑暗，用尽全力也无法挣脱。

"月初……月初……"红红梦呓着，呼唤着月初的名字。突然一道灵力强制将红红压制，把手按在头的两侧，月初的声音在耳边炸开："红红，醒醒！"

红红挣扎，猛地睁开眼睛，只见月初的唇骤然落下，她一偏头，月初的吻落在脸侧，他强势地将红红的两只手压制着，捏住红红的下巴，唇再次落在了她的唇边。红红反应过来想要挣扎，月初的力道渐渐加重，血顺着唇落在了红红的唇上。两人呼吸交缠着，神血终于让红红眸中的疯狂退去，稍稍恢复了清明。

阵中的西门隶和岁浮惊讶地看着眼前一幕，岁浮更是忍不住道："竟以东方灵血唤醒神识！"

西门隶道："无妨，怀疑的种子已经种下，不日便会开花、结果。"

红红神色一凛，望向月初。只见月初唇间伤口殷红，也正看向红红，月初道："你看到了什么？"

红红摇摇头低声道："西门隶有问题！"

月初震惊地看着红红，而血光仍在上空盘旋着，红红的手轻轻滑过方才撕咬过的月初的唇间："还疼吗？"

月初脸色略微苍白地摇了摇头，眉宇间却尽是担忧。

"方才，你怕吗？"红红轻声问道。月初摇摇头，像个渴望爱的孩子，生怕红红忘了自己："便是那般情景，你依然记得我，对吗？"

红红心疼地望着月初道："答应你的事，便不会更改。"

月初情不自禁地低头，细密地吻着红红，红红颈间的黑色羽花渐渐退去。

亲吻中，月初脑中不由得回想起方才他在迷离阵中所经历的一切。

孩子们的声音在葫芦村的小木屋上空回荡着，两个小孩一人各拉着月初的一只手不停喊着"阿爹"，眼前还有几个小孩都在十岁上下，有的长了狐狸尾巴，有的长了狐狸耳朵。他惊讶地朝小屋外看去，只见红红竟然在外面院子里晒衣服，朝着自己回眸一笑。

月初连忙起身，怀里抱着一个孩子，身后又跟着一串，只觉得这些孩子每一个都可爱至极，心中充满了幸福。他来到红红身边，红红朝他脸上落下一吻，月初幸福地笑着，看孩子们围到两人身边。

月初一个个摸过孩子的脑袋，突然疑惑道："少了一个？"

突然间，月初的耳边响起尖厉的哭喊声："阿爹救我！"

影像陡然扭曲，月初眼前突然出现了燃烧的苦情树，熊熊火光与四溢黑烟中，小孩子哭得声嘶力竭。只见苦情树下，孩子在红红的怀中哭得撕心裂肺，红红抚摸着孩子的头，低声道："东方家的人，总得付出点什么……"

月初不明白什么意思，急怒交加地吼道："红红，你疯了！"

红红看向月初道："契约在东方家的血脉中，不能毁约！"

说罢，只见红红一把将孩子推向苦情树。月初抢在烈焰之前将孩子护下，那烈火竟将月初卷入，月初全身被火光吞噬，一寸寸疼痛入骨，眼前陷入了一片黑暗。

暗夜中，月初睁开了眼睛，发现自己靠在红红的肩头，眼前则是平静的南林，这让月初心头更加恐惧。他没有惊动红红，就这么睁着眼睛，可那阵中的情景与清晰的痛楚依然如真的般回荡在他的脑海里。他望着黑夜，脑海里回响着梦中的声音："契约……契约……契约……"

月初心里安慰着自己，这一切不过是一场幻境……

第十五章 黑狐之患

（一百一十）和平之村

天光渐渐亮起，雅雅正趴在涂山学堂的讲案前，专心地涂涂改改。外面传来脚步声，她耳朵动了动，道："里里外外我都巡视过了，没有异常。"

阿来走到她身边坐下，故作叹息道："唉，果然受伤瘆倒了真不行，红红去南林不让随行，现在连你巡山都不带本少了。"

雅雅给了他个大白眼，懒得理他。阿来凑上来，望向雅雅正在涂改的纸张，一行行念起来："六域安危不是傲来三少一个人的责任，没有任何人需要独自为六域安危负责，守护家园是每个生灵都需要做的事……你写这些做什么？"

雅雅道："投稿啊。姐姐不是传信说在南林发现了黑狐的踪迹，情势迫在眉睫，我必须呼吁六域所有人、妖共同参与到守卫六域的职责中来。"

阿来点点头道："不错，现在学会思考了，也知道要集合他人之力了。"

雅雅皮笑肉不笑道："我怎么觉得你这话不像是真心夸赞呢？"

阿来仰头看着雅雅，雅雅伸手敲了敲他的脑袋："你别动！"

阿来一怔，就见雅雅提笔在他的脸上画起了画来。阿来刚想躲避，就被雅雅一个眼神给钉住，不敢动弹。他宠溺地看着雅雅笑着在他脸上画了个大大的酒葫芦。

待画完后，阿来无奈道："你竟在本少的脸上画酒葫芦啊，等下便是查探苦情树的时间了，若被别人看到，本少颜面何在？"

雅雅笑道："放心，整个涂山，没人敢嘲笑我涂山雅雅的人。"

阿来心间一动，望着雅雅的眸中多了几分柔情。他将头抵在了雅雅的身上："以前，我独自在世上活了几千年，也没觉得孤单，认识你以后，才知道思念一个人的滋味。雅雅，我得承认，在天门关时，我怕了，怕再也见不到你……"

雅雅动容地摸着他的头道："傻瓜……以后，我们永远也不分开了。"

阿来点点头，眼神坚定道："以后，永远。"

两人互诉衷情时，一只灵蝶朝两人飞来，雅雅伸出指尖读取灵蝶，随即叹气道:"是和平之村,又有争执了,我们赶紧去看看。"

阿来点点头,随着雅雅往涂山后山的和平之村走去,走前仍觉心绪不宁,反复回头看向苦情树。

两人到了和平之村,只见妖族与人族的小孩都站在广场中央,楚河汉界分得清清楚楚,十来个小孩、小妖身上都带着伤痕。付澄沉着脸道:"这都是第几次了?上次怎么说的?再有下次,绝不轻饶!"

流觞一边劝孩子,一边劝付澄道:"付澄,你消消气,他们还是孩子……"

付澄气得瞪着流觞道:"你闭嘴,犯错就是犯错,年龄小不是借口。是谁先动的手?!"

流觞被说得无奈,侧头看到雅雅和阿来赶到了,连忙迎上去:"二当家、阿来公子,这次……不是打架了,是群殴。"

另一边,孩子们突然大声吵嚷起来,一个个都神情不忿地盯着对面阵营。

"是那几个小妖先动的手!"

"是你们先骂我们的!"

"是你们!""是你们!""你们你们你们!"

"通通闭嘴!"雅雅走上前,突然大吼道。

小孩们先是愣怔了一下,看清来人后越发愤怒起来:"妖果然不讲理,我们不要跟妖一起了!"

"我们也不要跟人在一起,人滚出去!"小妖们也吵嚷起来。

雅雅看着这些孩子七嘴八舌地再次吵闹起来,气得快要头顶冒烟。她猛地举起拳头道:"吵死了!谁敢再说一句,我便揍谁!"

孩子们见雅雅举起了拳头,终是瑟缩地闭上了嘴巴,但望向彼此的眼神中依旧充满了怨恨。

雅雅环顾广场四周,心中有了主意:"你们都不想跟彼此有接触是吗?"

众小孩齐声道:"不想!"

雅雅点点头道:"好,以后,便以此广场为界,人、妖各占一边,谁都不准越界来往,违者重罚!"

众人一怔,付澄看向雅雅,雅雅俏皮地朝她眨了眨眼,阿来点头附和道:"二当家的话,都听到了吗?"

众人连连点头,雅雅故作不客气地对付澄道:"还不快将孩子们带走!"

付澄哄着孩子们离去,流觞着急道:"雅雅姐,本来孩子们就已经闹得够僵了,你不想着缓和关系就罢了,怎么能火上浇油呢?"

雅雅挥挥手道:"啰唆什么,将小妖们带回去便是!"

流觞挠挠头，只得答应着带小妖朝另一边走去。

待广场只剩下阿来和雅雅后，阿来笑了起来："你又顽皮了，不过，好期待你接下来的手段。"

雅雅得意地笑了起来："拭目以待吧！"

第二日，和平之村的广场中央突然传出欢快的音乐声，只见一个傀儡戏人正操弄着银丝牵着几个木偶小人戏耍，忽而飞升，忽而跃下，十分精彩热闹。

不远的隐蔽处，雅雅、阿来、付澄、流觞、九霜都悄悄埋伏着关注。

流觞小声道："二当家，这真能让两边的小混蛋们和好？"

雅雅悄声道："少废话，你就瞧好吧！"

果然没过多久，就见广场两边渐渐各聚集了一群孩子，小妖们和小孩们各自面露惊奇，想要上前去观看又有些迟疑。其中一个小妖先忍不住了，抬脚就要踏入广场，连忙被身边的小妖拽住："雅雅姐说了，不许越界。"

那小妖小声道："我就看一眼，再说，雅雅姐现在不在……难道你们不想看吗？"

众小妖听了这话，都连连点头，表情十分期待，那小妖招招手道："走！"

小妖们叽叽喳喳地朝广场中央的戏摊走去，却见一群人族小孩也正好来了，双方看到彼此，立刻摆出一副对抗的姿势："谁让你们来了！"

"你们不也来了吗！"

双方你来我往，七嘴八舌，眼看又要打起来，一个小妖却盯着傀儡戏大声道："别吵了，快看戏！"

乐声悠扬，小东西们都下意识朝傀儡戏看去，只见那银丝牵扯的木偶竟然骑在了一个木偶老虎的背上，与那老虎厮打起来！

小妖们和人族小孩们的眼睛都直了，两边都聚精会神地看了起来。

突然，雅雅一边一个揪住了带头的小妖和小孩："不是说，不想跟彼此接触，绝不越界的吗！"

小妖吃痛，连连求饶："二当家，快松手！"

小孩也疼得龇牙咧嘴："涂山二当家，有话好好说！"

雅雅盯着俩小东西道："要我松手也可以，你们先说，今日之过，该怎么罚？"

小妖和小孩都面露迟疑，支支吾吾起来，雅雅道："罚你们立马回去，各自打十下手心！"

"啊！不要啊——"小东西们听到这个惩罚，都连连哀号求饶起来。

阿来笑着走上前来："或许，还有一个法子，罚你们留在这里看戏。只是，不能再说什么人族、妖族，不仅今日不能，而且以后也不准再排斥彼此。"

孩子们迟疑着看看彼此，又看看傀儡戏，似乎颇为犹豫。雅雅见状，立刻提高了声音:"废什么话!流觞、九霜、付澄,带他们回去!"

孩子们一听,立刻服软了,小妖先道:"不!等一等,我们留下!"

人族小孩一笑也连忙道:"我们也留下!"

"是啊,我们不走了!"

"不排斥彼此了!"

雅雅内心想笑,面上故作严肃道:"这可是你们自己选的?那好吧,日后,若再让我发现有谁又要因为人、妖之别生事,绝不轻饶!"

孩子们都严肃地站着不敢吭声,雅雅见恐吓起到了效果,终于露出了笑脸:"去看戏吧!"

孩子们顿时如释重负,开心雀跃地跳了起来,撒欢儿似的跑向了傀儡戏摊。

流觞崇拜地看着雅雅道:"二当家,真有你的,竟真如你所说,和好了!"

雅雅自豪道:"那是,我早就说了,就没有我涂山雅雅办不成的事!"

众人都哈哈大笑起来,只见小妖们和人族小孩们都挤在一起,开心地看着戏。

这边解决了麻烦,南山却又出了新的事故。树妖小屋里,月啼春手捏着信纸气得直哆嗦:"一天到晚不消停!什么来提亲,哪里认识的?胡闹!"

涂山不醉安抚地接过信纸道:"这不写得很清楚嘛,那孩子叫胡尾生,两人认识都有一段时间了……虽说提亲是早了点,但好歹第一次上门,你这做母亲的重视点总是应该的。"

月啼春骂道:"重视什么!老不死的,当年你怎么没这么积极?我们两个认识这么久,也没见你说要去我家提亲!"

不醉尴尬,结结巴巴道:"我、我知错了啊……"

月啼春见不醉这副样子,心中莫名又升起一丝悸动:"真知错了?"

不醉连忙点头,看向月啼春的眼神带了几许柔情道:"真的,小春,你看咱们两个老都老了,能不能再……"

月啼春羞涩地避开了不醉的眼神,用责骂掩盖着内心的慌乱和羞赧:"不能!我跟你这老不死的,没什么能不能的!别废话了,我还得去训练族里那些树妖,七宝妙树皮没找回之前,一刻也不能放松!"

说罢,月啼春站起来就要走,涂山不醉连忙拦在她面前厚着脸皮劝道:"小春,不急在一时嘛,孩子马上回来了,你这当母亲的总不好不在场吧?"

月啼春一把将不醉推到一边道:"我若真在场,才是纵着她胡闹呢!让开!"

涂山不醉被推到一边,眼看着月啼春风风火火地跑了,他连忙在后面提醒道:"那我们等你回来吃饭!"

密林当中,胡尾生频频看着手里拿着野花的月啼暇,心中忐忑纠结半天,终于鼓起勇气道:"你、你喜欢什么?"

月啼暇疑惑地看向胡尾生,胡尾生有点不好意思道:"我是问你有没有喜欢、想要的东西……"

月啼暇想都不想道:"我喜欢七宝……我喜欢你的一切,只要是你的,我都喜欢。"

胡尾生被说得十分羞赧,结巴道:"你、你的心意我明白,但去你家提亲,两手空空,总不太合适……我、我还是去准备些礼物吧,你在这里等我,我很快就回来!"

月啼暇看这傻子鲁莽的模样,不自觉露出笑意,她略一思忖后,决定悄悄跟上。只见胡尾生用软树枝编了个篮子,四处捡着野鸡蛋,直到捡满了一篮子,又去拾柴火,捡得手背被戳破了几处,疼得倒吸冷气。

(一百一十一) 矛盾加深

过了许久,胡尾生提着一篮子鸡蛋和一捆木柴走了回来,提前回来的月啼暇连忙装作惊喜地迎上去:"你准备了这么多礼物,我好感动!我们这便速速赶去我家,我母亲一定会喜欢你的!"

胡尾生见月啼暇接过鸡蛋,拉着他就要往前跑,一时对提亲感到了些许无措:"真的要去提亲吗……我们刚认识,要不要再相处一阵……我的意思是,我当然知道你是好姑娘,主要是我……我又胆小,又穷,没什么本事……"

月啼暇连忙打断他的话道:"哎呀!我等不了这么久,那七……那其实看上去有本事,实则傲慢自负的男人,我反而不稀罕!我母亲说了,一个男人最大的本事就是对自己女人好,你对我就很好。好了,别废话了,快走吧!"

胡尾生被连拖带拽着赶鸭子上架,半推半就地随着月啼暇往树妖小屋走去。

红红与月初从阵法中挣脱,休息一夜后,再次来到西门家,两人在隐蔽处观察着,只见几个西门家弟子正将被西门攻杀死的弟子尸首一一抬回,这些死去的弟子身上赫然露出藤蔓所致的伤痕。

月初略惊讶道:"奇怪,这些弟子怎么会被树妖所害?难道双方又起了冲突?若如此,月啼族长必会通知你我才是……"

红红蹙眉道:"此中只怕另有内情。先弄清楚西门隶背后的秘密,斩断黑狐与西门家的联系,其他的,等了结此事后,再论不迟。"

月初点点头道:"出了此事,西门隶必不能坐视不理,届时你我趁机与他周旋,探一探他究竟是何人。"

红红思忖着:"不,西门隶交给你,我来摸一摸府中的底细,看看除了他,是否还有其他力量潜伏在府内。"

　　月初点点头,看向红红,想到昨晚在阵中的幻境,心间隐隐不安:"红红,昨夜……"

　　红红疑惑地转头看向月初,月初强压下不安,微笑道:"没什么,你小心。"

　　红红望着月初,似乎察觉出了他的不安,她深吸一口气,也压下自己心中的隐忧:"放心,一切都会好起来的。"

　　月初点点头,直接现身走到了西门家的院中,赶在最后一具尸体被抬走前道:"慢着!"

　　弟子们见到月初,连忙行礼:"拜见盟主!"

　　月初挥手,望着尸体道:"这是怎么回事?"一个弟子上前,悲戚道:"此前,师父派他们去执行任务,却未料他们竟惨遭树妖族毒手,还请盟主做主!"

　　月初掀开遮盖尸体的白布,一边探查伤口,一边问道:"你师父派他们执行什么任务?"那弟子蹙眉道:"好像是前段时日,府里丢了重要之物,师父派他们去寻回来……"

　　月初疑惑道:"丢了重要之物?知道了,我要见你们师父,查清真相。"

　　弟子称是后,立刻引着月初往屋内走去。

　　红红则避开弟子们,潜入花园细细探查,在经过一排房屋时,忽觉有些异常,她死死地盯着中间两间房屋的缝隙看了许久,施出一道妖力,试探着将妖力充满缝隙。片刻后,只见这两座房间缓缓朝两侧移动,中间竟多了一处新的暗室。

　　红红打量了下四周,悄声而入。她慢慢走入暗室中,身后的门突然自动关闭,屋中霎时一片漆黑,红红以妖力点燃墙上的烛火,借着点点火光,这屋内显得更加幽暗与诡异。

　　月初被弟子们引到大厅,大厅中央横陈着五具被白布遮盖着的尸体,那西门隶依旧坐在屏风之后,用如此前一般沙哑的声音道:"东方盟主也见到了,月啼春挟怨报复,我不过取了三滴血,她却要了西门家五条人命。这笔账该如何算?"

　　月初点点头道:"自然是要看西门家主的意思了,不过,你还不打算面见本盟主吗?"

　　话音刚落,月初便以极快的速度掠到了屏风之后,只见香气缭绕中,兜帽下的脑袋低垂着,月初惊讶之下伸手抬起对方的头,却见对方戴着个乌蛇纹样的面具。他不由分说掀起面具一角,只见这人下颌布满了伤痕。

　　月初心中陡然一惊,下一秒对方便以手死死抓住了月初的胳膊:"放肆!"

　　月初见握住自己胳膊的手竟没有丝毫温度,泛着死人身上才会出现的苍白,这男人身体上散发出强大的灵力,与月初僵持相抗着。

月初使力挣开那男人的钳制,动作极快地将面具整个掀起,只见面具下竟然是一张苍白的、死去多时的西门隶的面庞!

月初心中大惊,这尸身却突然反手袭向月初。月初一跃而退,撞破屏风落至大厅中央,而那西门隶的尸身则直挺挺向后倒去,没了声息。

月初看向死尸,只见那死尸背后竟然是石姬。石姬狞笑着盯着月初,突然凝出巨大的妖力朝对方推去:"东方小子,又见面了!"

月初连忙以灵力相击,大厅内发出震耳欲聋的轰鸣。

红红则在暗室中看到了一具穿着西门家衣服的白骨,她惊讶之下,继续往里走去,发现更多穿着西门家族服装的白骨异常整齐地排列着。这些白骨一直往暗处延伸,仿佛看不到尽头。红红大为惊讶地睁大了眼睛,连忙凝气查探,让妖力慢慢入了这些白骨之中。一瞬间,这些白骨化作粉尘,一抹黑雾在粉尘中猛地蹿出。与此同时,只见暗室内的一道石门重重落下,扬起一片灰尘。

就在红红还想探查时,远处传来的震动让暗室跟着震了几下,只见暗室空中,一朵黑色羽花缓缓显现,红红心下一凛:"黑狐!"

随即,她想到外面传来的那声巨响,不由分说,连忙转身朝着石门蓄力击去,那石门爆出巨大的声响,瞬间化作浓厚的石粉。

前院中早已乱作一团,月初快步来到前院,只见来往弟子中并无西门攻,他连忙抓住一个小弟子问道:"西门攻呢?!"

那小弟子慌张道:"大师兄一早就带人去了南林!"

月初神色一凛,望向废墟之中。烟尘缭绕中,石姬的身影立在废墟之巅,下一秒一股巨大的妖力直袭向石姬,石姬的身影如一道黑雾逃窜而出。

红红收掌掠到月初身边道:"她夺了众弟子的元丹!"

月初也道:"西门隶的元丹同样也被夺了,难怪方才我与她交手之时,发觉她比此前难缠了许多!"

红红道:"我来对付她,你去南林!"

月初与红红对视一眼,领首朝南林而去,红红则飞身而起直向石姬逃跑的方向追去。

林间木屋中,涂山不醉正内外张罗布置着房间,桌上摆满了好酒好菜,野花野草充斥在各个角落,正忙活着,月啼暇突然推门而入,见到不醉惊讶道:"你是谁?怎么会在我家?"

不醉看着月啼暇,不好意思中带了点讨好道:"你是暇暇吧?跟你娘真像。"

月啼暇听到"暇暇",恶心得一个激灵:"这么难听又俗气的昵称,你这个老头是怎么想出来恶心人的？你该不会就是我娘最讨厌的那个脾气大、心眼小的……娇娇吧？"

不醉听到这个小名，尴尬地打着哈哈："你娘就是这样跟你提起我的啊……"

月啼暇继续补刀道："何止，她做梦都要骂你两句解气呢！"

不醉有些失落道："你娘她还真是……真是讨厌我呵……"

胡尾生看出来涂山不醉的难过，好心安慰道："老伯别难过，我倒觉得伯母肯定是日夜惦记你，才会时时把你挂在嘴边。"

不醉一琢磨，觉得果然是这个道理，再打量起胡尾生，觉得特别顺眼："你就是暇暇信里提的那个胡尾生吧？小伙子一看就很不错，还带了这么多东西。"

胡尾生不好意思道："实在不好意思，我也知道这些礼物太寒酸了，但……"

不醉连忙道："不寒酸，不寒酸，这男女相处，最重要的是心意，要互相照顾，多让着女孩子点，千万别让她受委屈。不过，你这个孩子，一看就很善良，怪不得暇暇选了你。"

胡尾生尴尬地点点头，月啼暇走进屋里打量着："这些都是你布置的？"

不醉连忙道："是你母亲布置的。"

月啼暇冷哼一声道："我才不信呢，她等都不等我，还亲自准备？更何况，她根本不会下厨。不重要了，你是我母亲的老相好，便也算是我的长辈，由你替我跟尾生做主。"

说罢，她连忙给胡尾生使眼色，胡尾生接收到月啼暇的信号，在她热切的期待中，只得对涂山不醉道："前辈，我、我胡尾生，特来向、向暇姑娘提亲。日后，无论富贵贫穷，无论疾病灾患、岁月流转，我都会一直陪着她、保护她……"

月啼暇目不转睛地望着胡尾生，听着他说的话，竟有一时的恍神，而不醉则欣喜道："好，好好，若不是你母亲着急训练那些树妖，她一定也会同意的。"

胡尾生听到这，一下变了脸色："训练树妖？你是妖？"

月啼暇还来不及说话，小木屋的门突然被法力震碎了，西门攻率人猛地冲了进来："杀人偿命！树妖族伤我西门家五条性命，我今日便要加倍讨回！"

胡尾生见这情形，惶恐得快要站不住了："大、大师兄……"

月啼暇一把将胡尾生拽到身后道："别怕，我来收拾他们！"

胡尾生惊讶地看着"英伟"的月啼暇，一时想不明白娇柔可怜的她为何突然变得这般彪悍。就在几人对峙间，涂山不醉挡在了众人之前，他对月啼暇道："此处有老狐狸挡着，你快带尾生去找你母亲！"

西门攻举剑攻了过来，冷笑道："你们三个，有一个算一个，谁也别想逃！"

（一百一十二）长老之死

西门攻杀招连出，接连攻向三人，月啼暇和不醉一面抵抗，一面护着胡尾生，涂山不醉以妖力震开西门攻后朝月啼暇和胡尾生道："此处有我，你快带尾生逃！"

小屋外的树林里，石姬正偷窥着这眼前的厮杀，面上呈现出一股品尝美酒的微醺。

月啼暇拉着胡尾生想逃，西门攻却转而挥剑朝两人劈来："想跑？没那么容易！"

月啼暇见长剑裹挟着杀意拦住去路，松开胡尾生的手，挥出藤蔓快速袭向西门攻："臭杂碎，找死！"

胡尾生看着那熟悉的藤蔓，惊讶道："女强盗！"

还不等胡尾生脑子转过弯来，西门攻的长剑便在月啼暇的左臂留下了一道长长的血痕，紧接着又一致命招式袭来，月啼暇惊讶之下忙以妖力抵抗，被重重震开，吐出一口鲜血。

涂山不醉忙震开纠缠自己的弟子们，冲到月啼暇面前，一把拽起她对胡尾生道："快走！你们两个在此，老狐狸反倒束手束脚！"

胡尾生这才反应过来，只见涂山不醉转身用尽全力逼退西门攻等人一次又一次的进攻，再看向月啼暇却是又惊又怕，他向后退了几步，突然拔腿就跑，他背后的月啼暇气得大喊道："胡尾生！！"

胡尾生并不回头，仍拼尽全力朝远处跑去，月啼暇努力起身却又跌坐回去，她捂着胸口低声骂道："该死！"

胡尾生跑着跑着，脑海中却不由得想起自己与月啼暇相识以来的种种画面，他心中纠结着，脚步越来越慢，最终一咬牙，掉转方向重新朝月啼暇跑去。

月啼暇挣扎半天，不经意抬起头来，却见胡尾生跑了回来，气喘吁吁地在她面前蹲下道："上来，我背你！"

月啼暇颇感意外，神色复杂地望着胡尾生，胡尾生急切催促道："快上来啊！"

月啼暇一咬牙，趴在了胡尾生背上。胡尾生不由分说，背起月啼暇就跑，而涂山不醉余光瞟向两人逃跑的方向，露出欣慰一笑，重新摆出攻势喝道："老狐狸不发威，你们当我是小猫咪吗！"

另一边，红红追着黑影一路冲入林中，却再也不见了那黑影的踪迹。她环顾四周，发现此处正是前一晚自己与月初被迷离阵所困之地，她警惕地竖起耳朵，突然看到林间出现一个戴着兜帽的人。那人一抬手，四面八方涌出黑雾，将红红团团围住。黑雾遮蔽了日光，好似将红红囚禁在这不见天日的黑雾牢笼之中。

在这黑雾中，暗藏着的黑狐们共同使出狐念之术，以动摇红红的心智，此起彼伏的狐笑声令人不寒而栗。红红心绪不安，回想起月初抚摸黑狐的一幕。紧接着一声声"人心，最不可靠"的幻音不停地落在她的耳中。

红红猛地施出如怒海般的妖力撕开黑雾，露出了天光。就着这一抹天光，红红以迅雷不及掩耳之势冲出黑雾，直接与戴兜帽的人交锋起来。

那人受制于红红的妖力，且战且退，而红红则妖力暴涨，直接震碎了兜帽，露出岁浮的脸庞，岁浮诡异地笑看着红红："不好意思，涂山红红，你要追的人不在此处。"

红红盯着岁浮，突然气劲狂卷，林中碎叶纷飞，吹散了所有黑雾，那林中黑狐们所凝聚的狐念之术当即破除，她打出一道强劲的妖力直插入岁浮灵识，怒道："狐念之术，只有你们会吗？我倒要看看，你们究竟要做什么！"

岁浮惊恐地挣扎着，片刻后双眼渐渐直了，红红默默读取着他识海中的讯息，她边读取，边默默念道："凝炼虚空之泪需要耗尽修炼者全部的命力……若得狐族之血，黑狐将永久附身狐族？！"

读到这里，红红似乎想到了什么脸色大变："长老的三滴血！"

趁着红红分神，岁浮已经快速化成黑雾挣脱开来，红红反应过来，急忙凝出妖力去抓，可就在要得手之际，被他滑动挣脱。红红面色一凛，几次抓他，他都躲开，紧接着岁浮飘浮在半空中，在空中生生撕开了通往另一个空间的缺口。他的身体很快消失在缺口处，唯余诡异的笑声回荡着——"涂山红红，你永远也抓不住黑狐！"

红红眼看着他遁入其他空间，略一思忖，突然想到了不醉，面带忧色地连忙朝月初所在之处跑去。

南林小屋外，涂山不醉仍与西门家缠斗着，虽然他妖力高强，却也一时奈何不了这多如蝇虫般的围攻，西门攻冷笑道："从一开始，涂山便不该卷入这南林的浑水！"

不醉则边打边道："不管是涂山还是南林，这妖盟的事，哪分彼此？倒是你们，识趣的就快快投降，别逼老狐狸开杀戒！"

西门攻目露狠色，长剑变招，不住地袭向涂山不醉，而躲在林中冷眼旁观的石姬阴毒道："老狐狸，这几百年太平岁月，你倒是依旧宝刀未老。可惜啊，怪只怪你当初选择效忠涂山红红，我也只能不留情面了！"

石姬话音落下，她身边蛰伏着的黑狐突然冲入了涂山不醉的身体中。

涂山不醉猛地一怔，全身立刻陷入了失控发狂的痛苦中，他努力克制着自己，而西门攻的长剑仍不停地袭向不醉。不醉看到自己受伤流出的鲜血，眼眸也渐渐染上了红色，最后一丝清明也为鲜血所覆盖。他双眼赤红地盯着西门弟子，唇边露出一丝诡异的笑容，他一把握住西门攻的长剑，强劲的妖力下，长剑一寸寸化为粉末，西门攻顿觉不对，连忙松手后退几步。

涂山不醉狞笑着伸出利爪，猛地抓向西门家弟子，两名弟子当即卧倒于地，不醉厌恶地将这两具尸体踢开，继续往前，利爪所到之处，这些年轻的弟子纷纷招架不住，浑身染血，不断扑倒死去。

鲜血染红了涂山不醉的衣衫，让他犹如修罗一般，西门攻眼中生出恐惧和怯意，抓过一名弟子挡在身前，转身便逃。满脸鲜血的不醉一把撕开那名弟子，露出可怕的狞笑，众弟子见状，均惊慌失措，哭号着四散而逃，不醉却杀性大发，不停地将这些弟子毙命于爪下。

西门攻听着身后的惨号声，慌张地逃命，可惊惶之下还是摔倒在地。就在即将毙命时，月初的声音远远传来："老狐狸住手！"

不醉被一道灵力震得后退几步，就看到月初已经落在了西门攻的身前，西门攻就像抓住了救命稻草一般死死抓着月初的衣袍惶恐道："盟主救我！盟主救我！"

月初看向涂山不醉，只见他周身黑雾缭绕，双目赤红，嘴角是诡异的狞笑。月初低声道："这妖力，是黑狐！"

话音未落，只见涂山不醉又一爪袭向了周围幸存的弟子，月初连忙上前拦住不醉："住手！"

涂山不醉赤红的双目盯着月初，突然微微一笑，下一秒便翻爪挠向月初。利爪伴随着黑雾，带着杀意不断袭向月初，月初连忙使出防御之术想抵挡，由于只守不攻，很快便受了内伤，嘴角流出鲜血。

不远处的林中，石姬低低笑了起来："东方月初，一气盟和涂山，你要如何选择啊？"

月初不断接下不醉的杀招，突然间，不醉侧身撕下一个弟子的手臂，那弟子惨叫倒地，看着月初求救。月初一怔，为了护下这名弟子全力震开了不醉，不醉踉跄两步，血眸再次望向月初。

月初着急道："长老，醒醒啊！"

不醉唇边溢出冷笑，突然跳向弟子们躲避逃窜之处，几个利爪下去，又有几名弟子丧命。月初连忙使出缚妖索捆住不醉，却被不醉挣开，只见不醉周身涌动的黑雾好似比方才更多，他也更加疯癫起来。

月初见不醉又要滥杀，连忙凝力飞身阻拦，两股法力相撞下，月初和不醉同时口吐鲜血，不住踉跄。

这一下让涂山不醉眼中露出一抹清明，他如同被掐住脖子般，用染血的唇对月初道："杀……杀了我！不杀我，黑……黑狐不会……罢休！"

月初震惊地愣住了，下一秒，不醉的眼眸再次恢复了赤红，瞳孔中更是染上了一丝黑气，他如迅雷般杀了在地上爬行挣扎的弟子，发狂地大笑着，浑身皆是浓浓的杀意。

林中的石姬看着这一幕，心中无比畅快，她低声诱惑着："对，杀尽这六域的人！"

涂山不醉好似接收到了指令，疯狂袭向了幸存的弟子，月初再度上前阻拦，不醉利爪狠狠地朝月初腹部划去，血花当即喷涌而出。月初踉跄着后退几步，连忙凝力将周身灵力化作锁链飞向不醉，牢牢地将他束缚住。

不醉被控制住后发出狐鸣咆哮，拼命地挣扎着，可月初接连输送灵力，将不醉捆绑得更加结实，不知过了多久，不醉终于感到疲惫，半躺在地上闭目喘息着。

月初见状，终于松了口气，这才抽空看向身边，只见地上尸山血海，还有些弟子重伤倒地哀号不断，他连忙上前救治。

就在此时，西门攻支着剑站了起来，满眼仇恨地走向不醉，嘴里阴鸷地念叨着："老东西，竟敢伤我！"

话音落下，他一剑刺向不醉胸膛，不醉猛地睁开眼睛，红瞳放光，周身黑雾大盛，西门攻不想他还有反击之力，目光惶恐，被黑雾缠上。

"不要！"月初察觉到动静回头一看，只见不醉以黑雾缠上西门攻，正在不断勒紧，待他往回跑时，正看到那黑雾已经生生将西门攻勒毙。与此同时，灵力所化的铁链还束缚着不醉，长剑插在不醉的胸膛里，不断涌出鲜血，不醉身形一滞，体内的黑狐化作黑雾消散而去。

"从一开始我的目标就是涂山不醉啊。老狐狸深情多年，又岂会眼看着心爱的女人受伤？三滴血的滋味，终于让你们尝到了！"石姬阴鸷笑着，突然像是察觉到什么，表情一变，立刻悄然退去。就在她离去后，红红正好赶到，看到不醉濒死的一幕，心绪大乱，黑色雾气漫过红红的眼瞳，让她目光血红，心中的怒意渐渐转变为恨意，她努力克制着这滔天恨意，脚步却无法移动半分。

月初冲上前抱住不醉，低低地叫着不醉的名字，拼命将灵力灌入长老的体内。不醉口中涌出鲜血，源源不断的灵力让不醉的眼神终于恢复清明，他苍白着脸看着四周狼藉和惶恐的弟子们，又看看自己身上的缚妖索，虚弱地对月初道："是你，从老狐狸……手下护住了他们？"

月初流着泪点头，不醉却微微一笑道："好……好小子，老狐狸谢谢你，涂山……没有……白养你……"

月初试图继续为长老灌输灵力，长老口中不断涌出鲜血，他握住月初的手摇头道："没用的。"

月初终于崩溃了似的哭道："是我没用，对不起，是我不好，我不该绑住你。"

不醉虚弱地抬起染血的手，摸了摸月初的头，勉强笑了笑，挤出最后的话："说什么傻话，你做得很对，好……好孩子，不许哭……以后大当家和涂山，就……就拜……托你了。"

说罢，不醉像是松了口气般，手重重地垂了下去，彻底闭上了眼睛。

（一百一十三）爱的理由

"别闭眼，说话啊！不能……你不能就这样睡了！"月初神态癫狂，执拗地继续灌输灵力。月初唇边的血因过度消耗灵力而不停地流出，即便已经极其虚弱，他却依然不愿放弃，大颗大颗的眼泪不断滴落在不醉身上，怀中的不醉却再无声息。

不远处，红红面若寒霜地看着这一幕，她的耳中传来石姬蛊惑的声音："涂山红红，老狐狸只是开始，你想护的人，一个也护不下。"

红红一步一步走近月初，短短几步，竟好似走了一生。往昔不醉的音容笑貌不断地在眼前浮现，她盯着卧倒在月初带血胸膛上的不醉，好似傻了一般。

月初浑身颤抖着抬起头来，喃喃道："对不起……"

红红望着长老的面容，脑海中又传来了黑狐娘娘的冷笑声："东方月初为了一气盟弟子，弃涂山不醉于不顾才导致了悲剧，是他……是他害死了涂山不醉！"

不醉身上那一道道的伤痕落在红红眼中，将她逼到了失控的边缘，她痛苦道："你就没有其他办法了吗？"

月初望着红红，无从解释，她的话如钝刀割肉般拉扯着他无可消解的痛苦，而他和红红隔着几寸距离，心里却像是隔着山海一般。

突然一阵痛苦的哀号打破了两人之间的死寂，月啼春飞奔着赶到，一把将不醉抱入怀中："老……"

"老不死"三个字已经说不出口，月啼春抱着不醉的尸身，哭得肝肠寸断。

夜里豆大的烛火在风中摇曳，红红静坐在木屋中，桌对面摆着两只酒杯，酒菜却未有动过的迹象。她闭上眼睛悲戚地回忆着与不醉有关的往事，克制着内心的伤痛。

待她再次睁眼时，月啼春已经走了进来，她哀切道："大当家，都准备好了，可以送不醉回涂山了。当年，和我在一起时，他心心念念的全是涂山，他想安眠之处也必是涂山。"

红红颔首，举起酒杯，好似对面有涂山不醉的虚影一般说道："老狐狸，几百年来，我竟从未与你坐下来喝过一杯酒。"

酒入愁肠，红红合上双眼，虽没有泪水，但伤心之意溢于言表。

雨后的夜里，潮气不停蒸腾着，月初坐在林中，脸上还带着血污，没有包裹住的伤口不停地往外渗着血水，他耳畔不断回忆着不醉死前的那句话："杀……杀了我！不杀我，黑……黑狐不会……罢休！"

月初低喃着："除了杀了他，我还有其他选择吗？"

他好似钻入牛角尖般不停地想着，剑刺入不醉胸膛的画面不断在他眼前闪现，让他痛苦疯狂地用拳头重重捶击着地面。

月初跟着西门家弟子回到了西门家里，前厅的屏风被撤掉了，受伤的弟子挤满了屋子，众人脸上均带了几分悲愤。月初强撑着精神道："诸位，近日一气盟便会派人前来相护各位，西门家不会有事。"

其中一个吊着手臂的弟子道："敢问盟主，我师父他老人家被恶妖所杀，是否该找妖盟要个交代？"

另一个弟子道："不错，还有那些惨死在南林的师兄、师弟，那害死他们的狐妖……"

听到这里，月初厉声喝道："他……涂山不醉……已经死了！"

众人一怔，互相对望着，却仍有人不满道："那又如何？他杀我们这么多师兄弟，不能就这么算了，涂山必须给我们个交代！"

"对，涂山必须给我们个交代！"众弟子齐呼道。

此时，月啼春的声音从门外传来："放我进去！"

众人看向门口，只见月啼春在弟子们的阻拦下冲入前厅，她神情憔悴而愤怒地扫过众人，最后落在月初身上，冷笑道："很好，你们都在，就是你们，是你们西门家、一气盟，有一个算一个，是你们害死了老狐狸，就算七宝妙树皮不是你们偷的，你们也早已取了三滴血了事，为何那日又带人去南林挑衅？！"

月初出声道："月啼族长，此事……"

"你给我闭嘴！"月啼春厉声喝止道，"我本以为你是好人，可孰料你竟是非不分、背信弃义，偏袒一气盟。若不是你，不醉不会死！"

月初眸中一痛，月啼春的话如利箭般直射入他心底的愧疚自责之上，让他再说不出阻拦之语。

"不好了，门外被树妖包围了！"一个弟子突然惶恐地闯了进来喊道。

月啼春冷笑道："我月啼春对天起誓，今后，树妖一族再不会放任他人挑事，一气盟的弟子，谁敢踏入南林半步，来一个杀一个！"

受伤的弟子也激愤地站了起来："大胆树妖，竟敢在西门家大放厥词！"

这弟子话还未说完，月啼春便打出一根藤蔓将那弟子卷至空中不断勒紧，月初连忙阻止道："住手！月啼族长，这不会是老狐狸想看到的局面！"

月啼春一怔，月初趁机使出灵力将那弟子救下，月啼春恨恨地看着月初："你……"

月初目光扫过众人，缓缓开口道："诸位心中的痛和恨，我比谁都了解，但这一切起源皆是恶妖石姬携手黑狐，想挑起人、妖两族争端。若西门家与南林真的对立，便正中他们的下怀。"

在南林一战中逃出来的一个弟子气不过，嚷嚷起来："什么黑狐？那日我看得真真切切，现场并无他人，只有那涂山狐妖！"

"是啊，盟主口中所说的黑狐，我们听都没听过，就只看到那该死的涂山狐妖残杀师兄弟们！"

月啼春大怒道："是你们挑衅在先，杀了你们也是活该！"

双方再次吵了起来，月初蹙眉使出一道灵力，将所有人都禁言，他沉着脸保证道："请诸位相信，我一定会查清此事，给所有死去的人一个交代！"

勉强安抚住双方，月初重新回到南林树妖的木屋外，正好看到红红踏出木屋，红红看着月初，克制着道："我带长老回涂山。"

月初点点头，只觉得两人间疏离了许多，也不知该说什么。他们一前一后往外走去。

涂山外的森林里，众人将涂山不醉送回了涂山，红红站在最后一位，转身拦下了月初，道："你早有誓言不入涂山，最后一程，送至此处便罢。"

月初神情痛楚地盯着红红的眼睛，可惜只看到了冷漠，月初心中越发难过，低声道："对不起。"

红红顿了顿，没说什么，转身而去。

（一百一十四）黑狐之患

夜色深浓，月啼暇则坐在溪边的石头上清理伤口，她望着在溪边取水的胡尾生，心想着：这傻子倒是有几分真心。

回想起他背着自己逃跑的情形，月啼暇心间生出一种微妙的情愫，不自觉地露出几许甜蜜的微笑："尾生，你过来。"

胡尾生起身，有些迟疑地看着月啼暇却不过去，月啼暇嗔怪道："过来呀！"

胡尾生迟疑上前走了几步，月啼暇并未察觉他脸上的不安，抓着他的手起身，借势将自己塞进他的怀里，双手环抱着他，摸上他的后背，很快就感应到了七宝妙树皮所在。她开心笑着凝聚妖力，想要将树皮吸过来，却在接触到时，被狠狠烫了一下。

月啼暇脸色难看，内心思量着：他已经向自己提亲了，为何还取不下来？月啼暇不信邪地再次伸手去取，又被狠狠烫了一下。她疑惑着，难道母亲说得不对，他向自己提亲，不代表真的喜欢自己？

月啼暇正琢磨着，一直犹豫的胡尾生将她推离了怀抱，他看着月啼暇眼神不善地打量着自己，本就不安的心更加惊惶，他小心翼翼道："我、我们就在这里告别，此地也算安全，西门家一时半刻不会追来。"

月啼暇惊讶道："什么意思？你想抛弃我？"

胡尾生斟酌道："我、我不可能同妖成亲，若知道你是妖，定不会去你家提亲。"

月啼暇一把抓住胡尾生的胳膊道："我不管！反正我们两个已经有了婚约，你是我的未婚夫，你去哪里，我就去哪里！"

胡尾生急了，甩手道："天下男子这么多，你……为何偏偏缠着我？"

月啼暇一滞，看着胡尾生气急败坏的脸庞，心间竟生出些许伤心的痛意，她压下这些情绪，半真半假道："我说过喜欢你啊！"

胡尾生摇摇头道："我不信，你根本没有什么孪生姐姐，从头到尾就只是你一个人，最开始你分明是想杀我，后来才又骗我，说喜欢我！"

月啼暇噎了一下道："我、我后来喜欢上你了，行不行！"

胡尾生一怔："这算什么理由？"

月啼暇道："爱一个人需要什么理由？需要条件的爱都太浅薄了，难道你喜欢一个人还需要理由吗？"

胡尾生被这一番话说蒙了，仍坚持道："总、总之，我不可能喜欢妖。"

月啼暇望着胡尾生，心里又是一阵没来由的气闷和酸楚，故作无所谓道："好啊，那你走吧。反正你也不喜欢我，就让我在这里自生自灭好了。"

胡尾生没想到月啼暇竟然真的答应了，反倒有些迟疑："我、我真走了？"

"滚啊！"月啼暇大声骂道。

胡尾生被月啼暇的怒意吓到了，忙不迭地转身要跑。月啼暇看着胡尾生的背影，又气又伤心，心里骂道：该死，竟然真走了。实在不行，就只能把他给杀……算了，还是另想他法吧。

月啼暇默默生气时，一抬眼，发现胡尾生的背影顿住了，狐疑道："尾生，你干吗又不走了？"

胡尾生转过头来，竟是泪流满面了，他抽抽搭搭地哭着道："这个世上除了你，好像也没有其他人爱我了。要不然，我试试？"

月啼暇望着胡尾生，心中突然也涌出一股想哭的冲动，她强忍着，艰难挤出一抹笑来，胡尾生抽抽搭搭地跟着笑了起来。

涂山后山的和平广场中，依旧热闹地上演着傀儡戏，小妖们和小孩们聚在一起，时不时交头接耳地讨论着什么，十分融洽。远处，几个小妖和小孩也不分彼此地玩着跳绳，笑闹声不断传来。

雅雅、容容等人在一旁看着这和谐的一幕，忍不住弯了嘴角。

流觞十分开心道："二当家果然厉害，这段时日，两边的孩子每日凑在一起玩耍，竟然真的不打架了。你说是吧，付澄？"

付澄则严肃道："也不全是好事。"

"啊？"流觞惊讶地看向付澄。付澄则叹了口气道："这些家伙晚上也偷偷溜来此处玩耍，照料起来更为麻烦。"

流觞松了口气笑了起来："我以为你要说什么呢。这有啥，跑出去再抓回来就是！像我，一抓一个准！"

九霜正提着饭菜过来，见流觞笑得得意，问道："你们说什么呢？笑得这么开心。"

雅雅道："我们在夸流觞会带孩子，以后你们的孩子交给他管，必定省心。"

流觞听了这话，嘿嘿傻笑着看向九霜，九霜红了脸道："二当家，你又取笑我！"

雅雅笑道："这有啥好害羞的，等姐姐回来，不如就由我们做主，将你俩的婚事办了，如何？"

"好啊好啊！"流觞高兴地连连点头。九霜却害羞地嗔怪道："好什么好，谁要嫁给你了！"

众人看着他俩，也都微笑了起来。

容容低声对付澄说："他们俩成亲，你是不是也得准备一份贺礼？"付澄转了转眼珠道："我就不必了，依我们人族的习俗，一家人只需一个人随礼便可。以月初跟流觞的关系，定会随礼的，我这个做妹妹的，沾兄长的光，自是不必随礼了。"

容容一怔，雅雅却"扑哧"一声笑了起来："佩服，看不出来，你竟然比容容还会算，我还没看到过有容容这貔貅也讨不来的银钱呢！"付澄一笑道："几位放心，我会撺掇月初包多一点礼金的！"

几人嘻嘻哈哈着，雅雅瞥见阿来走了过来，惊讶道："阿来，让你今日留守涂山，你怎么还来了？"

阿来神情略微有异道："红红回来了。"

雅雅没看出他的脸色不对，高兴地看着流筋和九霜道："姐姐回来啦？还真是说什么来什么，回去我就禀告姐姐，快马加鞭为你俩办婚礼。"

容容看着阿来的面色，好似带着一抹沉郁，推了推雅雅道："二姐，走吧。"

雅雅点点头，朝众人招手道："走了，这帮孩子就交给你们了！"

在迎接红红的山道上，雅雅和容容震惊地看着阿来："你说什么？长老……"

阿来沉痛地点点头，雅雅则大声道："我不信！姐姐呢？我要亲自去问她！"

阿来道："红红先去了苦情树，嘱咐我将详情告诉你们两个……"

苦情树一如既往耸立在那里，粉色的羽花不时飘落着，红红站在树下，想起那一日在迷离阵中看到的黑狐，伸手缓缓打开了树心。刚入树心，她便看到一只黑狐吸收着沿根部上升的黑雾，蓄积能量，它见红红出现，立刻往树根而去。

红红略一思忖，闭上双目，灵识离体，如一道银光跟随那黑狐入了树根。那道灵识化作红红模样出现在树根内，树根内出现了一条长长的黑色通道，连接着一个未知之处。黑狐沿着黑色通道不断向前跑着，红红跟随着追了进去，只见里面的雾气越来越浓，几乎撕扯着红红。红红忍受着痛楚，一步步继续前进着。

眼前的黑狐朝黑雾最浓处一跃而上，红红的灵识也再次化作白光冲入黑雾。银色的灵识被黑雾化作的黑线缠绕着，落下痛楚的印记。

再次睁开眼睛，红红的灵识已经出现在一个弥漫着黑雾的空中。那黑雾呈现出一种奇异的流动，向上输送着什么。她伸手探上黑雾，霎时耳内钻入尖锐的啸声，好似万鬼齐哭，痛楚直接钻入脑髓，引出滔天的恨意。红红面露痛苦，灵识几乎要失去控制。

就在此时，黑狐娘娘极具魅惑的声音再次传来："涂山红红，感受到了吗，这就是恨的力量。"

红红警惕地睁开眼睛："黑狐娘娘？原来你们竟通过苦情树进入圈内！"

黑狐娘娘魅笑着道："你发现了，不过不要紧，很快我们就是同类了。"

红红猛地抬起头来，只见黑狐娘娘的身影从上方俯冲而至，停在上方不远处紧紧盯着红红，似乎想看到她的心底："在你心底最深处所依赖的力量，与我是同一种，不是吗？以前的你，重伤了东方洛后，不也是心怀恨意吗？只不过是恨你自己！以后的你，也不例外！"

红红坚定道："我与你绝不是同类！"

黑狐娘娘不屑笑道："世上情力分爱、恨两种，你们的苦情树汲取情力，以爱的力量支撑，可事实是恨比爱容易，那些源于心底的恨，足以促使我们吞噬六域！"

红红道："所以你们才要撕裂人、妖之间的和平，以这些恨，为你们提供巨大的能量。"

黑狐娘娘狂傲地大笑起来："最深的爱会成为最深的恨，你一定会再次尝到这种强大力量的滋味！"

红红抵抗着汹涌的恨意，咬牙盯着黑狐娘娘，而黑狐娘娘的身影却渐渐消失在黑暗之中，只留下继续蛊惑人心的话："东方月初杀了涂山不醉，接下来，还会有许多许多……你会恨他，恨不得亲手杀了他。到那时，你便是我入侵六域的最佳同盟！"

巨大的恨意和怨念一次次袭击着红红，红红痛苦地爆发出灵力冲出了树心。待她再次回过神来时，灵识已经回到了体内，她重新睁开眼睛，黑色的羽花蹿上颈间，万蚁噬心之痛让她无法站立，唇边溢出了一道血痕。

红红轻轻抚摸着树心，看着脚下盘根错节的树根，痛楚道："苦情树竟是黑狐侵入六域的通道。既然如此，我便要六域生灵都彻底看清黑狐的真面目！"

和平之村的广场上，几个小孩和小妖正围着流觞听流觞吹牛讲故事："当时啊，那金人猪的烈火离我只有一寸的距离，被我一招避了过去，然后再这么一道法力打过去——"

"吹牛，明明是月初救下了你！"一个小妖嚷嚷道。

"谁、谁跟你胡说的！"流觞尴尬道。

不远处，九霜正将饭菜端出来，见流觞抱着孩子玩闹的样子，脸上洋溢出笑容。广场另一侧，付澄靠在树上，望着流觞、九霜和那些专注听故事的孩子，也惬意地笑了起来，谁也没有注意到，乌云已经缓缓地爬上了天际。

广场边上的林子中，石姬和岁浮的身影隐藏在暗处，石姬带着恨意道："这帮妖怎能如此开心，还跟人混在一起，真该给他们点教训。"

乌云慢慢遮住了日光，冷风渐起，岁浮化作一只黑狐悄然在身后贴近付澄，俯身凑近她，付澄挂在嘴角的笑意瞬间凝结，她的双眼蒙上了一层黑雾，突然抽出长剑朝一个小妖而去。

那小妖见到，瞬间尖叫起来，流觞惊讶地站起身来，掠到付澄面前挡下她的攻势，吼道："付澄，你疯了！"

付澄见状，举剑朝流觞刺去，流觞一面护住小妖们，一面朝九霜道："快带孩子们走！"九霜点点头，一面招呼孩子们，一面担忧地望着流觞和付澄。流觞大叫道："走啊！有其他公狐相助，我不会有事！"

九霜见几个公狐察觉有异，已经往这边赶来，连忙点点头，带着小妖们和小孩们朝远处跑去。

付澄立在流觞面前，眼中泛着黑气，冷酷说道："该死的妖！"她的心中回荡着岁浮惑人的声音："将这些小妖全杀了！"

听后，付澄眼中黑气更甚，直接朝着小妖和九霜冲杀而去。流觞连忙上前使出妖力阻拦，付澄一剑斩碎了金光，很快就伤了连流觞在内的几个公狐狸。

惊恐、厮杀声很快就破坏了和平之村的欢乐，屠杀的血腥味立刻弥漫开来，九霜一边护着孩子们跑，一边不放心地回头，正好看到了流觞被付澄所伤的画面。她迈不动腿了，大声喊着流觞的名字。

"快走！"流觞吃力地挡开付澄一剑，朝着九霜大喊。九霜看了眼身边的孩子们，再也无法迟疑，含泪带着孩子们逃去。

流觞凝聚起妖力，挡在付澄面前道："我就算是拼死，也绝不会让你伤害他们！"

在挡下付澄又一次攻击后，流觞不知在对孩子们还是对自己说："你们说得没错，此前确实是月初救了我，这一次，换我来救你们！"

付澄剑光一寒，冷酷喝道："不自量力！"

（一百一十五）一刀两断

山道上，雅雅脸上挂满了泪痕，情绪激动道："东方月初呢？他人在何处？我要杀了他替长老报仇！"阿来劝解道："雅雅，你冷静些，害死长老的是黑狐，不是月初！"

容容也伤心地解释道："黑狐一旦附身狐族，便会吞噬宿主灵识，月初也是别无选择。还是好生送长老最后一程吧。"

雅雅思忖着："我不管！姐姐刚回来，东方月初一定还在涂山附近，我要去找他！"

容容看着雅雅激动地朝市集方向跑去，担忧地想要阻拦，却被阿来拽住了："让她去吧，横竖她伤不了月初，出了这等事，月初心中定也不好受。她去闹一闹，倒能解了两人心中的郁结。"

容容虽不放心，但还是点了点头："但愿如此……"

涂山不醉死后，市集上少见地冷清了起来，月初踉跄地在空寂的长街上独行着。昔日他与涂山不醉相处的画面不断在眼前浮现，那些曾经的嬉笑再也无法重现。他走到酒铺外，掏出一块银子放在旁边，搬起一个酒坛，转身将酒水倒在路上喃喃道:"老狐狸,月初还你酒了……"

雅雅却越发生气了:"当初你说自己下山是为了姐姐,可自你登上盟主之位后,你摸摸你的心,你心里还有涂山吗?"

月初一字一句道:"我心里有涂山,可我也是一气盟的盟主,无论人、妖,在我眼里,俱是一般。"

雅雅怔了下,随即咬牙道:"所以你就为了保护你一气盟的人,亲手杀了长老!"

月初眸中一痛,答道:"我不会为我做的事找借口,该我承担的,我一分都不逃!"

雅雅大睁着眼睛反问道:"承担,你怎么承担?你能让长老活过来吗?还是你打算给长老偿命?"

月初带着痛意望向雅雅道:"若我的命能换回长老的命,我心甘情愿!"

对上月初悲伤的眼眸,雅雅眼中的恨意逐渐转为悲伤:"东方月初,我们涂山到底哪里对不起你,让你这般狠心无情。那是长老啊!是时常教训我们,又被我们戏弄的长老啊!你还我长老,还我长老!"

雅雅一边落泪,一边冲上前去撕打着月初。月初眼眶湿润,任由雅雅撕打着,片刻后,只见半空中飞来一只粉色的灵蝶,他惊讶地看向灵蝶:"涂山传信?"

雅雅闻言停下动作,擦了擦眼泪看着灵蝶落在月初指尖,读取讯息后,月初肃容看向雅雅:"和平之村出事了!"

雅雅脸色一变,与月初默契对视一眼,两人暂时放下了痛和恨,急急掠身朝和平之村方向奔去。

和平之村中,付澄双眸已经被黑雾彻底侵染,她低笑着看着广场上流淌的鲜血和狐妖们的尸身,最后视线落在了满身伤痕的流觞身上。

流觞不解又痛苦地喊道:"付澄你到底怎么了?你快醒醒!"

被岁浮附身的付澄,她心底的黑暗被无限放大,那些被当药人,被付魁欺凌的画面浮现在眼前,这些绝望和痛恨仿佛身体中的恶鬼破茧而出!

"杀了他们,杀了他们!"岁浮的话语不停地在她脑海中回响,付澄眼中黑雾陡盛,朝着流觞露出一抹残忍的笑容。

"流觞,我来助你!"流觞正准备拼死一战时,突然听到九霜的声音。他急怒交加地转头看向九霜:"你回来做什么!快走!"

九霜急急跑向流觞身边道:"孩子们有其他人护着,不会有事,我已经发了消息求救,再撑一撑,他们很快便会赶来!"

流觞还要再说,付澄却露出了冷笑,举剑带着浓浓杀意而来:"你们两个,都得死!"

流觞和九霜连忙迎击，妖力和剑光相抵，付澄快速收剑，一剑转刺向九霜，九霜急忙逼退，流觞则以妖力袭向付澄。付澄冷笑着拧身，长剑直破流觞妖力，插入他的胸膛。

　　血花不断涌出，流觞的脸上露出一抹难以置信的神情，九霜站稳后回过身来，见此情景大吼着扑向流觞："流觞！"

　　付澄残忍地抽出长剑，鲜血顺着剑身滴落在地上，流觞缓缓倒地。

　　九霜奔过去抱住流觞，只见他胸前不断涌出鲜血："流觞！"

　　流觞虚弱地对九霜道："快……快走！"

　　九霜哭着摇头道："不，我不走！"

　　流觞忍痛抓紧了九霜的手，使劲儿推她道："快走！替、替我告诉月初……我现在……相、相信，人与妖之间是能和平相处的了！"

　　话音落下，流觞的嘴里涌出大股鲜血，手臂无力地垂在身侧，失去了气息。

　　"流觞！"九霜大恸地嘶吼出声，她伤心欲绝地转过头来盯着付澄，发了疯一般朝她袭去："我杀了你！"

　　付澄嘴角噙着冷笑举起了手中剑，刚要痛下杀手时，突然身形一滞，周身黑雾倏然飞向半空消失。与此同时九霜的妖力击中付澄，付澄身上显出血痕，她的眸中恢复了清明，惊讶看向九霜："九霜，你这是做什么？"

　　九霜含恨道："做什么？我要杀了你为流觞和死去的狐族报仇！"

　　"我杀了他们？"付澄惊讶地看着满地的尸身，脑海中突然闪现方才自己杀死流觞的画面，她低头看着自己手上、剑上的血，微微颤抖起来。

　　九霜激动骂道："你少装蒜！东方月初派你来此，就是为了让你害妖吗！今日无论如何，我都要你偿命！"

　　说罢九霜一道妖力重重袭向付澄，付澄并未躲避，踉跄着后退几步，吐出血来，她哽咽着道歉道："对不起……"

　　九霜愤怒道："对不起有什么用？能让他们复活吗？能抵得过你毁了两盟合作之罪吗？"

　　付澄苍白着脸摇摇头，颤抖着道："你说得对，是我的错，我不能给月初惹麻烦，所以，不劳你动手了……"

　　九霜惊讶地看到付澄突然反手将剑刺向自己的心口，鲜血瞬间染红了她的胸膛，她缓缓地倒在了地上。

　　"付澄！"

　　月初和雅雅同时赶到，正看到付澄自尽的一幕，月初扑上前去抱住付澄，只见付澄心口的鲜血不断涌出，月初想去帮她将伤口捂住，可鲜血不断顺着他的指缝滑落："付澄！付澄！"

付澄面色苍白，勉强笑着望向月初，气息微弱地挤出笑容道："如此，就……就不会连累你了，我……我……好想……"

付澄拼尽余力凝望着月初，抬手想帮月初擦拭眼泪，却最终未能做到，直至失去了声息。

"付澄！"月初嘶吼地叫着付澄的名字，抱着她伤心痛哭起来。雅雅木讷地看着这一幕，想说什么，又不知该说什么，就连九霜都有些不知所措起来。

不远处的林中，石姬观望着这一幕，冷笑着悄然离去。

月初身上染着付澄的鲜血，他抱着付澄一步一步地朝涂山外走去，走至界碑处，发现红红正立在那里等他。

月初似悲伤，似讥讽道："这么快便收到消息了？"

红红冷冷道："无论如何，长老之死与今日之事，必得做个了断。"

月初望着红红，伤心之下，眸中竟然也染上了一层黑雾，黑狐娘娘魅惑的声音在他脑海中回响着："她恨你，恨你害死了长老，恨你将人带至了涂山……"

月初看向红红的眼神越发冰冷："今日之事，付澄已死，至于长老的命，就算在我身上！"

红红冷漠道："所以，你也要将付澄的死，算在涂山头上吗？"

月初冷笑道："你觉得呢？"

红红怔了一下，看着月初伤心冷笑着，抱着付澄的尸身一步步离去。

月初脚步一顿，终是没有回头，决绝地踏出了涂山界碑。

（一百一十六）黑苦情树

红红重新回到苦情树树心，此时的树心已是黑雾缭绕。她盘膝坐于中央，无数的黑雾被她吸入体内。浓稠的黑色气息中，黑狐娘娘冷笑地望着红红："你心里清楚，狐族以强者为尊，只有吸收恨力，当恨力遍布周身经脉之时，便能驱使以恨为力的黑狐，迫使它们现身……只不过，涂山红红，你敢吗？还是你不相信，你体内因爱而生的情力能战胜那些恨力？"

在黑狐娘娘魅惑的狂笑声中，红红缓缓睁开眼睛，她伸手拉下衣服，只见黑色的羽花已经缠绕到了她的颈间，显得越发妖艳诡异。

从树心出来，红红望着外面草木凋零的衰颓景色，耳边则交织着岁浮与黑狐娘娘的声音。

"涂山红红，你永远也抓不住黑狐！"

"到那时，你便是我入侵六域的最佳同盟！"

红红的眸中染上了一层忧虑，因吸收恨力所致的黑色羽花再次攀升到了颈部，红红忍受着因恨力而生的焦躁。

身后阿来慢慢走了过来道："流觞的后事容容都安排着料理妥了，只是这连番事件，明显是因为黑狐想破坏妖盟与一气盟间的关系。"

红红颔首思忖着没有说话，阿来担忧地打量着红红的神情："你今日似乎不太对劲，发生何事了？"红红看着枯萎的草木，似是思考良久，抬眼对阿来道："你可知黑狐是如何进入圈内的？"

阿来惊讶地看着红红，似乎不明白红红为何这样问。红红掌心凝力，一脉妖力顺着掌心直入草木，妖力光芒沿着叶片茎脉一路向下，散入地下，四通八达的根系露出光芒，延伸至远处。看着这一幕，红红道："就在你我的脚下，苦情树的根系通往圈外。当初他们破坏天门关是障眼法，真正入圈内的通道，就是深藏于底下的树根！"

红红看着震惊的阿来，继续道："那日回到涂山后，我在树心发现了一只黑狐，我以灵识尾随，一路由根系而入，圈外……竟有一棵黑色的苦情树。"

阿来失声道："黑苦情树！"

红红颔首道："此树与涂山苦情树根脉相连，汲取恨的力量，世上的恨与敌意越多，它的力量便越强！这也是黑狐能操控精神，激发人、妖体内恨意、怨力的原因！"

听到这，阿来反倒疑惑起红红这两日的做法："既然如此，今日你为何还要故意逼走月初？"

红红眸色一痛道："虚空之泪，须以命力铸成！"阿来惊讶后，眼中多了几分了然："原来如此，你不愿月初牺牲自己凝出虚空之泪，这才逼他与涂山断绝关系。可若无此泪，如何对付黑狐？"

红红坚定道："狐族以强为尊，只要吸收足够的恨力，我便能操控黑狐！"

阿来讶然道："可如此一来，你必被恨力侵蚀，届时非但不能除去黑狐，反倒会沦为黑狐的助力。"

红红道："放心，我有对策。只等恨力足够强时，我便一举除尽圈内黑狐，截断圈外入侵之径。"说罢，红红看着阿来，在他耳边低语了几句。待听完这番话后，阿来面露担忧，眼中满是悲伤："若此法只能告诉我，那你……"

红红凝出一只灵蝶递给阿来："待一切平息后，替我将此蝶交给雅雅和容容，多谢你。"阿来看着红红说完后转身离去，忍不住道："那月初呢？若他知晓此事，定不会同意的！"

红红并未回头，只淡淡道："所以，不要让他知道。"

残阳缓缓而落，暮色笼罩着神火山庄，将付澄的尸身安顿好后，月初行至后院梅树旁，脑中一会儿是付澄的脸庞，一会儿又是红红无情的话语，他终于克制不住情绪，喷出一口鲜血。他拭去唇边的鲜血，闭目靠在树干上，无法压抑的悲痛几乎淹没了他。

不远处的屋顶上，红红的身影立于夜风之中，她神情悲伤地遥望着树下的月初，眼中满是不舍与痛楚。

涂山花园中，雅雅心里想着流觞、付澄之死，又想到月初临别时含恨的眼神，心中的痛苦无法释放，眼泪顺着脸颊滑过。她正悲伤着，突然听到草丛中有啜泣声，她连忙擦去眼泪朝草木丛中看去，只见枝叶间散落着一地的酒壶，九霜已经喝醉了，正抱着酒壶低声哭泣着："流觞，我不知道为什么一瞬之间，一切都变了，你回来好不好？只要你回来，我再也不骂你了，再也不逼你攒钱了，我只要你回来……"

雅雅看到九霜的眼泪不停落下，也忍不住擦拭起眼泪，九霜抬起头看到雅雅，忍不住哭道："二当家！"

雅雅走过去，与她坐到一起："想哭就哭吧，过了今夜之后，你、我，还有其他人，都没有哭泣的资格了，我们只能擦干眼泪，为保卫涂山而战。"

九霜听着雅雅的话，眼中的泪更是忍不住地落了下来。

与此同时，妖族市集上再也没了往日的喧闹，所有店家都关了店门，一片死寂。

石姬和岁浮缓缓行走在街道上，石姬得意道："不过死了两个人，涂山红红与东方月初便闹翻了。照此下去，不出月余，整个涂山，甚至六域都将是我的！"

岁浮意味深长地看向石姬："你的？"

石姬顿了顿，慢慢道："自然是……我们黑狐娘娘的。"

岁浮满意地笑了，石姬也附和着赔着笑脸，但在岁浮不注意时，流露出一抹阴狠。

石姬继续道："涂山红红已经入局，你我只要依计划拉拢东方月初便可——"话还未说完，石姬突然神色一凛，与岁浮对视一眼，一道隐去踪迹。

街头上，月啼暇和胡尾生正边说边走着，胡尾生明显带着害怕打量着妖族市集："这、这里真的能让你我两情相悦？"月啼暇点头道："相信我，涂山可是所有妖族的结缘圣地，那苦情树更能帮人与妖结缘，只要明日去苦情树下诚心求拜，你一定会真心喜欢我！"

胡尾生看向月啼暇："那、那你呢？"月啼暇怔了一下，接着故作娇羞地拧了他一把道："讨厌！人家的心意你不是早就知道了吗？"胡尾生望着娇媚的月啼暇，不由自主地也笑了起来。

躲在暗处的岁浮凝起黑雾想要杀了两人，却被石姬拦了下来，待胡尾生与月啼暇手拉着手走进市集深处，石姬才冷笑着道："想杀他们，不急在此刻。"

岁浮问道："什么意思？"

石姬阴险道："你说，若是月啼春知道自己的女儿死在了涂山，会怎么样？"

岁浮惊讶地看向石姬，石姬在他耳畔低语了几句，随后道："不如你我分头行动，你……"岁浮点点头，阴笑着望向月啼暇和胡尾生远去的背影。

夜晚的酒铺并没有什么人，牧童给月啼暇和胡尾生端来两碗面道："实在不好意思，老牛平日只招待买酒的客人，这吃食……简单了些。"胡尾生连忙道："不简单，不简单，街上店都打烊了，能有口吃的我们就谢天谢地了。"牧童笑呵呵道："不客气，两位慢用。"

月啼暇不假思索地夹起热腾腾的面张口就要吃，却被胡尾生拦下了。月啼暇疑惑地看向胡尾生，只见胡尾生将面端了过去，夹起面条，轻轻吹凉了这才重新递给月啼暇："现在不烫了，每次看你囫囵吞饭，都替你觉得烫。"

月啼暇不好意思地接过碗，边吃边感动地想着：这小傻子，看不出来还挺会照顾人。胡尾生斟酌着继续道："其实我想明白了，此前你缠上我，是为了七宝妙树皮吧？"

月啼暇差点呛到，不停地咳嗽着，随即连忙掩饰道："你、你别胡思乱想！"

胡尾生替她拍拍背："你别激动，先听我说。我原以为这法宝被你夺走了，可这一路上，你没少跟我念叨，说等寻回了七宝妙树皮，便回去见你母亲，可见这东西不在你手里。可你跟了我这么久，肯定也已经发现法宝不在我这里。"

月啼暇随着胡尾生的话，心大起大落，连忙点头，胡尾生笃定道："既不在你我手里，又不在西门家，说明，是另有他人盗走了七宝妙树皮！"

月啼暇意外于胡尾生如此理解，但也松了口气，故作害羞道："是嘛！我一开始找你是想找那法宝来着，后来，人家不就被你吸引了嘛！"胡尾生听了这话，露出一抹羞赧的表情，月啼暇看着他的脸色道："不过，好端端的，你说这个做什么？"

胡尾生道："没什么，不过是想通了前后而已。"

"哦！"月啼暇恍然大悟道，"赶紧吃面！"胡尾生连忙抱着碗吃面，月啼暇瞅着他憨憨的样子，不自觉带上了几分温柔嗔怪，"这傻子……"

两人很快将面吃光了，正打算上楼休息时，门外一个醉汉走了进来，将银子往柜台上一拍道："店家！买酒，给我来两壶！"牧童说着"好嘞"，给这醉汉打上两壶酒。醉汉转身离去时，目光落在了胡尾生身上，他不客气地上前，将酒重重地往桌上一放道："人？竟敢来我们妖族地盘！"

月啼暇心里一怒，刚站起来就被胡尾生拦下。胡尾生壮着胆子望向那醉汉，结巴道："这位兄、兄台，人、妖两族已结盟，是、是合作关系，两盟盟主也是好友，我、我为什么不能来此？"

这醉汉不屑地笑了几声，模仿着胡尾生道："还、还是个结巴！小子，你说的那些都是过去的了，如今你们盟主与他的手下害死了我们涂山的妖，这仇不共戴天！"

胡尾生惊讶地看向月啼暇，月啼暇也并不知情，惊讶地回望过去，醉汉伸手就要抓胡尾生的衣服："今日，妖爷爷就要杀了你这人报仇！"

"慢着！"月啼暇连忙出口。醉汉一怔，余光瞥见店铺内已经聚集了许多看热闹的妖，他更是嚣张道："死到临头，还有什么可废话的！"胡尾生快速思索着说道："我、我、我问你，你们涂山的妖，是不是都听大当家的话？"

醉汉点点头："那是自然！"

胡尾生接着道："那你们涂山大当家可有说要找人族报仇？"醉汉又是一怔，胡尾生见此，心中有了底气，继续道，"可有规定，不准人来此？我再问你，你们涂山可是支持人、妖去苦情树下结缘？"醉汉继续点点头，胡尾生小心翼翼地戳了戳这醉汉的手道："那你可以松开抓着我的手了……"

醉汉下意识地点点头，刚要松手，突然反应过来，勃然大怒道："什么可不可的，老子要替同族报仇哪顾得上那么多！"

醉汉说着就要袭向胡尾生，胡尾生背后的七宝妙树皮隐隐发光，正要护主时，一根藤蔓先一步缠上醉汉的手臂，月啼暇嚣张的声音从旁响起："要杀他，先问本姑奶奶答不答应！"眼看着就要打起来，牧童连忙上前劝架："几位，消消气。"

月啼暇不欲把事闹大，冷哼一声收回了藤蔓。牧童又对醉汉道："这位妖兄，大当家有严令，不可寻衅滋事，伤害人。你想报仇可以理解，但不能见着人就杀啊！"

醉汉冷哼道："那长老和流觞就白死了？"牧童摇头道："自然不会，但冤有头，债有主，他们两个之死，确实与这位人族小哥无关呀。依我看，他倒是个实诚人，既还想与咱们的妖求缘，便不能伤他。"

旁边看热闹的妖们也都跟着点头附和。醉汉见众妖都不站在自己这边，牧童和月啼暇又都并非善茬，只得冷哼一声作罢，拿起酒就离开了。

牧童见此，转头招呼着围观的众人离开，月啼暇拉着胡尾生坐下："你不是一向胆小怕妖，为何方才一下子变得那么大胆了？"胡尾生尴尬笑道："你是妖，既然决定了与你相守，就算再怕，我也要试着跟各种妖相处，融入妖族。"

月啼暇喝了口酒，望着胡尾生认真的样子，只觉得他整个人好像都变得英俊潇洒了，胡尾生见月啼暇眼睛一眨不眨地盯着他，有些心虚道："你、你看我做什么？"

月啼暇回过神来道："没什么，这酒不错。吃面！"胡尾生答应着，挑起几根面来，边吃，边和月啼暇互相看着。

夜过三更，神火山庄的屋顶上已经没有了红红的身影，月初也坐在梅树下沉沉地睡着了，他的手中则是半打开的《虚空之术》。一滴寒露从梅树上滴落下来，月初只觉脸上突然一凉，睁开了眼睛，起身时隐隐觉得有些不对劲儿，猛一转头，发现石姬正在身后朝他冷笑："想了这么久，可想明白了？"

月初看到石姬，一双眼中爆出怒火，掌中化剑直指石姬。石姬不避不闪，带着些许轻蔑与同情看着月初道："你们东方家总得付出些什么。"

月初讶然，剑尖停留在石姬颈间，石姬不徐不疾道："你可知当初涂山红红为何要收留你？"月初怀疑地蹙起了眉："你什么意思？"

石姬冷笑道："你真以为她只是同情弱小？人族有那么多失去双亲的孤儿，她为何单单救下了你？"

月初神情复杂，手中的剑微微一颤，石姬伸出手指不费力地就将剑尖推离了几分："东方灵血，可献祭苦情树，断绝暗黑之力！"月初先是震惊，紧接着便大声痛斥道："你撒谎！"

石姬冷笑道："你自然不愿意相信，不过，当年涂山不醉设阵杀你一事，如何解释？若只为了神火山庄与涂山之仇，他早就可对东方家下手，又何必等你进涂山？"

月初手臂颤抖着道："既如此，红红为何从长老手中救下我？"

石姬道："那是因为你还有更大的利用价值，没有你，她如何取信于人族？没有你，她如何名正言顺地进入人族地界，对付金人凤与我？"

月初摇着头慌乱道："不，我不信，红红是爱我的！"石姬听到"爱"字，再次冷笑道："是，她是爱你，可就连这爱也是算计好的。狐妖动情之后，情力大增，是以，当她借由布泰与石宽之恋，发现人、妖相爱所生的情力更大之后，才选择了你这个爱人。如此，她才能与我对抗。她对你，从头到尾都只有利用而已！"

月初只觉得全身的血液都涌上了头，杀意顺着剑光直向石姬而去，石姬躲闪开来继续说道："这么急着杀我，是怕我说出更多真相吧！"月初喘息着恨极了石姬："你一向歹毒，又有几分真话？"

石姬道："你自然不会信我，但我只问你一件事，涂山红红让你修炼虚空之泪时，可曾告诉过你，想要凝出虚空之泪，须得付出你全部的命力？"

月初震惊地睁大了眼睛，看着石姬得意笑道："她心中只有涂山，就算你为她剖了心，对于她而言，你不过还是她随时可以牺牲的人！是真是假，你可自去查证，无须我多言，真相很痛苦，可真相能让人清醒！"

月初持剑的手已然颤抖不已，待石姬缓缓退去后，他手中的剑"咣当"一声掉落在地："涂山红红……当年你与我娘之间的契约，究竟是什么？"

苦情树心，黑雾翻腾得更加旺盛，红红周身裹着黑雾，感受着黑雾中恨意的力量，她任由黑色羽花缠绕至双臂，闭上眼后，竟已经能感受到附近黑狐的气息。那一丝丝的黑色气息有近有远，红红翻掌捏诀，试着以体内的恨力召唤最近的黑狐："过来……过来……"

当红红再次睁开眼睛，见到一只黑狐正蜷缩在她的身前，红红眼眸渐红，瞳仁中黑雾肆虐，她如入了魔般亢奋地操控着黑雾，唇边带着轻蔑的笑意。

待收功后，红红的眉宇间都染上了魔气，她放纵着黑雾缠绕满身，踏出树心，此时的苦情树竟已呈半枯之状。

第十六章　为爱而战

（一百一十七）痛苦之爱

涂山后山的小径上，月初一身冷意地看着红红而来，两人远远对视着，隔着人命和纷扰，虽是在烈阳之下，两颗心却都是冰凉的。红红敛去周身黑雾，眉眼都疏冷至极："涂山与你已无半分瓜葛，你擅自闯入，是嫌命太长了吗？"

月初看向红红的眸中带着恨意道："当年，你与我娘之间，究竟立下了什么契约？"

红红眼中闪过一丝讶异，月初看到红红的表情，眸中恨意越发深浓，他继续追问道："当初你救我，是要以东方灵血献祭苦情树？"

红红目中流露出不屑道："告诉你也无妨！当年东方秦兰与我定下契约，涂山护她，她则将一身灵血献给涂山。她死了，自然由你这当儿子的替她还债！"

月初虽已经猜到了答案，但真正听到这话还是觉得心碎，他低声笑道："所以天地一线不是为了护我，是怕我跑了，无法在必要时献祭吗？"红红狠心冷笑着，上前抚摸着月初的脸庞道："此契约乃是双方心甘情愿定下的，自始至终，涂山从未逼迫你娘！"

月初仍不甘心地抓住了红红的手："那你为何在长老献祭我的时候救我？"

红红凝视着月初，自然看出了他心底那一丝期待，她一把抽回手，轻蔑地笑道："事到如今，你还觉得我那是在救你吗？我救你，自是因为比起祭树，你还有更大的用处。不过，今时今日，我真后悔当初阻止了长老！"

月初眸色一痛，一颗心彻底沉到了谷底，似乎有些不敢置信地望着红红："你怪我杀死了长老？怪我害死了流觞？"

红红含恨看着月初道："难道不怪你吗？"月初一颗心已经碎得不能再碎，他眼中含着水光，似哭似笑道："原来，从一开始我就错了，我错得好离谱！"

红红心中不忍，面上却丝毫不带怜悯道："东方月初，除非你死，否则你的命早晚是涂山的！"

月初看着眼前冷酷无情的红红，突然想到迷离阵中红红的身影，"东方家的人，总得付出点什么"这句话在他心头不停萦绕。

激愤之下，月初落下泪来："为什么……为什么要骗我？为什么没有一个人想让我活？！虎鹤双仙要杀我，金人凤不放过我，就连你，想要的也不过是我这一身血！"

红红冷哼一声，略一凝力，将月初随身带着的狐狸面具吸入掌中，月初睁大了眼睛看着红红亲手将面具捏碎。

红红轻蔑道："这世上，人人都戴着面具，你却非要扯下来这一张面具，可笑地逼问真心。你还不懂吗？人总要为自己而活，你的真心自己收好，我不稀罕！"

月初心底突然涌上一股恨意，他痛苦道："以后，我再也不会缠着你，爱着你的月初死了，被你亲手埋葬了。从今往后，你我之间再无半点情意！对涂山红红付出了真心的东方月初，死于今日！"

红红眼前满是血红，月初决绝的语言如同利刃直入心间，血色弥漫了一切，她接受着月初巨大的恨意，汹涌澎湃，几乎要让她失去理智。

月初心痛渐重，他捂着胸口，周身形成一股巨大的恨意。红红强撑着，那被恨力所笼罩的视野再次出现。在她的视野内，月初心口竟然也透出了丝丝黑气，红红努力恢复清明，踉跄上前一步捏住了月初的下巴，在他挣扎间，毫不柔情地吻了下去。

月初惊怒间被红红的牙齿撕咬出血来，一抹鲜红融入月初的血脉，顺着血管直达他仅剩一半的心，将这半颗心彻底冰封起来。与此同时，月初心中那一脉黑气竟顺着血上升，被渡入了红红体内。

月初猛地推开红红，怒气满溢地盯着红红，而红红的唇角沾着血，露出一抹邪魅的笑来："多谢你当初剖心救我，我已将你剩下的半颗心封了起来！毕竟，眼下还不到你死的时候。"

月初含恨望着红红，随后毫不留恋地转身踏步而去。

红红望着月初离去的背影，眸中溢出水光，她擦掉泪水低声道："不管爱我的月初是不是死了，我都要保下六域，也要保下他！"

红红站在黄叶纷飞的后山小径上，双目变得赤红，神态却极其冷漠。

（一百一十八）尾生之死

第二日清晨，月初带着一身寒霜重新出现在妖族市集中，他神情凌厉地穿过人群，而刚从酒馆出来的胡尾生看到月初后，迈步就要追上去。

月啼暇一把拉住胡尾生："尾生，你干吗去追东方盟主？说好了今日去苦情树求缘，难道你想反悔？"

胡尾生连忙解释道："你误会了，我是想告诉东方盟主，当初确实是西门家盗取了七宝妙树皮，这才导致你们树妖族丢了法宝，所以一气盟有责任替你们寻回法宝！"

月啼暇惊讶地望着胡尾生："所以，你追盟主，是为了我？"

胡尾生尴尬地挠了挠头道："也不全是，为了澄清事实真相，我也得告诉盟主才是。"

月啼暇歪歪头问道："你就不怕盟主追究你的责任？"

胡尾生怔了下，不知所措道："这……"

月啼暇笑道："傻子！不会追究你的责任。不过啊，去涂山求缘要紧，先不着急告诉盟主！"

胡尾生点点头，朝月啼暇粲然一笑，月啼暇脸上也洋溢着灿烂的笑容，拉着胡尾生就朝涂山走去。

从神火山庄出来的石姬刚回到林中，便见四周黑气缭绕，不由得警惕地看着四周。忽觉有强大妖物急速掠过，她猛地回头，只见红红的身影急速扑面而来。石姬连忙避让，却还是被红红伤到了手臂，留下一道长长的血痕。

石姬刚站稳身体，便见红红再次飞身袭来，两人在半空中祭出妖力对抗着，双双被震翻开来。

石姬看着红红周身黑雾缭绕，惊讶道："涂山红红，你竟引恨力入体？"

红红冷冽道："是你将东方灵血可以祭树之事告诉了月初？"石姬反应过来后得意地笑了起来："难怪你身上生了恨力，看来是东方月初知道真相后和你闹翻了。因爱生恨的滋味如何啊？"

红红冷酷道："你错了，我引恨力入体是为了控制黑狐。届时，你我同为黑狐娘娘的左膀右臂，这涂山当家，还是非我莫属！"

石姬听后脸色一下变了："你与黑狐娘娘联手了？"红红冷笑道："你觉得，在你我之间，她会选谁？"

石姬愣神之际，红红再次袭来，绝缘之爪在她胸前划下几道血痕，鲜血飞溅在草叶之上，石姬踉跄着捂住伤口，恨恨道："涂山红红，东方月初已经与涂山反目，你得意不了几日！"

红红周身溢散着更多的恨力，她双目赤红地看着石姬仓皇逃跑的背影，低声道："石姬，这一次，我绝不会再容你祸乱六域！"

重新回到斛光阁，红红闭目盘膝而坐，丝丝缕缕的黑雾从四面八方吸入她的体内，她身上的黑色羽花已经攀至了手背，红红翻掌捏诀，再次召唤黑狐道：

"过来,过来……"

一声声的召唤中,斛光阁的半空中竟然出现了三处缺口。黑雾翻涌而至,化作三只黑狐落在红红身旁,红红双目赤红地凝视着黑狐,嘴角溢出笑意。突然,她神色一凛,眼中赤红瞬间掩去,黑狐们也遁入其他空间。

容容推门而入,走到红红面前道:"红红姐,树妖族族长之女月啼暇携人族男子胡尾生来涂山结缘。"红红蹙眉道:"这个时候来结缘?"

容容道:"正是,我已将结缘方法详细知会他们,只等姐姐去了,便可以为他们主持仪式。"

"知道了。"红红颔首起身,周身散发出凛冽的寒意。容容见此,眼中流露出担忧道:"姐姐,你的身体……"红红冷冷打断容容的话:"不必多问,把我安排给你的事做好,守好涂山才是你该关心的事。"容容点头应是,看着红红经过他的身边,毫不停留地踏出屋门。

阳光倾洒在苦情树上,月啼暇与胡尾生抬头看着枯黄了大半的苦情树,落叶缓缓飘落在两人身上,月啼暇道:"我母亲曾经说过,男妖若真心恋上女妖,苦情树便会降下羽花,以示真心。"

胡尾生点点头道:"若人爱上妖,也会有羽花生成?"

月啼暇摇了摇头道:"这我便不知道了,不过咱们按照三当家所言,真心求告,苦情树一定能帮我们相恋。"

胡尾生点了点头,继续看向苦情树,月啼暇却忍不住催促道:"快祈祷啊!"

胡尾生迟疑道:"可是,大当家还没到啊。"月啼暇推了推他道:"先演练一番嘛!"

胡尾生点点头,与月啼暇并肩而立,一同虔诚地双掌合十,做好准备。随后月啼暇道:"我月啼暇愿意用一成……一成好像少了点,要不两成吧……两成妖力起誓!与胡尾生许下誓言,真心相恋,至死不渝!"

胡尾生接着道:"我胡尾生愿意用……愿意用我的全部起誓,与月啼暇真心相恋,永远喜欢、守护她,至死不渝!求苦情树降下羽花,庇护我们!"

胡尾生说罢便虔诚许愿,月啼暇偷偷看着胡尾生的侧脸,眼中带着满满的情意与甜蜜,然而天色突然阴暗下来,黑云很快遮蔽了日头,一道冷笑声突然传来:"真是令人感动,只可惜这一棵苦情树庇护不了你们!"

月啼暇和胡尾生惊讶看去,只见岁浮不知何时出现在苦情树下,正对着他们。

胡尾生见来者不善,连忙警惕地挡在月啼暇面前:"你不是涂山大当家?"

"看来不笨!"岁浮一道妖力直劈向月啼暇,月啼暇慌忙化出藤蔓抵抗,却被岁浮的妖力所重击,重重地跌落在地上。"月啼暇!"胡尾生心疼地上前扶起月啼暇,愤怒地望着岁浮道:"你到底是谁?为何要偷袭我们?"

岁浮冷笑着道:"你还真是个傻子,到现在还没察觉,你身旁这个树妖,从头到尾想要的都只是你身上的七宝妙树皮!这七宝妙树皮已经认你胡尾生为主,就在你的背上。她带你来此,不过是强取不成,只能骗你爱上她,心甘情愿地交出法宝。"

胡尾生听了这话,带了一丝迷茫看向月啼暇:"他说的是真的?七宝妙树皮真的在我身上?"月啼暇有些慌乱地看向胡尾生,张了张嘴,却没有说出否认的话来。胡尾生突然想到了月啼暇攻击他时被反弹而出,后来又接近他,抚摸他的后背,再后来要与他相守一系列的事情,他忍不住伤心地看着月啼暇道:"原来爱不是没有理由的,你的理由就是七宝妙树皮。"

月啼暇心中惶惶,想要解释道:"你听我解释——"突然一滴露珠落在月啼暇身上,月啼暇的嗓子像是被人掐住了,发不出声音。接着这滴露珠从她身上滚落,瞬间,月啼暇化出了藤蔓树形状的原身,她像是被封印在了这个树影的结界中,无法动弹,也无法出声。

胡尾生本来还气月啼暇,但看她变成这样,担心又占了上风,他急急地看向岁浮道:"你对她做了什么?"岁浮得意地笑道:"不过是在露水中加了点无根之水,让她化出原形,无法幻化回人身。这个心急女人,接近你,让你爱上她,只是因为你爱上了她,七宝妙树皮才会从你身上下来,认她为主。你很恨她吧?不如我来替你复仇,如何?"

说罢,岁浮凝力朝天空中指去,只见黑云之后隐隐响起雷声,瞬间千钧之势的巨雷陡然劈下,直接朝着藤蔓而去。

"不要!"见此情景,胡尾生想也不想地紧紧抱住了化作藤蔓树形状的月啼暇。树影结界中,月啼暇心急如焚地大吼着:"傻子,躲开啊!"

胡尾生听不到她的吼声,巨雷劈落时,他背后的七宝妙树皮发出巨大的绿光,如光盾般护着他,让他没有受伤,而树影结界中的月啼暇却被撞击得身受重伤。

"月啼暇!"胡尾生担忧地朝结界内的月啼暇吼道。

一边的岁浮继续阴鸷道:"没用的,你背上那块七宝妙树皮护主,不会让天雷伤你,你是护不下她的。"胡尾生惶然望着树影结界,只见月啼暇在里面虚弱地吐出一口鲜血,他道:"不可能,我说过,一定要护下她……"

第二道天雷滚滚而来,胡尾生再次护着月啼暇,七宝妙树皮所发出的绿色光盾再次隔开巨雷,而树影结界中的月啼暇再次受到重创而吐血,好似要晕死过去一般。

胡尾生急得双眼通红,看着月啼暇喃喃道:"七宝妙树皮,七宝妙树皮,你不是想要七宝妙树皮吗？我给你，我给你！"

情急之下，胡尾生盯着岁浮，带着几分疯狂吼道："你说，我该怎么将七宝妙树皮给她！"

结界内的月啼暇虚弱地不停摇着头，说了些什么，可胡尾生完全听不到，岁浮森然看着胡尾生道："你可想好了，七宝妙树皮只有一块，给了她，你就得死。为了这样一个虚情假意的骗子，你真的愿意舍弃性命？"

胡尾生惶然道："我……反正无论如何，我绝不能让她死！"

岁浮哈哈大笑道："你以为我会告诉你吗！"

胡尾生怔住，天空中再次传来轰轰雷鸣，最后一道天雷滚滚而来。情急之下，胡尾生想到岁浮所说的话："你爱上了她，七宝妙树皮才会从你身上下来……"

在天雷要落下的前一瞬间，胡尾生猛地吻上了藤蔓树人。

两人双唇相交时，胡尾生后背上的绿光流转，七宝妙树皮在一片绿光之中飞向了藤蔓树人之上，藤蔓树人渐渐化为人形。月啼暇在抗拒中被迫接受了七宝妙树皮，与此同时，惊天巨雷落在胡尾生身上。

大片的血花溅了月啼暇一身，化作人形的月啼暇紧紧地抱住胡尾生嘶哑道："不要！"

胡尾生虚弱地倒在月啼暇怀里道："失……失礼了，我……我不知该如何将七……七宝妙树皮给你，所以……所以……以后，你别再骗人了。"

月啼暇看着胡尾生说完这话后吐出一大口鲜血，她惊恐叫着胡尾生的名字。胡尾生微笑着看着月啼暇道："原来爱，真的不需要理由，我喜欢……你，真的很喜欢……"

胡尾生口中的鲜血不断地涌出，话还未说完便闭上了眼睛。月啼暇紧紧抱着胡尾生，泪如雨下："不是，不是这样的，尾生，我是真心喜欢你的！你听到了没有？我爱上你这个傻子了！"

月啼暇紧紧抱住胡尾生痛哭失声，这时，粉色的羽花缓缓飘落而下。岁浮蹙眉，只觉哪里不对，立刻凝力施法朝月啼暇袭去，哪知忽然一道妖力从远方而来，将岁浮和他的妖力一并击散。

岁浮回身一看，发现红红已经飞身落地，他连忙化作黑雾撕开半空遁入另一空间而去。

红红走到苦情树下，见月啼暇哭着将七宝妙树皮塞到胡尾生怀里，抽噎着道："法宝我不要了，你醒来好不好，你醒来好不好？"

许久，月啼暇才抬起头来，看到红红站在她面前，忍不住声音哽咽道："大当家，大当家你救救他！你救救他，求你救救他！"

红红看着已经气息全无的胡尾生，眸间一痛，心底恨力突然暴涨开来，她恨透了黑狐所为。片刻后，红红勉强压制住心底的情绪，尽量以缓和的方式对月啼暇道："是黑狐以恨力引下天雷，我救不了他。"

月啼暇眼中的希望破灭了，半枯的苦情树上却纷纷扬扬地落下了漫天的羽花，红红微微惊讶地抬起头来，低声道："羽花绽放，莫非苦情树感知了他们的情意？"

不断散落的羽花中，其中一朵飘至月啼暇和胡尾生的身边，落在了胡尾生的心口。月啼暇看到羽花后一怔，耳畔想起了他的誓言："我胡尾生愿意用……愿意用我的全部起誓，与月啼暇真心相恋，永远喜爱、守护她，至死不渝！求苦情树降下羽花，庇护我们！"

月啼暇缓缓拿起羽花，泪水再次无声落下。

红红似乎也有所察觉，从怀里取出天书翻开，月啼暇手中的羽花缓缓飘到空白的书页上，亮起了脉脉金色灵光，慢慢化成"月啼暇、胡尾生"的名字。天书上，月啼暇与胡尾生的过往汇成一张张半透明的书页。两人名字之间，如同此前的两对天书任务一样，形成了由红线而成的半圆。

红红望向月啼暇和胡尾生，心想：这两人或许还有续缘的机会。她走上前道："苦情树已经感知到了你们的真心，你与他求缘成功了。"

月啼暇心如死灰道："那又怎么样？他永远不会回来了，永远不会知道我的心意了。"红红道："苦情树会为你们续缘，你们两个一定还会有重逢之时。"

月啼暇猛地抬起头来："真的？！"

红红像是对着月啼暇，又像是对着自己坚定道："相信苦情树，相信情的力量。"

月啼暇想了许久，终于点了点头。红红起身，望向无边无际的羽花，思忖着："这一切都必须快点结束，不能再有人受伤了……"

石姬被红红所伤后，一路逃回了她所藏身的空桑谷中。岁浮嗅到空气中的血腥味，瞅着她道："你受伤了？"

石姬不悦道："不用你管。计划失败了？"

岁浮低声道："胡尾生替月啼暇死了。"

石姬冷笑嘲讽道："黑狐左使也会失手？"

岁浮想到当时情形，含恨道："那人因爱那树妖，替她抵挡了以恨力凝结的天雷！"

石姬目露不屑道："爱很难，恨却足够容易，那些刻在骨子里的自私、憎怨、贪婪……哪一个都足够激发恨意。这世上，只有恨力才是最强的！"

岁浮默默然转过身去，石姬冷眼看着他，想到红红之前说到的她与黑狐娘娘合作的事情，朝岁浮套话道："涂山红红体内的恨力，吸收得如何了？"

岁浮惊讶地看向石姬："你怎会知道黑狐娘娘的计划？"石姬从岁浮的反应中确认了此前红红的话，她冷笑道："黑狐娘娘与我合作已久，既然合作，黑狐娘娘自然不会瞒我。"

岁浮不疑有他，点点头道："眼下，涂山红红体内的恨力暴涨，只要等她为恨力所吞噬，黑色羽花布满周身，彻底失去本心，娘娘便可一举冲破阻碍，进入圈内！"

石姬跟着点点头，唇边却溢出一抹冷笑，待岁浮离开后，她也紧跟着朝谷外走去。

神火山庄的书房中并未点灯，黑暗中的月初死死盯着房间深处的一个角落，狠戾道："还不现身吗？"

暗处的石姬一挥手，房内的烛火依次亮起，只见月初目光深沉道："本盟主对讨厌的人一向没什么耐心，说完话就滚！"

石姬不紧不慢地走到月初身边，近距离暧昧地看着他："身为一气盟的盟主，难道你就不好奇黑狐是如何进入圈内的吗？你就不想阻止涂山的阴谋吗？"

月初用冰冷的目光看向石姬，石姬凑到他耳畔，带了几分魅惑道："那些黑狐皆是借由苦情树树心进入圈内的！这一切全都是涂山红红的阴谋。她利用你，一步步成立妖盟，与人族合作，再纵容黑狐破坏合作，只因她早已窥伺着搅乱六域的恨力！"

月初含恨望向石姬："你究竟想做些什么？"石姬蛊惑道："你我合作，一同除去涂山与黑狐，如何？"月初略惊讶道："你要与黑狐为敌？"

石姬看着月初道："你以为，我会放任黑狐娘娘入驻圈内？实话告诉你，涂山红红已经与圈外的黑狐娘娘联手，若一气盟什么都不做，便等着她们一统六域，将人族踩在脚下！"

月初与石姬对视片刻，冷哼道："那又如何，你石姬不是一向与黑狐娘娘合作吗？怎么你能合作，别人便不行？你能为夺得六域不择手段，他人便不可？"

石姬凝视着月初带着恨意和奚落的目光，轻轻一笑道："我知道东方盟主对涂山红红情深已久，一时难以接受。不要紧，三日后我还会再来，到时候，希望你已经想明白，究竟谁是敌，谁是友！"

月初压抑着心底的激愤，看着石姬缓缓离去。

（一百一十九）吞噬岁浮

第二日一早，月初的桌上便摆满了从各地而来的信件，书信上全是近期妖族对人族的各种伤害和两族间的各种冲突，他的心中满是痛楚和愤懑。玉萍在一旁看着，关切地问道："又有妖袭击人了？"

月初深吸了口气点了点头，玉萍忧愤道："这些时日，妖伤人的事件越来越多，再这样下去，不知还会有多少人无辜枉死！"话音刚落，一名弟子神色惶然跑了进来："盟主，出事了！市集上突然有人莫名地互相攻击，死伤数十人！"

月初霍然起身，震惊道："人在哪里？"

弟子引路道："已经抬来了，都在院子里。"

月初连忙抬脚往院子里跑去，只见院内并排放了一排尸首，皆用白布覆盖着。月初走到尸首旁蹲下，掀开一层白布，尸首胸前的抓伤赫然在目。玉萍跟上来，奇怪道："明明是人与人之间互相攻击，为何致命伤都是尖锐的抓伤？"

月初看向尸首的手指，只见指甲上满是干涸的血迹，指缝间还残留着血肉。他想到了涂山不醉和付澄被黑狐附身后性情大变，胡乱伤人的画面，愤恨地握紧了拳头，问弟子道："你方才说，这些人是突然无缘无故地互相攻击？"

弟子点头道："正是。"

月初思忖着，含恨低语道："又是黑狐！"

当日午后，阿来得了月初的传信在溪边等待。片刻后，他神色一凛，以妖力控制两块鹅卵石快速朝一侧袭去，那两块鹅卵石却像是被什么力量所阻碍，转了个圈反朝阿来攻去。阿来闪身避开，鹅卵石落入水中爆出巨大白浪，下一秒，月初神色深沉地出现在阿来对面。

阿来半开玩笑道："火气这么大？本少不过小试一下你最近的修为，不必下这么重的手吧？"月初无心玩笑，冷眼看着阿来道："我问你，黑狐进入圈内的通道，是不是苦情树？"

阿来眼神中透出一抹复杂，最终点头道了声"是"。月初的眸色更加深沉了，他心里紧绷着，盯着阿来问道："那……她与黑狐娘娘联手之事，也是真的？"

阿来避开月初的目光："你既已与红红断情，是真是假还重要吗？何况，你不也是准备要与石姬联手？"

月初惊讶又戒备地看向阿来："你如何知道此事？"阿来道："你能掌握涂山的一举一动，涂山自然也不会放过任何有关你的消息。"

月初一怔，神色复杂地对阿来道："我明白了，多谢。"阿来看着月初不再说话，只转身离去，神色多了几分欲言又止。

月初重回神火山庄已是黑夜，书房内烛光摇曳，他站在房中擦拭着手中的长剑，脑海中则是不醉和付澄死时的情形。待剑擦拭完，他脸上的表情已经变得决绝。

烛光中，石姬的身形慢慢显现而出："东方盟主考虑得如何了？"

月初盯着石姬道："既要合作，便拿出点诚意来，口头上的这些承诺，我根本不信。"

石姬凝视着月初，低低笑了，她伸手凝出一道黑色的妖力，低声呼唤着："岁浮……"

月初眯起眼睛看着石姬的动作，只见片刻后，岁浮的身影竟然也出现在房中。突然出现在这里的岁浮脸上也流露出一丝疑惑，在看到石姬后，不满道："我乃是黑狐娘娘的左使，你怎敢强行召唤我！"

石姬冷笑道："黑狐左使，好大的威风！"岁浮惊讶于石姬突然的张狂，紧接着就看到石姬周身黑气暴涨，将自己笼罩住。他这才反应过来，想要反击，却被石姬的妖力所震开。他看看石姬又看看月初，想要化出黑狐原形逃脱，却瞬间被黑雾侵蚀，根本无法动弹，他又惊又怒地望向石姬道："你竟在我身上下了你自己的血！"

石姬冷笑道："怪只怪你自己不够小心！"

岁浮含恨看着石姬，神情痛苦又狰狞，他豁出一切，尖啸着袭向石姬，却被黑气束缚，无法挣脱。黑雾中，只见岁浮的身体被不断绞杀侵蚀着。岁浮跌落在地，像一团不明生物一样抽搐着，最后竟然和着黑雾飞入了石姬的口中。

黑雾慢慢散去，地上只剩下一摊黑血，石姬拭去嘴角的黑血，冷笑着对月初道："吞了黑狐左使，黑狐娘娘势必再容不下我，这份诚意如何？"

月初眼中终于露出几分赞许神色："不错，只要是诚心与圈外为敌，便是一气盟的朋友。"

石姬媚笑道："要成为东方盟主的朋友，还真是不容易。不过接下来，便看东方盟主的了，要阻截黑狐入侵，先得除去涂山苦情树！"月初凝视石姬片刻，淡淡开口道："要我带一气盟攻涂山，你得助我。"

"这是自然！"石姬伸手欲抚摸月初的脸庞，却被月初一把拦下。他含恨道："解决了圈外与涂山，再算你我的账！"

石姬目的达到，也不反驳，只含笑着转身离开。月初眸色深沉，看着地上的那摊黑血，用力握紧了手中的长剑："涂山……"

同一时间的斛光阁中，红红被恨力所控制着，痛楚地挣扎着，黑色羽花蔓延至她的手背，她双目赤红，几乎无法挣脱恨力。她勉强摊开手心，沁出血的掌心中,浮现出"月初"两字,看着这两个字,她眼中的红色渐渐褪去,苍白的脸上浮现出一丝笑容。

红红起身取下床畔挂着的那盏法宝走马灯,灯缓缓旋转着,影子投射到墙上,每一个影子都是她。红红眼中流露出柔情,仔细地看着墙上的影子自语道:"这就是你眼中的我吗?我好想你。我知道,这一切都不是你的错……"

走马灯仍在转动着,那一个个影子都如孤单的她一样,形单影只。突然间,墙上的影子身边好像多出来了一个,那多出来的影子与红红相依偎着,好似月初一般。

红红如痴如魔地低语道:"月初……"

月初的影子竟从墙上走了下来,他神色温柔地来到红红身边,一把握住了红红的手,温柔地用指尖在她雪肌上的黑色羽花上轻点。红红一怔,看着月初以食指与中指的指尖为足,沿着红红的手、手臂、颈间一寸寸往上前行。黑色羽花随着月初的指尖慢慢退去,他的指尖最终停留在了红红的唇边,轻轻摩擦着她的唇瓣。

红红的眼神渐渐清明起来,水光自她眼中浮现,她喃喃叫着"月初",手轻轻抚上月初的脸,月初竟突然化作一股黑雾消散开去。

红红双目赤红,痛楚道:"不对,这一切都不对!爱涂山红红的月初死了,是我亲手所杀!"她自嘲地笑着推开门,残月如血挂在黑幕中,红红再一次癫狂念道,"是我杀了他,是我亲手杀了他!"

同样的血月高悬在空中,空桑谷中气氛诡异,那些失踪的人像是被什么吸引一般慢慢来此。石姬站在最高处,冷眼望着这些臣服于她脚下的人,她如同鬼魅一般伸出双手,从那些人体内汲取源源不断的银色生机。

这些人痛苦地倒在地上,在绝望中慢慢失去生命。石姬吸收了这些生机后,再睁开眼睛,冷冷俯视着谷中的死尸。接着她再次抬起手来,凝出邪恶的力量化成无数缕黑色雾气,夹杂着一丝红色血气,飞向谷底的尸体。

诡异的雾气飞入人族尸首的额头中心,这些人缓缓睁开眼睛,眸色却异常浓黑,他们宛如机械般地站了起来,抬头望着石姬,臣服于她的脚下。

石姬冷冷道:"日后,你们这些死人便是我的奴隶!人,也只配当我的奴隶,供我驱使,为我而战!"

众人高呼着:"供主人驱使,为主人而战!"

石姬冷笑着抬起手来,那只手竟化作黑狐的利爪,她低声道:"涂山红红,这一回,我可比之前强大许多,就算你最后能以恨力压制黑狐,也奈何不了我和我的人奴!到那时,何止六域,圈内、圈外都是我的。这世间的主宰,只有一个,便是我!"

（一百二十）联合石姬

第二日清晨，玉萍惊讶地望着月初，不可置信道："你要联合石姬对付涂山？我知道自从付澄死后，你便郁结于心，但你身为盟主，无论如何都得以大局为重才是。"

月初神色复杂地点点头道："我明白，但唯有攻下涂山，才能彻底铲除侵入圈内的黑狐。至于石姬，我另有安排！"

玉萍仍犹豫道："那你与涂山当家……"

提到红红，月初眸色一痛道："是非恩怨太过复杂，总之，我与她之间，已经恩断义绝。"玉萍面带担忧，想劝又欲言又止，终道："也罢，无论如何，我都会尽心协助你，只是，你也要答应我，先护好自身安危。"

月初勉强一笑，见玉萍仍坚持着盯着他，只得点点头，见对方点头，玉萍才松了口气，流露出几许欢喜："如此便好，只要你人没事，将来九泉之下，玉萍也有脸面见二小姐。"月初心绪复杂地点点头道："去忙吧。"

玉萍答应着转身离开，月初跟着朝门口走了几步，遥望天际翻滚的云层，低声自语着："是到该结束的时候了，再拖下去，只会牵连更多的无辜生命！"

几日后，神火山庄的院子中聚集了大批一气盟门主与弟子，大家不知盟主为何突然这么大阵仗地召集大家，嘈杂声不断。

月初从里走出，面色冰冷，给人一种不可亲近之感，他站在主位上扫视着大家，沉声道："近来，人妖冲突不断，伤亡也不少，这一切都是黑狐所致……"

话说到这，下面人又开始争吵起来，几个地位高些的门主更是直接问到月初脸上："黑狐不过是传说罢了，这世上根本没有黑狐！"

"不错，在座各位，有谁见过黑狐？"

众人纷纷摇头附和着，月初目光冷冷地扫过众人，强大的气场压制住了所有人的声音："黑狐乃是圈外生物，最擅长控制他人精神作恶，此前那些突然自相攻击至死的人，都是黑狐所为。"

一个门主不服气地前进一步问道："敢问盟主，既如此笃定黑狐作恶，可有人见过黑狐？"

月初道："黑狐形态多变，极其狡猾隐蔽，诸位不相信也情有可原。不过，黑狐乃是由涂山苦情树进入圈内的，挑起纷争，一气盟不能放任情势恶化。待攻下涂山，一切自会真相大白！"

月初此言一出，众人一时愕然，门主们纷纷低语起来，有个门主更是壮着胆子问道："盟主真的要攻打涂山？"

月初冷冷道："不错，此前你等数次要求本盟主对付妖族，都被拦了下来，如今，事关六域安危，一气盟不能再坐视不理！"

本就对妖族有敌意的门主立刻响应道："盟主英明！西门家，还有神火山庄付姑娘，以及那些为妖族所害的无辜受难者，他们在九泉下，必会感激盟主之恩！"

众人听此，也都纷纷响应起来，月初大声道："诸位既无异议，今日，我便以盟主身份发出《告涂山书》，即日，攻涂山，除黑狐，重护六域安宁！"

众人山呼道："攻涂山，除黑狐，重护六域安宁！"

呼喊声中，月初望向玉萍道："玉萍，速以我名义发信给涂山！"

玉萍抱拳应是，月初再次扫向众人道："至于众家弟子，听本盟主统一安排，有擅自行动者，就地诛杀！"

消息飞速传往涂山，红红强撑着恨力折磨，接过容容手中的《告涂山书》，雅雅则在一边愤愤道："明知是黑狐作乱竟还要来围剿涂山，这忘恩负义的家伙！"

容容则摇摇头道："以月初的个性，是不会受到挑拨的，他做出这个决定，背后应该另有原因。"雅雅疑惑道："另有原因？"红红克制着恨力，倒并不隐瞒，淡淡道："他知道涂山曾想拿他献祭的事了。"

斛光阁内一下安静了下来，红红周身散发着冷意，继续道："既然他铁了心要攻涂山，涂山也得守住。届时你们两个，再加上阿来，务必拦下月初，绝不能让他到苦情树下。"

雅雅问道："那姐姐你呢？"

红红握紧了《告涂山书》，她的手背上蜿蜒着黑色羽花："我在苦情树下，另有安排！"

雅雅继续问道："姐姐在苦情树下做什么？难道是黑狐……"

红红本就为恨力所折磨，越发烦躁易怒，听了雅雅的问话，突然暴躁，怒声打断道："雅雅，以前我让你做什么，你从无二话，怎么如今问题这么多？你也不相信我，以为我会被恨力所惑，做出有损涂山之事？"

红红一连串的逼问让雅雅心头一紧，终是低下头，不再多言。看着雅雅如此模样，红红心中一阵烦闷，转头对容容道："容容，你按照此前安排，召集妖盟其他成员，一同迎敌！想入涂山，他也太小看我涂山红红了！"容容连忙应下。

就在此时，阿来推门而入道："想不到月初动作倒快，短短时间已经开始有所动作。"

红红视线扫过雅雅和容容道："你们两个先去吧。"雅雅和容容眼中虽流露出担忧，却只点了点头，转身离去。待两人走远后，红红才显现出被魔化的痛苦，她周身控制不住地溢散出缕缕黑气。

阿来叹了口气道:"你放纵人族挑衅,可是也想要他们的恨力?"

红红眼中隐隐发出红光,坚定道:"恨力足够强大,方能召齐圈内黑狐。如此,我才能将它们一网打尽!"

阿来蹙眉道:"这是一着险棋,只有靠你自己守住本心。"

红红微微一笑道:"多谢,这世上,唯有你不会阻拦我!"

阿来眼中有着悲悯之色道:"每个人都有自己想要的和必须守护的,旁人替代不了……"

红红颔首,待阿来走后,继续凝力压制着体内的恨力。

夜间红红盘膝而坐,吸收着来自四面八方的恨力黑雾。她闭着眼,额间布满了细汗,一个魅惑的声音在她心底盘旋着:"你如此爱他,他却背叛了你,背叛了涂山,他恨你……恨你……"

此时红红的心口幻境中,半枯的梅树立在中央,仅剩的半树白梅艰难地绽放着,那道魅惑的声音带着恨意从四面八方钻入她的耳中:"他背叛了涂山,因为他恨你……恨你……"

"不,他绝不会背叛涂山!绝不会!"红红忍不住吼道。

《告涂山书》上写得清清楚楚,涂山红红,你还要自欺欺人到何时?他不爱你了。他恨你!"那个魅惑的声音讥讽地笑了起来。

"你是谁?!"红红环顾四周却不见一人,她转过身来,突然看到一名女子手持红色的油纸伞在自己耳边蛊惑着。这名女子和自己长得一模一样,周身散发着强烈的恨意,萦绕着丝丝缕缕的黑雾,身上、额间皆是黑色羽花,竟是已经魔化了的自己。

魔化了的红红盯着她道:"我就是你,杀死东方月初的你!"

红红惊恐地看着整个雪原瞬间变成了一片血色!

"不——"红红猛地睁开眼睛,双目赤红,几乎癫狂,她狠狠地将《告涂山书》揉成一团,含恨道,"东方月初,你竟然背叛涂山!"

月初来到涂山脚下,看着不远处灯火辉煌的山脉,静静地将酒洒在父母的坟前:"爹,娘,儿子真想回到小时候。那个时候没有诸多争端,虽说日子过得平平淡淡,但不知为何,还是很开心。"

大概是想到了小时候的糗事,月初忍不住笑了起来,可随后面色又落寞下来……不一会儿,身后传来脚步声,月初侧头,看到不知什么时候走过来的雅雅。雅雅眼带恨意地看着月初道:"你果然在此!"

月初不欲与雅雅多说,想要起身离开,不想雅雅直接凝出冰刃朝他袭去。月初化出长剑打碎冰刃，冷冷地看向雅雅。雅雅气急败坏道："贼小子，涂山养了你十八年，当年若不是姐姐在此救你，你早就死在金人凤手里了！"

月初含恨道："别跟我提当年！"雅雅想到祭树一事，口中一滞，接着道："是，就算……就算涂山一开始想拿你祭树，可最后不也……"

"闭嘴！"月初大声道，"你以为说这些我就会放过涂山吗？"雅雅也怒道："东方月初，你混蛋！为了一己私怨，你便毁了姐姐好不容易得来的人、妖和平，你怎么忍心？你没有心吗？"

月初嘲讽道："人、妖和平？那是你姐姐真正想要的吗？"

雅雅一愣，望着眼前陌生而冷酷的月初，心间发冷，也生出恨意来，快速朝月初袭来，月初避开雅雅，将手中长剑刺在雅雅身前的地上："此剑为界，若你再进一步，我便杀了你！"

（一百二十一）攻上涂山

雅雅冷哼一声，直接拔起长剑，月初竟也毫不客气地打出一道神火，烈焰汹涌直接将雅雅逼退了几尺。那柄长剑重回月初手中，他手腕一转，直逼雅雅面前道："如今的你，杀不了我，若不想成为我剑下亡魂，便赶紧滚！"

"混蛋！"雅雅大怒着还想上前。阿来的身影飞掠而至拦下了她："别冲动，跟我回去！"

"这是我跟他之间的恩怨，你不准插手！"雅雅推开阿来，再次袭向月初。月初举剑回击，两人缠斗在一起，均毫不留情面。

片刻后，雅雅踉跄着后退几步，唇角溢出血来，月初身上也带了几道伤痕，阿来想扶雅雅，却被雅雅伸手制止，她含恨看着月初道："我再问你最后一遍，你真的要对涂山赶尽杀绝吗？"

月初避开雅雅的眼神道："妖盟不是也做好了准备吗？"

雅雅猛地吐出一口血来，这一次阿来上前扶住了她，她几乎落下泪来，点点头道："好，很好。阿来，我们走！"阿来扶着雅雅，颇有深意地望了月初一眼，月初望着阿来，两人都未多说一句话。

一线晨光洒在空桑谷中，石姬立在高处，俯瞰着一谷的人奴露出了得意的笑容："过了今日，我涂山石姬便是六域之主！"

石姬憧憬着未来，阴鸷地笑着，她掠身朝涂山方向飞去，而在她的身后，满谷的人奴也开始如潮水般朝涂山进发。

一夜过后，涂山的各个出口处均把守着一气盟弟子，一气盟的旗帜在山间飘扬着，大战好似一触即发。月初的声音在涂山中回荡着："本盟主先入涂山，其余弟子，守住涂山各对外通道，不许任何人闯出！"

说罢，月初飞掠至妖族市集之中，他持剑在空无一人的街道上行走着，两边的店门全都紧闭着，充斥着一股肃杀之气。

一道光影闪过，月初警戒地眯起眼来，只见原本光亮的天色陡然转暗，好似到了夜间一般。四周街市上逐渐亮起灯光，有妖开始逛街，瞬息之间，冷清的市集熙攘热闹起来。

月初置身街头，耳畔是不绝于耳的叫卖声，他神色讶然疑惑，只见几个幼童拿着竹蜻蜓从他身边跑过，一边嬉戏，一边唱着童谣："点灯儿，灯儿点，翻山越岭不怕远，人团圆，月团圆，远行游子归家盼……"

突然，一袭红衣的红红神色温柔地牵着一个幼儿出现在月初眼前，那幼儿脆声道："娘，我还想吃烤地瓜！"

红红笑道："好啊，娘带你去找爹，他烤的神火地瓜，六域独一无二。"

幼儿兴奋地叫道："好啊！爹这么厉害，不如咱们一起开一家烤地瓜的铺子，生意一定红火！"月初震惊地望着眼前的母子二人，红红抬起头来，视线正好对上月初，自然地含笑朝月初招手道："月初，快过来！"

月初情不自禁地上前几步，又顿下身影，摇了摇头，试图让自己保持清醒："不对，这一定是幻术！"

不远处，红红再次招手，带着一丝嗔怪道："愣着做什么？快过来！"

那幼儿也跟着叫道："爹，快过来呀！"

月初面上流露出一丝茫然，这时，幼儿直接跑到了他的面前，凑到他怀中撒娇道："爹，你快给我烤神火地瓜！"

月初望着孩子澄澈的目光，情不自禁揽住幼儿，红红含笑走了过来道："不是说一气盟有要事处理，为何这么快便回来了？"

红红的手自然地握上了月初的手，温热感传到了月初手上，他情不自禁地握紧，一家三口缓缓而行，月初心中仍充斥着巨大的不真实感，他转头问道："红红，如今是哪一年？"

红红不明所以道："你糊涂了？自然是你上涂山后的第十七个年头。"

月初惊讶道："十七个年头？我来涂山十七年了？那黑狐呢？"

红红疑惑道："黑狐，什么黑狐？"

月初蹙眉道："就是操控恨力侵蚀苦情树的幕后黑手，它们被赶出圈外了吗？"

红红道："恨力侵蚀？苦情树好好的，你是不是做梦了？"

月初顿住脚步，惊讶地望向红红，似乎想到了什么，急急问道："那长老呢?流觞呢?"

幼儿调皮地抢答道:"爹,你这问题太没水准了!长老爷爷肯定正猫在他的狐狸洞里偷偷吃鸡,至于流觞叔,想都不用想,必定是在家看孩子呢,九霜姨都生了四只小狐了!"

月初只觉浑身都沁出汗来,红红伸手摸了摸月初的额头道:"你怎么了?是不是哪里不舒服?"

月初拉住红红的手,抵在脸上久久说不出话来。

红红还要再说话,却发现指缝间月初的泪缓缓滑下。月初哽咽道:"红红,我做了一个好可怕的噩梦……"

红红关切道:"什么噩梦?"月初摇摇头,痛苦得不再说话,红红将月初揽在怀中,温柔地安抚着:"好了,好了,一切都会没事的……"

市集上灯火温柔,红红与月初牵着手,幸福地望着前方不远处,几个幼童再次拿着竹蜻蜓从他身边跑过,一边嬉戏,一边唱着童谣:"点灯儿,灯儿点,翻山越岭不怕远,人团圆,月团圆,远行游子归家盼……"

月初突然脚下一顿,红红略疑惑道:"怎么了?"

"不对!"月初回头望向那群幼童,只见那群幼童的身影很快消失不见。红红顺着月初的目光回过头,她未察觉有异,疑惑地望向月初,却见月初神色极为难看地道:"不对,都不对!"

红红脸色微变,月初凌厉的眼神望向四周的人,许多身影定格为一帧帧画面,都是方才便已经出现过的人。月初神色中带了几分肃然,望向红红,红红仍然微笑着。月初道:"一切都是假的,对不对?"

红红不搭话,依旧微笑着,月初低声道:"原来此阵是你所设。涂山红红,你够了解我,知道我会沉迷其中,然后任这份假的快乐安逸腐蚀心神,分不清现实与幻觉,最终为阵法所束!"

红红温柔道:"这里很好不是吗?所有的悲剧都未发生,我与你仍在一起。"

月初道:"这一切都是假的。"

红红依旧道:"是真是假重要吗?爱与恨,左右都不过是心中的感觉,你能说在这里的感觉不属于你吗?"

月初望向红红,眼中有一丝迟疑。幼儿跑了过来,抱住了月初的腿道:"爹,我的竹蜻蜓卡在树上了,你快帮我取下来!"

月初神色复杂地望着幼儿,低声道:"如果,你的竹蜻蜓是假的,你还会喜欢它吗?"

孩子一怔,月初冷笑起来,只见妖族市集开始震动,一个个人影在眼前消散，就连那幼儿也飘散消失了。月初含恨望着红红道："假的就是假的，我不会再上你的当了！"

红红略一愣怔，似乎被月初的话所伤，变得难过起来。她幽幽道："妖生漫长，可有你相伴的时光只有短暂十八年，我真的很想珍惜和你在一起的每一分钟。月初，不要离开，留下来陪我好不好？"

月初神色痛苦地犹豫着，终是含恨道："你又骗我了！"

红红凄楚一笑："你再也不会相信我了，是吗？"

红红笑着，周身却开始溢散出黑气，黑色的羽花漫天而落，无数黑狐扑向红红。

看着这幅情景，月初终于压制不住担心扑向红红："红红！"

红红唇角流露出一抹冷笑，月初意识到上当了，急忙凝力收手，手却像是被吞噬或抓住一样，越陷越深。情急之下，他打出一道神火，击散了周围黑雾。

红红面上露出委屈的模样："月初，你不担心我吗？"

月初含恨道："你还有多少花样！"

红红含笑地望着月初道："只要你愿意，我可以在此陪着你，一生一世，甚至永生永世。"

月初突然反应过来："你在故意拖延时间？！"

红红微笑地继续看着月初，月初深吸一口气，闭上眼睛，以黑布蒙上眼睛，不再受眼前人的影响，将灵力灌入剑中。剑身笼上了神火，燃亮夜空，四周夜幕渐渐有了碎裂的纹路："涂山红红，你困不住我！"

话音落下，夜幕瞬间裂成碎片，那些心底眷恋的美好彻底散落。

红红站在苦情树下，周身涌动着黑雾，她的心间掠过一丝痛楚："如今，那样的镜阵，竟也无法拖住你了。如果可以，我真希望你被永困阵中。这样就不用面对接下来的一切了。"

想到这里，红红面色悲恸，忽然感觉恨力噬心，她连忙敛起心神，素手施法。那曾被红红所献祭的情种自树心被召唤而出，落于红红掌心。

她周身黑雾陡盛，双目凝成了赤红色，整个人大汗淋漓，终于压下了黑雾，紧接着抛出情种大喝道："阵起！"

红红以苦情树为中心，开始起阵，情种落于苦情树下，发出荧荧之光。只见苦情树四周是由六个陶俑灯状法器围成的偌大的六爻索命阵法，当红红以情种为中心起阵，有了情种加持，此阵较长老之前那阵法更为强大。

冷风起，乌云漫，天色一下暗了下来，好似暴风雨前的宁静，阵中则开始涌现出浓浓的黑雾。红红感受到了气息变化，警惕地望向一处，只见黑雾遮天蔽日，石姬挟浓烈恨意飞掠而来。

红红早已蓄满了妖力，在石姬到来的那一刻猛烈一击，石姬身形极快地落到了阵法之外，两人隔着阵法对望着。

石姬道："涂山红红，你想操纵黑狐之力，也得先问问我同不同意。"

红红冷笑道："最适合你的，就是乖乖地当个失败者！"

石姬眼中流露出恨意，两人周身都涌出翻腾的黑雾，黑色的恨力如一股绳索在两人间拉扯着，冲天黑气中夹杂着令人恐惧的嘶叫声。暗色的天幕中，无数黑狐奔出，慢慢聚集而来，那一双双红色的眼睛虎视眈眈地盯着两人。

"这股力量，只能为我所用！"石姬大喝出声，凝聚妖力扑向黑狐。同一时间，红红巨大的妖力也奔腾而去，双方都操控着黑狐互不相让。

（一百二十二）为爱而战

涂山边界之外，月初一步步行至界碑处，凄凉一笑道："想不到，我归来，竟是为了攻入涂山。"

突然，月初神色一凛，侧头避过一道破空而来的冰刃。雅雅的声音随着无数冰刃迎面而来："擅入涂山者，死！"

月初举剑破冰，伴随着长剑嗡鸣声进入涂山。他一路冲至涂山花园之中，雅雅、容容和阿来将他包围其中，月初冷声道："让开！"

雅雅含恨道："除非踏着我的尸体，否则，我绝不会放你伤害姐姐！"月初的目光扫过阿来和容容："你们两个也是如此吗？"

容容开口道："月初，当初苦情树为恨力所蚀，涂山确曾与你娘达成过契约，但你入涂山后，姐姐便改变了心意，你……"

"现在说这些，还有什么意义？"月初冷酷地打断容容的话。

雅雅叫道："没有意义？涂山护了你十八年，你与涂山的点点滴滴，难道全无意义吗？"

月初冷然握着剑，无动于衷地站在那里。容容点头道："好，即便在你心里，过去的温情毫无意义，那你欠涂山的呢？若与涂山为敌，也须先将欠涂山的债还清！"

听到这话，月初眼中阴霾更胜："我欠涂山的，涂山欠我的，是是非非，恩恩怨怨，到如今，还分得清吗？"

容容闻言一滞，再说不出话来，阿来冷眼望着月初道："你所愿的，还如当初吗？"

月初眸色沉沉，与阿来对视着，突然阴沉的天空中传来狐鸣，他抬起头来，只见一只只黑狐朝苦情树下奔去，远处林中还有嘶喊声传来。

月初道："今日，我纵使碎一身骨，也必毁苦情树，让涂山给六域一个交代！"

雅雅悲痛道："你一定要如此吗？"

月初坚定道："这世间的事情一旦看清，清醒的人就会格外痛苦，对付黑狐就得毁掉纵容黑狐的涂山。我，别无选择！"说罢，月初大步朝前而去，雅雅面色苍白强撑着上前阻拦月初："站住！"

月初冷冷道："我说过，你杀不了我，甚至，挡不下我！不要逼我杀了你。我若是你们，眼下便该去山下对付来犯的黑狐！"雅雅三人惊讶地愣住，月初冷冷一笑，持剑朝苦情树的方向而去，背影决绝而又痛楚。

黑云夹杂着雷声遮天蔽日，滚滚而来。苦情树下的树根通道中，一如既往地黑暗，黑狐娘娘慢慢进入通往苦情树的根系通道，她狂笑着道："涂山红红，你终还是上当了！有了这六域大乱的恨力，我便能入此通道，入驻圈内。届时人、妖互相厮杀，六域生灵涂炭，那画面太美了！"

外面巨大的阵法包围着苦情树，黑雾缠绕着红红和石姬，红红惊讶道："你身上多了黑狐之力？"石姬得意地笑了起来，黑雾从她的指尖溢出，丝丝缕缕地缠绕着，化出巨大的黑暗之力，将黑雾化成如利刃的丝线，一道道缠上红红："合作嘛，形式自可以灵活些！"

红红凝力抵抗着，两人僵持着，唇边都带出了鲜血，红红的手上被黑线割出一道道伤痕，血液滴落下来。石姬冷笑道："我若是你，便乖乖放弃，毕竟，你所相信的爱，已经不存在了不是吗？"

红红冷然抵抗着，手上的血顺着黑线不停滴落。石姬恶狠狠道："东方月初正在来的路上，为了杀你而来！"

红红猛地聚起全力，瞬间狂风四起，黑雾冲进她的伤口，石姬再度使出黑线，要将红红重重拖行于地。红红反制其力，巨大的力道让黑线彻底绷断，石姬的双手也因反噬而满是血痕。

紧接着红红凝起巨大妖力，乌云聚集处陡然洒下一道刺目的白光，化作巨雷滚滚而来。

石姬惊讶地看着空中异象："这是……"

红红道："你能以恨引雷，害死胡尾生，我便要让你尝尝同样的痛苦！"

巨雷落在石姬身上，石姬心脉被击，痛不欲生地发出一声尖锐的鸣叫。红红狠狠压制着石姬的黑暗力量，冷酷道："这恨力之雷的滋味如何？"

石姬踉跄着倒退几步，口中涌出大量血花，她不甘心道："为什么，为什么事到如今，我还是斗不过你？！"

红红冷眼看着她道："因为，邪不压正，操弄他人命运者，终将被命运操弄！我，就是你的命运！"

红红一扬手，一只只黑狐不间断地攻向石姬，带出无数血痕。红红周身萦绕着淡淡黑雾，冷酷地看着浑身是血的石姬："这一切，远比不上你所犯之过！你为了一己野心，撕裂人、妖两族关系，制造仇恨无数，甚至引圈外力量搅乱六域，多少人的幸福被你毁去，多少无辜的孩子因你失去父母，多少美丽安宁之地因你而遭受战火！这一桩桩罪恶，你死百次千次都不足以谢罪。今日就让这些被你引进的黑狐，送你最后一程！"

黑狐强大的恨力不停重创着石姬，恨力与石姬的怨气相撞，发出长啸，响彻涂山上空。

很快石姬便卧倒于地，那苦情树凝结的肉身被黑雾所吞噬。石姬嘶吼尖叫着，涌动的黑雾将她包裹起来，一寸寸撕裂她的皮肉，啃噬她的血肉，拉扯着她的灵元，她每分每秒都承受着巨大的痛楚。

最终，石姬从黑雾中滚出，全身被鲜血所浸透，她抬起面目全非的脸，含恨望着红红，怨毒道："我死又如何？有整个圈内给我陪葬，六域还是我的！"

红红脸色一变："你做了什么？"

石姬狞笑着道："你忘了？我也有恨力，我心底的恨都将通通传给你。涂山红红，你亲手毁去六域，来给我陪葬吧！"

石姬的声音渐渐低了下去，红红眼看着她失去声息，紧接着苦情树陡然放出巨大的黑雾，黑雾凝成一股，自上而下地灌入红红体内。她额间冰蓝色的羽花浮现两重红光，天地顿时变色，黑色的雾气化作血红，红红赤红的眸子中满是邪魅猖狂。

苦情树外，一道人影极快地飞掠而来，落在了血色雾气笼罩的阵法外。月初环顾四周，只看到了阵法四周的陶俑灯状法器，想起了昔日涂山不醉要献祭他时的情形："献祭之阵？"

月初下意识地靠近阵法，只见银光流转，将他重重弹出阵外，他惊讶地自语道："怎么会？这阵法非但不伤我，反而还拒绝我的靠近？"

月初疑惑地抬起头来，只见阵心中，情种于苦情树华盖之上，发出一缕缕荧荧的光芒，笼罩了阵内的空间，天地一线缠绕着那流转着一丝红光的情种。

"天地一线！"月初凝神望着情种内流转着的天地一线，恍然大悟道，"当初你要回天地一线，竟是为此吗？将我的血融入情种内，让苦情树认下我这个人。即便你忘了我，也不会再有任何人能将我献祭！"

此刻，月初的脸上露出似悲似喜的神情，他终于意识到红红对他赤诚的深爱，他四下寻找着红红，一转头，却见红红悄无声息地出现在阵法之中："红红！"

红红双目赤红，周身散发着浓稠的黑雾，整个人入魔一般邪笑着："我已经被恨力所吞噬，只有凝出虚空之泪，摧毁恨力，方能救我！"月初讶然看着魔化的红红。突然，魔化的红红感到剧烈的头痛，爱与恨在她的体内冲撞博弈着，红红痛苦地抵抗着脑海内的清明。

月初担忧地冲向阵法，再次被重重地弹开。他被红红冰封住的半颗心上的冰开始碎裂开来，一道光线自月初心口拉出，扯入红红的心口，两颗半的心以这样的方式达到了共通。

心口幻境中的雪越下越大，梅树上的花儿不断地凋零，枯枝越来越多，两个红红正在以伞为媒互搏着，恨力与爱力角逐之下，迸发出剧烈的烟尘，红伞被炸裂成无数碎片。

两个红红身上、脸上都添了血痕，二人近距离对峙着，魔化红红道："这个世上，每日有那么多人作恶，那么多坏事发生，战争、死亡、灾害……人与妖之间相互憎恨，爱总是容易被恨所摧毁，六域注定走向毁灭，你的守护，毫无意义！"

红红擦了擦血渍道："这世上，有那么多纯真的孩子，还有认真生活、热爱和平的生灵，只要有他们在，爱就会生生不息，护下六域。"

魔化红红冷笑着，与红红继续互搏着："只要我彻底杀了你，黑狐娘娘就能进入圈内。你这么在乎六域，如何却舍不得一个东方月初？只要他凝出虚空之泪，就能化黑狐为实体，还能阻止黑狐遁入空间逃脱，你们就还有机会，反败为胜！"

红红将魔化红红压制在地，喝道："六域与他，我都要保下！"

梅树上，白梅只余了一朵花苞，似凋未凋，而两人身上的伤痕越来越多。魔化红红狠狠扼住红红的咽喉："真不明白你为何到现在还在挣扎，在你将死之时，爱能救你吗？"

红红眼神涣散，往昔与众人相处的画面浮现在眼前，那一幕幕温馨的场景让她眼中重聚力量。红红使出一道大力将魔化的红红击倒，狠狠扼住她，露出一丝胜利的微笑："绝境之中，依然还想挣扎，这就是爱的力量！我从不做没有把握的事情，无论事态如何失控，甚至最终被恨力所控，我也早已在阵法中布下机关，时刻一到，便会自动启阵！"

听到这个，魔化红红脸上露出一抹恐惧。此时，树上有无数银光穿透天空，落入红红体内，红红身上的伤口渐渐愈合，与此同时，魔化红红的身体则变得稀薄起来，渐渐消散。那梅树上，最后一朵白梅绽放开来，随即整个雪原开始晃动。

挣扎着的红红从心口幻境中回过神来，她猛地睁开眼睛，担忧地奔向身边的月初。只见月初左眼发出荧荧之光，凝出一颗虚空之泪，强大的灵力爆发出来，击散了苦情树下恨力所凝成的血污。

红红一把抱住了月初，喊道："你怎么这么傻？我不告诉你，就是不想让你耗费命力，凝出虚空之泪！"

月初忍痛笑道："果然管用……我来之前，就做了决定，凝出虚空之泪对付黑狐和石姬。人、妖和平不仅仅是你的信念，如今，也成了我的信念！"

红红痛心道："可是我想让你活。"

月初虚弱道："我知道，已经全都明白了。"

红红心疼地抱紧了月初道："为什么，即使你知道了涂山当初要献祭你的事，还是不改其志？"

月初虚弱地笑道："我、我相信，无论如何，你对涂山、对六域的爱是真的。"

红红眼眶噙满了泪水道："我对你的爱，也是真的。"

月初努力握紧了红红的手，他的视野开始变得模糊："我、我知道了，石姬想借着调唆你我来祸乱人、妖，还好，我们两个都没入此圈套。"红红的眼泪滚落下来，她紧紧抱着月初，凄凉地笑着："可我终究没能护下你！"

就在此时，天地震动，虚空之泪爆发出了巨大的光芒，朝四周散去。在这光芒当中，林中正在活动的黑狐们都现出了形态，打得不可开交的一气盟众人和涂山众妖都发出惊呼。

一个一气盟门徒大喊着："黑狐，竟然真的是黑狐！"

律笺文和玉萍连忙带着一气盟的弟子将现行的黑狐团团围住，厮杀起来。

律笺文大喊道："盟主有令，诛杀伤害人、妖两族的圈外黑狐！它们才是挑起六域纷争的恶源！"

一气盟的门主与弟子们都纷纷杀向黑狐。

这时，一批批空桑谷的人奴赶到涂山，拥入混战，杀向一气盟弟子。玉萍连忙救下一个弟子，随即几个人奴又不要命地冲杀上来，很快几个一气盟弟子被人奴围杀而死。

律笺文面对着黑狐和人奴的攻击，突然一个人奴从侧面偷袭律笺文，眼看就要击中时，一道冰刃飞来砍翻了人奴，只见雅雅、容容和阿来三人赶到，身后则是石宽、月啼春、月啼暇等妖盟弟子。

雅雅肃容道："姐姐早就猜到石姬还留有后手，果然！"

律笺文也立刻道："二当家，我们盟主盼咐过，待黑狐现身后，两盟合作，一起对抗黑狐和石姬！"

雅雅眼眶微红着点头："收到他的消息了，这臭小子，为何什么都不说？"

人奴没有自己的思想，无差别地攻向众人。雅雅护下了一个又一个一气盟弟子，霸气喊道："传两盟盟主之令，人、妖两族，不分彼此，一同为六域而战！"

众人高呼道："一同为六域而战！"

苦情树下的树根通道中，黑狐娘娘露出一抹轻蔑的笑意："事到如今，还想全身而退吗？涂山红红，你未免太天真了！"说罢，她狂笑着带着巨大的恨力沿着树根朝涂山方向而去。

苦情树上方冲出巨大的黑雾，怀抱月初的红红周身黑气陡盛，流露出一抹痛苦的神情。月初忍痛看向红红，红红松开月初，在清明和魔化之间挣扎着，一步步朝阵法而去，在她迈入阵法的一刻，阵法竟然自动启动，亮起了一道光芒。

月初眼中闪过惊讶和难过："你竟是怕自己为恨力所吞噬，所以提前设计好了，让阵法自动开启吗？"

只见阵法内燃起熊熊烈火，烈火缠绕着苦情树，沿着树干蹿上天际，染红了半边天空。月初情急之下，将体内另一半灵力倾泻而出，整个阵法开始剧烈地震动起来。乌云被巨大的灵力所冲破，天空化作血红色，将大地也染上了红光。

月初右眼中的虚空之泪已然凝出，伴随着烈焰爆出巨大的白光。

（一百二十三）守护六域

阵法内，红红在清明和魔化间挣扎着，突然感觉一只手握住了她，月初的声音在她耳边低唤着："红红。"

红红意识稍稍清明起来，看到月初竟步入阵中，面上惊讶道："你如何进来的……你用另一颗虚空之泪切割了空间，直接从阵外转移到了阵内？"

月初轻吻向红红，两人在烈火中相拥着，月初低低说道："初见之时，恍如隔世，只是这一次，就不用你再守护我了。这一次，就让我们一同守护六域的未来。"话毕，月初散尽自己一身神血，化成无数血光缠绕在红红周身，化成红光相护她："以我之血，焚你之骨，置死而生！"

红红来不及阻止月初所做的一切，她眼中露出无尽的悲痛，月初则看着她道："有了东方灵血为祭，你便可以保下灵元，这是我能为你做的最后一件事。"

火光映在红红的眼中，她虔诚祈祷着："苦情树啊，若是你还能听到，我愿意用我们相识相知的所有记忆，以及我全部的妖力起誓……"红红的口中开始涌出大量的鲜血，烈火钻进了她的骨肉之中，血液好似沸腾起来，她痛苦万分地张开嘴，断断续续地说着剩下的誓言："与他结缘……"

灵血消散开来，月初的视野渐渐模糊，他轻轻说着："我愿意……许多年前……就……愿意了……"

凝结出虚空之泪后，月初眼中只余血泪。血泪自他眼中滑落，滴在了红红的脸庞上，苦情树在烈焰中突然爆出火焰般的羽花，冲上天际，天际的血红蔓延至六域每一个角落。

彤云燃亮了所有人的脸庞，雅雅望向涂山，涂山的苦情树于盛大的火光中渐渐化作黑木。她转过身，手上的冰刃继续袭向黑狐，一道道的血染红了她的眉眼，血色之中，所有人和妖都拼尽全力，为守护六域厮杀着。

半空中一只粉色的灵蝶渐渐化作虚影消散，红红的声音在半空中响起："……我将以恨力召集黑狐，开启阵法焚尽黑狐与苦情树，彻底断绝圈外入侵的通道！"

阿来击倒一只黑狐，望向遥远的天际，内心低语着：他们两个，一个因情爱而起，最终心怀大义，另一个以大义为先，却又为情爱所赎。苦情树，这便是你要告诉世人的吗？

容容等人皆红了眼眶，厮杀的动作越发狠厉。雅雅将最后一只黑狐斩杀后，抬起头藏住差点滑落的泪水。

一气盟众人见到涂山的付出，敬佩的同时，更加拼命地斩杀着人奴。

黑色通道中，巨大的火光快速冲向黑狐娘娘，黑狐娘娘被火光重挫，发出痛苦的尖叫，她急急往后退去。那唯一的通道迅速封闭，堵死了圈外通往圈内的通道。

火光燃尽了苦情树，两人保持着在火光中拥吻的姿势。月初灵元渐渐消散，青丝染霜，白发于风中飞扬。红红深望着月初，眸中满是泪水，她难过地哽咽着："你这个傻子……"

月初紧紧握着红红的手，含悲含笑地望着她，想要将她的模样刻在心底："我……我一点也不傻。我爱上了世界上最好的人，此生……足矣。"

红红深深望着月初道："你这个把一生都搭在我身上的人，为了我，你离开涂山；为了我，扬名立万；为了我，你全力阻止人、妖间的厮杀，就为了一个总是将你排在六域之后的我……"

月初虚弱地摇了摇头，微笑道："不，你每次都想方设法护着我。你更是我在最绝望的深渊中，抬头见到的最美的景色……我愿意，穷其一生，追随……"

话还未说完，月初便沉沉地跌倒在地。红红眼角滑下一滴眼泪："这个傻子……"

红红浑身是伤，但目光坚定："以前，都是你来……找我，这一次，换我来……找你……"

红红伸出手，终于抓住了月初的手，她露出一抹微笑，绯红的天幕下，两人相拥倒在地上，双手交握着。苦情树彻底燃尽，涂山成了一片废墟，而两人脸上则带着笑意,渐渐化作虚影。

羽花落下,所有的人和妖都慢慢来到原先苦情树所在之处,众人只见一个小女孩从天而降,手中握着至宝虚空之泪。

那一刻,落在泥土中的情种,于泪水里慢慢有了生机,抽出了嫩芽,只见这绿芽快速地生长着。那绿芽慢慢长成苦情树的样子,几息之间,苦情树竟成了巨大的参天大树,枝繁叶茂,充满生机。

所有人围成一圈环绕着苦情树,树下人、妖交错地站着,不分彼此,见证着这棵苦情树的成长。

涂山已开始重新忙碌起来,众妖热火朝天地建设着自己的家园。虽然往昔的学堂早已随着苦情树化为灰烬,但在现在的学堂中,容容正为小狐们授课:"人、妖联手击灭了黑狐,阻止圈外入侵,载入了人、妖两族的史书中……"

勿离好奇提问道:"听闻大当家当时还留了心……"

容容沉痛点头道:"嗯,大当家委托三少传达……"

红红的声音仿佛隐约从涂山上空传来:"我离开后,涂山大当家由雅雅接任……"

雅雅神情极为肃穆,俨然有了大当家气势。阿来从旁走来,递上一份文书:"一气盟派人送来的新合作书,与妖盟携手,共建人、妖和平的六域。"

雅雅接过合作书,粗略翻看着:"姐姐和月初的愿望,终于实现了。"阿来点点头,与雅雅往外走去,雅雅唏嘘道,"当初姐姐设下镜阵,就是为了拖延月初的时间,让我们阻拦下他,也是不想让他赴死。自姐姐吸收恨力之际,就决定独自一人对抗黑狐,焚苦情树,绝了圈外入内的通道。"

阿来也惆怅道:"那小子又何尝不是?闯镜阵,杀上苦情树,都是为了凝出虚空之泪,让所有聚集在此的人能亲眼见到黑狐,然后利用虚空之泪制住黑狐,让人、妖两族联手除掉黑狐。"雅雅感慨道:"他们两个,总是彼此守护着。"

阿来领首继续往前走着,雅雅却突然顿住了脚步,意味深长地看向阿来:"你什么时候动身?"阿来一怔,随即道:"你都知道了?"

雅雅道:"听容容说,傲来国的信使就在外面。"阿来停顿了下,失落地笑了,她望向雅雅,似乎想看到她的心,可雅雅的淡然神情中透着坚决:"就到这里了吗?"

雅雅看向阿来道:"以前的我,可以随你离开涂山,海阔天空,遍游六域,可现在的我必须留下,坚守涂山。"阿来苦笑了一下,痛意在心底蔓延:"现在的你,已经足够强大,可以将涂山扛起来了。"

雅雅坚定道:"为了姐姐,我会一点一滴地将涂山恢复成往昔的样子。"

阿来忍不住道:"若你需要,我可以留下。"

雅雅摇摇头，极力保持克制地望着阿来道："阿来可以属于我，但傲来三少不可能永远只做阿来。你是属于六域的，会有广阔的天空，也会有比涂山更重要的责任……"

阿来凝望着雅雅，突然上前，将两人初见时他插在她头上的发簪幻化成了定海一棒的模样："其实，定海一棒插在头上，也挺合适。"

雅雅心底闪过一丝动容，但很快又被坚强所取代："后会有期！"

阿来也道："后会有期。"

雅雅最后凝望阿来一眼，坚决地转身离去。阿来望着雅雅逐渐远离的背影，终于还是转身朝下山的路走去，他望着天蓝风轻的天空，思忖着下一次再见面，将会是在何时何地……

雅雅找了容容，一同往和平之村而去。容容故作无意地说道："我已将阿来在涂山的花销账单悉数寄往了傲来国。"雅雅神色一滞，很快恢复了平静，她避开阿来不谈，道："姐姐失去了大量妖力，化成了小时候模样，过往一切也都不记得了，得想个法子让她快些恢复才是。"

容容也头疼道："别的先不说，她天天追着我问她叫什么名字，要不然，我们将一切告诉她？"雅雅摇头道："不成，她那般顽皮急懒，若是让她知晓自己是我们两个的姐姐，还如何督促她修炼？"

容容也道："有道理。只是不能总让她没有名字吧？"雅雅略一思忖道："就叫她'苏苏'吧。"

容容点点头，接着雅雅又坚定道："无论如何，一定要好生督促苏苏，早日恢复成姐姐的样子，不能白费了那臭小子以一身灵血相护的付出。"

山风吹来，几朵羽花飘浮，两姐妹都比此前成熟稳重了许多。

小孩子模样的苏苏站在苦情树下，她两只手上一边是虚空之泪，另一边是天书，脑海中好似有一个声音催促着她："苏苏，天书任务就靠你完成了……"

仔细听来，这声音分明是红红所发出的。

苏苏面带疑惑，歪头思忖着："完成任务？可这任务是……"

一阵轻风将书页翻开，只见那系在布泰与石宽、律笺文与颜如山、月啼暇与胡尾生名字之间的红线半圆逐渐幻化出另一半，成为全圆。红红的声音再次响起："虚空之泪为助，这一棵全新的苦情树将为所有曾在苦情树下结缘的人、妖再续前缘！"

霎时间，虚空之泪放出光华，撕裂开了另一个空间，天书落入那个空间中，爆出巨大的白光。

尾声

另一个时空中，妖族市集上灯火连绵，熙攘往来的人、妖神色欣然，不少恩爱的人、妖情侣提着祈愿灯相携而行。酒铺内，人、妖混杂而坐，几个酒客正在聊着六域内的见闻。

"那北山妖帝的确有两下子，治理北山，不论人、妖，只依律法，赏罚有度，如今的北山城比之前强盛多了。"

"听说六域内许多人、妖都迁居北山，人与妖比邻而居，不少还通婚了。"

桥上，布泰含笑听着，石宽上前来到布泰身边："公主，我来接你回家。"

布泰娇嗔道："说好了准我在涂山待上半个月的，还差好几日呢……"

布泰、石宽相视一笑。布泰感慨道："看来这次的结缘盛会，有更多的人、妖来涂山结缘了。"

石宽望着布泰的侧颜道："公主，我……"

布泰正要回应，突然天空放起了烟花。

布泰眼中荡漾着温暖的笑意，石宽转过头来，深情地望向布泰："公主，自我见你的第一眼起，便深深地爱上了你，这些年来，我日夜修炼，学习处理政事，努力让人、妖两族好好相处，都是为了能够永远和你在一起。我的心意，不仅你知道，全北山的子民也都知道……我想娶你，你愿意吗？"

布泰笑道："你什么时候口才这般好了，竟能一口气流畅地说这么多话。"

布泰的话让石宽终于流露出昔日憨厚的模样，憨憨一笑："所以，你愿意吗？"

布泰笑得越发灿烂起来："愿意！我要和阿宽一直相守，直到白发苍苍，地老天荒！"

布泰凝视着石宽，石宽满眼深情，主动轻轻吻上布泰。二人在桥上相拥……

白日的致正堂中依旧忙碌，衙役捕头们来去匆匆。律笺文进入致正堂，只见堂内立着一个眉目清秀的公子颜如山，她略有不悦地问傅风："不是让你多招些新的捕快，怎么只找来这么一个？"

傅风为难道："头儿，如今天下太平，捕快们无事可做，没人愿意当捕快，要不是这个主动找上门来，一个咱们也招不到呢。"

律笺文不耐烦地招手道："行了，你先出去。"

傅风只得转身出去，只剩两人后，律笺文望向颜如山道："你有什么本事让我用你？"颜如山一本正经道："我会讨你开心，一辈子都让你开心。"

律笺文惊讶地看向颜如山，只见颜如山痴痴地看着自己，她勃然大怒，上前动手道："好你个登徒子，戏弄到本捕头身上来了，看我怎么收拾你！"

眼见着律笺文毫不留情地要将颜如山钳制住，不想一瞬间她就被颜如山以同样的招式钳制住，抵在了墙上。颜如山近距离凝望着律笺文道："你这招，好像也不难嘛。"

律笺文望着颜如山俊逸的眉眼，心间微微一动……

南林树妖族的小木屋外，胡尾生看着自己手上的一篮鸡蛋，十分犹豫地对月啼暇道："这样会不会太寒酸了，万一你母亲不答应咱俩的亲事呢？"

月啼暇瞪眼道："那你就要放弃我吗？你的爱就这么简单吗？"胡尾生连忙摇头道："怎么会，我喜欢你，一辈子都认定你了。"

听到这，月啼暇粲然一笑道："这才对嘛。你放心，等下若我母亲不答应，你就使劲儿哭。你一哭，她保准就答应了。"

胡尾生道："真的假的？"月啼暇道："当然是真的，我母亲这个人呢，我最了解，刀子嘴豆腐心，平生最见不得别人流眼泪，你只要一哭，她什么原则都没有了。"

胡尾生点点头道："跟你一样。"

月啼暇不悦地瞪了胡尾生一眼："尾生，没看出来，你还挺聪明的嘛！"

胡尾生乐呵呵地望着月啼暇："是吧，我也这么认为！"月啼暇脸色一沉，一边挽袖子，一边道："你找打是不是？"胡尾生见此，立刻求生欲满满，转头就逃，月啼暇则一边大喊着，一边追着胡尾生而去。

苏苏望着手中的天书，书被风吹着翻到了另一页上，上面写着"涂山红红"和"东方月初"的名字，红线在他们的名字上缠绕着，形成了一个圆："他们是……"

红红的声音再次响起："虚空之泪所开启的另一个时空。那里，我们的故事还在继续……"

妖族市集中，来往的有人，也有妖，比以往热闹了许多。一个精灵古怪、小狐妖模样的孩子拿着冰糖葫芦一蹦一跳地逛着街，雅雅和容容则四处搜寻着什么。突然，容容的目光落在那小狐妖的身上："她在那儿！"

雅雅连忙大步上前："苏苏，今日学堂所授法术你可用心学习了？"

苏苏一回头见是雅雅，大为震惊，连忙乖巧点头道："学了学了，苏苏认真练习了百遍呢！"

容容见苏苏手上拿着一串糖葫芦，问道："这是哪里来的？"

苏苏灿烂一笑道："一个帅气的小哥哥送我的！"

雅雅四下打量着："帅气的小哥哥，人呢？"

苏苏回过头，人群中早已不见了那人的踪影，她莫名有些失落道："刚才还在呢，怎么一眨眼的工夫就不见了？"

容容摸摸她的头道："不着急，下次也许还有机会再见到他。"

苏苏掩起失落的情绪点了点头，雅雅和容容一人一边牵起她的手往涂山走去。市集的房顶上，月初的虚影拿着串糖葫芦笑得灿烂："如今的六域，真好。"

苏苏好似感应到了什么，她慢慢回头看去，而随着她回头的动作，苏苏幻化为红红的虚影，望向月初所在，两人相视一笑。碎金洒落在两人身上，虚影之中，点点璀璨。

日落月升，转眼便明月高悬，整个涂山都被羽花装饰着，四周全是热闹喜庆的乐声。小阁内更是烛火通明，那一盏走马灯挂在门外滴溜溜地转着。红红与月初穿着狐族特有的五色婚服。

红红掀开帐幔，却不见月初，她起身走出小阁，只见月初在晨风中独自坐在崖壁边。

红红走上前去："你为何独自在此？"月初望着红红，眸中竟有泪意，他一把抱住了红红的腿，依偎在她身上："红红，我来涂山多少年了？"

红红坐下，回应道："这是你来涂山的第十七个年头。"

月初："十七年，我来涂山都十七年了。我是不是在做梦，我们真的挫败了黑狐，救了所有的人？"

红红心疼地抚摸着月初的手，深情地望着他的眼睛道："你不是在做梦，这一切都是真的……"

月初似乎松了口气，又心有余悸道："那便好，我真怕……真怕这一切都是梦……"

红红疼惜地望着月初道："别怕，那些都过去了。"

一缕朝阳落在两人的脸上，两人转头看去，只见云霭之间，一轮新的朝阳正缓缓升起，照亮了整个涂山，月初情不自禁道："这一日，我好像等了一生……"

红红靠着月初的肩:"傻瓜,你这一生才刚刚开始。"

本小说改编自韩佩贞创作的剧本《狐妖小红娘月红篇》,原著为庹小新创作的漫画《狐妖小红娘》,小说作者为麦苗。